Rachel Cohn & David Levithan

DASH & LILY

Ein Winterwunder

Rachel Cohn ♥ David Levithan

DASH & LILY

* Ein Winterwunder *

Aus dem Amerikanischen
von Bernadette Ott

Bei diesem Buch wurden die durch das verwendete Material und die Produktion entstandenen CO_2-Emissionen ausgeglichen, indem der cbj-Verlag ein Projekt zur Aufforstung in Brasilien unterstützt.
Weitere Informationen zu dem Projekt unter:
www.ClimatePartner.com/14044-1912-1001

Verlagsgruppe Random House
FSC® N001967

1. Auflage 2020
Erstmals als cbt Taschenbuch November 2017

Die Originalausgabe erschien 2016 unter dem Titel
Dash & Lily's Book of Dares bei Alfred A. Knopf,
einem Imprint von Random House Children's Books,
einer Sparte von Penguin Random House LLC, New York.

Aus dem Amerikanischen von Bernadette Ott
Umschlaggestaltung: Geviert, Grafik & Typografie
Umschlagmotive: © Netflix 2020.
Netflix is a registered trademark of Netflix, Inc. and its affiliates.
Artwork used with permission of Netflix, Inc.
KH · Herstellung: LW
Satz: GGP Media GmbH, Pößneck
Druck und Bindung: GGP Media GmbH, Pößneck
ISBN: 978-3-570-31437-1
Printed in Germany

www.cbj-verlag.de
Dieses Buch ist auch als E-Book erhältlich.

Der Mutter des echten Dash gewidmet

eins

– Dash –

21. Dezember

Ist so was wirklich möglich?

Du bist in deinem Lieblingsbuchladen und gehst an den Regalen entlang. Du lässt deine Blicke schweifen. Du bleibst an einer Stelle stehen, wo einer deiner Lieblingsautoren seinen Platz hat, und da findest du plötzlich, zwischen die vertrauten Buchrücken geklemmt, ein rotes Notizbuch.

Was tun?

Darauf kann es doch wohl nur eine Antwort geben.

Du ziehst das Notizbuch heraus und blätterst darin herum.

Und dann folgst du den Anweisungen, die dir dort gegeben werden.

Es war Weihnachtszeit in New York, die schrecklichste Zeit des Jahres. Menschenmengen wie Kuhherden, endlose Besuche unseliger Verwandter, falsche Fröhlichkeit, all diese Ersatzhandlungen, die freudlosen Versuche, mehr Freude zu empfinden – meine natürliche Abneigung gegen allzu viel Berührung mit Menschen steigerte sich dadurch nur noch mehr. Wohin auch immer ich ging, war ich am falschen Ende des Gedränges. Ich war nicht bereit, mir durch irgendeine »Armee« mein »Heil« herbeisingen zu lassen. Es war mir vollkommen egal, ob wir eine weiße Weihnacht haben würden. Ich war ein Dezembrist, ein Bolschewik, ein berüchtigter Ganove, ein von unbekannten Phobien geplagter Briefmarkensammler – alles, was alle anderen nicht waren, das wollte ich sein. Ich bewegte mich so unsichtbar wie möglich durch die vom Kaufrausch gepackten Horden, die weihnachtsgläubigen Winterwahnsinnigen, die Fremden, die um die halbe Welt geflogen waren, um einen Lichterbaum zu sehen – ohne sich klarzumachen, was für einem heidnischen Ritual sie da folgten.

Das einzig Erfreuliche an dieser trüben Jahreszeit ist, dass dann die Schule für ein paar Tage dichtmacht (wahrscheinlich damit auch alle Schüler bis zum Umfallen shoppen können und womöglich außerdem entdecken, dass Familie, wie Arsen, nur in kleinen Dosierungen verträglich ist, außer man hat den dringenden Wunsch zu sterben). In diesem Jahr hatte ich es geschafft, über Weihnachten freiwillig zum Waisenkind zu werden, indem ich meiner Mutter erzählt hatte, ich würde die Tage bei meinem Vater verbringen, und meinem Vater, ich würde sie bei meiner Mutter verbringen, weshalb sie beide eine Reise ohne Reiserücktrittsversicherung mit ihren derzeitigen Nach-Scheidungs-Partnern gebucht hatten. Meine Eltern haben seit acht Jahren nicht mehr miteinander gesprochen, was mir jede Menge Freiraum in der Ausgestaltung meiner Beziehungen zu ihnen lässt und deshalb sehr viel Zeit für mich selbst.

Während sie beide weg waren, wechselte ich zwischen ihren Wohnungen hin und her – hauptsächlich aber verbrachte ich meine Zeit bei *Strand,* dieser Festung einschüchternder Gelehrsamkeit, viel mehr als ein Buchladen, nämlich der Zusammenprall Hunderter unterschiedlicher Buchläden, dessen literarisches Strandgut sich auf über achtzehn Meilen verteilt. Und dann die Angestellten, die dort geistesabwesend herumschlurfen in ihren engen Röhrenjeans und ihren Hemden aus dem Secondhandladen, wie ältere Brüder, die niemals und unter keinen Umständen ein Wort mit dir reden oder sich um dich kümmern oder überhaupt auch nur deine Existenz zur Kenntnis nehmen werden, solange ihre Freunde in der Nähe sind ... und das sind sie immer. Manche Buchhandlungen wollen einen glauben machen, dass sie ein Bürgerzentrum sind, als müsste man einen Plätzchenbackkurs anbieten, um Proust verkaufen zu dürfen. Nicht so bei *Strand,* da bleibt man ganz auf sich gestellt zwischen den sich bekriegenden Mächten der Ökonomie und der Idiosynkrasie, wobei die Idiosynkrasie immer die Oberhand behält. Mit anderen Worten, der Ort ist wie für mich geschaffen. Er ist so etwas wie meine private Grabungsstätte.

Wenn ich zu *Strand* gehe, dann normalerweise ohne nach bestimmten Büchern zu suchen. Manchmal beschließe ich, dass der Nachmittag einem einzelnen Buchstaben gewidmet ist, und dann streife ich durch sämtliche Abteilungen, um nach allen Autoren zu suchen, deren Nachnamen mit diesem einen Buchstaben beginnen. An anderen Tagen nehme ich eine bestimmte Abteilung in Angriff oder ich arbeite mich durch die unlängst aussortierten Bücher, die ohne erkennbare Ordnung in Wannen gelandet sind. Es kann aber auch sein, dass ich nach Büchern mit grünen Umschlägen Ausschau halte, einfach weil es schon so lang her ist, dass ich ein Buch mit einem grünen Umschlag gelesen habe.

Ich hätte natürlich auch mit meinen Freunden herumhängen können, aber die meisten von ihnen hingen bei ihren Familien oder mit ihren Wiis herum (Wiis? Wiii? Wie heißt der Plural davon?). Ich dagegen zog es vor, bei den toten, sterbenden oder zu Tode verzweifelten Büchern herumzuhängen – gebrauchte Bücher, die schon durch andere Hände gegangen waren und von denen keiner wusste, ob man sie jemals noch mal brauchte. Was für ein hartes Schicksal, fast wie wenn ein Mensch von niemand mehr gebraucht wird.

Ich bin ein totaler Bücherwurm, was ein hoffnungslos altmodisches Wort ist, das mir schon allein deswegen gefällt. Natürlich gelte ich damit als hoffnungslos von vorgestern und sozialer Problemfall. Was mich jedoch nicht daran hindert, es laut auszusprechen. Bücherwurm klingt so schön wie Mauerblümchen, Blaukreuzler und Busenfreund – auch alles Wörter, die die Leute nur noch selten benutzen.

An diesem ganz besonderen Tag beschloss ich, ein paar meiner Lieblingsautoren einen Besuch abzustatten, um zu checken, ob vielleicht irgendwelche Sonderausgaben aus einer privaten Bibliotheksauflösung angeliefert worden waren. Ich stand vor meinem derzeitigen Dichtergott (er soll namenlos bleiben, weil ich vielleicht eines Tages von ihm abfallen werde), als ich plötzlich etwas Rotes aufblitzen sah. Es war ein rotes Moleskine-Notizbuch, das bevorzugte Aufschreibmedium aller meiner Seelenverwandten, die das Bedürfnis verspüren, ihr Tagebuch in nicht-elektronischer Form zu führen. Schon allein anhand der Wahl des Papiers, auf dem eine Person Tagebuch führt, erfährt man viel über sie. Ich schreibe zum Beispiel immer auf normal liniertem Papier, weil ich kein Talent für eingestreute kleine Zeichnungen und außerdem eine winzig-kritzelige Handschrift habe, die auf breit liniertem Papier irgendwie verloren wirkt. Unliniertes Papier ist am beliebtesten, und ich habe nur einen einzigen Freund, Thibaud, der auf kariertem Papier schreibt. Oder genauer gesagt, geschrieben hat, bis sein Vertrauenslehrer seine Tagebücher eines Tages als Beweismaterial konfiszierte, aus dem angeblich hervorging, dass Thibaud geplant hatte, unseren Geschichtslehrer umzubringen. (Das ist eine wahre Geschichte.)

Auf den Rücken des roten Notizbuchs vor mir im Regal war nichts geschrieben, ich musste es erst herausziehen und auf den vorderen Umschlag schauen. Darauf haftete ein Stück Klebeband, auf das jemand mit schwarzem Filzstift TRAUST DU DICH? geschrieben hatte. Als ich die erste Seite aufschlug, stand dort:

Ich habe für dich ein paar Spuren ausgelegt.
Wenn du wissen willst, welche, blättere weiter.
Wenn nicht, stell das Notizbuch bitte zurück ins Regal.

Es war die Handschrift eines Mädchens. Da war ich mir ganz sicher. Ein hinreißendes Gekringel.

Aber egal, ich hätte in jedem Fall umgeblättert.

Aha, es kann also losgehen.
1. Lass uns mit »French Pianism« anfangen.
Ich habe keine Ahnung, was das wirklich ist,
aber ich bin mir sicher,
dass dieses Buch niemand aus dem Regal ziehen wird.
Charles Timbrell ist dein Mann.
88/7/2
88/4/8
Blättere erst dann weiter,

wenn du die Leerstellen ausfüllen kannst
(aber schreib bitte nicht in das Notizbuch).

_____________ _____________

Ich hätte nicht behaupten können, jemals etwas von *French Pianism* gehört zu haben. Wenn mich allerdings ein Mann auf der Straße (selbstverständlich einer mit Melone auf dem Kopf) fragen würde, ob ich glaubte, dass es mit Klavierspiel auf Französisch etwas Besonderes auf sich habe, würde ich bestimmt mit Ja antworten.

Weil mir die Bücherregalflure bei *Strand* vertrauter waren als die Wohnungen meiner Eltern, wusste ich sofort, wo ich hinmusste – zur Musikabteilung. Ich empfand es als Kränkung, dass der Name des Autors genannt war. Glaubte die Schreiberin, ich sei ein Dummkopf, ein Faulpelz, ein Einfaltspinsel? Ich wollte bitte schön etwas Respekt, selbst wenn ich ihn mir noch nicht verdient hatte.

Das Buch war leicht zu finden – zumindest für jemanden, der eben mal vierzehn Minuten Zeit übrig hat –, und es sah genauso aus, wie ich es mir vorgestellt hatte: die Sorte von Buch, die sich jahrelang im Regal verdrücken kann. Der Verlag hatte sich noch nicht mal die Mühe gemacht, den Umschlag mit einer Illustration zu versehen. Nur die Wörter: *French Pianism: An Historical Perspective, Charles Timbrell,* dann (neue Zeile) *Foreword by Gaby Casadesus.*

Ich dachte zuerst, die Zahlen in dem Notizbuch seien Daten – 1988 musste ein bewegtes Jahr für das französische Klavierspiel gewesen sein –, aber dann konnte ich keine Hinweise auf 1988 ... oder 1888 ... oder 1788 ... oder irgendeine andere Jahreszahl mit 88 finden. Ich fühlte mich ausgetrickst – bis mir einfiel, dass die Rätselschreiberin wahrscheinlich auf den uralten Bücherwurm-Code zurückgegriffen hatte: Seite/Zeile/Wort. Ich blätterte zu Seite 88, fuhr dann mit dem Finger zu Zeile 7, Wort 2 und danach zu Zeile 4, Wort 8.

Reizt dich

Reizte mich was? Das musste ich unbedingt herausfinden. Ich trug die zwei Wörter in die Leerstellen ein (im Kopf natürlich nur, denn ich respektierte das unberührte Weiß der Zeilen) und blätterte die erste Seite des Notizbuchs um.

Okay. Jetzt bitte nicht schummeln.
Was hat dich an dem Cover des Buchs gestört?
(Mal abgesehen von der Lieblosigkeit.)
Denk darüber nach und blättere dann weiter.

Das war leicht. Es hatte mich wahnsinnig gestört, dass dort *An Historical* stand, wo es doch *A Historical* hätte heißen müssen, weil das *H* in *Historical* ausgesprochen wird und kein stummes *H* ist.

Ich blätterte um.

Wenn es die unkorrekte Formulierung »An Historical« war,
mach weiter.
Wenn nicht, stell das Notizbuch
bitte zurück ins Regal.

Ich blätterte auf die nächste Seite um.

2. »Fat Hoochie Prom Queen«
64/4/9
119/3/8

____________ ____________

Diesmal war kein Autor genannt. Nicht sehr hilfreich.

Ich nahm *French Pianism* mit (wir waren uns nähergekommen; ich konnte das Buch nicht einfach so zurücklassen) und ging zur Information, wo ein junger Typ saß, der aussah, als hätte ihm jemand Lithium in sein Coke Zero gegeben.

»Ich suche *Fat Hoochie Prom Queen«,* verkündete ich.

Er antwortete nicht.

»Das ist ein Buch«, sagte ich. »Kein Mensch.«

Keine Reaktion. Nichts.

»Kannst du mir wenigstens sagen, wer es geschrieben hat?«

Er blickte auf seinen Bildschirm, als könnte der mir antworten, ohne dass er selbst irgendetwas eintippen musste.

»Hast du irgendwelche Ohrstöpsel drin, die ich nicht sehen kann?«, fragte ich.

Er kratzte sich in seiner Ellenbogenbeuge.

»Kennen wir uns irgendwoher?«, hakte ich nach. »Hab ich dich in der Vorschule vielleicht zu Mus zerquetscht und jetzt hast du eine sadistische Freude daran, dich auf diese jämmerliche Weise an mir zu rächen? Stephen Little, bist du's? Bist du's wirklich? Ich war damals noch klein, und es war echt idiotisch von mir, dich im Springbrunnen beinahe zu ertränken. Zu meiner Entschuldigung kann ich aber anführen, dass das, was du mir vorher angetan hast, nämlich meinen Aufsatz zu zerreißen, ein völlig ungerechtfertigter Akt der Aggression war.«

Endlich eine Antwort. Der junge Buchhändler schüttelte den Kopf.

»Nein?«, sagte ich.

»Es ist mir nicht erlaubt, den Standort von *Fat Hoochie Prom Queen* zu verraten«, sagte er. »Dir nicht. Und auch niemand anders. Und ich bin zwar nicht Stephen Little, aber du solltest dich dafür schämen, was du mit ihm angestellt hast. Schämen solltest du dich.«

Okay, das würde schwieriger werden, als ich gedacht hatte. Ich versuchte, über mein Handy ins Internet zu gehen, um schnell bei Amazon nachzugucken – aber im ganzen Laden war kein Empfang. Ich war mir ziemlich sicher, dass *Fat Hoochie Prom Queen* kein Sachbuch war (worüber hätte es auch sein sollen?), deshalb ging ich zur Belletristikabteilung und schlenderte zwischen den Regalen umher. Sinnlos. Danach fiel mir ein, dass es ja auch noch die Abteilung für Jugendliche gab, und steuerte stracks darauf zu. Alle Buchrücken, die nicht die geringste Spur Rosa aufwiesen, nahm ich erst gar nicht zur Kenntnis. Alle meine Instinkte sagten mir, dass *Fat Hoochie Prom Queen* mindestens rosa gesprenkelt sein würde. Und hipp, hipp, hurra – ich landete schließlich beim Buchstaben M, und da war es.

Ich schlug die Seiten 64 und 119 auf und suchte mir heraus:

das Spiel

Wieder blätterte ich eine Seite des Notizbuchs um.

Sehr clever.
Weil nicht jeder auf die Idee käme,
in der Jugendbuchabteilung zu suchen,
frage ich dich jetzt:
Bist du ein Jugendlicher und männlich?
Wenn ja, blättere weiter.
Wenn nein, stell das Notizbuch bitte zurück ins Regal.

Ich war sechzehn und mit den passenden Geschlechtsorganen ausgestattet, deshalb nahm ich diese Hürde mit Leichtigkeit.

Nächste Seite.

»The Joy of Gay Sex«
(dritte Auflage!)
65/12/5
181/18/7

___________________ _____________________

Nun, diesmal konnte es keinen Zweifel geben, wo dieses Buch zu finden sein würde. Deshalb nichts wie los zu den »Sex & Sexualität«-Regalen, wo die Blicke der Kunden entweder verschämt oder trotzig waren. Ich persönlich fand die Vorstellung, ein gebrauchtes Sex-Handbuch (egal welcher sexuellen Ausrichtung) zu kaufen, ja etwas unappetitlich. Vielleicht standen deshalb auch vier Exemplare von *The Joy of Gay Sex* im Regal. Ich blätterte zu Seite 65, zählte dann bis Zeile 12, dort das fünfte Wort und fand:

Schwanz

Ich zählte noch einmal. Prüfte nach.

Reizt dich das Spiel Schwanz?

Vielleicht, dachte ich – hoffte ich –, war Schwanz hier wirklich ganz unverblümt gemeint, frei, stark und männlich; nicht wie sonst bei Mädchen zu einem Pferdeschwanz verkümmert. Ich blätterte zu Seite 181, nicht ohne leichte Nervosität.

Geräuschlos Liebe machen ist wie das Spiel auf einem stummen Klavier – gut um zu üben, aber man bringt sich dabei um die Freude, die prächtigen Ergebnisse zu hören.

Ich hätte nie gedacht, dass ein einziger Satz es schaffen würde, mir sowohl die Lust am Sex als auch am Klavierspielen auszutreiben – aber da war er.

Zum Glück war der Text nicht auch noch mit einem Bild versehen. Aber ich hatte mein sechstes Wort:

um

Was dann den Satz ergab:

Reizt dich das Spiel Schwanz um

Das wirkte durch und durch falsch. Rein grammatikalisch ergab das überhaupt keinen Sinn. Und auch sonst nicht.

Ich blickte noch einmal auf die Seite in dem Notizbuch und musste mich sehr zusammennehmen, um nicht einfach umzublättern. Als ich die mädchenhaften Kringel noch mal genau ansah, stellte ich fest, dass ich die eine 6 mit einer 5 verwechselt hatte. Ich musste auf Seite 66 (die kleine Schwester der Teufelszahl) nachschauen.

allein

Ergab schon viel mehr Sinn.

Reizt dich das Spiel allein um …

»Dash?«

Ich drehte mich um. Priya, ein Mädchen aus meiner Schule, stand hinter mir; wir waren nicht wirklich befreundet, aber mehr als nur Bekannte – gibt es dafür eigentlich ein Wort? Sie war eine gute Freundin meiner Ex-Freundin Sofia, die jetzt in Spanien lebte. (Daran war ich aber nicht schuld.) Ich konnte bei Priya keine besonderen persönlichen Merkmale erkennen, muss aber gerechtigkeitshalber hinzufügen, dass ich nie besonders genau hingeschaut hatte.

»Hallo, Priya«, sagte ich.

Sie blickte auf die Bücher, die ich in der Hand hatte – ein rotes Moleskine-Notizbuch, *French Pianism, Fat Hoochie Prom Queen* sowie, auf einer Seite aufgeschlagen, auf deren Illustration zwei Männer etwas miteinander taten, was ich bisher nicht für möglich gehalten hätte, *The Joy of Gay Sex* (dritte Auflage).

Die Situation verlangte nach einer Erklärung.

»Ich muss da so ein Referat halten«, sagte ich in einem Tonfall falsch klingender intellektueller Überlegenheit. »Über französisches Klavierspiel und seine Rezeption. Schon sehr erstaunlich, wie weit da der Einfluss reicht.«

Priya, die Gute, blickte drein, als bedauerte sie es zutiefst, meinen Namen gerufen zu haben.

»Bist du über die Weihnachtsferien hier?«, fragte sie. Wenn ich jetzt Ja sagte, lief ich Gefahr, von ihr zu einer Eierpunschparty oder zu einem Weihnachtskinobesuch von *Gramma Got Run Over by a Reindeer* eingeladen zu werden, in dem ein schwarzer Komiker sämtliche Rollen spielt bis auf die des weiblichen Rentiers, woraus sich dann vermutlich eine Liebesgeschichte entwickelt. Einer solchen Einladung sah ich mit großem Bangen entgegen, und weil ich ein Anhänger vorbeugender Ausweichmanöver bin, erfand ich schnell eine Lüge, um nicht später in der Falle zu sitzen.

»Ich fliege morgen nach Schweden«, antwortete ich.

»Schweden?«

Ich sah überhaupt nicht schwedisch aus (tu ich auch immer noch nicht), deshalb kamen Ferien bei Großeltern, Onkeln und Tanten nicht in Frage. Also schob ich als Begründung hinterher: »Ich liebe Schweden im Dezember. Die Tage sind da so kurz … die Nächte sind so lang … und das schwedische Möbeldesign ist berühmt für seine klaren, einfachen Linien und Formen.«

Priya nickte. »Klingt super.«

Wir standen da. Ich wusste, dass gemäß den Konversationsregeln jetzt ich eine Frage stellen müsste. Aber ich wusste auch, dass die Weigerung, diese Konversationsregeln zu befolgen, dazu führen würde, dass Priya früher oder später ging – und das wollte ich ganz dringend.

Nach dreißig Sekunden hielt sie es nicht mehr aus.

»Ich muss weiter«, sagte sie.

»Frohes Hanukkah«, sagte ich, weil ich mir einen Spaß daraus mache, gute Wünsche zum falschen Fest auszusprechen, nur um zu sehen, wie die Leute reagieren.

Priya nahm es gelassen. »Viel Spaß in Schweden«, sagte sie. Und war auch schon fort.

Ich ordnete meinen Bücherstapel um, sodass das rote Notizbuch ganz oben lag. Dann blätterte ich eine Seite weiter.

Die Tatsache, dass es dir nicht peinlich ist,
mit »The Joy of Gay Sex« in der Hand
bei Strand herumzustehen,
ist ein gutes Zeichen.
Falls du aber dieses Buch schon besitzen solltest
oder glaubst, es könnte dir in deinem Leben weiterhelfen,
dann befürchte ich, müssen sich unsere Wege trennen.
Ich bin ein Mädchen, das einen Jungen sucht,
wenn du ein Junge bist, der auch einen Jungen sucht,
habe ich da zwar überhaupt nichts dagegen,
aber dann passen wir nicht zusammen.

Noch ein letztes Buch.
4. »What the Living Do« von Marie Howe
23/1/8
24/5/9, 11, 12

______ ______ _______ _______ ?

Ich stürmte sofort in die Lyrikabteilung, total neugierig geworden. Wer war diese fremde Leserin von Marie Howe, die mich da rief? Es war schon fast zu schön, um wahr zu sein, dass wir beide dieselbe Lyrikerin kannten. Die meisten Leute in meinem Freundeskreis kennen überhaupt keine Dichter. Ich versuchte, mich daran zu erinnern, mit wem ich vielleicht über Marie Howe geredet hatte, aber mir fiel niemand ein. Außer Sofia vielleicht, aber das war definitiv nicht Sofias Handschrift (und außerdem war sie in Spanien).

Ich ging am Buchstaben H entlang. Ich suchte in der ganzen Lyrikabteilung. Nichts. Aus lauter Frustration wollte ich fast schon heulen, da entdeckte ich das Buch – ganz oben im Regal, mindestens dreieinhalb Meter vom Boden entfernt. Nur eine kleine Ecke davon spitzte heraus, aber an der dunkellila Farbe des Einbands und weil es ein so schmales Bändchen war, erkannte ich sofort, dass es das Buch war, das ich suchte.

Ich zog mir eine Leiter heran und begann mit dem gefährlichen Aufstieg. Es war eine staubige Kletterei; je höher ich kam, desto schwerer fiel mir das Atmen, die Bücher in diesen schier unerreichbaren Höhen waren in Wolken der Gleichgültigkeit gehüllt. Endlich hatte ich den Band in der Hand. Ich konnte nicht mehr warten – hastig schlug ich die Seiten 23 und 24 auf und fand die Wörter, die ich brauchte.

des reinen Begehrens willen

Ich fiel fast von der Leiter.

Reizt dich das Spiel allein um des reinen Begehrens willen?

Ich war, um es mal mild auszudrücken, von dem Satz total geplättet.

Vorsichtig kletterte ich die Leiter wieder hinab. Als ich Boden unter den Füßen hatte, griff ich nach dem roten Notizbuch und blätterte zur nächsten Seite um.

So, das war's.
Jetzt hast du es in der Hand,
was aus uns beiden wird (oder nicht).
Wenn du unser Gespräch fortsetzen möchtest,
such dir bitte ein Buch aus, welches auch immer,
und steck einen Zettel mit deiner Mailadresse
zwischen die Seiten.
Gib es Mark an der Information.
Wenn du Mark irgendwelche Fragen über mich stellst,
wird er mir dein Buch nicht weiterleiten.
Deshalb keine Fragen.
Sobald du dein Buch Mark gegeben hast,
stell das Notizbuch bitte zurück ins Regal,
wo du es gefunden hast.
Wenn du alle diese Anweisungen befolgst,
wirst du sehr bald von mir hören.
Danke.
Lily

Plötzlich, und soweit ich mich erinnern kann, zum ersten Mal in meinem Leben, freute ich mich auf Weihnachten. Was für ein Glück, dass ich nicht tatsächlich am nächsten Tag nach Schweden fliegen musste.

Ich beschloss, nicht zu viel darüber nachzudenken, welches Buch ich auswählen sollte – wenn ich damit einen Hintergedanken verband, dann würde darauf noch einer folgen und noch einer, und dann käme ich aus *Strand* gar nicht mehr heraus. Deshalb folgte ich bei der Wahl des Buchs einer ganz spontanen Eingebung, und statt einen Zettel mit meiner Mailadresse zu hinterlassen, streute ich dort eine andere Spur. Ich rechnete mir aus, dass es einige Zeit dauern würde, bis Mark (mein neuer Freund an der Information) das Buch an Lily weitergeben würde, deshalb hatte ich einen leichten Vorsprung. Wortlos reichte ich es ihm; er nickte und verstaute es in einer Schublade.

Ich wusste, dass ich als Nächstes das rote Notizbuch an seinen Platz hätte zurückstellen sollen, damit noch ein anderer die Chance hatte, es zu finden. Stattdessen behielt ich es. Und nicht nur das. Ich ging an die Kasse, um die Exemplare von *French Pianism* und *Fat Hoochie Prom Queen* zu kaufen.

Dieses Spiel, so beschloss ich, würden wir von nun an zu zweit spielen.

zwei

(Lily)

21. Dezember

Ich liebe Weihnachten.
Ich liebe alles daran: die Lichter, die Fröhlichkeit, die großen Familientreffen, die Plätzchen, die Geschenke unter dem Baum, den *Frieden allen Lebewesen auf Erden.* Ich weiß, dass es in der Bibel eigentlich *Frieden auf Erden den Menschen* heißt, aber ich denke immer *allen Lebewesen* anstatt *den Menschen,* weil ich finde, dass *den Menschen* ausgrenzend und elitär ist. Frieden sollte es für alle geben, nicht nur für Menschen, sondern auch für Tiere, selbst so eklige wie die U-Bahn-Ratten. Ich würde den Frieden sogar noch viel weiter ausdehnen, nicht nur auf Lebende, sondern auch auf Verstorbene, und wenn die Toten einbezogen sind, warum dann nicht auch die Untoten, solche märchenhaften Wesen wie Vampire, und wenn sie, warum dann nicht auch Elfen, Feen und Zwerge?

Hey, wenn wir schon so großzügig sind und alle in unsere große Weihnachtsumarmung einschließen, warum dann nicht auch angeblich unbelebte Wesen wie Puppen und Plüschtiere (mit einem besonderen Gruß an Arielle, meine Meerjungfrau, die auf dem Flower-Power-Kopfkissen in meinem Bett thront – ich hab dich lieb!)? Ich bin sicher, der Weihnachtsmann hätte nichts dagegen. *Frieden für alle!*

Ich liebe Weihnachten so sehr, dass ich dieses Jahr meinen eigenen Weihnachtsliederchor gegründet habe. Nur weil ich in dem hochnäsigen Bohemeviertel East Village wohne, heißt das nicht, dass ich mich für zu cool und zu intellektuell halte, um herumzuziehen und Weihnachtslieder zu singen. Ganz im Gegenteil. Mir gefällt das Weihnachtsliedersingen so sehr, dass ich, als plötzlich *meine eigenen engsten Verwandten* beschlossen, von nun an auf unser alljährliches Weihnachtsliedersingen zu verzichten, weil sie alle »unterwegs waren« oder »zu viel zu tun hatten« oder »ihr eigenes Leben lebten« oder dachten, »dass du doch jetzt schon zu alt dafür bist, Lily«, zu einem ganz altmodischen Mittel gegriffen habe. Ich verfasste ein Flugblatt und verteilte es in den Cafés in unserer Nachbarschaft.

Ho ho ho!
Singst du gerne Weihnachtslieder?
Wirklich? Ich auch! Dann sollten wir miteinander reden.*
Mit besten Grüßen, Lily

* Idioten brauchen sich gar nicht erst zu melden;
mein Opa kennt hier in der Gegend jeden,
und wer es nicht ernst meint,
kriegt Schwierigkeiten. **
Danke und noch mal viele Grüße, Lily
** Sorry, dass ich so zynisch bin,
aber das ist New York.

Mithilfe dieses Flugblatts hat sich dann mein diesjähriger Weihnachtschor zusammengefunden. Da gibt es mich, Melvin (Computerfachmann), Roberta (pensionierte Musiklehrerin), Shee'nah (transsexueller Modefreak, halb Choreograf/halb Kellner), seinen Liebhaber Antoine (stellvertretender Geschäftsführer einer Baumarktfiliale), die zornige Aryn (veganisches Riot Grrrl, Filmstudentin an der NYU) und Mark (mein Cousin, der meinem Opa einen Gefallen schuldete, und das war dann der Gefallen, um den Opa ihn bat). Meine Mitsänger nennen mich Zwei-Strophen-Lily, weil ich die Einzige bin, die von jedem Weihnachtslied mehr als die erste Strophe auswendig kennt. Außer Aryn (die sich allerdings nicht darum schert) bin ich auch die Einzige, die noch keinen Alkohol trinken darf. Bei der vielen heißen Schokolade, die meine fröhlichen Mitstreiter immer mit einem mächtigen Schuss Pfefferminzschnaps aus Robertas Flachmann aufpeppen, wundert es mich allerdings gar nicht, dass nur ich mich an die nächsten Strophen erinnern kann.

Kommt, lasset uns anbeten; kommt, lasset uns anbeten;
kommt, lasset uns anbeten den König, den Herrn.

O sehet, die Hirten eilen von den Herden
und suchen das Kind nach des Engels Wort.
Geh'n wir mit ihnen, Friede soll nun werden:
Kommt, lasset uns anbeten; kommt, lasset uns anbeten;
Kommt, lasset uns anbeten den König, den Herrn.

Hoch lebe die zweite Strophe!

Ich muss ehrlichkeitshalber dazusagen, dass ich mich mit verschiedensten wissenschaftlichen Versuchen, die Nicht-

Existenz G-es zu beweisen, beschäftigt habe – was dazu führte, dass ich an ihn ungefähr mit der gleichen Überzeugung glaube wie an den Weihnachtsmann. Aber in der Zeit zwischen Thanksgiving und Weihnachten bin ich voller Inbrunst und Freude bereit, G-es Namen zu loben und zu preisen – allerdings nur unter der Voraussetzung, dass unser Verhältnis in gegenseitigem Einvernehmen am ersten Weihnachtsfeiertag, sobald alle Geschenke ausgepackt sind, wieder aufgelöst wird. Bis zum nächsten Jahr, wenn ich mir wieder einen Logenplatz für die Macy's Thanksgiving Day Parade sichere.

Ich hätte mich ja in der Vorweihnachtszeit gerne in einem netten roten Weihnachtskostüm vor Macy's gestellt und mit den Glöckchen geklingelt, um Spenden für die Heilsarmee zu sammeln, aber Mom hat es mir verboten. Sie sagte, dass es sich bei diesen Klingeling-Glöckchen-Leuten mit ziemlicher Wahrscheinlichkeit um religiöse Fanatiker handelt und dass wir Feiertagskatholiken sind, die Homosexualität tolerieren und für die Selbstbestimmung der Frau eintreten. Unsereins steht nicht vor Macy's und bettelt um milde Gaben. Wir kaufen bei Macy's noch nicht mal ein.

Vielleicht stelle ich mich doch noch dorthin, um zu betteln, einfach aus Protest. Das erste Mal seit Anbeginn meiner Zeitrechnung – und ich bin schon sechzehn Jahre alt –, feiert unsere Familie Weihnachten getrennt voneinander. Meine Eltern haben mich und meinen Bruder allein in New York zurückgelassen und sind auf die Fidschi-Inseln geflogen, wo sie ihre Silberhochzeit feiern wollen. Als sie geheiratet haben, waren meine Eltern noch Studenten und konnten sich keine richtigen Flitterwochen leisten, deshalb wollen sie das jetzt zu ihrem fünfundzwanzigsten Hochzeitstag nachholen.

Ich finde ja, dass Hochzeitstage zusammen mit den Kindern gefeiert werden sollten, aber offensichtlich bin ich da in der Minderheit. Alle um mich herum sind sich einig, dass es nicht so »romantisch« wäre, wenn mein Bruder und ich bei dieser Reise hinter unseren Eltern herzockeln würden. Mir ist nicht ganz klar, was daran besonders »romantisch« sein soll, in einem Tropenparadies eine Woche nur mit seinem Ehepartner zu verbringen, den man im letzten Vierteljahrhundert beinahe täglich gesehen hat. Ich kann mir einfach nicht vorstellen, dass jemals jemand so viel Zeit nur mit mir verbringen will.

Mein Bruder Langston sagt dazu nur: »Das verstehst du nicht, Lily, weil du noch nie verliebt warst. Wenn du einen Freund hättest, dann würdest du das verstehen.« Langston hat gerade einen neuen Freund, und alles, was ich dabei verstehe, ist, dass es sich beim Verliebtsein um einen jämmerlichen Zustand gegenseitiger Abhängigkeit handelt.

Außerdem ist es gar nicht wahr, dass ich noch nie verliebt war. Ich hatte in der ersten Klasse eine Wüstenspringmaus namens Spazzy, die ich abgöttisch geliebt habe. Ich werde mir immer vorwerfen, dass ich Spazzy damals in die Schule mitgenommen habe – es war Haustier-Tag –, wo Edgar Thibaud in einem unbeobachteten Moment ihre Käfigtür öffnete und Spazzy dann Tiger begegnete, der Katze von Jessica Rodriguez, tja, und der Rest ist Geschichte. Friede sei mit dir, Spazzy, in deinem Wüstenspringmaushimmel! Es tut mir so leid tut mir so leid tut mir so leid. Am Tag des Massakers habe ich aufgehört, Fleisch zu essen, als Sühne für Spazzys Tod. Ich bin schon seit der ersten Klasse Vegetarierin, alles aus Liebe zu einer Maus.

Als ich acht war, verliebte ich mich in Sport, den Jungen aus dem Kinderbuch *Harriet the Spy*. Nachdem ich das

Buch gelesen hatte, hab ich angefangen, selber ein Tagebuch wie Harriet zu führen. Mein Opa kauft mir dafür immer rote Moleskine-Notizbücher bei *Strand.* Nur schreibe ich da keine fiesen Beobachtungen über Leute rein wie Harriet manchmal. Ich mache kleine Zeichnungen, schreibe Zitate oder Passagen aus Büchern ab, die ich gerade lese, notiere Kochrezepte und schreibe die Geschichten auf, die ich mir ausdenke, wenn mir langweilig ist. Ich möchte Sport später, wenn er erwachsen ist, beweisen können, dass ich mir keinen Sport daraus gemacht habe, nur fiese Klatsch-und-Tratsch-Geschichten und lauter solche Sachen festzuhalten.

Langston war schon einmal verliebt. Es ist jetzt das zweite Mal. Seine erste große Liebe hat so schlimm geendet, dass er nach seinem ersten Collegejahr in Boston nach Hause zurückkommen musste, bis sein gebrochenes Herz geheilt war. So grässlich war es, dass sein Freund mit ihm Schluss gemacht hatte. Hoffentlich liebe ich nie so sehr, dass ich so verletzt werden kann, wie Langston verletzt wurde, so verletzt, dass er nur noch geweint hat und durchs Haus geschlichen ist und mich gebeten hat, ihm Bananen-Erdnussbutter-Sandwiches zu machen, bitte ohne Rinde, und danach sollte ich mit ihm Boggle spielen, was ich natürlich gemacht habe, weil ich fast immer alles mache, worum Langston mich bittet. Irgendwann ging es Langston wieder besser und jetzt hat er sich ein zweites Mal verliebt. Ich glaube, sein neuer Freund Benny ist in Ordnung. Als sie sich das erste Mal verabredet haben, sind sie in ein Klassikkonzert gegangen. Kann jemand, der Mozart liebt, ein gemeiner Mensch sein? Es besteht also Hoffnung.

Unglücklicherweise hat Langston, seit er einen neuen Freund hat, überhaupt keine Zeit mehr für mich. Er muss nämlich mit Benny *ununterbrochen* zusammen sein. Für

Langston ist die Tatsache, dass unsere Eltern und Opa über Weihnachten nicht da sind, ein Geschenk und nicht wie für mich ein Grund zur Empörung. Ich habe wütend protestiert, dass er Benny über die Weihnachtsferien sozusagen ein dauerndes Bleiberecht in unserer Wohnung eingeräumt hat. Ich habe ihn daran erinnert, dass es seine Pflicht ist, mir Gesellschaft zu leisten, solange Mom und Dad auf den Fidschis sind und auch Opa diesmal den ganzen Winter in Florida verbringt. Schließlich sei ich ja auch für ihn da gewesen, als er mich gebraucht hat.

Aber Langston wiederholte nur: »Lily, du kapierst es einfach nicht. Du brauchst jemanden, der dich innerlich auf Trab hält. Du brauchst einen Freund.«

Ähm, na ja, welches Mädchen braucht keinen Freund? Aber diese exotischen Wesen lassen sich ja nicht einfach von den Bäumen klauben, schon gar nicht die wertvollen Exemplare. Ich gehe auf eine reine Mädchenschule, und nichts gegen die Schwestern von Sappho, aber für eine solche Liebe bin ich nicht geschaffen. Die wenigen Jungs aber, die ich kenne und die weder mit mir verwandt noch schwul sind, sind normalerweise so mit ihren Xboxes verwachsen, dass sie mich überhaupt nicht wahrnehmen. Oder ihre Vorstellung, wie ein Mädchen in meinem Alter aussehen und sich verhalten sollte, haben sie sich aus Männermagazinen wie *Maxim* und den weiblichen Figuren von Videospielen zusammengesetzt.

Und außerdem ist da noch das Problem mit Opa. Vor vielen Jahren besaß er ein kleines Lebensmittelgeschäft an der Avenue A in East Village. Den Laden hat er später verkauft, aber das Eckgebäude, in dem er fast sein ganzes Leben lang gewohnt hat, gehört ihm immer noch. Inzwischen leben wir in dem Haus, zusammen mit Opa, der sich den früheren Speicher zu einem »Penthouse-Apartment«, wie er gerne sagt, umgebaut hat. Im Erdgeschoss, wo früher das Geschäft war, ist inzwischen ein Sushi-Restaurant.

Opa hat die ganze Entwicklung des Viertels von der Arme-Einwanderer-Gegend zur Yuppie-Enklave von seinem Posten aus begleitet. Jeder kennt ihn. Jeden Morgen trifft er sich mit seinen alten Freunden in der italienischen Bar nebenan, wo lauter große, starke Männer aus kleinen Tassen Espresso trinken. Er ist für das ganze Viertel der Großvater, weil alle ihn achten und mögen, und deswegen glauben auch alle, sich um Opas Liebling – nämlich mich – kümmern zu müssen, das Baby der Familie, das Jüngste seiner zehn Enkelkinder. Die wenigen Jungs aus dem Viertel, die bisher an mir irgendein Interesse gezeigt haben, sind sehr schnell davon »überzeugt« worden, dass ich noch zu jung für einen Freund bin. Zumindest erzählt Langston das so. Es ist, als würde ich ein unsichtbares Mal auf der Stirn tragen, das den süßen Jungs in der Nachbarschaft »nicht verfügbar« signalisiert, wenn ich durch die Straßen gehe. Und das ist ein Problem.

Deshalb hatte Langston beschlossen, die Sache in die Hand zu nehmen: 1.) damit ich über die Weihnachtstage beschäftigt bin und er sich Benny widmen kann und 2.) damit der Schauplatz für meine Begegnung mit einem Jungen möglichst in das Revier westlich der First Avenue verlegt wird, wohin Opas schützender Arm nicht mehr reicht.

Langston schnappte sich das neue Notizbuch, das Opa erst vor Kurzem für mich gekauft hatte, und dachte sich zusammen mit Benny ein Ratespiel aus, um einen Jungen aufzutreiben, der genau zu mir passt. Behauptete er jedenfalls. Aber die Rätselspuren, die sie da ausgelegt haben, hätten kaum weniger mit mir zu tun haben können. *French Pi-*

anism? Klingt irgendwie unanständig. *The Joy of Gay Sex?* Ich werde rot, wenn ich nur daran denke. Definitiv unanständig. *Fat Hoochie Prom Queen?* Also, ich bitte doch sehr! Für mich ist *Hoochie* so ziemlich das schlimmste Schimpfwort für eine Frau. Niemals würde man mich ein solches Wort sagen hören, und erst recht nicht würde ich ein Buch lesen, das ein solches Wort im Titel trägt.

Ich war der Meinung, dass die Sache mit dem Notizbuch die blödsinnigste Idee war, die Langston jemals hatte – bis er mir sagte, wo er es platzieren wollte, nämlich bei *Strand,* dem Buchladen, in den unsere Eltern uns sonntags so oft mitgenommen haben und in dem wir zwischen den Regalen herumgestreunt sind, als wären sie unser Privatspielplatz. Und nicht nur das, Langston hatte vor, das rote Notizbuch neben meinem absoluten Lieblingsbuch ins Regal zu stellen, neben *Franny und Zooey.* »Wenn es irgendwo den perfekten Jungen für dich gibt«, sagte Langston, »dann wird es einer sein, der nach alten Salinger-Ausgaben Ausschau hält. Damit fangen wir an.«

Hätte es sich um ganz normale Weihnachtsferien gehandelt, die wir alle nach guter alter Familientradition zusammen verbracht hätten, dann hätte ich Langstons Idee mit dem roten Notizbuch nie zugestimmt. Aber bei der Vorstellung, den ersten Weihnachtsfeiertag ohne Geschenke-Auspacken und all die anderen kleinen Feierrituale zu verbringen, fühlte sich in mir plötzlich alles öde und leer an. Um die Wahrheit zu sagen, bin ich in der Schule nicht gerade die Beliebtheitsqueen, deshalb hatte ich für die Tage auch nicht gerade viele gesellige Alternativen.

Aber ich hätte nie gedacht, dass irgendjemand – und erst recht nicht ein Exemplar der hochbegehrten, jedoch extrem schwer fassbaren Gattung Männlicher-Teenager-Bücherfreak-und-*Strand*-Fan – tatsächlich das Notizbuch finden und die Herausforderung annehmen würde. Und das auch noch in dem Augenblick, als mein frisch gegründeter Weihnachtschor mich nach nur zwei Abenden Weihnachtsliedersingen auf der Straße sitzen ließ, um in einem Pub an der Avenue B mit irischen Trinkliedern weiterzumachen. Niemals hätte ich gedacht, dass jemand tatsächlich die kryptischen Hinweise von Langston verstehen und auf das Spiel eingehen würde.

Doch da stand es schwarz auf weiß – in einer SMS von meinem Cousin Mark, der mir mitteilte, dass es eine solche Person tatsächlich zu geben schien.

Lily, du hast einen Mitspieler. Er hat das Notizbuch behalten und dafür was für dich abgegeben. Liegt in einem braunen Umschlag an der Information.

Ich konnte es nicht fassen. Ich schrieb zurück: WIE SIEHT ER AUS????

Mark antwortete: Schräg. Möchtegern-Hipster.

Ich versuchte mir vorzustellen, wie ich mich mit einem schrägen Möchtegern-Hipster anfreundete, aber es gelang mir nicht. Ich bin ein nettes Mädchen. Ruhiger Charakter (bis auf das Weihnachtsliedersingen). Ich habe gute Noten. Bin Kapitänin der Fußballmannschaft an unserer Schule. Ich liebe meine Familie. Ich habe überhaupt keine Ahnung, was in der Downtown-Szene als »cool« und angesagt gilt. Ich bin eher langweilig und streberhaft, aber überhaupt nicht auf ironisch-hipsterhafte Art. So wie Harriet the Spy, die nervige, besserwisserische elfjährige Spionin, nur eben mehrere Jahre später – mit einer gestreiften Schuluniform-Bluse, die sie auch in ihrer Freizeit trägt, weil sie darunter ihren zu großen Busen verstecken kann, in den abgewetzten Jeans ihres Bruders, als Schmuck Ketten mit Tieranhängern, an den Füßen ausgelatschte Chucks und natürlich eine Streberbrille mit schwarzem Gestell auf der Nase. Das bin ich. Lily die Lilie, wie Opa mich manchmal nennt, weil alle finden, dass ich angeblich so zart und rein bin.

Manchmal frage ich mich, wie es wohl wäre, die dunklere Seite dieser lilienweißen Lily-Welt zu erforschen.

Ich machte mich hastig zu *Strand* auf, um abzuholen, was auch immer der rätselhafte Unbekannte für mich abgegeben hatte. Mark war nicht mehr da, aber auf den Umschlag, der an der Information auf mich wartete, hatte er geschrieben: *Ernsthaft, Lily. Dein Möchtegern-Hipster ist ganz schön schnöselig.*

Ich riss den Umschlag auf und … was war das denn?!?! Darin war ein Exemplar von *Der Pate,* zwischen dessen Seiten ein Flyer von Two-Boots-Pizza steckte. Auf dem Pizza-Flyer waren schmutzige Stiefelspuren zu sehen, vielleicht hatte er auf dem Boden von *Strand* gelegen. Und um beim Angeschmuddelten zu bleiben: Auch *Der Pate* war kein neues Buch, sondern fleckig und abgegriffen, die zerknitterten Seiten stanken nach Zigarettenrauch, und der Buchrücken brach gleich auseinander.

Ich rief Langston an, damit er mir sagte, was ich mit diesem Unsinn anfangen sollte. Er ging nicht dran.

Da unsere Eltern uns inzwischen eine SMS geschickt hatten, dass sie gut in ihrem Fidschi-Paradies angekommen waren, war Benny jetzt wohl schon bei uns zu Hause eingezogen und Langston hatte seine Zimmertür fest zugezogen und das Handy abgeschaltet.

Ich hatte keine andere Wahl, als mir eine Pizza zu bestellen und allein über dem roten Notizbuch zu brüten. Was hätte ich sonst tun sollen? In einer schwierigen Situation helfen Kohlenhydrate immer.

Also ging ich zur Two-Boots-Pizza-Filiale an der Avenue A, knapp oberhalb der Houston Street, wie es auf dem Flyer stand. Ich fragte den Typ hinter der Theke: »Kennst du einen leicht schrägen Jungen, der den *Paten* toll findet?«

»Ich wünschte, es wär so«, antwortete der Typ. »Normal oder mit Peperoni?«

»Calzone bitte«, sagte ich. Two Boots macht seltsame Pizzas mit Cajun-Geschmack. Nichts für mich und meinen empfindlichen Magen.

Ich setzte mich an einen Ecktisch und blätterte durch das Buch, das der Möchtegern-Hipster für mich dagelassen hatte, aber ich konnte keine verwertbaren Spuren entdecken. *Na gut,* dachte ich, *dann scheint das Spiel ja wohl vorbei zu sein, noch bevor es begonnen hat.* Wahrscheinlich war ich als Lily einfach zu lilienweiß, um mehr herauszufinden.

Aber dann fiel der Flyer, der zwischen den Buchseiten gesteckt hatte, aus Versehen auf den Boden, und ich entdeckte plötzlich, dass dort ein Post-it hervorlugte. Das hatte ich vorher glatt übersehen. Ich musterte den Zettel. Ganz klar die Schrift eines Jungen: ein missmutiges, fremdartiges und kaum lesbares Gekritzel.

Und jetzt kommt das Unheimliche. Ich konnte die Botschaft tatsächlich entziffern. Es waren ein paar Verse aus einem Gedicht von Marie Howe, einer Lyrikerin, die meine Mutter besonders schätzt. Mom ist Literaturprofessorin und hat sich auf amerikanische Literatur des 20. Jahrhunderts spezialisiert. Als wir noch klein waren, hat sie Langston und mich, statt uns Gute-Nacht-Geschichten vorzulesen, mit Gedichten gequält; mein Bruder und ich haben die moderne amerikanische Lyrik also schon mit der Muttermilch aufgesogen.

Die Zeilen stammten aus dem Lieblingsgedicht meiner Mutter von Marie Howe, und auch ich habe das Gedicht immer sehr gern gemocht, weil die Dichterin darin beschreibt, wie sie sich in der Fensterscheibe einer Videothek spiegelt. Ich fand das eine witzige Vorstellung: Eine dieser verrückten Dichterinnen wandert durch die Straßen und entdeckt dann ihr Spiegelbild im Fenster eines Videoladens neben Plakaten von, sagen wir mal, Jackie Chan oder Sandra Bullock oder irgendeinem anderen superberühmten Filmstar, der sich überhaupt nichts aus lyrischen Stimmungen macht. Ich mochte den rätselhaften Hipsterboy noch mehr, als ich sah, welchen Vers er unterstrichen hatte:

Ich lebe und du lebst in meiner Erinnerung

Ich hatte keine Ahnung, was Marie Howe und Two-Boots-Pizza und *Der Pate* möglicherweise gemeinsam hatten. Ich versuchte noch einmal, Langston anzurufen. Es ging immer noch niemand dran.

Ich las den Vers noch einmal und noch einmal. *Ich lebe und du lebst in meiner Erinnerung*. Trotz meiner Mutter kann ich, ehrlich gesagt, mit Lyrik nicht besonders viel anfangen, aber das war von Marie Howe einfach hübsch gesagt.

Zwei Kerle setzten sich an den nächsten Tisch und legten ihre ausgeliehenen Videos vor sich hin. Da begriff ich auf einmal die Verbindung: *Das Fenster der Videothek an der Ecke*. An die Filiale von Two-Boots-Pizza an der Avenue A war nämlich auch eine Videothek angeschlossen.

Ich stürmte in den Videobereich hinüber, als hätte ich aus Versehen Louisiana-Hot-Sauce auf meiner Pizza gehabt und müsste nun ganz schnell auf die Toilette. Schnurstracks steuerte ich auf das Regal zu, wo *Der Pate* stehen musste. Der Film war nicht da. Ich fragte das Mädchen an der Ausgabe, wo ich das Video finden konnte. »Ausgeliehen«, sagte sie.

Danach kam ich eher aus Zufall noch mal am Buchstaben P vorbei, und plötzlich fand ich ihn, an einer völlig falschen Stelle eingeräumt: *Der Pate, Teil III.* Ich öffnete die Videohülle und – tatsächlich! – darin war ein weiteres Post-it mit der krakeligen Hipster-Schrift:

Niemand leiht jemals »Der Pate, Teil III« aus. Erst recht nicht, wenn der Film falsch einsortiert ist. Willst du noch eine Spur? Dann finde »Clueless«. Auch falsch eingeordnet, wo Kummer auf Mitleid trifft.

Ich ging noch mal zur Ausgabetheke. »Wo trifft Kummer auf Mitleid?«, fragte ich, auf eine zutiefst existenzielle Antwort gefasst.

Das Mädchen blickte von dem Comic, den sie las, gar nicht auf. »Ausländische Dokumentarfilme.«

Aha.

Ich ging zum Regal mit ausländischen Dokumentarfilmen. Und tatsächlich, neben einem Film mit dem Originaltitel *Le Chagrin et la pitié* stand ein Exemplar von *Clueless!* In der Hülle steckte eine weitere Notiz:

Ich hätte nicht gedacht, dass du es so weit schaffst. Bist du auch ein Fan von deprimierenden französischen Filmen über den Holocaust? Wenn ja, dann mag ich dich jetzt schon. Wenn nein, warum eigentlich nicht? Hasst du auch die Filme von Woody Allen? Wenn du dein rotes Notizbuch zurückmöchtest, hinterlasse eine Botschaft im Film deiner Wahl bei Amanda an der Ausgabetheke. Ich bitte nur um eins: keinen Weihnachtsfilm.

Ich ging wieder zur Ausgabe. »Bist du Amanda?«, fragte ich das Mädchen.

Sie blickte auf, zog eine Augenbraue hoch. »Bin ich.«

»Kann ich hier bei dir etwas für jemand abgeben?«, fragte ich. Fast hätte ich ihr zugezwinkert, aber das brachte ich nicht über mich. Viel zu plump.

»Kannst du«, sagte sie.

»Habt ihr *Das Wunder von Manhattan*?«, fragte ich.

drei

– Dash –

22. Dezember

»Soll das ein Witz sein?«, fragte ich Amanda. Und an der Art und Weise, wie sie mich anschaute, erkannte ich, dass ich der Witz war.

Was für eine Unverschämtheit! Ich hätte das mit dem Weihnachtsfilm nicht erwähnen dürfen. Das forderte Lily ja geradezu zu einer sarkastischen Antwort heraus! Und dann erst die Anweisung:

> 5. Such bitte nach den warmen Wollfäustlingen
> mit den aufgenähten Rentieren.

Konnte es da noch einen Zweifel geben, was mein nächstes Ziel sein würde?

Macy's.

Zwei Tage vor Heiligabend.

Genauso gut hätte sie meinen Kopf in Geschenkpapier einwickeln und dann Kohlendioxid darunterpumpen können. Oder mich an einem Strick aus Kassenbons erhängen. Ein Kaufhaus zwei Tage vor Weihnachten ist wie eine Stadt im Belagerungszustand; wild mit den Augen rollende Kunden kämpfen um die letzte Schneekugel mit einem Seepferdchen, ein Weihnachtsgeschenk für Großtante Mary.

Das wollte ich nicht.

Das konnte ich nicht.

Ich musste.

Ich versuchte, mich abzulenken, indem ich über die Wörter *Faust* und *Fäustling* nachdachte, dann über *Daumen* und *Däumling,* schließlich über *Frau* und *Fräulein.* Aber das hielt nur so lange an, wie ich brauchte, um die Treppe von der U-Bahn-Station hochzugehen, denn als ich am Herald Square auftauchte, wurde ich von der einkaufstütenbewaffneten Menschenmenge fast erdrückt. Das Grabesgeläut der Heilsarmee mit ihren Glöckchenklinglerinnen gab mir noch den Rest, und wenn ich es nicht sofort schaffte zu entkommen, da war ich mir ganz sicher, würde mich gleich ein Kinderchor umringen und mit Weihnachtsliedern zu Tode singen.

Ich betrat Macy's, und augenblicklich bot sich mir das jämmerliche Spektakel eines Kaufhauses voller kaufgieriger Kunden, von denen keiner etwas für sich kaufen wollte. Ohne den Lustgewinn des Shoppens für sich selbst drückten sich die Menschen benommen durch die Gänge, aus taktischen Gründen zum Geldausgeben gezwungen. So kurz vor Weihnachten griffen alle auf die üblichen Geschenkideen zurück. Dad bekam eine Krawatte, Mom einen Schal und die Kinder Pullover, ob sie wollten oder nicht.

Ich hatte alle meine Weihnachtseinkäufe am 3. Dezember zwischen zwei Uhr und vier Uhr morgens an meinem Computer erledigt. Die Geschenke lagen in den Wohnungen meiner Eltern bereit, um von ihnen im neuen Jahr ausgepackt zu werden. Meine Mutter hatte ihre Geschenke für mich in ihrem Wohnzimmer ausgebreitet, mein Vater hatte mir einen Hundert-Dollar-Schein zugesteckt und gesagt, ich solle damit in die Stadt gehen. Seine genauen Worte waren: »Aber gib nicht alles für Schnaps und Weiber aus« – womit er mir unterschwellig zu verstehen gab, ich solle doch zumindest einen Teil davon für Schnaps und Weiber ausgeben. Wenn es einen Geschenkgutschein dafür gegeben hätte, hätte er wahrscheinlich seine Sekretärin losgeschickt, damit sie mir in der Mittagspause einen besorgte.

Die Verkäufer bei Macy's waren an so viel gewöhnt, dass ihnen eine Frage wie »Wo finde ich bitte warme Wollfäustlinge mit aufgenähten Rentieren?« nicht im Geringsten seltsam vorkam. Schließlich landete ich bei Außenbekleidung, was mich etwas hilflos mit der Frage zurückließ, was denn wohl als Innenbekleidung zählte, etwa Ohrstöpsel?

Fäustlinge waren mir immer schon als ein evolutionärer Rückschritt vorgekommen – warum hatten wir eigentlich Gefallen daran, uns in eine Art Hummer zu verwandeln, nur weniger beweglich? Aber als ich jetzt vor den Weihnachts-Winter-Sonderangeboten von Macy's stand, nahm meine Verachtung für Fäustlinge neue, ungeahnte Ausmaße an. Es gab welche, die wie Lebkuchenmänner aussahen, und andere, die mit Lametta verziert waren. Eine Sorte Fäustlinge ahmte den Daumen eines Trampers nach, dessen Ziel der Nordpol sein musste. Direkt vor meinen Augen nahm eine Frau mittleren Alters tatsächlich ein Paar davon vom Tisch und legte sie zu dem Stapel auf ihrem Arm.

»Wirklich?«, rief ich entsetzt.

»Wie bitte?«, fragte sie irritiert.

»Ästhetische und nützliche Aspekte mal beiseite gelassen«, sagte ich, »aber diese Fäustlinge sind doch ganz besonders schwachsinnig. Glauben Sie, dass Sie jemals zum Nordpol trampen wollen? Ist nicht der ganze Trick an Weihnachten, dass der Weihnachtsmann die Geschenke ins Haus liefert? Und wenn Sie dann wirklich am Nordpol sind, was finden Sie da schon? Nur ein paar erschöpfte, mürrische Zwerge. Immer vorausgesetzt natürlich, Sie glauben an die Weihnachtswerkstatt dort, wo wir doch andererseits alle wissen, dass es am Nordpol noch nicht mal einen Pol gibt, und wenn es mit der Klimaerwärmung so weitergeht, wird es da auch bald nicht mehr besonders nordisch sein.«

»Warum lassen Sie mich nicht einfach in Ruhe?«, antwortete die Frau und setzte ein »Idiot« hinterher. Dann nahm sie die Fäustlinge und verschwand.

Für mich ist das eines der größten Wunder der Weihnachtszeit: wie schnell wir nämlich alle ein »Idiot« über die Lippen bringen, als würde es andauernd laut in unseren Herzen schlagen. Man fährt damit Fremde an, aber auch die Menschen, die einem am nächsten sind. Es kann ein »Idiot« aus einem harmlosen Grund sein – *Sie haben mir meinen Parkplatz weggeschnappt!* oder *Wie kommen Sie dazu zu kritisieren, welche Fäustlinge ich kaufen will?* oder *Ich habe sechzehn Stunden damit verbracht, genau so einen Golfclub ausfindig zu machen, wie Sie ihn sich wünschen, und dafür kriege ich jetzt als Dankeschön einen Gutschein für McDonald's?* Es kann aber auch ein »Idiot« sein, das schon viele Jahre darauf gewartet hat, endlich zum Vorschein zu kommen. *Immer bestehst du darauf, den Truthahn zu zerteilen, obwohl ich Stunden in der Küche gestanden habe* oder *Ich halt es nicht mehr aus, noch einmal die Ferien mit dir zu verbringen und so zu tun, als würde ich dich immer noch lieben* oder *Du willst, dass ich so bin wie du und Schnaps und Weiber liebe, in der Reihenfolge, aber du bist für mich als Vater kein Vorbild, sondern ein abschreckendes Beispiel.*

Das ist der Grund, weshalb man mich nicht zu Macy's hätte gehen lassen dürfen. Wenn man nämlich einen kurzen Abschnitt des Jahres gleich zu einer ganzen »Zeit« erklärt, gibt man damit auch allen möglichen Gedanken Raum. Und sobald man diesen Raum einmal betreten hat, kommt man nur schwer wieder heraus.

Ich fing an, sämtlichen Rentierfäustlingen die Hände zu schütteln, weil ich mir sicher war, dass Lily in einem von ihnen etwas versteckt hatte. Es war das fünfte Paar im Stapel. Einer der Fäustlinge wirkte etwas verdrückt. Ich zog einen Zettel heraus.

6. Ich hab für dich was unterm Kopfkissen versteckt.

Nächste Station: die Bettenabteilung. Ich persönlich bevorzuge das Wort *betten* ja als Verb und nicht als Substantiv. *Können Sie mir bitte sagen, wo die Bettenabteilung ist?* kann es einfach nicht aufnehmen mit *Wohin willst du dein Haupt betten?* oder *Bettest du dich neben mich?*. Natürlich funktioniert so etwas nur in meinem Kopf und nicht in der Wirklichkeit – Sofia zum Beispiel hat nie wirklich verstanden, was ich ihr mit solchen Sätzen sagen wollte, was ich damit zu entschuldigen versuchte, dass Englisch nicht ihre Muttersprache ist. Ich forderte sie deshalb oft auf, mir ruhig mit irgendeinem obskuren Wortspiel auf Spanisch zu antworten, aber sie wusste nie so recht, was ich eigentlich meinte.

Dafür ist sie sehr hübsch. Wie eine Blume. Das vermisse ich.

Als ich zur Bettenabteilung kam, fragte ich mich, ob Lily sich Gedanken darüber gemacht hatte, wie viele Betten hier aufgestellt waren. Man hätte hier ein ganzes Waisenhaus unterbringen können, mit ein paar zusätzlichen Lagern für das lustige Treiben der erziehenden Nonnen *(Hasch mich, hasch mich!)*. Der einzige Weg, mich zurechtzufinden, bestand darin, alles in Planquadrate zu unterteilen und dann von Norden aus im Uhrzeigersinn vorzurücken.

Das erste Bett hatte eine Decke mit Paisleymuster und vier auftrumpfende Kissen. Ich schob meine Hand unter das erste davon, um nach dem Zettel für mich zu suchen.

»Junger Mann? Kann ich Ihnen helfen?«

Ich drehte mich um und sah einen Bettwarenverkäufer hinter mir stehen, mit halb belustigtem, halb alarmiertem Gesichtsausdruck. Er erinnerte mich ein bisschen an Barney Geröllheimer, nur mit dem Unterschied, dass er vor nicht allzu langer Zeit Bräunungscreme benutzt haben musste, was natürlich in der Steinzeit nicht möglich gewesen wäre. Ich hegte ein gewisses Mitgefühl für ihn. Nicht wegen der Bräunungscreme – ich würde so einen Scheiß nie benutzen –, sondern weil ich mir ausmalte, dass der Job eines Bettwarenverkäufers auf geradezu biblische Weise quälend paradox war.

Also ich meine, da steht er herum, acht oder neun Stunden pro Tag, die ganze Zeit muss er stehen, und rings um ihn nichts als Betten. Und nicht nur das, es kommen auch noch dauernd Kunden, die diese Betten sehen und nicht anders können, als zu denken: *Oh Mann, da würde ich mich jetzt gern ein Viertelstündchen reinlegen.* Er muss also nicht nur sich selbst permanent davon abhalten, sich zu einem Schläfchen hinzulegen, sondern auch noch alle anderen. Wenn ich an seiner Stelle wäre, würde ich mich unendlich nach etwas menschlicher Gesellschaft sehnen. Ich beschloss, ihn ins Vertrauen zu ziehen.

»Ich suche nach etwas«, sagte ich und warf einen Blick auf seinen Ringfinger. Volltreffer. »Sind Sie verheiratet?«

Er nickte.

»Es ist nämlich so«, sagte ich, »meine Mutter hat sich hier nach Bettwäsche umgesehen und dabei ist ihr wohl ihre Geschenkeliste unter eines der Kopfkissen geraten. Sie ist jetzt oben in der Haushaltswarenabteilung und ganz verzweifelt, weil sie sich nicht mehr daran erinnern kann, was sie welcher Verwandten schenken wollte, und mein Vater pfeift schon auf dem letzten Loch, weil er Geschenkekaufen ungefähr so hasst wie Terrorismus und Erbschaftssteuer. Deshalb hat er mich jetzt runtergeschickt, um die Liste aufzutreiben, und wenn ich sie nicht schnell finde, gibt es im vierten Stock gleich eine größere Katastrophe.«

Barney Geröllheimer mit seiner künstlichen Supersonnenbräune rieb sich mit dem Finger über die Schläfe, um besser nachdenken zu können.

»Ich glaube, ich erinnere mich an sie«, sagte er. »Ich werde auf dieser Seite unter den Kissen nachsehen, tun Sie es doch auf der anderen. Und *bitte* legen Sie die Kissen wieder genau an ihren Platz zurück und zerwühlen Sie nicht die Laken!«

»Aber selbstverständlich!«, versicherte ich ihm.

Wenn ich jemals meine Vorliebe für Schnaps und Weiber entdecken sollte, so beschloss ich, dann würde mein Spruch sein: *Entschuldigen Sie bitte, gnädige Frau, aber ich würde mich unsterblich gerne neben Sie betten und Sie zerwühlen … Sind Sie zufällig heute Abend frei?*

Auch wenn ich jetzt das Risiko eingehe, vielleicht etwas zu sagen, das vor Gericht gegen mich verwendet werden kann – es war schon erstaunlich, was da alles unter den Kopfkissen bei Macy's zu finden war. Halb aufgegessene Schokoriegel. Babykauringe. Kreditkarten. Ein größeres Ding, von dem ich nicht recht wusste, ob es sich um eine tote Qualle oder ein Kondom handelte, was ich aber nicht mehr rausfinden konnte, weil ich meine Finger schnell wegzog. Der arme Barney ließ einen Schrei fahren, als er auf ein halb verwestes Nagetier stieß. Er rannte damit weg, um es schnell zu entsorgen und sich selbst zu desinfizieren. Da fand ich endlich den Zettel, nach dem ich suchte.

7. Frag den Weihnachtsmann nach der nächsten Botschaft.

Nein. Verdammt noch mal nein nein nein.

Wenn mich ihr Sadismus nicht gereizt hätte, ich hätte mich sofort vom Acker gemacht.

So aber machte ich mich sofort auf zum Weihnachtsmann.

Es war nicht so einfach, wie ich gedacht hatte. Als ich in den ersten Stock ins Weihnachtswunderland kam, war die Schlange mindestens zehn Klassenzimmer lang. Kinder zappelten ungeduldig herum, während die Eltern in Handys sprachen oder die kleinen Ausreißer zurückzerrten oder wie Untote müde schwankten.

Zum Glück gehe ich nie ohne ein Buch aus dem Haus, man weiß ja nie, ob man sich nicht in einer langen Weihnachtsmannschlange anstellen oder sich mit ähnlichen Unannehmlichkeiten herumschlagen muss. Die Kinder vor mir zückten Wunschlisten und Fotoapparate, während ich *Lust und Laster* hatte.

Mehrere Eltern – vor allem die Väter – musterten mich seltsam. Ich konnte richtig sehen, wie es in ihnen arbeitete – ich war zu alt, um noch an den Weihnachtsmann zu glauben, aber zu jung, um ihren Kindern etwas Böses zu wollen. Deshalb ging von mir keine Gefahr aus. Irgendwie verdächtig war ich trotzdem.

Es dauerte eine Dreiviertelstunde, bis ich es in der Schlange ganz nach vorne geschafft hatte. Ich sah, dass das Mädchen vor mir fast fertig war, und machte einen Schritt.

»Eine Sekunde!«, herrschte mich eine harsche Stimme an.

Ich blickte nach unten. Das ärgerlichste Klischee des ganzen Weihnachtsklimbims: ein machtgeiler Zwerg.

»WIE ALT BIST DU?«, belferte er.

»Dreizehn«, log ich.

Seine Blicke waren genauso spitz wie sein lächerlicher grüner Hut.

»Tut mir leid«, sagte er mit ganz und gar mitleidloser Stimme, »aber zwölf ist die Grenze.«

»Ich verspreche, es wird nicht lang dauern«, sagte ich.

»ZWÖLF IST DIE GRENZE!«

Das Mädchen hatte ihre Audienz beim Weihnachtsmann beendet. Ich war an der Reihe. Mit Fug und Recht war ich an der Reihe.

»Ich muss den Weihnachtsmann nur eine Sache fragen«, sagte ich. »Nur ganz kurz.«

Der Zwerg versperrte mir den Weg. »Mach Platz für die anderen!«, forderte er.

»Du kannst mich mal«, antwortete ich.

Die ganze Schlange beobachtete uns jetzt. Die Augen der Kinder waren vor Furcht weit aufgerissen. Die meisten Väter und auch ein paar Mütter sahen aus, als würden sie sich sofort auf mich stürzen, falls ich nur eine falsche Bewegung machte.

»Ich brauche Unterstützung«, murmelte der Zwerg, ohne dass ich hätte sagen können, mit wem er da redete.

Ich ging ein Stück nach vorne und schob ihn mit der Hüfte energisch zur Seite. Ich war fast schon beim Weihnachtsmann angelangt, als ich spürte, wie jemand an mir zerrte –

der Zwerg hatte in die Tasche meiner Jeans gegriffen und hielt mich fest.

»Lass! Mich! Los!«, rief ich, während ich mit den Füßen nach hinten kickte.

»Du bist ein BÖSER JUNGE!«, schrie der Zwerg. »EIN SEHR BÖSER JUNGE!«

Mittlerweile war der Weihnachtsmann auf uns aufmerksam geworden. Er musterte mich von oben bis unten, dann gluckste er laut. »Ho ho ho! Was ist denn hier das Problem?«

»Lily schickt mich«, sagte ich.

Irgendwo hinter seinem Bart schien er über diesen Satz nachzudenken. In der Zwischenzeit zog mir der Zwerg fast die Hose herunter.

»Ho! Ho! Ho! Lass ihn los, Desmond!«

Der Zwerg ließ mich los.

»Ich rufe den Sicherheitsdienst«, beharrte er.

»Wenn du das tust«, dröhnte der Weihnachtsmann, »bist du wieder in der Wäscheabteilung und faltest Handtücher, aber so schnell, dass du noch nicht mal Zeit hast, die Glöckchen von deinen Stiefeln abzumachen oder deine Eier aus der Zwergenunterhose rauszuquetschen.«

Es war gut, dass der Zwerg in diesem Augenblick sein Spielzeugschnitzmesser nicht bei sich hatte, denn sonst hätte der Tag bei Macy's einen blutigen Verlauf nehmen können.

»Nun, nun, nun«, sagte der Weihnachtsmann, sobald der Zwerg den Rückzug angetreten hatte. »Komm her und setz dich auf meinen Schoß, kleiner Junge.«

Der Bart des Weihnachtsmannes war echt, ebenso wie seine Haare. Das war kein Schwindel.

»Ich bin kein kleiner Junge mehr«, sagte ich. »Nicht wirklich.«

»Dann komm her und setz dich auf meinen Schoß, *großer Junge*.«

Ich ging zu ihm. Bei seinem dicken Bauch war nicht viel Platz für einen Schoß, auf den man sich hätte setzen können. Und obwohl er es zu verbergen versuchte, schwöre ich, dass er sich in den Schritt griff, als ich mich näherte.

»Ho ho ho!«, gluckste er wieder.

Ich setzte mich so vorsichtig auf seine Knie, als wären sie ein versiffter U-Bahn-Sitz.

»Bist du dieses Jahr auch ein braver kleiner Junge gewesen?«, fragte er.

Ich hatte nicht das Gefühl, dass ich die richtige Person war, um darüber Auskunft geben zu können, aber um das Ganze etwas zu beschleunigen, sagte ich Ja.

Er bebte am ganzen Körper vor Freude.

»Gut! Gut! Gut! Was soll dir denn der Weihnachtsmann bringen?«

Ich hatte gedacht, das sei schon geklärt.

»Einen Brief von Lily«, sagte ich. »Das wünsche ich mir zu Weihnachten. Aber ich will ihn schon jetzt haben.«

»Na, na, na, nicht so ungestüm!«, ermahnte er mich und flüsterte mir dann ins Ohr: »Der Weihnachtsmann hat was für dich« – er rutschte ein wenig auf seinem Sitz hin und her – »unter seinem Mantel. Wenn du dein Geschenk haben willst, musst du mir den Bauch streicheln.«

»Was?«, fragte ich.

Er ließ seinen Blick nach unten wandern. »Los! Das Geschenk wartet!«

Ich guckte genauer hin und entdeckte den Umriss eines Briefumschlags unter seinem roten Samtkostüm.

»Ich weiß, dass du es willst«, flüsterte er.

Das konnte ich nur durchstehen, indem ich es als die große Mutprobe ansah, die es tatsächlich war. Verflucht, Lily! Mich kriegst du nicht klein.

Ich fasste dem Weihnachtsmann unter sein Samtkostüm. Erschrocken stellte ich fest, dass er darunter gar nichts trug. Es war dort heiß, verschwitzt, schwabbelig, alles voller Haare … und sein dicker Bauch stellte ein echtes Hindernis dar, so leicht kam ich an den Umschlag nicht ran. Ich musste mich weit vorbeugen und meinen Arm abbiegen, um bis zum Umschlag langen zu können, und die ganze Zeit über lachte der Weihnachtsmann »Oh ho ho, ho ho oh ho!« in mein Ohr.

Ich hörte den Zwerg »Was zum Teufel …?« schreien, Eltern fingen zu kreischen an. Ja, ich begrapschte den Weihnachtsmann. Und jetzt hatte ich endlich eine Ecke des Umschlags erwischt. Er versuchte, ihn mit seinem wackelnden Bauch von mir fortwandern zu lassen, aber ich hielt den Umschlag fest gepackt und zerrte ihn ans Licht – mitsamt ein paar weißen Bauchhaaren. »Au ho ho!«, stieß der Weihnachtsmann aus. Ich sprang schnell von seinem Schoß.

»Der Sicherheitsdienst ist da!«, verkündete der Zwerg.

Der Brief war in meiner Hand, feucht, aber unversehrt.

»Er hat den Weihnachtsmann angefasst!«, rief ein kleines Kind.

Ich rannte. Ich wich aus. Ich schlängelte mich im Slalom durch die Menge. Ich zwängte mich durch die vielen Touristen, bis ich bei der Männerbekleidung im zweiten Stock in Sicherheit war. In einer Umkleidekabine atmete ich auf, hier fühlte ich mich geschützt. Ich wischte Hand und Brief an einem purpurroten Samttrainingsanzug ab, den jemand liegen gelassen hatte, dann öffnete ich den Umschlag, um Lilys nächste Anweisung zu lesen.

8. Das nenne ich Sportsgeist!
Alles, was ich mir jetzt noch zu Weihnachten
(oder für den 22. Dezember) von dir wünsche,
ist deine schönste Weihnachtserinnerung.
Außerdem will ich mein rotes Notizbuch zurück,
deshalb stecke es bitte mitsamt deiner Weihnachtserinnerung in meinen Strumpf im ersten Stock.

Ich blätterte in dem Notizbuch zu einer leeren Seite und fing zu schreiben an.

Mein schönstes Weihnachten war mit acht. Meine Eltern hatten sich gerade getrennt und erzählten mir, dass ich in diesem Jahr großes Glück hätte, denn ich würde zweimal Weihnachten feiern. Sie nannten es australisches Weihnachten, weil ich am Abend Geschenke bei meiner Mutter und am nächsten Morgen Geschenke bei meinem Vater bekommen würde, und das wäre ganz in Ordnung so, in Australien sei da nämlich immer noch derselbe Weihnachtsfeiertag. Klingt großartig, dachte ich und war glücklich. Zweimal Weihnachten hintereinander! Und es wurde groß gefeiert. Zweimal großes Festessen mit Verwandten. Sie müssen meinen Wunschzettel in der Mitte auseinandergeschnitten haben, weil ich alles bekommen habe, was ich mir gewünscht hatte, und nichts doppelt. Dann machte mein Vater am zweiten Abend den großen Fehler. Ich war lange aufgeblieben, viel zu lange, und alle anderen waren schon nach Hause gegangen. Er trank eine goldbraune Flüssigkeit – wahrscheinlich Brandy – und zog mich neben sich aufs Sofa und fragte mich, ob es mir gefiele, zweimal Weihnachten zu feiern. Ich sagte Ja, und er erzählte mir noch mal, wie viel Glück

ich hätte. Dann fragte er mich, ob ich mir noch irgendetwas wünschte.
Ich sagte ihm, dass ich mir wünschte, Mom wäre auch bei uns. Und er zuckte mit keiner Wimper. Er sagte, er würde sehen, was sich da machen ließe. Und ich glaubte ihm. Ich glaubte ihm, dass ich echt Glück hätte, ich glaubte ihm, dass zweimal Weihnachten feiern besser war, und obwohl ich wusste, dass es den Weihnachtsmann nicht gibt, glaubte ich immer noch daran, dass meine Eltern Wunder bewirken konnten. Deshalb war es mein schönstes Weihnachten. Es war das letzte Mal, dass ich noch wirklich an etwas glaubte.

Stell eine Frage und du bekommst eine Antwort. Wenn Lily nicht verstand, was ich ihr damit sagen wollte, dann brauchten wir miteinander nicht mehr weiterzumachen.

Nachdem ich einen weiten Bogen um das Weihnachtswunderland mit den vielen Sicherheitsleuten geschlagen hatte, fand ich schließlich den Stand, an dem Weihnachtsstrümpfe mit Namenszug verkauft wurden. Selbstverständlich gab es da auch einen Haken mit Lily-Strümpfen, vor denen mit Lina und Livinia. Da würde ich das rote Notizbuch hineinstecken …

… aber zuerst musste ich noch mal raus und zum Kino, um Lily eine Karte für die Zehn-Uhr-Vorstellung von *Gramma Got Run Over by a Reindeer* zu besorgen.

vier

(Lily)

23. Dezember

Ich bin noch nie allein ins Kino gegangen. Wenn ich sonst ins Kino gehe, dann mit meinem Opa, meinem Bruder und meinen Eltern oder mit einem ganzen Schwarm von Cousins und Cousinen. Am schönsten ist es, wenn wir alle zusammen gehen, ein ganzes Heer miteinander verwandter Popcorn-Zombies, die alle dasselbe Lachen lachen und dieselben Seufzer seufzen und von denen keiner Angst vor den Bakterien des anderen hat, weshalb wir alle mit einem einzigen Strohhalm aus einem monströs großen Eimer Cola trinken. Dafür gibt es Familie.

Eigentlich wollte ich darauf bestehen, dass Langston und Benny mich am nächsten Vormittag in die Zehn-Uhr-Vorstellung von *Gramma Got Run Over by a Reindeer* begleiteten. Ich fand, das war nur recht und billig, wo sie doch die ganze Sache ins Rollen gebracht hatten. Deshalb weckte ich sie pünktlich um acht Uhr auf, um ihnen das mitzuteilen und ihnen genug Zeit zu geben, über die Wahl des richtigen ironischen T-Shirts nachzudenken und ihren Haaren den zerzausten *Ich-kümmere-mich-gar-nicht-darum-doch-in-Wirk-*

lichkeit-kümmere-ich-mich-viel-zu-viel-darum-Look zu geben, bevor wir aus dem Haus gingen.

Aber Langston warf nur mit seinem Kopfkissen nach mir und rührte sich keinen Zentimeter aus dem Bett.

»Raus aus meinem Zimmer, Lily!«, brummte er. »Geh allein ins Kino!«

Benny drehte sich ächzend auf die andere Seite und schaute auf den Wecker neben dem Bett. *»Ay, mamacita,* wie viel Uhr ist es? Acht? *Mierda mierda mierda,* und das in den Weihnachtsferien, wo man mindestens bis Mittag schläft? *Ay, mamacita* … GEH WIEDER INS BETT!« Und damit rollte er sich auf den Bauch und zog sich das Kissen über den Kopf, um weiterzuträumen, vermutlich auf Spanisch.

Ich war selber ziemlich müde, weil ich schon um vier Uhr aufgestanden war, um dem geheimnisvollen Hipsterboy ein ganz besonderes Geschenk zu machen. Ich hätte nichts dagegen gehabt, noch eine Runde neben Langston auf dem Boden zu schlafen, wie ich es früher immer gemacht hatte, als wir noch klein gewesen waren. Aber ich war mir ziemlich sicher, dass Langston an diesem Morgen, in dieser besonderen Dreierkonstellation, nur wieder und wieder sein Mantra wiederholt hätte:

»Hast du gehört, Lily? RAUS AUS MEINEM ZIMMER!«

Er sagte das tatsächlich. Das bildete ich mir nicht nur ein.

»Aber ich darf noch nicht allein ins Kino gehen«, gab ich zurück. Zumindest mit acht hatte ich das nicht gedurft. Und Mom und Dad hatten nie klipp und klar gesagt, ob diese Vorschrift inzwischen außer Kraft gesetzt war.

»Natürlich darfst du allein ins Kino gehen, du spinnst wohl. Und selbst wenn es nicht so wäre, in Moms und Dads

Abwesenheit bin ich dein Erziehungsberechtigter, und ich erlaube es dir ausdrücklich. Je früher du mein Zimmer verlässt, desto schneller darfst du abends auch statt bis elf bis Mitternacht ausgehen.«

»Ich muss um zehn zu Hause sein, das weißt du ganz genau, und Mom und Dad wollen nicht, dass ich abends allein unterwegs bin.«

»Weißt du was? Diese Regeln gelten nicht mehr, du kannst abends so lang wegbleiben, wie du willst und mit wem du willst, und du kannst dich auch ganz allein herumtreiben. Mir ist das egal, solange dein Handy immer an ist, damit ich dich jederzeit erreichen und hören kann, ob du noch lebst. Betrink dich, flirte mit Jungs, dass sich die Balken biegen, und knutsch …«

»LA LA LA LA LA LA«, sagte ich, die Hände auf die Ohren gepresst, um Langstons Gerede nicht mehr hören zu müssen. Ich wollte schon aus dem Zimmer, da drehte ich mich noch mal um und fragte: »Was wollen wir eigentlich heute Abend essen? Morgen ist schließlich Heiligabend. Ich dachte mir, wir könnten vielleicht Maronen rösten und …«

»RAUS!«, brüllten Langston und Benny gleichzeitig.

So viel zur vorweihnachtlichen Stimmung am Tag vor Heiligabend. Als wir klein waren, begann der Weihnachtscountdown schon eine Woche vorher, und es fing immer damit an, dass entweder Langston oder ich beim Frühstück laut sagten: »Guten Morgen! Ich wünsche euch allen einen schönen Tag am Tag vor dem Tag vor dem Tag vor dem Tag vor dem Tag etc. vor Weihnachten!« Und so ging es dann, bis wirklich Weihnachten war.

Ich malte mir die schrecklichen Monster aus, die während der Vormittagsvorstellung sechzehnjährigen Mädchen auflauerten, die allein ins Kino gehen mussten, weil ihre

Brüder es nicht rechtzeitig aus dem Bett geschafft hatten. Wahrscheinlich war es am besten, ich guckte dann richtig fies, um sie zu erschrecken. Ich zog mich an, wickelte eine Schleife um mein Geschenk und stellte mich dann vor den Badezimmerspiegel, um übungshalber ein paar Grimassen zu schneiden, die alle bösen Monster vertreiben würden. Sie sollten es bloß wagen, einem allein dasitzenden sechzehnjährigen Mädchen aufzulauern!

Als ich gerade mein fiesestes Gesicht schnitt – Zunge weit heraushängend, gerümpfte Nase, Augen voller Hass –, sah ich Benny hinter mir ins Bad kommen.

»Warum machst du Spaßgesichter vor dem Spiegel?«, fragte er gähnend.

»Das sind Furcht einflößende Fratzen!«, sagte ich.

»Weißt du was«, sagte Benny, »dein komisches Outfit wird jeden bösen Onkel schneller in die Flucht schlagen als deine Grimassen. Was hast du da eigentlich an, Miss Quinceañera Kinderkramscheiß?«

Ich blickte an mir herunter: gestreifte Schuluniform-Bluse, reingesteckt in einen knielangen limettengrünen Filzrock mit aufgesticktem Rentier, ausgeleierte karamellfarbene Strumpfhosen und ausgelatschte Chucks.

»Was ist denn mit meinem Outfit?«, fragte ich mit einem spiegelverkehrten Lächeln in Bennys skeptisches Gesicht. »Ich finde es für den Tag vor Heiligabend ausgesprochen passend. Und erst recht für einen Film mit einem Rentier. Ich dachte, du wolltest weiterschlafen.«

»Muss mal.« Benny musterte mich von oben bis unten. »Nein«, sagte er. »Die Schuhe passen überhaupt nicht. Wenn du in den Klamotten rausgehst, bist du gleich ganz draußen. Komm mit.«

Er nahm mich an der Hand und zerrte mich zum Schrank

in meinem Zimmer. Sein Blick fiel abschätzig auf den Haufen von Converse-Sneakers.

»Hast du gar keine anderen Schuhe?«, fragte er.

»Nur noch in der Truhe mit den Sachen fürs Verkleiden«, sagte ich im Scherz.

»Perfekt«, meinte er.

Benny stürzte auf die alte Truhe in der Ecke meines Zimmers zu, zog Tüll-Tutus heraus, jede Menge sackartige Hängerkleider, Baseball-Fankappen, Feuerwehrhelme, Prinzessinnenballerinas, Plateauschuhe, eine alarmierende Anzahl von Crocs und schließlich Großtante Idas schon lange pensionierte rote Majorettestiefel.

»Passen die dir?«, fragte Benny.

Ich probierte sie an. »Ein bisschen zu groß, aber es geht.« Die Stiefel und meine Strumpfhosen ergänzten sich farblich grandios. Ich mochte sie.

»Spitzenmäßig. Passt großartig zu deiner Mütze.«

Mein Lieblingsstück, um mir im Winter den Kopf zu wärmen, ist eine rote Strickmütze mit über den Ohren herabbaumelnden Bommeln. Sie ist einer meiner »Klassiker«, was in diesem Fall heißt, dass ich sie mir in der vierten Klasse für die Weihnachtsaufführung von *A Christmas Carol(ing) A go-go* gestrickt habe, ein Discomusical frei nach Charles Dickens, für das ich bei unserem Direktor heftige Überzeugungsarbeit leisten musste. Manche Leute sind einfach so unheilbar aufgeklärt.

In meinem abgewandelten Outfit ging ich dann zur U-Bahn. Ich wäre fast noch mal umgekehrt, um statt der Majorettestiefel doch meine vertrauten alten Chucks anzuziehen, aber das Klack-klack, das meine Schritte machten, hatte so etwas tröstlich Festliches, dass ich die Stiefel anbehielt, obwohl sie zu groß waren und ich fast rausrutschte.

(*These Boots Are Made for Walking* ... la la la ... ha ha ha, eher zum Rausrutschen ...)

Aber trotz des prickelnden Gefühls, weiter dem geheimnisvollen Möchtegern-Hipster auf der Spur zu sein, musste ich mir eingestehen, dass ein Junge, der mir eine Kinokarte für *Gramma Got Run Over by a Reindeer* schenkte, wohl kaum jemand sein würde, mit dem ich mein Leben verbringen könnte. Schon allein der Titel stieß mich ab. Langston sagt, dass ich solche Dinge mit mehr Humor nehmen soll, aber ich kann einfach nicht verstehen, was daran lustig sein soll, dass ein Rentier sich über ältere Menschen hermacht. Es ist allgemein bekannt, dass Rentiere Pflanzenfresser sind, sie leben von Blättern und Gräsern, weshalb sollte also plötzlich eines davon Appetit auf eine alte Frau bekommen? Der Gedanke, dass ein Rentier einer Oma etwas zuleide tun könnte, regt mich fürchterlich auf, wo wir doch alle wissen, dass im wirklichen Leben die staatliche Jagdbehörde dieses arme Rentier dann sofort abknallen würde. Obwohl es doch bestimmt der Fehler der Oma gewesen war, denn was musste sie dem Rentier auch in die Quere kommen! Bestimmt hatte sie wieder einmal ihre Brille zu Hause vergessen und mit ihrer Osteoporose konnte sie auch nicht schnell genug davonrennen. Kein Wunder, dass die Verlockung für das liebe Bambi mit seinem Geweih zu groß war!

Da brauchte ich mir nichts vorzumachen: Ich ging in diesen Film ausschließlich, um vielleicht einen Blick auf den rätselhaften Jungen erhaschen zu können. Doch auch darauf bestand wenig Hoffnung. Denn der Zettel, den er auf die Kinokarte geklebt und zusammen mit dem roten Notizbuch in meinen Weihnachtsstrumpf gesteckt hatte, klang ziemlich eindeutig:

Lies erst im Kino, was ich in das Notizbuch geschrieben habe.
Schreib dein schlimmstes Weihnachten auf.
Mit allen grässlichen Einzelheiten!
Deponiere das Notizbuch für mich hinter Mammas Rücken.
Danke.

Ich glaube an Ehre. Keinesfalls hätte ich das Notizbuch früher aufgeschlagen und gelesen, was er geschrieben hatte, das wäre ja gewesen, als würde man vor Weihnachten in den Kleiderschrank der Eltern spähen, um schon mal einen Blick auf die Geschenke zu werfen. Ich schwor mir sogar, mit dem Lesen zu warten, bis der Film zu Ende war.

Auf *Gramma Got Run Over by a Reindeer* hatte ich mich ja innerlich schon vorbereitet und wusste, dass ich den Film nicht mögen würde. Aber was im Kino los sein würde, davon hatte ich keinen blassen Dunst.

Vor dem Gebäude waren lange Reihen von Kinderwagen geparkt und drinnen herrschte das totale Chaos. Die Vormittagsvorstellung war ganz offensichtlich ein Mutter-und-Kind-Termin, wo Mütter ihre Babys und Kleinkinder in völlig unpassende Filme mitschleppen konnten, was die lieben Kleinen ausnutzten, um nach Herzenslust zu plappern und zu plärren. Der ganze Kinosaal war ein einziges kreischendes Durcheinander von »Waahaahaa!«, »Mami, ich will …«, »Nein!« und »Meins!«. Ich kriegte kaum was von dem Film mit, so sehr war ich damit beschäftigt, die Goldfischlis und Cheerios aus meinen Haaren zu klauben, die von allen Seiten nach mir geworfen wurden, den Legosteinen auszuweichen, die durch die Luft flogen, und Großtante Idas Stiefelspitzen und Absätze vor der klebrigen Flüssigkeit zu retten, die sich zu meinen Füßen ausbreitete.

Kinder machen mir Angst. Ich meine, ich finde sie natürlich süß, aber nur süß anzuschauen, mehr nicht. Ansonsten halte ich sie für aufdringliche, fordernde, unvernünftige Wesen, die oft komisch riechen. Ich kann mir gar nicht vorstellen, dass ich selbst mal eines war. Schwer zu glauben, aber das Spektakel im Kino nervte mich sogar noch mehr als der Film. Ich hielt es gerade mal zwanzig Minuten aus, den schwarzen Komiker auf der Leinwand eine fette Mamma spielen zu sehen, während im Saal die Mamis reihenweise ihre Kleinkinder zu bändigen versuchten. Dann musste ich raus.

Ich stand auf und ging aus dem Saal, um in der Lobby etwas Ruhe und Frieden zu finden und endlich das Notizbuch zu lesen. Aber auch da bedrängten mich zwei Mütter, die mit ihren Kleinen gerade vom Wickeln kamen, und hielten mich vom Lesen ab.

»Ich *liiiebe* diese Stiefel. Sie sind *göttlich*!«

»Wo sind die denn her? *Göttlich,* wirklich *göttlich*!«

»ICH BIN NICHT GÖTTLICH!«, kreischte ich. »ICH BIN EINFACH NUR LILY!«

Die beiden Mütter wichen zurück. Eine von ihnen sagte: »Lily, bitte sag deiner Mami, dass sie dir ein Medikament gegen Hyperaktivität verschreiben lassen soll.« Die andere machte nur »Tsss-tsss«. Dann schubsten sie ihre Kleinen hastig zurück in den Kinosaal, fort von der Schreienden Lily.

Ich fand ein verstecktes ruhiges Plätzchen hinter einem riesigen Pappwerbeständer für *Gramma Got Run Over by a Reindeer,* setzte mich im Schneidersitz auf den Boden und schlug das Notizbuch auf. Endlich.

Was er geschrieben hatte, machte mich traurig.

Umso froher war ich jetzt, dass ich um vier Uhr morgens

aufgestanden war, um für ihn Plätzchen zu backen. Mom und ich hatten schon den ganzen Monat unterschiedliche Teige vorbereitet und ins Gefrierfach gelegt. Deshalb hatte ich davon jetzt nur etwas auftauen, die verschiedenen Sorten in den Spritzbeutel füllen und backen müssen. Voilà! Schon hatte ich eine himmlische Plätzchenauswahl fertig. Spritzgebäck in sämtlichen Geschmacksrichtungen (wobei ich natürlich stark hoffte, dass Hipsterboy meine Bemühungen wert war): Schokoladenschneeflocken, Eierpunsch, Pfeffernuss, Lebkuchengewürz, Minzküsschen und Kürbis. Ich hatte die Plätzchen noch mit Streuseln und kandierten Früchten verziert, wie es gerade passte, sie in einer Dose verstaut und eine große Schleife darumgebunden.

Ich zog die Ohrstöpsel meines iPods aus der Tasche und wählte Händels *Messiah,* damit ich mich besser konzentrieren konnte. Mir zuckte der Stift in der Hand, weil ich am liebsten mitdirigiert hätte, aber das tat ich nicht. Ich antwortete auf die Frage, die der Junge mir gestellt hatte.

Mein einziges schlimmes Weihnachten war mit sechs.
Es war das Jahr, in dem meine Wüstenspringmaus Spazzy beim Haustier-Tag in der Schule ums Leben gekommen ist, genau eine Woche vor Weihnachten.
Ich weiß, ich weiß, das klingt eher komisch. War es aber nicht. Es war ein fürchterliches, grausames Massaker.
Tut mir leid, aber trotz deiner Bitte muss ich die grässlichen Details aussparen, sonst sehe ich das alles wieder vor mir, und das nimmt mich zu sehr mit.
Was mich daran wirklich schockiert hat – abgesehen natürlich von dem Schuldgefühl und dem Verlust von Spazzy –, war der Spitzname, den sie mir danach gegeben

haben. Ich habe wie am Spieß geschrien, als es passiert ist. Meine Wut und meine Trauer waren so groß und mächtig, alles war so wahr, sogar für ein so kleines Kind wie mich damals, dass ich einfach nicht aufhören konnte zu schreien. Alle, die versuchten, mich zu berühren oder mit mir zu reden, schrie ich nur an. Als würde da aus mir etwas hervorbrechen. Ich konnte einfach nicht anders.
Seit diesem Tag nannten sie mich in der Schule nur noch Schrilly. Der Name blieb die ganze Grundschule und auch noch danach an mir haften, und erst als ich auf die Highschool kam und meine Eltern mich an einer Privatschule anmeldeten, geriet er in Vergessenheit.
An jenem Weihnachten hatte ich gerade meine erste Woche als Schrilly hinter mir. Ich habe damals nicht nur um mein Haustier getrauert, ich hatte auch die Unschuld verloren, die Kinder haben, solange sie daran glauben, dass sie immer und überall dazugehören werden.
An diesem Weihnachten habe ich verstanden, was meine Eltern und meine Verwandten damit meinten, wenn sie besorgt flüsterten, ich sei so empfindsam, so zart besaitet. So anders.
An diesem Weihnachten habe ich begriffen, dass Schrilly der Grund dafür war, weshalb ich nicht zu Geburtstagspartys eingeladen wurde oder man mich als Letzte in eine Mannschaft wählte.
An diesem Weihnachten begriff ich, dass ich kein normales Mädchen war.

Als ich mit dem Schreiben fertig war, stand ich auf. Ich merkte, dass ich keine Ahnung hatte, was Mystery Boy damit meinte, ich solle das Notizbuch hinter Mammas Rücken deponieren. Sollte ich es etwa vorne im Kino vor die

Leinwand legen, während der schwarze Komiker von hinten zu sehen war?

Ich blickte zum Popcornstand hinüber und überlegte, ob man mir dort vielleicht weiterhelfen konnte. Das Popcorn sah besonders lecker aus, und ich machte mich auf den Weg, um mir welches zu kaufen. Ich rempelte fast die Pappfigur um, hinter der ich auf dem Boden gesessen hatte, so hungrig fühlte ich mich plötzlich. Und da fiel es mir wie Schuppen von den Augen: hinter Mammas Rücken. Da war ich die ganze Zeit gesessen. Hinter der Pappfigur des schwarzen Komikers in seiner Rolle als fette Mamma mit einem besonders fetten Hintern.

Ich schrieb neue Anweisungen in das Notizbuch und deponierte es hinter Mammas Rücken, wo nur jemand, der wirklich danach suchte, es auch entdecken würde. Zusammen mit der Plätzchendose und einer Postkarte, die im Kino auf dem Fußboden gelegen hatte, an einem Kaugummi festgeklebt. Die Postkarte stammte von Madame Tussauds, meiner Lieblingstouristenfalle am Times Square.

Auf die Rückseite schrieb ich:

Was wünschst du dir zu Weihnachten?
Bitte jetzt keine smart-ironische Antwort: Was wünschst du dir wirklich wirklich wirklich superkalifragilistisch?
Überreiche eine Auskunft dazu, zusammen mit dem Notizbuch, der Wärterin, die über Honest Abe wacht.
Danke.
Mit freundlichen Grüßen,
Lily

P.S. Du brauchst keine Angst zu haben, die Wärterin wird dich nicht sexuell belästigen; auch von Onkel Sal bei Macy's war es nicht so gemeint, er ist nur etwas zu aufdringlich mit seinen Umarmungen.
P.P.S. Wie heißt du eigentlich?

fünf

– Dash –

23. Dezember

Gerade als *Gramma Got Run Over* zu Ende gewesen sein musste, klingelte es. Deshalb dachte ich zuerst (völlig irrational), dass Lily es irgendwie geschafft hatte, mich ausfindig zu machen. Ein Onkel bei der CIA hatte meine Fingerabdrücke gecheckt, und jetzt standen sie vor der Tür, um mich zu verhaften, weil ich vorspiegelte, jemand zu sein, der es tatsächlich wert war, dass Lily sich für ihn interessierte. Ich malte mir bereits aus, wie es sich wohl anfühlen würde, in Handschellen abgeführt zu werden, dann stand ich an der Tür und spähte durch den Spion. Statt eines Mädchens oder eines CIA-Agenten stand Boomer davor und trat ungeduldig von einem Fuß auf den anderen.

»Boomer«, sagte ich.

»Ich bin's!«, rief er zurück.

Boomer. Abkürzung für Boomerang. Ein Spitzname, den er nicht deswegen hatte, weil er immer zurückkehrte, wenn man versuchte, ihn loszuwerden, sondern wegen seiner charakterlichen Ähnlichkeit mit einem Hund, der wieder und wieder einem Bumerang nachjagt. Zufällig war er außerdem mein ältester Freund – damit meine ich, dass wir uns schon ewig kennen, nicht dass er über eine besondere Reife verfügt. Seit wir sieben waren, pflegten wir ein gemeinsames Weihnachtsritual: Wir gehen jedes Jahr am 23. Dezember ins Kino. Boomers Filmgeschmack hatte sich seither nicht besonders weiterentwickelt, deshalb war ich mir ziemlich sicher, welchen Film er diesmal vorschlagen würde.

Und so war es auch. Kaum war er zur Tür herein, rief er auch schon: »Fertig, Dash? Wollen wir los in *Collation*?«

Collation war, was sonst, der neueste Pixar-Animationsfilm, diesmal über eine männliche Büroklammer, die sich hoffnungslos in ein weibliches Blatt Papier verliebt, woraufhin sich alle anderen Büromaterialien zusammentun, um seine Angebetete für ihn zu gewinnen. Oprah Winfrey lieh der Klebebandrolle ihre Stimme, und eine animierte Version von Will Ferrell gab den Hausmeister, der sich den beiden Liebenden immer wieder in den Weg stellte.

»Guck mal«, sagte Boomer, »ich hab seit Wochen Happy Meal gegessen. Jetzt hab ich alle bis auf Federico, den freundlichen Dreilöcherlocher!«

Er leerte seine Taschen und schüttete mir alles auf die Hände, damit ich seine Beute begutachten konnte.

»Ist das da nicht der Dreilöcherlocher?«, fragte ich.

Er schlug sich mit der flachen Hand an die Stirn. »Oh Mann, na klar! Ich dachte, das sei Lorna, die Ziehharmonikaaktenmappe!«

Wie das Leben so spielt, wurde *Collation* im selben Kino gezeigt, in das ich auch Lily geschickt hatte. Deshalb konnte ich meinen alljährlichen Wir-warten-aufs-Christkind-Termin mit Boomer einhalten und zugleich Lilys Botschaft abholen, bevor irgendwelche Rowdys und Rabauken das Notizbuch zerfledderten.

»Wo ist deine Mom?«, fragte Boomer.

»Beim Ballettunterricht«, log ich. Wenn Boomer nur den Hauch einer Ahnung bekam, dass meine Eltern beide fort waren, würde er das sofort seiner Mutter weitertrompeten, und dann hätte ich ein echtes Boomersitter-Weihnachten vor mir.

»Hat sie dir Geld dagelassen? Wenn nicht, reicht meins bestimmt auch für dich.«

»Mach dir keine Sorgen, mein argloser Freund«, sagte ich und legte meinen Arm um ihn, sodass er keine Chance hatte, seinen Mantel auszuziehen. »Heute geht das Kino auf mich.«

Ich hatte Boomer eigentlich nicht in das Spiel mit dem Notizbuch einweihen wollen, aber ich schaffte es nicht, ihn abzuschütteln, deshalb bekam er mit, wie ich hinter der Pappfigur von Gramma verschwand, um meinen Schatz zu heben.

»Alles in Ordnung?« fragte er. »Hast du eine Kontaktlinse verloren?«

»Nein. Jemand hat hier was für mich hinterlegt.«

»Oh!«

Boomer war nicht groß, aber er brauchte immer viel Platz um sich, weil er dauernd nervös herumfuhrwerkte. Gleich würde er die Pappfigur umschmeißen, der er über die Schulter blickte, und es war nur eine Frage der Zeit, bis uns das Niedriglohnpersonal vom Popcornstand aus dem Kino werfen würde.

Das rote Notizbuch war da, wo es sein sollte. Außerdem war da noch eine Plätzchendose.

»Danach hab ich gesucht«, sagte ich zu Boomer und hielt das Notizbuch in die Höhe. Boomer griff nach der Dose.

»Wow«, machte er, als er die Schleife gelöst, den Deckel abgenommen und hineingeschaut hatte. »Das ist ja echt ein prima Versteck. Wie seltsam, dass jemand genau an der Stelle, an der für dich das Notizbuch war, Plätzchen versteckt hat!«

»Ich glaube, die Plätzchen sind auch für mich.« (Was ein Zettel auf dem Notizbuch bestätigte: Die Plätzchen sind für dich, stand da. Merry Xmas! Lily)

»Wirklich?«, fragte er. »Woher weißt du das?« Er griff nach einem Plätzchen.

»Ich vermute es.«

Boomer zögerte. »Sollte nicht dein Name draufstehen?«, fragte er. »Ich meine, wenn es wirklich für dich ist?«

»Sie weiß meinen Namen gar nicht.«

Boomer legte das Plätzchen sofort wieder zurück in die Dose und machte den Deckel zu. »Du kannst nicht Plätzchen von jemand essen, der nicht mal deinen Namen weiß!«, sagte er. »Was, wenn da Rasierklingen reingebacken sind?«

Kinder und dazugehörige Eltern strömten ins Kino, und ich wusste, wenn wir jetzt nicht auf die Tube drückten, würden wir nur noch Plätze in der ersten Reihe bekommen.

Ich zeigte Boomer den Zettel. »Siehst du? Sie sind von Lily.«

»Wer ist denn Lily?«

»Ein Mädchen.«

»Ooh … ein Mädchen!«

»Boomer, wir sind nicht in der dritten Klasse. Man sagt nicht mehr: ›Ooh … ein Mädchen!‹«

»Was dann? Fickst du sie?«

»Okay, Boomer, du hast ja recht. ›Ooh … ein Mädchen!‹ klingt viel schöner. Lass uns bei ›Ooh … ein Mädchen!‹ bleiben.«

»Geht sie an deine Schule?«

»Glaub ich nicht.«

»Du glaubst nicht?«

»Lass uns jetzt besser mal reingehen, sonst sind überhaupt keine Plätze mehr frei.«

»Magst du sie?«

»Da ist jemand aber mal wieder neugierig. Na klar mag ich sie. Aber ich kenn sie noch gar nicht richtig.«

»Ich bin nicht neugierig, sondern wissbegierig«, sagte Boomer. »Weißt du noch, wie wir immer unsere Kappen getauscht haben, weil wir dachten, dann wüsste jeder von uns automatisch, was der andere weiß?«

Das mit den Kappen … klar erinnerte ich mich noch. Wir hatten jeder eine Baseballkappe – seine war blau, meine grün –, die wir in der ersten Klasse immer getauscht haben. Aber auf keinen Fall durfte irgendein anderer sie aufsetzen. Mit Boomer ist das seltsam; wenn man ihn fragt, welche Lehrer er letztes Jahr in seinem Internat gehabt hat, dann kann es sein, dass er die Namen schon nicht mehr weiß. Aber er kann sich noch haargenau an jedes einzelne Matchboxauto, das Modell und die Farbe erinnern, mit dem wir jemals gespielt haben.

»Okay«, sagte ich. »Die Kappen gibt's zwar nicht mehr, aber ich werd dich zu gegebener Zeit wissen lassen, wie sich das alles weiterentwickelt.«

Als wir auf unseren Sitzen saßen (ein bisschen zu weit vorne, dafür aber mit einer Barriere aus Mänteln zwischen mir und der Schnupfennase zwei Sitze weiter), vertieften wir uns in die Plätzchendose.

»Wow«, sagte ich, nachdem ich eine Schokoladenschneeflocke gegessen hatte.

Boomer biss von allen sechs Sorten ab, betrachtete sie

dann eingehend und überlegte, in welcher Reihenfolge er sie essen sollte. »Ich mag das dunkelbraune und das hellbraune und das blassbraune. Bei dem mit dem Minzgeschmack bin ich mir nicht so sicher. Hmmm, aber wenn ich's mir genau überlege, Pfeffernuss ist am besten.«

»Was?«

»Pfeffernuss.« Er hielt das Plätzchen für mich hoch. »Das da.«

»Den Namen hast du dir grade ausgedacht. Was soll denn Pfeffernuss sein? Das klingt ja wie eine Kreuzung aus Ohrfeige und Aphrodisiakum. *Hallooo, darf ich dir mal meine Pfeffernüsse zeigen ...«*

»Sei nicht so unanständig!«, ermahnte mich Boomer. Als ob ein Plätzchen beleidigt sein könnte.

»'tschuldigung, 'tschuldigung.«

Die Werbung fing an, und während Boomer gebannt die »exklusiven Previews« irgendwelcher TV-Krimiserien verfolgte, in denen C-Promis aus den Achtzigern recycelt werden, konnte ich endlich lesen, was Lily mir in das Notizbuch geschrieben hatte.

Sogar Boomer würde die Schrilly-Geschichte gefallen, dachte ich, obwohl ihm Lily wahrscheinlich richtig leidtun würde, während ich die Wahrheit wusste: Ein unnormales Mädchen zu sein war viel cooler. Ich bekam allmählich eine Vorstellung von Lily und ihrem verdrehten Humor, bis hin zu *superkalifragilistisch.* Für mich war sie wie eine Pfeffernuss – ironisch, witzig, sexy, schlagfertig. Und, Oh-mein-Gott, das Mädchen konnte verdammt gute Plätzchen backen ... so köstlich, dass ich auf ihre Frage *Was wünschst du dir zu Weihnachten?* fast geantwortet hätte: *Mehr Plätzchen, bitte!*

Aber nein. Sie wollte ja keine smart-ironische Antwort,

und obwohl es total ehrlich gewesen wäre, befürchtete ich, dass sie dann glauben würde, ich wollte mich über sie lustig machen oder, schlimmer noch, mich bei ihr einschleimen.

Was ich mir zu Weihnachten wünschte, war eine echt schwierige Frage, vor allem wenn ich dabei meinen Sarkasmus unterdrücken musste. Ich meine, die Frage schrie ja förmlich danach, mit dem abgedroschenen »den Weltfrieden« beantwortet zu werden. Ich konnte natürlich auch das verlassene Waisenkind spielen und auf die Tränendrüse drücken, indem ich mir wünschte, meine ganze Familie wäre an Weihnachten vereint, aber das war das Letzte, was ich wirklich wollte, und jetzt sowieso nicht mehr.

Dann brach auch schon *Collation* über uns herein. Teile davon waren ganz witzig, und natürlich wusste ich die Ironie zu schätzen, dass ein Film von Disney der guten, alten Bürokultur nachtrauerte. Aber mit der Liebesgeschichte haperte es. Nach den leicht feministisch angehauchten Disney-Heldinnen Anfang bis Mitte der neunziger Jahre war die *Collation*-Heldin jetzt wortwörtlich ein unbeschriebenes Blatt. Klar, sie konnte sich zu einem Papierflieger falten, um ihren Büroklammerfreund zu einem romantischen Ausflug in die Lüfte eines märchenhaften Konferenzraums zu entführen, und der Showdown, bei dem Stein, Papier und Schere vereint den unglückseligen Hausmeister besiegten, war wirklich rasant … trotzdem konnte ich mich für diese Papierheldin nicht so begeistern wie Boomer, die männliche Büroklammer und die meisten anderen Kinobesucher um mich herum. Ich verliebte mich einfach nicht in sie.

Ich fragte mich, ob es vielleicht mein größter Weihnachtswunsch war, jemanden zu finden, der für meine eigene Büroklammer das Blatt Papier war. Oder Moment mal, vielleicht war ich ja das Blatt Papier. Vielleicht suchte *ich* ja nach einer Büroklammer. Oder vielleicht war ich auch das arme Mousepad, das hoffnungslos in die Büroklammer verliebt war, aber von ihr keines Blickes gewürdigt wurde. Alles, was ich bisher zustande gebracht hatte, war eine Reihe von Verabredungen mit Bleistiftspitzern, von Sofia mal abgesehen, die eher wie ein freundlicher Radiergummi war.

Der beste Weg, um herauszufinden, was meine ureigensten Weihnachtswünsche waren, würde wahrscheinlich sein, mich gleich zu Madame Tussauds aufzumachen. Denn wo spürt man besser, was man *nicht* will, als inmitten einer Horde von Touristen, die Fotos von lebensgroßen Wachspuppen machen?

Ich wusste, dass Boomer gegen einen kleinen Ausflug nichts einzuwenden haben würde. Kaum hatten die Büroklammer und das Blatt Papier zum Abspann des Films glücklich verliebt miteinander herumgetollt (zu den schmalzigen Tönen von Celine Dion, die »You Supply My Love« flötete), verfrachtete ich ihn aus dem Kino in Richtung 42nd Street.

»Warum sind da draußen so viele Leute unterwegs?«, fragte er, als wir uns durch die Menge schubsten und drängelten.

»Weihnachtseinkäufe«, erklärte ich.

»Schon? Ist es nicht noch zu früh, um die Geschenke umzutauschen?«

Ich hatte wirklich keine Ahnung, wie sein Gehirn funktionierte.

Ich war bisher nur ein einziges Mal bei Madame Tussauds gewesen, und zwar letztes Jahr, als ich zusammen mit drei Freundinnen versucht hatte, den Weltrekord in »Wer legt die aufreizendste Pose zusammen mit einem B-Promi oder einer historischen Persönlichkeit hin?« aufzustellen.

Um ehrlich zu sein, hatte ich schon etwas Gänsehaut dabei gekriegt, so vielen Wachsfiguren so nahe zu kommen – vor allem bei Nicolas Cage, der mir auch im echten Leben Gänsehaut verursacht. Aber meine Freundin Mona hatte das für ihre Abschlussarbeit durchziehen wollen. Solange wir die Figuren nicht berührten, hatten die Wärter auch nichts dagegen. Was mich alles auf eine meiner früheren Theorien zurückbrachte, dass Madame Tussaud nämlich eine Puffmutter in der Nähe von Paris, Texas gewesen war, die ihr Geschäft mit wächsernen Prostituierten angefangen hatte. Mona gefiel diese Theorie, aber wir konnten dafür keine Belege finden, und deshalb wurde sie leider nicht in den Lehrplan für die Highschool aufgenommen.

Eine Wachsnachbildung von Morgan Freeman bewachte den Eingang, und ich fragte mich, ob das so etwas wie eine kosmische Rache war: dass nämlich jedes Mal, wenn ein Schauspieler mit einem Minimum an Talent seine Seele an einen großen Hollywood-Actionfilm ohne irgendwelchen gesellschaftlichen Wert verkauft hat, er als Wachsfigur draußen vor Madame Tussauds an den Pranger gestellt wird. Aber wahrscheinlich dachten die Leute von Madame Tussauds einfach nur, dass jeder Morgan Freeman mag, warum ihn also nicht für Familienfotos neben die Eingangstür stellen?

Seltsamerweise waren die beiden nächsten Wachsfiguren Samuel L. Jackson und Dwayne »the Rock« Johnson, was meine Ausverkaufsthese deutlich stützte. Zugleich drängte sich mir die Frage auf, ob bei Madame Tussauds die Figuren von Schwarzen eigentlich alle im Eingangsbereich aufgestellt wurden. Sehr, sehr merkwürdig. Boomer schien das alles nicht aufzufallen. Stattdessen führte er sich auf, als hätte er es mit den echten Berühmtheiten zu tun, und kriegte sich fast nicht mehr ein – »Wow, da ist Halle Berry!«.

Die Höhe des Eintrittspreises ließ mich zusammenzucken. Da wurde man ja ganz schön ausgenommen, über fünfundzwanzig Dollar, nur um eine Wachsfigur von Honest Abe zu sehen – ich nahm mir vor, Lily das nächste Mal klarzumachen, dass sie gefälligst ein paar Scheine in das Notizbuch stecken sollte, um meine Ausgaben zu decken.

Drinnen tobte der totale Wahnsinn. Als ich mit Mona und den anderen da gewesen war, waren die Räume fast leer gewesen. Aber die Tage um Weihnachten sind für viele Familien eine harte Prüfung, deshalb drängten sich die Leute sogar um Gestalten, die nun wirklich keinen mehr vom Hocker reißen. Also bitte, sich wegen Uma Thurman anrempeln lassen? Oder Jon Bon Jovi?

Um ehrlich zu sein, deprimierte mich der ganze Ort. Die Wachsfiguren wirkten sehr echt, keine Frage. Aber bei *Wachs* denkt man doch automatisch an *schmelzen* und zu einer richtigen Statue gehört eine gewisse Dauerhaftigkeit. Hier jedoch nicht. Nicht nur wegen dem Wachs. Man muss nämlich wissen, dass es bei Madame Tussauds eine Kammer voller ausrangierter Statuen gibt, ehemalige Promis, deren Zeit im Scheinwerferlicht unwiderruflich vorbei ist. Wie bei den Mitgliedern von *NSYNC, sofern sie nicht JT heißen, oder bei den Backstreet Boys oder den Spice Girls (bis auf Posh Spice natürlich). Wollen die Leute wirklich noch Seinfeld sehen? Kommt Keanu Reeves manchmal vorbei, um sich zu vergewissern, dass man sich noch an ihn erinnert?

»Schau mal, Miley Cyrus!«, rief Boomer, und mindestens ein Dutzend vorpubertäre Girls trabten ihm nach, um einen Blick auf dieses arme Mädchen zu werfen, das in einem quälenden (aber lukrativen) Teeniezustand eingefroren ist. Die Wachsfigur sah noch nicht mal aus wie Miley

Cyrus – irgendwas wirkte seltsam falsch an ihr, als hätte man eigentlich Mileys provinzielle Cousine Riley vor sich, die versuchte, sich so anzuziehen und so auszusehen wie Miley. Hinter ihr waren die Jonas Brothers mitten in einem Auftritt erstarrt. Ob sie wohl ahnten, dass sie eines Tages in der Kammer der Vergessenen Berühmtheiten verschwinden würden?

Das alles aber konnte mich nicht davon ablenken, dass ich noch herausfinden musste, was ich mir zu Weihnachten wünschte, bevor ich mit Honest Abe konfrontiert wurde.

Ein Pony.

Eine unbeschränkt gültige MetroCard.

Das Versprechen, dass Lilys Onkel Sal sich niemals mehr kleinen oder großen Kindern nähern durfte.

Eine zitronengelbe Couch.

Eine neue Kappe, die ich dann mit Boomer tauschen konnte, um zu wissen, wie sein Gehirn funktioniert.

Ich hatte das Gefühl, dass ich zu keiner ernsten Antwort fähig war. Ich wünschte mir zu Weihnachten, dass Weihnachten sich in Nichts auflöste. Vielleicht würde Lily das verstehen … vielleicht aber auch nicht. Ich hatte schon die hartgesottensten Mädchen beim Weihnachtsmann schwach werden sehen. Ich konnte ihnen das nicht wirklich verübeln, weil es wahrscheinlich einfach zu schön war, sich diese Illusion zu bewahren. Nicht den Glauben an den Weihnachtsmann natürlich, aber daran, dass ein einziges Fest im ganzen Jahr mehr Frieden in die Welt bringen könnte.

»Dash?«

Ich blickte auf. Priya stand vor mir, mit mindestens zwei jüngeren Brüdern im Schlepptau.

»Hey, Priya.«

»Ist sie das?«, fragte Boomer, der es schaffte, seine Aufmerksamkeit lange genug von Jackie Chan abzuziehen, um die Situation für mich richtig peinlich werden zu lassen.

»Nein, das ist Priya«, sagte ich. »Priya, das ist mein Freund Boomer.«

»Ich hab gedacht, du bist in Schweden«, sagte Priya. Unentscheidbar, ob sie so irritiert guckte, weil sie mich plötzlich vor sich sah, oder weil ihre kleinen Brüder sie nervten, die ständig an ihrem Ärmel zogen.

»Du warst in Schweden?«, fragte Boomer.

»Nein«, sagte ich. »Die Reise wurde in allerletzter Minute abgeblasen. Wegen politischer Unruhen.«

»In Schweden?« Priya wirkte skeptisch.

»Ja – ist es nicht merkwürdig, dass die *Times* nicht darüber berichtet? Das halbe Land ist im Streik, alles wegen dieser Äußerung der Kronprinzessin über Pippi Langstrumpf. Und das bedeutet, keine Köttbullar zu Weihnachten, wenn du verstehst, was ich meine.«

»Wie schade!«, sagte Boomer.

»Na, wenn du jetzt doch da bist«, sagte Priya, »am Tag nach Weihnachten hab ich ein paar Leute zu mir eingeladen. Sofia kommt auch.«

»Sofia?«

»Ja, sie ist doch über die Weihnachtsferien hier. Wusstest du das nicht?«

Ich schwöre, dass Priya diesen Augenblick genoss. Selbst die Dreikäsehochs an ihren Ärmeln schienen ihn zu genießen.

»Klar hab ich das gewusst«, log ich. »Ich … ähm, ich dachte nur, ich bin sowieso in Schweden. Du weißt ja.«

»Ab sechs. Wenn du willst, kannst du deinen Freund auch mitbringen.« Ihre kleinen Brüder zerrten wieder an ihr. »Also, bis überübermorgen. Würde mich freuen.«

»Ja«, sagte ich. »Klar. Sofia.«

Das letzte Wort hatte ich nicht laut aussprechen wollen. Ich war mir nicht sicher, ob Priya es noch gehört hatte; ihre Brüder zischten wie die Raketen mit ihr davon.

»Ich hab Sofia gemocht«, sagte Boomer.

»Ja«, sagte ich. »Ich auch.«

Irgendwie seltsam, dass ich während meiner Jagd nach Lily jetzt schon zweimal Priya begegnet war – aber das war wahrscheinlich Zufall. Ich konnte mir nicht vorstellen, dass sie oder Sofia irgendetwas mit Lily zu tun hatten. Klar, das konnte im Prinzip alles ein großer Scherz sein; die Sache mit Sofia und ihren Freundinnen war allerdings die, dass sie zwar viele Prinzipien, aber mit Scherzen so gut wie nichts am Hut hatten.

Die nächste Überlegung war: Wünschte ich mir Sofia zu Weihnachten? Mit Geschenkpapier und Schleife? Unter dem Weihnachtsbaum? Die mir sagte, wie unglaublich großartig ich war?

Nein. Eigentlich nicht.

Ich mochte sie natürlich gern, keine Frage. Wir hatten ein gutes Paar abgegeben, wenn man dafür als Maßstab nahm, was unsere Freunde – ihre Freundinnen mehr als meine Freunde – unter einem guten Paar verstanden. Dafür taugten wir perfekt. Wir waren das richtige Paar für ein Vierer-Date. Wir stritten uns nie bei einem Brettspiel. Wir schickten uns abends Gute-Nacht-SMS, bis wir einschlummerten. Sie war erst vor zwei Jahren nach New York gekommen, deshalb musste ich ihr alle möglichen Selbstverständlichkeiten der Alltagskultur erklären, wofür sie mich im Gegenzug mit Geschichten über Spanien versorgte. Wir waren gut miteinander klargekommen, aber irgendwas hatte dann doch gefehlt.

Als sie mir eines Tages gesagt hatte, dass sie mit ihren Eltern nach Spanien zurückkehren würde, war ich fast etwas erleichtert gewesen. Wir hatten uns gegenseitig versprochen, in engem Kontakt zu bleiben, und ungefähr einen Monat lang hatten wir das auch geschafft. Inzwischen las ich nur noch ab und zu die Updates in ihrem Online-Profil und sie meine, und das war's.

Ich wünschte mir zu Weihnachten, mir mehr zu wünschen als Sofia.

Wünschte ich mir vielleicht Lily? Keine Ahnung. Aber eins wusste ich: dass ich Lily niemals *Ich wünsche mir dich zu Weihnachten* antworten würde.

»Was soll ich mir denn zu Weihnachten wünschen?«, fragte ich Angelina Jolie. Ihr Lippen öffneten sich zu keiner Antwort.

»Was soll ich mir denn zu Weihnachten wünschen?«, fragte ich Charlize Theron. Ich fügte sogar hinzu: »Hey, hübsches Kleid«, aber auch danach kam von ihr keine Antwort. Ich beugte mich zu ihren Brüsten und fragte: »Sind die echt?« Nicht mal eine Ohrfeige.

Schließlich fragte ich Boomer.

»Was soll ich mir zu Weihnachten wünschen?«

Er blickte einen Moment nachdenklich, dann sagte er: »Den Weltfrieden?«

»Hilft mir nicht weiter!«

»Was ist denn in deiner amazonianischen Wunschkiste?«, fragte Boomer.

»Meiner was?«

»Du weißt schon, bei Amazon. Deine Wunschkiste.«

»Du meinst meine Wunschliste?«

»Genau.«

Und da wusste ich plötzlich, was ich mir wünschte. Etwas, das ich mir schon immer gewünscht hatte. Aber ein Wunsch, der so unrealistisch war, dass er es noch nicht einmal bis auf meinen Wunschzettel geschafft hatte.

Ich musste mich irgendwo hinsetzen, doch die einzige Sitzgelegenheit, die ich entdecken konnte, war eine Bank, auf der bereits Elizabeth Taylor, Rock Hudson und Clark Gable hockten und auf einen Bus warteten.

»Eine Sekunde«, sagte ich zu Boomer, bevor ich hinter Ozzy Osbourne und seiner gesamten Familie (circa aus dem Jahr 2003) verschwand, um in das rote Notizbuch zu schreiben.

Diesmal keine Smartarschheit (Arschsmartheit?).
Die Wahrheit?
Was ich mir zu Weihnachten wünsche, ist das OED. Ungekürzt.
Falls du kein Wörterfetischist bist wie ich:
O = Oxford
E = English
D = Dictionary
Nicht das Handwörterbuch. Nicht die Ausgabe auf CD-ROM. (Bitte nicht!) Nein.
Zwanzigbändig.
22 000 Seiten.
600 000 Einträge.
So ziemlich die bedeutendste Leistung der englischen Sprache.
Es ist nicht billig - fast tausend Dollar, glaube ich. Was für ein Buch, das gebe ich zu, sehr viel Geld ist. Aber, herrje, was für ein Buch! Die vollständige Etymologie jedes englischen Wortes, das wir gebrauchen. Kein Wort ist zu bedeutend oder zu winzig, um nicht berücksichtigt zu werden.
Tief in mir drinnen, wie du merkst, sehne ich mich danach, enigmatisch und esoterisch zu sein. Ich würde die Leute gern mit ihrer eigenen Sprache verwirren.

Hier ist eine Rätselaufgabe für dich:
Mein Name verbindet Wörter miteinander.
Ich weiß, das klingt jetzt kindisch – die Wahrheit ist, ich würde das Geheimnis gerne noch etwas länger wahren, nur für kurze Zeit. Ich erwähne das auch nur, um herauszustreichen, was mir daran so wichtig ist – dass meine Eltern nämlich, obwohl sie das nicht ahnen konnten (ich bin sicher, mein Vater hätte sonst etwas dagegen unternommen), mich mit einem Namen bedacht haben, der genau zu mir passt. Als hätten sie gewittert, dass es mein Schicksal sein würde, mich zwischen Wörtern wohlzufühlen, so wie es anderen Jungen mit Sport, Drogen oder Sex geht. Für mich aber sind es die Wörter, vorzugsweise gelesen oder geschrieben.
Ich bitte zu beachten: Falls du eine reiche Erbin bist, die vorhat, einem einsamen enigmatischen Jungen/aufmüpfigen Wörterwirrkopf seinen Weihnachtswunsch zu erfüllen – ich will das OED nicht geschenkt bekommen, so gerne ich es auch hätte. Ich will es mir wirklich verdienen oder zumindest will ich mir das Geld dazu selbst verdienen (am besten irgendwie durch Wörter). Das wird es für mich noch wertvoller machen.
So. Mehr kann ich jetzt nicht schreiben, ohne dass sich wieder ein sarkastischer Tonfall einschleicht. Und bevor er das tut, muss ich dir noch mit vollstem, aufrichtigstem Ernst sagen, dass deine Plätzchen überaus köstlich sind, man könnte mit ihnen glatt manche der Wachsstatuen hier zum Leben erwecken. Vielen Dank dafür! Ich habe ein einziges Mal Vollkornmuffins gebacken, das war für einen Projekttag in der vierten Klasse, und sie waren hart wie Baseballbälle. Deshalb bin ich nicht sicher, was

ich dir dafür als Gegengabe bieten kann ... aber mir wird noch etwas einfallen, versprochen.

Ich hatte etwas Bedenken, dass ich vielleicht ein bisschen zu sehr als verkopfter Wörterfreak rüberkam ... aber ein Mädchen, das ein rotes Notizbuch bei *Strand* im Regal zurückließ, würde mich hoffentlich verstehen.

Dann kam der echt schwierige Teil. Die nächste Anweisung.

Ich ließ meine Blicke über die Osbournes schweifen (sie waren alle überraschend klein, jedenfalls in Wachs) und sah, wie Boomer bei Präsident Obama zum Schulterklopfen ansetzte.

Und da war auch Honest Abe, fast etwas verloren zwischen den übrigen Politikern, und blickte drein, als könne er die europäischen Touristen, die andauernd Fotos von ihm machten, noch weniger ertragen als John Wilkes Booth. Neben Abe war eine Gestalt, in der ich Mary Todd vermutete ... bis sie sich bewegte und ich erkannte, dass sie die Wärterin war, nach der ich suchen sollte. Sie wirkte wie eine ältere, weniger bärtige Version von Onkel Sal, dem Kindergrapscher. Lily schien über eine endlose Anzahl von Verwandten zu verfügen, die sie einspannen konnte.

»Hey, Boomer«, sagte ich. »Hättest du was dagegen, für mich was bei FAO Schwarz zu erledigen?«

»Dem großen Spielwarenladen?«, fragte er.

»Nein, dem Schwarzpulverbrenner.«

Er blickte mich verständnislos an.

»Ja, natürlich dem Spielwarenladen.«

»Supergerne!«

Ich musste mir nur sicher sein, dass er am Heiligabend auch tatsächlich Zeit hatte ...

sechs

(Lily)

24. Dezember

Am Morgen von Heiligabend wachte ich auf und war gleich ganz aufgeregt: *Juhuu! Endlich ist der Tag vor Weihnachten – der Tag vor dem schönsten Tag des Jahres!* Meine zweite Reaktion war Selbstmitleid, als mir einfiel: *Bäh! Und niemand da, mit dem ich diese Freude teilen kann.* Warum hatte ich bloß zugestimmt, dass meine Eltern zu ihrer fünfundzwanzig Jahre verspäteten Hochzeitsreise aufbrachen? Solche Selbstlosigkeit passte eigentlich nicht in die Weihnachtszeit.

Opas gefleckter Hauskater Grunt schien derselben Meinung zu sein und dem Tag genauso misstrauisch entgegenzusehen wie ich. Er hatte sich quer über meinen Hals geworfen, den Kopf an meiner Schulter, und knurrte mir sein typisch mürrisches Brummen direkt ins Ohr: »Raus aus dem Bett! Zeit, mir was zum Essen hinzustellen!«

Weil Langston nur noch mit Benny beschäftigt war, hatte ich mich in mein »Lily-Lager« in Opas Wohnung zurückgezogen. Das Lily-Lager ist eine alte Chaiselongue mit Teppichüberwurf, die unter einem Oberlicht in der Dachwohnung meines Opas steht. Ich hab ja schon erzählt, dass er sich den Speicher zu einem »Penthouse-Apartment« umgebaut hat, nachdem er sein Geschäft im Erdgeschoss verkauft hatte und meine Eltern mit meinem Bruder und mir in die Wohnung im zweiten Stock gezogen waren. Die Wohnung, in der Opa viele Jahre lang mit Oma gelebt hatte.

Meine Mutter und ihre Brüder sind alle in dieser Wohnung aufgewachsen. Oma starb kurz bevor ich auf die Welt kam, vielleicht bin ich deshalb Opas Lieblingsenkelin. Ich bin nach ihr benannt und habe unten in der Wohnung Einzug gehalten, als Opa sein neues Leben als Witwer im Dachgeschoss begann. Er hatte zwar eine Lily verloren, aber dafür eine andere gewonnen. Opa sagt, er habe damals beschlossen, unters Dach zu ziehen, weil er davon überzeugt war, dass das tägliche Treppensteigen ihn jung halten würde.

Immer wenn er nach Florida fliegt, passe ich auf Grunt auf. Grunt ist ein übellauniger Kater, aber in letzter Zeit mag ich ihn lieber als Langston. Solange ich ihm regelmäßig sein Futter hinstelle und ihn nicht mit zu vielen Küssen überhäufe, würde Grunt mich nie für irgendeinen dahergelaufenen Jungen verlassen. Er ist für mich fast wie ein eigenes Haustier. Das Haustier, das ich nicht haben darf.

Als ich klein war, waren uns zwei Katzen zugelaufen, die wir Holly und Hobbie nannten. Eines Tages waren sie verschwunden. Sie starben beide an Katzenleukämie, nur wusste ich das damals nicht. Meine Eltern erzählten mir, dass Holly und Hobbie inzwischen aufs College gingen, deshalb würden sie jetzt woanders wohnen. Das alles ereignete sich zwei Jahre nach dem Drama mit Spazzy, der Wüstenspringmaus, deshalb kann ich sogar nachvollziehen, warum der Tod von Holly und Hobbie vor mir geheim gehalten wurde. Aber wenn sie damals ehrlich zu mir gewesen wären, hätte uns das allen viel Ärger und Kummer erspart.

Als ich nämlich einige Zeit darauf mit Opa übers Wochenende meinen Cousin Mark besuchte, der gerade das erste Jahr aufs Williams College ging, suchte ich dort alle Wege ab und spähte in der Bibliothek in jeden Spalt zwischen den Bücherregalen, ob dort nicht vielleicht meine Katzen waren. Irgendwann hielt Mark es nicht mehr aus und klärte mich darüber auf, dass die beiden armen kleinen Katzen weder an seinem noch an irgendeinem anderen College waren, sondern höchstens in einer großen Katzenschule im Himmel. Dass er mir das ausgerechnet in der voll besetzten Cafeteria eröffnete, machte die Sache nicht besser. Bei Schrilly brannten wieder einmal die Sicherungen durch, der zweite große Zwischenfall dieser Art. Sagen wir mal so: Am Williams College würden sie es wahrscheinlich nicht so gerne sehen, wenn ich mich nächstes Jahr dort bewerben würde.

Seit dem Holly-Hobbie-Zwischenfall hab ich meine Eltern immer wieder angebettelt, ein Kätzchen, eine Schildkröte, einen Hund, einen Papagei oder eine Eidechse haben zu dürfen, aber alle Anträge wurden abgeschmettert. Warum erlaubte ich dann meinen Eltern, ohne jedes schlechte Gewissen an Weihnachten in die Flitterwochen zu fliegen? Wer war hier eigentlich die Gelackmeierte?, fragte ich mich.

Ich versuche eigentlich immer, optimistisch und lebensfroh zu sein, vor allem an Feiertagen, aber ich konnte mir nicht länger was vormachen: Ich befürchtete stark, mit Weihnachten dieses Jahr stimmungsmäßig auf einen Tiefpunkt zuzusteuern. Meine Eltern waren auf den Fidschi-Inseln, Langston lebte nur noch für Benny, Opa war in Florida, und die meisten meiner Cousins und Cousinen hatte es inzwischen auch weit weg von Manhattan verschlagen. Der 24. Dezember, der eigentlich der zweitaufregendste

Tag vor dem aufregendsten Tag des Jahres hätte sein sollen, entpuppte sich als riesige Seifenblase, die bestimmt gleich platzte.

Wahrscheinlich hätte es mir jetzt geholfen, wenn ich Freundinnen gehabt hätte, mit denen ich mich an einem der Feiertage hätte treffen können, aber an der Schule habe ich mich als Mauerblümchen eigentlich ganz gut eingerichtet, nur auf dem Fußballfeld ist das anders, da bin ich ein Superstar. Seltsamerweise haben sich meine Torhüterfähigkeiten, mit denen ich schon so viele Spiele für unsere Mannschaft entschieden habe, nie in Punkten auf der Beliebtheitsskala niedergeschlagen. Respekt ja. Einladungen ins Kino und zu Freizeitaktivitäten nach der Schule: nein. (Mein Dad ist der stellvertretende Schulleiter, was wahrscheinlich nicht besonders hilfreich ist – sich mit mir anzufreunden, stellt vermutlich ein politisches Risiko dar.) Wegen meiner sportlichen Leistung und meiner absoluten sozialen Nullnummer bin ich vermutlich auch zur Kapitänin unserer Fußballmannschaft gewählt worden. Ich bin nämlich die Einzige, die sich mit allen versteht, weil ich mit niemandem wirklich befreundet bin.

Am Morgen von Heiligabend fasste ich den Entschluss, dass ich als guten Vorsatz fürs neue Jahr an diesem Mangel an Freundschaften arbeiten wollte. Mehr Rüschchen und Blümchen, weniger Mauerblümchen und Schrilly. Mehr auf Mädchen zugehen, damit ich Freundinnen habe, falls mich an wichtigen Feiertagen meine Familie wieder so im Stich lassen sollte.

Natürlich hätte ich auch nichts dagegen gehabt, mit jemandem Weihnachten zu feiern, der mir auf andere Weise viel bedeutete.

Aber alles, was ich hatte, war ein rotes Notizbuch.

Und auch der namenlose Er dieser Schnitzeljagd, der mich allmählich so interessierte, dass mein ganzer Körper zu kribbeln anfing, als bei mir die Nachricht einging, dass das Notizbuch wieder an Mich-die-ich-*höflicherweise*-meinen-Namen-genannt-hatte zurückgegeben worden war, begann mich auf ungute Weise unruhig zu machen. Wenn nicht nur ein Verwandter oder zwei, sondern sogar drei (mein Cousin Mark bei *Strand,* Onkel Sal bei Macy's und Großtante Ida bei Madame Tussauds) unabhängig voneinander dieselben Wörter gebraucht hatten – *schräg und schnöselig* –, um diesen Mystery Boy zu beschreiben (der das »Enigmatische« und »Esoterische« so sehr liebte, dass er mir noch nicht mal seinen Namen verraten wollte), musste ich mich schon fragen, ob ich bei diesem Versteckspiel noch länger mitmachen wollte. Außerdem hatte keiner erwähnt, dass er hübsch war.

War es wirklich falsch, wenn ich mich nach der großen romantischen Liebe sehnte? Einer Liebe wie in *Collation?* Ach, wie gern wäre ich das Blatt Papier gewesen, das mit der Büroklammer durch den Konferenzraum fliegt, wunderschöne Aussichten hat auf eine Skyline mit Wolkenkratzern, auf prächtige Grafiken mit steil ansteigenden Aktienkursen, und das sich nicht kümmert um die tückische Gegensprechanlage auf dem Aufsichtsratstisch, um Dante, gesprochen von Christopher Walken, den Verräter in den eigenen Reihen, der eine feindliche Übernahme der Firma plant. Insgeheim wünschte ich mir, von Dante eingesperrt und dann von einer heldenhaften Büroklammer gerettet zu werden. Ich glaube, ich möchte gerne … umklammert und geheftet werden.

(Ist das obszön? Oder anti-feministisch? Nichts läge mir ferner.)

Mystery Boy war vermutlich eher keine verträumte Büroklammer, aber egal, ich glaube, ich mochte ihn trotzdem. Selbst wenn er so versnobt war, dass er mir seinen Namen nicht sagen wollte.

Ich mochte es, dass er sich das *OED* zu Weihnachten wünschte. Das war so schräg! Wie er wohl reagieren würde, wenn er wüsste, dass ich ihm tatsächlich geben konnte, was er sich wünschte, und noch dazu kostenlos? Aber dieser Gabe musste er sich erst einmal als würdig erweisen. Wenn er mir noch nicht mal seinen Namen sagen wollte, war das kein gutes Zeichen.

Mein Name verbindet Wörter miteinander.

Was sollte das denn sein?!?!? Hey, du sprichst hier nicht mit Einstein, Mystery Boy. Oder auch Train Man (die Verbindung zwischen Amtrak und Metro North?), wer auch immer du bist. Ein Schaffner? Haben deine Eltern dir den Vornamen Schaffner gegeben?

Das Einzige, was ich mir außer dem OED noch zu Weihnachten wünsche, ist, dass du mir erzählst, was du dir wirklich zu Weihnachten wünschst. Aber keinen Gegenstand. Eher ein Gefühl. Etwas, das nicht in einem Laden gekauft oder als Geschenk hübsch eingepackt werden kann. Bitte schreib es mir in das Notizbuch und hinterlege es dann um die Mittagszeit an Heiligabend bei den Arbeitsbienen in der Bastle-dir-deinen-eigenen-Muppet-Werkstatt bei FAO Schwarz. Viel Glück (und ja, du böser Geist, du liegst nicht falsch, wenn du vermutest, dass ich es dir mit FAO Schwarz an Heiligabend für Macy's heimzahlen will).

Mystery Boy konnte sich glücklich schätzen, dass dieses Jahr bei mir der Weihnachtsgefrierpunkt erreicht war. Denn normalerweise würde ich an diesem Tag 1. Mom helfen, das Gemüse für das Weihnachtsessen am nächsten Abend zu schälen und zu schnipseln, während wir Weihnachtslieder hörten und mitsangen, 2. Dad dabei helfen, Geschenke einzupacken und sie alle unter den Baum zu legen, 3. nachdenken, ob ich Langston vielleicht eine Schlaftablette in seine Wasserflasche geben sollte, damit er zeitig einschlief und dann am nächsten Morgen um fünf Uhr aufwachte, um mit mir die Geschenke auszupacken, 4. überlegen, ob Opa der Pullover, den ich ihm gestrickt hatte, auch gefallen würde (der Arme, aber ich werde von Jahr zu Jahr besser, und er trägt sie unverdrossen, im Gegensatz zu Langston), und 5. hoffen und beten, dass ich am nächsten Morgen ein NIGELNAGELNEUES FAHRRAD oder irgendein anderes GROSSES GESCHENK bekommen würde.

Mir lief ein leichter Schauder über den Rücken, als ich noch mal las, dass der Junge mich »einen bösen Geist« nannte. Obwohl ich alles andere bin als das, hörte sich das so persönlich an. Als hätte er über mich nachgedacht. Über mich als Person, nicht nur über mich im Notizbuch.

Nachdem ich Grunt sein Futter hingestellt hatte, trat ich an die große Glasschiebetür zu Opas Dachgarten. Jetzt im Winter war dort natürlich nichts zu tun. Geschützt und geborgen hinter den Scheiben schaute ich aus der Wärme hinaus auf die kalte Stadt, nach Norden zum Empire State Building, das am Abend grün und rot beleuchtet sein würde, dann nach Osten zum Chrysler Building in Midtown, nicht weit von FAO Schwarz, wohin ich bald gehen würde, falls ich das Spiel weiter mitspielte. (Natürlich würde ich, keine Frage. Eine Anweisung in einem roten Notizbuch, das bei Madame Tussauds abgegeben worden war, konnte Schrilly noch lange nicht aus der Fassung bringen.)

Draußen auf der Dachterrasse entdeckte ich meinen alten Schlafsack auf dem Boden. Den Schlafsack, in den Langston und ich uns früher an Heiligabend gemeinsam gekuschelt hatten, als wir noch ganz klein gewesen waren. Dad hatte den Reißverschluss dann immer ganz fest zugezogen, »damit die Aufregung bis zum Weihnachtsmorgen nicht herausschlüpfen kann«. Jetzt sah ich draußen in der Kälte Langston und Benny eng aneinandergeschmiegt in dem Schlafsack liegen; Langstons blaue Bettdecke deckte sie halb zu.

Ich ging raus. Sie wachten gerade auf.

»Einen schönen Heiligabend!«, zwitscherte ich. »Habt ihr beide hier draußen geschlafen? Ich hab euch gar nicht hochkommen hören. Euch muss doch wahnsinnig kalt gewesen sein! Lasst uns zusammen ein großes Frühstück machen, was haltet ihr davon? Eier und Toast und Pfannkuchen und …«

»Orangensaft.« Langston hustete. »Geh bitte runter und kauf uns frischen Orangensaft, Lily.«

Auch Benny hustete. »Und Echinacin!«

»Vielleicht doch keine so gute Idee gewesen, in der Kälte draußen zu schlafen?«, fragte ich.

»Der Sternenhimmel gestern Nacht war so verdammt romantisch«, seufzte Langston. Und dann musste er niesen. Noch mal und noch mal. Gefolgt von einem hartnäckigen Husten. »Machst du uns eine heiße Suppe? Ja, Lily-Bär? Bitte, bitte, bitte!«

Mich beschlich das Gefühl, dass mein Bruder, indem er es darauf angelegt hatte, krank zu werden, mir Weihnachten absolut und endgültig ruiniert hatte. Jede Hoffnung auf auch nur den letzten Schimmer eines normalen Weihnachtsfestes war damit verflogen. Mich beschlich außerdem ganz stark das Gefühl, dass mein kranker Bruder Langston, der sich gestern Nacht dazu entschlossen hatte, mit seinem Freund auf der Dachterrasse zu schlafen und vorher keine Zeit gehabt hatte, mit seinem Lily-Bär Boggle zu spielen, worum sie ihn ausdrücklich gebeten hatte und was sie immer mit ihm gespielt hatte, wenn es ihm schlecht ging, dass mein Bruder Langston also mit seiner Erkältung allein zurechtkommen musste.

»Kocht euch euer Süppchen selbst«, sagte ich. »Oder trinkt meinetwegen Orangensaft. Ich hab dringend was in Midtown zu erledigen.« Dann drehte ich mich um, ging wieder rein und überließ die beiden ihren frisch erwischten Erkältungen. Idioten! Das würde ihnen eine Lehre sein, nicht mehr rauszugehen und sich vor den Clubs einen abzufrieren, wenn sie zu Hause bleiben und mit mir Boggle spielen konnten.

»Das wird dir noch leidtun, wenn du nächstes Jahr auf den Fidschis wohnst und ich immer noch in Manhattan bin, wo ich mir zu jeder Tages- und Nachtzeit Orangensaft und heiße Suppe vom Laden an der Ecke liefern lassen kann!«, rief Langston.

Ich wirbelte herum. »Wie bitte? Was hast du da gerade gesagt?«

Langston zog sich die Decke über den Kopf. »Nichts. Völlig unwichtig«, murmelte er darunter hervor.

Was hieß, dass es total wichtig war.

»WOVON REDEST DU DA, LANGSTON?«, brüllte ich und spürte, dass die Schrilly-Panik in mir hochstieg.

Benny steckte den Kopf ebenfalls unter die Decke, und ich hörte ihn zu Langston sagen: »Du musst es ihr erzählen.

Du kannst sie jetzt nicht so hängen lassen, nachdem dir das rausgerutscht ist.«

»WAS RAUSGERUTSCHT IST, LANGSTON?« Ich war nahe dran, durchzudrehen. Aber ich hatte fürs neue Jahr den Vorsatz gefasst, mich von Schrilly zu verabschieden, und obwohl es bis dahin noch eine Woche Zeit war, dachte ich mir, dass ich ja irgendwann mal damit anfangen musste. Warum dann nicht jetzt. Ich stand da und zitterte am ganzen Körper – aber ich wurde nicht zu Schrilly.

Langstons Kopf tauchte wieder unter der Decke auf. »Mom und Dad sind auf den Fidschis, um ihre Hochzeitsreise nachzuholen. Aber sie wollen sich dort auch ein Internat ansehen. Dad wurde angeboten, da für zwei Jahre die Leitung zu übernehmen.«

»Mom und Dad würden niemals auf den Fidschis wohnen wollen!« Ich kochte. »Ferienparadies – vielleicht. Aber dort wohnt man doch nicht.«

»Dort leben jede Menge Menschen, Lily. Und auf dieses Internat gehen Kinder, wie Dad früher eines war, deren Eltern im diplomatischen Dienst sind, in Indonesien oder Mikronesien …«

»Hör auf mit diesem ganzen -esien!«, sagte ich. »Warum sollten Diplomateneltern ihre Kinder auf eine bescheuerte Schule auf den Fidschi-Inseln schicken?«

»Nach allem, was ich gehört habe, ist es eine ziemlich tolle Schule. Viele von diesen Eltern wollen ihre Kinder nicht in den Ländern, in denen sie arbeiten, in die Schule schicken, aber sie wollen sie auch nicht weit fort in die Staaten oder nach England schicken. Für sie ist das eine gute Alternative.«

»Ich geh da nicht mit hin«, verkündete ich.

»Es wäre auch für Mom eine großartige Chance«, sagte

Langston. »Sie könnte ein Sabbatical nehmen, dort ganz in Ruhe forschen und endlich ihr Buch schreiben.«

»Ich geh da nicht mit hin«, wiederholte ich. »Ich will lieber hier in Manhattan wohnen. Ich bleibe bei Opa.«

Langston zog sich die Decke wieder über den Kopf.

Was nur bedeuten konnte, dass es noch mehr zu erzählen gab.

»WAS NOCH?!?!?!?«, fragte ich. Allmählich bekam ich es wirklich mit der Angst zu tun.

»Grandpa will in Florida um Glammas Hand anhalten.«

Glamma, wie Langston sie immer nennt, ist Opas Freundin in Florida – und der Grund, weshalb er uns an Weihnachten allein gelassen hatte. »Sie heißt Mabel!«, rief ich. »Ich werde sie nie Glamma nennen!«

»Nenn sie, wie du willst. Aber wahrscheinlich wird sie bald Mrs Grandpa sein. Und wenn das der Fall ist, werden sie beide vermutlich in Florida leben.«

»Ich glaub dir nicht.«

Langston setzte sich auf, damit ich ihm ins Gesicht schauen konnte. Sogar in seinem jämmerlich erkälteten Zustand meinte er es herzzerreißend ernst. »Glaub mir.«

»Warum hat mir keiner was erzählt?«

»Sie haben es nur gut gemeint. Sie wollen dich nicht unnötig damit belasten, solange das alles noch nicht spruchreif ist.«

So war Schrilly entstanden, weil alle Leute versucht hatten, mich nicht mit unangenehmen Dingen zu »belasten«.

»HIER HAST DU MEINE SPRUCHREIFE MEINUNG!«, rief ich und zeigte Langston den Stinkefinger.

»Schrilly!«, ermahnte er mich. »Das passt ja gar nicht zu dir.«

»Ach ja, und was passt zu mir?«, fragte ich.

Ich stürmte von der Terrasse, knurrte den armen alten Grunt an, der sich nach seinem Frühstück die Pfoten leckte, und stapfte dann weiter, die Treppe hinunter, in meine Wohnung, mein Zimmer, meine Stadt, mein Manhattan. »Niemand wird mich zwingen, auf die Fidschis zu ziehen«, murmelte ich, während ich mich fertig machte, um aus dem Haus zu gehen.

Über diese Weihnachtskatastrophe konnte ich jetzt nicht nachdenken. Ich konnte einfach nicht. Es war zu viel auf einmal.

Ich war froh, dass das rote Notizbuch jetzt gerade bei mir war und ich mich ihm anvertrauen konnte. Zu wissen, dass ein leicht schräger Junge lesen würde, was ich aufschrieb, und sich vielleicht sogar Gedanken darüber machte, ließ meinen Stift umso schneller über die Seiten gleiten. Ich musste ihm ja schließlich die Frage beantworten, die er mir gestellt hatte. Während ich auf die U-Bahn wartete, die mich nach Midtown bringen sollte, hatte ich genug Zeit dafür. Ich saß auf einer Bank am Bahnhof Astor Place und schrieb und schrieb, weil es auf der berüchtigt langsamen Linie 6 mal wieder eine Ewigkeit brauchte, bis der nächste Zug kam.

Ich schrieb:

Ich wünsche mir zu Weihnachten, glauben zu können. Ich möchte daran glauben, dass es trotz aller gegenteiligen Beweise Grund zur Hoffnung gibt. Ich schreibe das auf einer Bank in der U-Bahn-Station Astor Place, Richtung Uptown, während nur ein paar Schritte von mir entfernt ein obdachloser Mann unter einer schmutzigen Decke schläft und ich über die Gleise hinweg, am Bahnsteig gegenüber Richtung Downtown,

auf den Eingang zum Kmart blicke. Ist das weiter wichtig? Eigentlich nicht, aber als ich eben zu schreiben angefangen habe, ist mir der Mann aufgefallen, und ich habe kurz aufgehört, um zum Kmart hinüberzulaufen und ihm eine Tüte Mini-Snickers zu kaufen, die ich dann unter seine Decke geschoben habe. Und das hat mich dann noch trauriger gemacht, weil ich seine total ausgetretenen Schuhe gesehen habe und weil er so schmutzig war und so widerlich gestunken hat und weil mir klar wurde, dass meine Tüte Snickers für ihn auch nicht viel ändern würde.
Manchmal weiß ich nicht, wie ich das alles zusammenkriegen soll. Hier in New York gibt es so viel Reichtum und Lichterglanz, vor Weihnachten natürlich noch ganz besonders, und trotzdem auch so viel Leid.
Alle anderen auf dem Bahnsteig haben den Obdachlosen nicht beachtet, so als würde er nicht existieren, und ich begreife einfach nicht, wie das möglich ist. Ich möchte an die Hoffnung glauben, dass der Mann später aufwacht und ein Sozialarbeiter zu ihm kommt und ihm eine Herberge anbietet, wo er duschen kann und ein Bett für ihn bereitsteht, und danach hilft er ihm, einen Job und eine Wohnung zu finden und ... Merkst du? Es ist einfach viel zu viel, um alles bis zum Ende zu denken. All diese Hoffnung auf irgendetwas - oder für irgendjemanden -, die sich vielleicht nicht erfüllt.
Ich muss mich gerade ganz schön an Dingen abarbeiten, die man mir erzählt hat und von denen ich nicht weiß, was ich davon halten soll. Viel zu viele Neuigkeiten stürzen auf mich ein und das meiste davon gefällt mir nicht.
Und trotzdem, aus irgendeinem Grund, der eigentlich wissenschaftlich längst widerlegt ist, spüre ich in mir Hoffnung. Ich hoffe, dass der Klimawandel nicht

stattfindet. Ich hoffe, dass Menschen nicht mehr obdachlos sein werden. Ich hoffe, dass das Leid aufhört. Ich will daran glauben, dass meine Hoffnung nicht vergebens ist.
Ich will daran glauben, dass ich kein schlechter Mensch bin, weil ich zwar so großmütig (hübsches Wort, oder?) auf Dinge hoffe, die uns alle betreffen, eigentlich aber an etwas glauben möchte, das rein egoistisch ist.
Ich möchte daran glauben, dass jemand auf der Welt nur für mich da ist. Ich möchte daran glauben, dass ich lebe, um für diesen Menschen da zu sein.
Erinnerst du dich an »Franny und Zooey« (ich unterstelle jetzt einfach, dass du das Buch gelesen und sehr gemocht hast, sonst hättest du das Notizbuch wohl kaum dort bei Strand im Regal gefunden)? Wie Franny, dieses Mädchen aus den Fünfzigerjahren, so verzweifelt ist, weil sie nach dem Sinn des Lebens sucht und glaubt, dass er in einem Gebet zu finden ist, von dem ihr jemand erzählt hat? Weder ihr Bruder Zooey noch ihre Mutter verstehen so richtig, was sie da durchmacht, aber ich glaube, dass ich sie sehr gut verstanden habe. Denn ich hätte auch gerne, dass mir der Sinn des Lebens in einem Gebet erklärt wird, und würde wahrscheinlich auch verzweifeln, wenn ich das Gefühl hätte, dass es dieses Gebet zwar möglicherweise gibt, dass ich es aber nie verstehen werde. (Wäre ich Franny, könnte ich dann auch diese hübschen Kleider aus den Fünfzigerjahren tragen; aber ich bin mir nicht so sicher, ob ich gerne einen Freund namens Lane aus Yale hätte, der möglicherweise ein bisschen ein Idiot ist, selbst wenn andere mich um ihn beneiden würden; ich glaube, ich wäre lieber mit jemandem zusammen, der ... ähm ... enigmatischer ist.) Am Ende des Buchs, als Zooey

Franny anruft und so tut, als wäre er ihr älterer Bruder Buddy, der sie aufzuheitern versucht, steht da ein Satz, der bei mir bis jetzt hängen geblieben ist. Franny geht ans Telefon und scheint »mit jedem Schritt und sehr rasch jünger zu werden«, weil sie es nämlich schafft: Sie wird mit sich ins Reine kommen. Zumindest habe ich das so verstanden.
Das möchte ich auch. Mit jedem Schritt jünger werden, vor lauter Vorfreude, Vertrauen und Hoffnung.
Gebet hin oder her, ich möchte daran glauben, trotz aller gegenteiligen Beweise, dass es für jeden möglich ist, diesen einen, anderen Menschen zu finden. Einen Menschen, mit dem man Weihnachten feiern oder alt werden oder einfach nur einen netten, sorglosen Spaziergang im Central Park machen kann. Jemand, der einen nicht wegen einem nicht ganz richtig gebrauchten grammatischen Fall oder einer Neigung zu Bandwurmsätzen verurteilt, und den man umgekehrt, also nur um ein Beispiel zu nennen, auch nicht für seine versnobten etymologischen Vorlieben verurteilt (klingt gut, oder? Manchmal überrasche ich mich mit meinen Formulierungen selbst).
Glaube. Das wünsche ich mir zu Weihnachten. Schlag das Wort nach. Vielleicht stecken da noch Bedeutungsnuancen drin, von denen ich keine Ahnung habe. Vielleicht kannst du sie mir dann ja erklären?

Nachdem der Zug endlich gekommen war, hatte ich während der Fahrt weitergeschrieben und war gerade fertig geworden, als er an der Station Ecke 59th/Lex ankam. Wie Millionen anderer Leute auch, ließ ich mich aus der U-Bahn zu Bloomingdale's hinein- oder bis auf die Straße hochspülen. Ich konzentrierte mich angestrengt darauf, nicht an das zu denken, woran ich mit aller Kraft nicht denken wollte.

Bewegung. Veränderung.

Aber darüber dachte ich jetzt nicht nach. Ich dachte jetzt nicht über die Fidschi-Inseln nach.

Ich ließ Bloomingdale's links liegen und steuerte geradewegs auf FAO Schwarz zu, wo ich dann sofort verstand, was Mystery Boy mit »es mir heimzahlen« gemeint hatte. Eine Riesenschlange begrüßte mich auf der Straße – eine Schlange, nur um in das Geschäft hineinzukommen! Allein um es bis zur Eingangstür zu schaffen, brauchte ich zwanzig Minuten.

Aber das sollte mich nicht davon abhalten, Weihnachten zu lieben lieben liiiiieben. Ist mir doch egal, ob ich zwischen zwei Millionen panischen Weihnachtseinkäufern eingezwängt bin, das kann mir doch so was von egal sein, ich liebte jeden Augenblick, sobald ich drinnen war – das Glöckchengeklingel der *Jingle Bells,* die unablässig aus den Lautsprechern klangen, all die bunten Spielsachen und Spiele, bei deren Anblick mir immer noch das Herz höher schlägt. Ein Gang nach dem anderen, ein Stockwerk nach dem anderen, alles eine unendliche Weihnachtsspaß- und Kinderwunderwelt.

Mystery Boy musste mich schon ziemlich gut kennen, vielleicht verfügte er ja über telepathische Fähigkeiten, dass er mich zu FAO Schwarz geschickt hatte, dem Mekka von allem, was an der Weihnachtszeit schön und großartig ist. Mystery Boy musste Weihnachten genauso lieben wie ich, beschloss ich.

Ich ging zur Information. »Wo finde ich die *Bastle-dir-deinen-eigenen-Muppet*-Werkstatt?«, fragte ich.

»Tut mir leid«, sagte die Frau an der Information. »Die

Muppets-Werkstatt hat zurzeit geschlossen. Wir brauchen den Platz für den Verkauf der *Collation*-Actionfiguren.«

»Es gibt wirklich Papierblöcke und Büroklammern als Actionfiguren?«, fragte ich. Warum hatte ich die nicht auf meinen Wunschzettel für den Weihnachtsmann geschrieben?

»Ja. Aber Federico und Dante sind bei uns leider schon ausverkauft. Waren schon am ersten Tag weg. Kleiner Tipp: Beim Bürogroßhandel an der Third Ave kann man sie noch kriegen. Aber von mir hast du das nicht.«

»Es muss hier aber heute eine Muppets-Werkstatt geben«, sagte ich. »Das steht so in meinem Notizbuch.«

»Wie bitte?«

»Nichts.« Ich seufzte.

Ich machte mich am Candy Shoppe, dem Ice Cream Parlor und der Barbie Gallery vorbei auf den Weg ins erste Stockwerk, wo ich mich durch die Jungsabteilung voller Plastikpistolen und Legoschlachtfelder kämpfte, durch Massen an Menschen und Spielzeug, bis ich es schließlich zur *Collation*-Ecke geschafft hatte. »Bitte«, sagte ich zu der jungen Verkäuferin, »gibt es hier irgendwo eine Muppets-Werkstatt?«

»Kaum«, meinte sie. »Die ist im April«, setzte sie voller Verachtung mit einem Das-wissen-doch-wirklich-alle-Unterton hinzu.

»Entschuldigung«, sagte ich und wünschte ihr, dass ihre Eltern sie nächstes Weihnachten auf die Fidschis schickten.

Ich wollte schon aufgeben und wieder gehen, mein Glaube an das rote Notizbuch war nachhaltig erschüttert, als mir jemand auf die Schulter tippte. Ich drehte mich um und sah ein Mädchen vor mir stehen, etwas älter als ich und angezogen wie Hermine Granger. Offensichtlich war sie bei FAO Schwarz angestellt.

»Bist du das Mädchen, das zur Muppets-Werkstatt will?«, fragte sie.

»Bin ich?«, sagte ich. Warum ich das als Frage formulierte, weiß ich nicht genau, vielleicht weil ich mir nicht ganz sicher war, ob ich wollte, dass Hermine zu viel über mich wusste. Ich hatte immer was gegen Hermine gehabt, vielleicht weil ich so gerne sie gewesen wäre und sie meiner Meinung nach nicht genug zu schätzen wusste, dass sie sie sein durfte. Sie durfte das alles haben: Sie durfte auf Hogwarts gehen und mit Harry befreundet sein und Ron küssen, was doch eigentlich mir zugestanden hätte.

»Komm mit«, befahl Hermine. Weil es dumm gewesen wäre, nicht den Befehlen eines klugen Mädchens wie Hermine zu folgen, ließ ich mich von ihr bis in die hinterste, dunkelste Ecke des Ladens führen, wo die Sachen lagen, die niemanden mehr interessierten, wie Hüpfknete oder Boggle. Sie blieb vor einem riesigen Regal voller ausgestopfter Giraffen stehen und drückte zwischen zwei langen gescheckten Hälsen gegen die Wand, die sich plötzlich öffnete. Es war gar keine Wand, sondern eine Tür, getarnt durch ein Giraffenregal (Giraffenregaltarntür – ob das im großen Wörterbuch steht?).

Ich folgte Hermine in die kleine Kammer dahinter, wo ein Tisch mit Köpfen und anderen Muppets-Einzelteilen (Augen, Nasen, Brillen, T-Shirts, Haare etc.) aufgebaut war. Ein Junge in meinem Alter, der ein bisschen was von einem Chihuahua hatte – auch wenn er natürlich viel größer war –, saß an einem Beistelltisch daneben und schien auf mich gewartet zu haben.

»Du bist das also!«, sagte er und deutete mit dem Zeigefinger auf mich. »Du siehst überhaupt nicht so aus, wie ich gedacht habe, wobei ich mir eigentlich noch nicht mal vorgestellt habe, wie du vielleicht aussiehst!« Seine Stimme klang auch wie die eines Chihuahuas, zittrig und hyperaktiv, aber gleichzeitig nett.

Meine Mutter hat mir beigebracht, dass es unhöflich ist, auf Leute zu zeigen.

Da sie aber in Geheimmission auf den Fidschis war und mich deswegen auch nicht tadeln konnte, deutete ich mit dem Zeigefinger auf den Jungen zurück. »Ich bin es!«, sagte ich.

Hermine ermahnte uns. »Bitte etwas leiser und unauffälliger! Ihr könnt hier eine Viertelstunde bleiben, länger nicht.« Sie musterte mich. »Du rauchst doch nicht etwa?«

»Nein, warum?«

»Mach das hier unter keinen Umständen! Diese Kammer musst du dir wie die Toilette in einem Flugzeug vorstellen. Erledigt, was ihr miteinander zu erledigen habt, aber seid euch immer bewusst, dass Rauchmelder und andere Sensoren euch überwachen.«

Der Junge rief: »Terroralarm! Terroralarm!«

»Hör auf, Boomer«, sagte Hermine. »Jag ihr keine Angst ein.«

»Du kennst mich nicht gut genug, um mich Boomer nennen zu dürfen«, sagte Boomer (wie er offensichtlich genannt wurde). »Mein Name ist John.«

»Meine Anweisungen lauteten *Boomer,* Boomer«, sagte Hermine.

»Boomer«, unterbrach ich die beiden, »warum bin ich hier?«

»Hast du ein Notizbuch dabei, das du jemandem geben willst?«, fragte er.

»Möglicherweise. Wie ist sein Name?«, fragte ich.

»Unerlaubte Frage!«, sagte Boomer.

»Wirklich?«, seufzte ich.

»Wirklich!«, sagte er.

Ich blickte zu Hermine, weil ich auf so was wie Mädchenpower-Solidarität hoffte. Sie schüttelte den Kopf.

»Mhm-mhm«, machte sie. »Das kriegst du aus mir nicht raus.«

»Und warum das Ganze hier?«, fragte ich.

»Bastle dir deinen eigenen Muppet!«, sagte Boomer. »Deshalb! Einen, den es nur einmal gibt, nur für dich! Dein besonderer Freund hat sich das für dich ausgedacht.«

Mein Tag war bisher nicht gerade der Hit gewesen. Obwohl das alles sehr gut gemeint war, wusste ich nicht so recht, ob mir nach Spielen zumute war. Ich hatte noch nie vorher in meinem Leben Lust auf eine Zigarette gehabt, aber plötzlich wollte ich mir eine anzünden, und sei es auch nur, um den Feueralarm auszulösen, damit er mich aus dieser Situation befreite.

Es gab zu vieles, an das ich nicht denken wollte. Ich war ganz erschöpft davon, andauernd nicht daran zu denken. Ich wollte am liebsten nach Hause und meinen Bruder ignorieren und *Heimweh nach St. Louis* anschauen und heulen, wenn die süße kleine Margaret O'Brien den Schneemann zertrümmert (die beste Szene). Ich wollte nicht an die Fidschi-Inseln oder Florida oder etwas anderes – einen anderen – denken. Wenn »Boomer« mir den Namen von Mystery Boy nicht sagen und auch sonst nichts von ihm erzählen wollte, warum war ich dann noch länger hier?

Als spürte er, dass ich etwas moralische Unterstützung brauchte, reichte Boomer mir eine Packung mit Sno-Caps. Meine Lieblingskinoschokobonbons. »Dein Freund«, sagte Boomer, »hat mir das für dich mitgegeben. Als Anzahlung auf ein späteres Geschenk. Vielleicht.«

Okay okay okay. Ich war bei dem Spiel dabei. *(Mystery Boy schickte mir Süßigkeiten! Oh, wie ich ihn lieben könnte!)*

Ich setzte mich an den Arbeitstisch und beschloss, einen Muppet zu machen, der so aussah, wie ich mir Mystery Boy vorstellte. Ich wählte einen blauen Kopf und Körper, ein schwarzes Stück Webpelz, das wie ein Beatles-Pilzkopf aussah, eine Buddy-Holly-Brille (sehr ähnlich meiner eigenen) und ein lila Bowlingshirt. Dann verpasste ich dem Gesicht eine rosa Grobi-Nase, schnitt roten Filz so zurecht, dass die Lippen zu einem leicht spöttischen Lächeln verzogen waren, und klebte sie darunter.

Ich erinnerte mich plötzlich daran, dass ich mit zehn – was noch gar nicht so lange her war, wenn ich es mir recht überlegte – immer gerne zu American Girl gegangen war, um dort meine Puppe frisieren zu lassen, und irgendwann hatte ich die Verkäuferin dann gefragt, ob ich nicht mein eigenes American Girl entwerfen könnte. Ich hatte mir schon alles ausgedacht, sie würde LaShonda Jones heißen, sollte zwölf Jahre alt sein und aus Skokie, Illinois, Roller Boogie Champion stammen; geboren ungefähr 1978. Ich kannte ihre ganze Familiengeschichte und wusste, welche Sachen sie anhatte, und überhaupt alles. Aber als ich die Verkäuferin dann bat, ob sie mir helfen könnte, LaShonda auf der Stelle zu kreieren, im Palast von American Girl, schaute sie mich an, als würde ich das allergrößte Sakrileg begehen wollen. Man hätte glauben können, ich sei eine Jungrevolutionärin, die höflich fragte, ob sie die Konzernzentralen von Mattel, Hasbro, Disney und Milton Bradley gleichzeitig in die Luft sprengen dürfte.

Selbst wenn sein Name immer noch Geheimsache war, hätte ich Mystery Boy jetzt am liebsten umarmt. Er hatte, ohne es zu wissen, einen meiner geheimen Träume wahr werden lassen – in einem Mekka der Spielzeugindustrie mir meine eigene, ganz persönliche Puppe zu basteln.

»Spielst du eigentlich Fußball?«, fragte Hermine, die zurückgekommen war und die Kleidungsstücke zusammenlegte, die ich für meinen Muppet nicht gebraucht hatte. Sie machte das so professionell, dass ich mich fragte, ob sie vielleicht von Gap ausgeliehen war.

»Ja«, sagte ich.

»Hab ich's mir doch gedacht«, sagte sie. »Ich bin jetzt im College, aber ich glaube, dass meine Highschool letztes Jahr mal gegen deine gespielt hat. Ich erinnere mich an dich, weil eure Mannschaft nicht gerade toll ist, aber du als Torhüterin bist spitze. Da war es egal, dass sich die anderen Mädels mehr dafür interessierten, wer welches Lipgloss aufgetragen hatte, als zu spielen. Du bist auch Kapitänin, oder? War ich nämlich auch.«

Ich wollte Hermine gerade fragen, für welche Schule sie denn gespielt hatte, als sie meinte: »Du bist total anders als Sofia. Aber irgendwie auch interessanter. Ist das deine Schulbluse, die du da unter der Rentier-Strickjacke anhast? Abgefahren. Sofia hat immer großartige Sachen an. Aus Spanien. Sprichst du spanisch?«

»No.«

Ich sprach das *No* spanisch aus, aber Hermine fiel es nicht auf.

Welche Sprache sprach man eigentlich auf den Fidschi-Inseln?

»Eure Zeit ist abgelaufen!«, rief Hermine.

Ich hielt meinen Muppet hoch. »Ich taufe dich auf den Namen Mystery Boy«, sagte ich. Dann gab ich die Puppe an Boomer weiter. »Bitte gib sie Dem-dessen-Namen-nicht-genannt-werden-darf.« Ich überreichte ihm das rote

Notizbuch. »Und das auch. Aber bitte lies nicht, was drinsteht, Boomer. Das ist streng vertraulich.«

»Werd ich nicht«, versprach Boomer.

»Er wird«, murmelte Hermine.

So viele Fragen gingen mir durch den Kopf.

Warum darf ich seinen Namen nicht wissen?

Wie sieht er aus?

Wer zum Teufel ist Sofia und warum spricht sie spanisch?

Was mache ich eigentlich hier?

Wahrscheinlich würden die Antworten darauf irgendwann in dem roten Notizbuch stehen, falls der rätselhafte Junge beschloss, unser Spiel weiterzuspielen.

Weil Opa dieses Jahr nicht da war, um mich zu meiner Lieblingsweihnachtsattraktion mitzunehmen – den mit viel vielen viiiiieeelen Lichtern und Weihnachtsschmuck dekorierten Häusern in Dyker Heights, Brooklyn, die jedes Jahr so leuchteten, dass das ganze Viertel wahrscheinlich vom Weltall aus zu identifizieren war –, sollte wenigstens Mystery Boy dorthin gehen und mir davon erzählen. Und schon hatte ich das als nächste Aufgabe ins Notizbuch geschrieben, ihm als Ziel eine Straße in Dyker Heights gegeben und eine Adresse: Nussknacker-Haus.

Danach fiel mir ein, dass ich den Anweisungen, die ich in das Notizbuch geschrieben hatte, noch etwas hinzufügen wollte, deshalb versuchte ich, es von Boomer zurückzuholen.

»Hey!«, rief er und wollte mich nicht an mein eigenes Notizbuch lassen. »Das gehört mir.«

»Es gehört nicht dir«, sagte Hermine. »Du bist nur der Bote, Boomer.«

Fußballkapitäne halten eben zusammen.

»Ich wollte nur noch was dazuschreiben«, sagte ich zu

Boomer und versuchte, ihm das Notizbuch sanft zu entwinden, aber er lockerte seinen Griff nicht. »Ich geb es dir gleich zurück. Versprochen.«

»Versprochen?«, sagte er.

»Ich hab grade gesagt ›versprochen‹!«, sagte ich.

Hermine sagte: »Sie hat gesagt ›versprochen‹!«

»Versprochen?«, wiederholte Boomer.

Mir wurde allmählich klar, wie John zu seinem Spitznamen gekommen war.

Hermine schnappte sich das Notizbuch und gab es mir. »Schnell, bevor er ausflippt. Er nimmt seine Verantwortung sehr ernst.«

Unter das Nussknacker-Haus schrieb ich hastig noch:

Vergiss Mystery Muppet nicht. Bring ihn dorthin mit. Oder lass es bleiben.

sieben

– Dash –

24. Dezember/25. Dezember

Boomer weigerte sich, mir irgendetwas zu erzählen.

»Ist sie groß?«

Er schüttelte den Kopf.

»Also ist sie klein?«

»Nein – ich erzähl's dir nicht.«

»Hübsch?«

»Ich erzähl's nicht.«

»Unsäglich unansehnlich?«

»Ich erzähl's nicht, da kannst du dich noch so anstrengen.«

»Hast du ihre Augenfarbe nicht sehen können, weil ihr blonde Locken ins Gesicht hängen?«

»Hey – du versuchst, mich auszutricksen! Ich sage gar nichts, außer dass sie wollte, dass ich dir das gebe.«

Zusammen mit dem Notizbuch übergab er mir ... Sollte das Ähnlichkeit mit einem Muppet haben?

»Sieht aus, als hätten Tier und Miss Piggy Sex miteinander gehabt«, sagte ich, »und das ist ihre Ausgeburt.«

»Meine Augen!«, rief Boomer. »Meine Augen! Jetzt, wo du's sagst!«

Ich schaute auf die Uhr. »Du solltest nach Hause, bevor sie mit dem Abendessen anfangen«, sagte ich.

»Kommen deine Mom und Giovanni auch bald heim?«, fragte er.

Ich nickte.

»Weihnachtsumarmung!«, rief er. Und gleich war ich in etwas verstrickt, was man nicht anders als eine dicke Weihnachtsumarmung nennen konnte.

Ich weiß, dass es mir dabei warm ums Herz hätte werden sollen. Aber nichts, was mit Weihnachten verbunden war, schaffte das wirklich. Nicht dass ich bei der Umarmung geschummelt hätte – ich herzte Boomer aufrichtig bis zum letzten Drücker. Aber eine Sekunde später freute ich mich schon darauf, die Wohnung gleich für mich allein zu haben.

»Dann treffen wir uns am Tag nach Weihnachten, weil du mich zu dieser Party mitnimmst, richtig?«, fragte Boomer. »Ist das der Sechsundzwanzigste?«

»Der Sechsundzwanzigste.«

»Ich sollte mir das aufschreiben.«

Er nahm einen Stift vom Tischchen neben der Tür und schrieb »Der 26.« auf seinen Arm.

»Solltest du nicht dazuschreiben, was am Sechsundzwanzigsten ist?«, fragte ich.

»Nein, nein. Daran erinnere ich mich. Die Party deiner Freundin!«

Ich hätte ihn verbessern können, aber ich wusste, dass ich das später sowieso noch ein paarmal tun musste.

Sobald Boomer endgültig verschwunden war, genoss ich die Ruhe. Es war Heiligabend und ich musste nirgendwo sein. Ich zog meine Schuhe aus. Dann zog ich meine Hose aus. Und weil mich das amüsierte, zog ich auch noch mein Hemd aus. Und meine Unterwäsche. Ich ging von Zimmer zu Zimmer, nackt wie am Tag meiner Geburt, nur ohne das Blut und das Fruchtwasser. Wie seltsam – ich war schon so oft allein zu Hause gewesen, aber nackt war ich noch nie durch die Wohnung gestreift. Es war vielleicht etwas fröstelig, aber es machte Spaß. Ich aß einen Joghurt. Ich winkte durchs Fenster den Nachbarn zu. Ich legte die *Mamma-Mia*-CD meiner Mutter ein und tanzte dazu ein bisschen. Ich wischte etwas Staub.

Dann erinnerte ich mich an das Notizbuch. Aber es aufzuschlagen, während ich nackt war, fühlte sich irgendwie nicht richtig an. Deshalb zog ich meine Unterwäsche wieder an. Und mein Hemd (noch offen). Und meine Hose.

Lily verdiente schließlich etwas Achtung.

Was sie da geschrieben hatte, haute mich ziemlich um. Vor allem der Teil über Franny. Denn ich hatte immer eine Schwäche für Franny gehabt. Wie die meisten Figuren bei Salinger wäre sie nicht so kaputt und verdreht gewesen, das spürte man, wenn ihr nicht dauernd solche kaputten Dinge passiert wären. Also ich meine, keiner wünscht ihr doch, dass sie bei Lane endet, der ein total lahmes Arschloch ist. Und sollte sie am Ende doch nach Yale zurückgehen, hätte man am liebsten, dass sie alles dort niederbrennt.

Ich merkte, dass ich anfing, Lily mit Franny zu vermischen. Aber Lily würde sich nicht in Lane verlieben. Sie würde sich in … Ehrlich gesagt hatte ich keine Ahnung, in wen Lily sich verlieben würde und ob er irgendeine Ähnlichkeit mit mir hätte.

Wir glauben an die falschen Dinge, schrieb ich mit demselben Stift, mit dem Boomer den 26. auf seinen Arm gekritzelt hatte. *Das ist es, was mich am meisten frustriert. Nicht der Mangel an Glaube, sondern der Glaube an die falschen Dinge. Du willst einen Sinn? Da draußen ist der Sinn,* in vielen unterschiedlichen Varianten. Wir schaffen es nur grandios, sie immer wieder falsch zu verstehen. Ich wollte hier aufhören. Aber ich schrieb weiter.

Das alles wird dir nicht in einem Gebet erklärt werden. Und ich werde es dir auch nicht erklären können. Nicht nur weil ich genauso unwissend und voller Hoffnung und stellenweise blind bin wie jeder, sondern weil ich nicht glaube, dass der Sinn etwas ist, das erklärt werden kann. Du musst es für dich allein herausfinden.
Das ist, wie wenn man zu lesen anfängt. Zuerst lernst du die Buchstaben. Dann, sobald du weißt, welche Laute die Buchstaben abbilden, benutzt du sie, um daraus die Laute von Wörtern zusammenzusetzen. Du weißt, dass K-a-t-z-e zu Katze führt und H-u-n-d zu Hund. Aber dann musst du in deinem Kopf noch den großen Sprung machen und verstehen, dass das Wort, der Klang von »Katze«, mit einer tatsächlichen Katze verbunden ist und »Hund« mit einem tatsächlichen Hund. Erst mit diesem Sprung, erst wenn man das versteht, entsteht Sinn. Und die meiste Zeit im Leben verbringen wir damit, aus Lauten Wörter zusammenzusetzen. Wir kennen die Sätze und können sie aufsagen. Wir haben die Vorstellungen im Kopf und können sie ausdrücken. Wir kennen die Gebete auswendig und wissen, welche Wörter in welcher Reihenfolge zu sprechen sind. Aber das ist bloßes Buchstabieren.
Das soll jetzt nicht entmutigend klingen. Denn genauso wie ein Kind begreifen kann, was »K-a-t-z-e« bedeutet, können wir die Wahrheiten hinter den Wörtern und Sätzen erkennen, davon bin ich fest überzeugt. Ich wünschte, ich könnte mich an den Augenblick erinnern, als ich als Kind entdeckt habe, dass die Buchstaben sich zu Wörtern

verbinden und die Wörter auf reale Dinge verweisen. Was für eine Offenbarung muss das gewesen sein. Wir haben keine Worte dafür, weil wir die Wörter noch nicht gelernt haben. Es muss überwältigend gewesen sein, den Schlüssel zu einem Königreich überreicht zu bekommen und festzustellen, wie leicht er sich handhaben lässt.

Meine Hände fingen leicht zu zittern an. Ich hatte nicht gewusst, dass ich diese ganzen Dinge wusste. Ein Notizbuch zu haben, um all diese Sätze aufzuschreiben, und jemanden zu haben, dem man sie schreiben konnte, ließ das alles auf einmal an die Oberfläche kommen.

Aber da war noch etwas anderes. Sie hatte geschrieben *Ich will daran glauben, dass jemand auf der Welt nur für mich da ist. Ich will daran glauben, dass ich lebe, um für diese Person da zu sein.* Dieses Thema beschäftigte mich, wie ich gestehen muss, nicht so sehr. Denn die anderen Fragen waren einfach viel größer. Aber ich verspürte in mir immer noch genug Sehnsucht nach dieser Vorstellung, dass ich sie nicht völlig verwerfen wollte. Was hieß: Ich würde Lily nicht sagen, dass ich das Gefühl hatte, wir alle würden von Plato und seiner Idee der Seelenverwandtschaft zum Narren gehalten. Es konnte sich ja schließlich herausstellen, dass sie genau das für mich war, meine Seelenverwandte, meine fehlende andere Hälfte.

Zu viel. Zu früh. Zu schnell. Ich schob das Notizbuch weg und wanderte durch die Wohnung, auf und ab. Die Welt war voller Taugenichtse und Streuner, voller Schleimer und Spione, die allesamt die Wörter falsch gebrauchten, die einem alles, was gesagt oder geschrieben wurde, verdächtig machten. Vielleicht war es das, was mir an der Geschichte mit Lily in diesem Augenblick so gefiel – die Aufrichtigkeit, mit der wir miteinander umgingen, das Vertrauen in den anderen.

Einem anderen ins Gesicht zu lügen, ist schwer.

Aber.

Einem anderen die Wahrheit zu sagen, ist auch schwer.

Mir versagte die Sprache, weil ich mir nicht sicher war, ob ich die richtigen Worte finden würde, um bei ihr nicht zu versagen. Also ließ ich das Notizbuch sinken, dachte über die Adresse nach, die sie mir aufgeschrieben hatte (ich hatte keine Idee, wo Dyker Heights war), und betrachtete den grässlichen Muppet, den Boomer mir gegeben hatte. *Vergiss Mystery Muppet nicht. Bring ihn dorthin mit,* hatte sie geschrieben. Mir gefiel der Tonfall dieser Aufforderung. Als seien wir Darsteller in einer Gesellschaftskomödie.

»Kannst *du* mir sagen, wie sie ist?«, fragte ich Mystery Muppet.

Er blickte stumm und rätselhaft zurück. Keine große Hilfe.

Mein Handy klingelte – Mom, die mich fragte, wie Heiligabend mit Dad war. Ich sagte ihr, alles sei in Ordnung, und fragte, ob Giovanni und sie den Heiligabend mit einem traditionellen Weihnachtsessen feiern würden. Sie kicherte und sagte Nein, weit und breit sei kein Truthahn zu sehen, und damit sei sie auch voll und ganz einverstanden. Mir gefiel, wie sie kicherte – Kinder hören ihre Eltern eigentlich viel zu selten kichern, finde ich –, und ich beendete unser Gespräch, bevor sie sich verpflichtet fühlte, den Hörer für ein paar oberflächliche Weihnachtswünsche an Giovanni weiterzureichen. Mein Vater würde erst am Weihnachtsfeiertag anrufen – er meldete sich immer erst dann, wenn die Verpflichtung, es zu tun, so riesengroß und offensichtlich war, dass selbst ein Gorilla ihr nachgekommen wäre.

Ich malte mir aus, wie es wäre, wenn die Lüge, die ich meiner Mutter erzählt hatte, gar keine Lüge wäre. Wenn ich tatsächlich jetzt mit Dad und Leeza in einem »Yoga Retreat« in Kalifornien säße. Ich fand ja, dass Yoga etwas war, um sich *von* etwas zurückzuziehen, nicht etwas, *wohin* man sich zurückzog; deshalb hatte ich auch gleich ein Bild im Kopf, wie ich im Schneidersitz mit einem aufgeschlagenen Buch im Schoß dasaß, während alle anderen Hund und Kobra machten. Ich war mit Dad und Leeza in den ungefähr zwei Jahren, die sie nun zusammen waren, genau einmal im Urlaub gewesen – in einem doppelt-gemoppelt »Spa Resort« getauften Luxushotel, wo ich dauernd zuschauen musste, wie sie sich trotz Schlammmasken küssten. Das reichte für ein ganzes Leben und seither hatte ich auf solche Urlaube großzügig verzichtet.

Mom und ich hatten den Weihnachtsbaum geschmückt, bevor Giovanni und sie verreist waren. Obwohl ich ja mit Weihnachten nicht so viel am Hut habe, konnte ich dem Baumschmücken durchaus etwas abgewinnen – wie jedes Jahr. Mom und ich holen beim Schmücken unsere Kindheiten heraus und verteilen sie über die Zweige. Und obwohl ich keinen Ton gesagt hatte, muss Mom gespürt haben, dass Giovanni dabei nichts zu suchen hatte – das war eine Sache nur zwischen uns beiden. Wir holten den winzigen Schaukelstuhl heraus, den meine Urgroßmutter für das Puppenhaus meiner Mutter gebastelt hatte, und hängten ihn an einen Zweig; dann den alten Waschlappen aus meiner Babyzeit, auf dem das Löwengesicht immer noch durch das aufgemalte Buschwerk späht, und ließen ihn an den Tannenzweigen baumeln. Jedes Jahr fügen wir etwas Neues hinzu, und dieses Jahr hatte meine Mutter laut aufgelacht, als ich eines der kostbarsten Besitztümer aus meinen frühesten Jahren anbrachte – eine Miniflasche Canadian Club, die sie während des Flugs zu meinen Großeltern väterlicherseits hastig gekippt und die ich den Rest des Aufenthalts (erstaunt) umklammert gehalten hatte.

Das war eine lustige Geschichte, die ich gerne Lily erzählen wollte, dem Mädchen, das ich kaum kannte.

Aber ich ließ das Notizbuch liegen, wo es war. Ich wusste, dass ich mein Hemd hätte zuknöpfen, meine Schuhe anziehen und mich zu dem geheimnisvollen Dyker Heights hätte aufmachen können. Aber mein Geschenk an mich selbst an diesem Heiligabend war, dass ich mich völlig von der Welt zurückzog. Ich machte den Fernseher nicht an. Ich telefonierte nicht mit Freunden. Ich checkte keine E-Mails. Stattdessen genoss ich die Einsamkeit. Wenn Lily gern daran glaubte, dass jemand da draußen in der Welt nur für sie da war, dann glaubte ich gern daran, dass ich hier drinnen nur für mich da war.

Ich bereitete mir ein Abendessen zu. Ich aß langsam und versuchte, jeden Bissen zu genießen. Ich zog *Franny und Zooey* aus dem Regal und freute mich über ihre vertraute Gesellschaft. Dann vollführte ich einen Tango mit meinem Bücherregal, zog Bücher heraus und schob sie wieder hinein, heraus und hinein – ein Gedicht von Marie Howe, dann eine Kurzgeschichte von John Cheever. Einen alten Essay von E.B. White, danach eine Passage aus *The Trumpet of the Swan.* Irgendwann ging ich ins Zimmer meiner Mutter und las ein paar Seiten, in die sie Eselsohren geknickt hatte – das machte sie immer, wenn ihr eine Stelle besonders gefallen hatte, und jedes Mal, wenn ich ein Buch von ihr aufschlug, versuchte ich herauszufinden, welcher Satz es wohl gewesen war, der sie am meisten beeindruckt hatte. War es in J.R. Moehringers *The Tender Bar* auf Seite 202 die Bemerkung von Logan Pearsall Smith – »Das unermüdliche Streben nach unerreichbarer Perfektion, selbst wenn es sich lediglich darin äußert, auf ein altes Klavier einzuhämmern, ist es allein, was unserem Leben auf diesem flüchtigen Stern einen Sinn gibt« – oder ein paar Zeilen später die schlichte Feststellung »Alleinsein hat nichts damit zu tun, wie viele Menschen um einen herum sind«? War es aus Richard Yates' *Zeiten des Aufruhrs* der Satz »Er hatte die altmodische Vornehmheit der Gebäude bewundert und das helle, zarte Grün, das die Straßenlaternen auf den Bäumen nachts sanft explodieren ließen« oder »Der Ort hatte ihn mit einer Ahnung von Weisheit erfüllt, nach der er sich nur noch ein Stück zu strecken brauchte, einer Ahnung von unaussprechlicher Gnade, für ihn bereit, hinter der nächsten Ecke auf ihn wartend, aber er war die endlosen blauen Straßen entlanggewandert, bis er ganz müde davon war, und all die Menschen, die ihr Leben zu leben wussten, hatten ihr Geheimnis für sich behalten«? Und auf Seite 82 von Anne Enrights *Das Familientreffen,* war es da »Aber es ist nicht einfach nur der Sex – oder meine Erinnerung daran –, was mich jetzt, siebzehn Jahre zu spät, auf den Gedanken bringt, dass ich Michael Weiss aus Brooklyn liebe. Sondern wie er sich geweigert hat, mich zu besitzen, egal wie sehr ich es wollte. Wie er nicht von mir Besitz ergreifen wollte, wie er mir nur begegnen wollte, und selbst das nur auf halbem Weg.« Oder war es »Ich glaube, ich bin jetzt innerlich so weit. Ich glaube, ich bin jetzt so weit, dass mir begegnet wird«?

Damit verbrachte ich ein paar Stunden. Ich sagte kein einziges Wort, aber mir war gar nicht bewusst, dass ich schwieg. Das Rauschen meines eigenen Lebens, meines eigenen inneren Lebens, war alles, was ich brauchte.

Das fühlte sich für mich richtig nach Weihnachten an, auch wenn es gar nichts mit Jesus oder einem bestimmten

Datum oder mit irgendetwas, das irgendjemand anders in der Welt tat, zu tun hatte.

Bevor ich ins Bett ging, machte ich, was ich immer machte – ich schlug das (leider nur einbändige) Wörterbuch auf, das auf meinem Nachttisch lag, und versuchte, ein Wort zu finden, das mir gefiel.

> [1]**lichten** (sw. V; hat) ↑ [zu licht] : 1. a) *bewirken, dass bestimmte Dinge weniger dicht stehen, ausdünnen:* das Unterholz, die aufgegangene Saat … b) (l + sich) *weniger dicht werden:* der Wald lichtet sich … 2. (geh.) a) *heller machen:* die Sonne lichtet das Dunkel … b) (l. + sich) *heller werden:* der Himmel, das Dunkel lichtet sich
>
> [2]**lichten** (sw. V; hat) [mniederd. līhten = leichtmachen] (Seemannsspr.): (den Anker) hochziehen *[um wegzufahren]:* das Schiff lichtete den Anker

Lichten. Ich versuchte, mich mit dem Wort in den Schlaf zu murmeln.

Erst als ich schon fast eingeschlummert war, fiel mir auf, was ich da gerade getan hatte: Ich hatte geglaubt, das Wörterbuch an einer beliebigen Stelle aufzuschlagen, aber ich war nur ein paar Seiten von *Lily* entfernt gelandet.

Ich hatte für den Weihnachtsmann weder Milch noch Plätzchen bereitgestellt. Wir hatten keinen Schornstein und keinen Kamin. Ich hatte keinen Wunschzettel für ihn abgegeben und auch keine offizielle Bestätigung von ihm erhalten, dass ich im vergangenen Jahr brav gewesen war. Und trotzdem warteten am ersten Weihnachtsfeiertag, als ich gegen Mittag aufwachte, Geschenke auf mich.

Ich packte die Geschenke meiner Mutter, die für mich unter dem Baum lagen, langsam nacheinander aus, weil ich wusste, dass sie sich das so wünschte. Ich vermisste sie dabei – nur diese zehn Minuten lang, in denen ich ihr auch gern ihre Geschenke überreicht hätte. Unter dem bunten Papier warteten keine großen Überraschungen auf mich – ein paar Bücher, die ich mir gewünscht hatte, zur Abwechslung noch ein, zwei kleine Spielereien und ein blauer Pulli, der gar nicht so schlecht aussah.

»Danke, Mom«, sagte ich zur Luft. Um sie anzurufen, war es wegen der Zeitverschiebung noch zu früh.

Ich vertiefte mich gleich in eines der Bücher und kehrte erst wieder in die Wirklichkeit zurück, als das Telefon klingelte.

»Dashiell?«, fragte mein Vater. Als ob ein anderer mit meiner Stimme in der Wohnung meiner Mutter ans Telefon gehen könnte.

»Ja, Vater?«

»Leeza und ich möchten dir gerne Frohe Weihnachten wünschen.«

»Danke, Vater. Ich euch auch.«

[verlegene Pause]

[noch verlegenere Pause]

»Ich hoffe, deine Mutter macht dir keinen Ärger?«

Oh, Vater, du kannst es auch nie lassen.

»Sie hat mir gesagt, wenn ich die Asche aus dem Kamin kehre, darf ich später auch meinen Schwestern helfen, sich für den Ball des Prinzen herauszuputzen.«

»Wir haben Weihnachten, Dashiell. Kannst du einmal im Jahr diese Ironie sein lassen?«

»Frohe Weihnachten, Dad. Und danke für die Geschenke.«

»Welche Geschenke?«

»Oh, Entschuldigung – dann waren die wieder alle von Mom?«

»Dashiell ...«

»Ich muss leider aufhören. Die Lebkuchenmänner haben Feuer gefangen.«

»Warte – Leeza will dir auch noch Frohe Weihnachten wünschen.«

»Der Rauch ist schon ziemlich dicht, ich muss wirklich schnell auflegen.«

»Na dann, noch mal Frohe Weihnachten.«

»Ja, Dad. Frohe Weihnachten.«

Mindestens zu einem Achtel war es mein Fehler gewesen, weil ich überhaupt ans Telefon gegangen war. Aber ich hatte es einfach hinter mich bringen wollen, und das war's jetzt auch – hinter mir und vorbei. Aber es war auch mit mir vorbei. Ich fühlte mich wie magnetisch von dem roten Notizbuch angezogen und hätte fast angefangen, dort alles rauszukotzen, aber dann wollte ich Lily doch lieber nicht mit dieser ganzen Geschichte belasten, nicht jetzt. Damit würde ich nur einen Teil davon auf sie abwälzen, was unfair wäre, denn Lily wäre noch ohnmächtiger als ich und könnte an der Situation noch weniger ändern.

Es war erst fünf, aber draußen war es schon dunkel. Ich beschloss, dass es an der Zeit war, mich nach Dyker Heights aufzumachen.

Was bedeutete, mit dem Zug der Linie D weiter zu fahren, als ich jemals gefahren war. Nach den übergeschnappten Menschenmassen der vergangenen Woche war die Stadt jetzt am Weihnachtstag wie leer gefegt. Nur noch Geldautomaten, Kirchen, chinesische Restaurants und Kinos hatten geöffnet. Überall sonst waren die Fenster dunkel, als wäre alles in einen tiefen Weihnachtsschlaf versunken. Sogar die U-Bahn wirkte wie verwandelt – auf dem Bahnsteig warteten nur ein paar vereinzelte Gestalten, die Waggons waren nur spärlich mit Fahrgästen besetzt. Aber auch hier gab es Anzeichen, dass Weihnachten war – stolze kleine Mädchen in ihren Festtagskleidern und kleine Jungs, die in ihren Knabenanzügen wie eingezwängt wirkten. Blickkontakt wurde häufig freundlich erwidert, nicht wie sonst feindselig. Obwohl die Stadt vor Kurzem noch von Touristen überrannt worden war, war jetzt nirgendwo ein aufgeschlagener Reiseführer zu entdecken, und die Gespräche wurden alle ruhig und leise geführt.

Zwischen Manhattan und Brooklyn las ich in meinem Buch. Aber als der Zug dann an die Oberfläche kam, richtete ich mich auf, um aus dem Fenster zu sehen und flüchtige Einblicke in fremde Wohnzimmer zu erhaschen, während wir an den Häusern vorbeiratterten.

Ich hatte immer noch keine Ahnung, wie ich das Nussknacker-Haus finden sollte. Aber als die U-Bahn an der Station hielt, ergab sich die Lösung dieses Problems von selbst. Eine auffallend große Anzahl von Leuten stieg mit mir aus, und sie schienen alle in dieselbe Richtung zu wollen – vielköpfige Familien, Pärchen, die sich an den Händen hielten, alte Menschen, die aussahen, als seien sie auf einer Wallfahrt. Ich folgte ihnen.

Zuerst schien es so, als würde etwas Seltsames in der Luft liegen, der Widerschein Tausender Neonlichter, wie am Times Square. Wir befanden uns aber nicht in der Nähe des Times Square, deshalb ergab das keinen Sinn … bis ich dann die Häuser sah, eines heller beleuchtet als das andere.

Hier waren keine Weihnachtsbeleuchtungsdilettanten am Werk gewesen. Das hier war ein spektakuläres Weihnachtsschmuckspektakel von Haus und Garten. So weit das Auge reichte, waren alle Häuser über und über mit Lichtern verziert. Lichter in allen Farben und Formen. Die Umrisse von Rentieren und Weihnachtsmännern mit ihren Schlitten, riesige Geschenke mit großen Schleifen, Teddybären, überlebensgroße Puppen, alles aus Lichterketten erschaffen. Wenn Maria und Josef den Stall mit der Krippe so beleuchtet hätten, wäre er bis nach Rom zu sehen gewesen.

Als ich das alles erblickte, spürte ich ganz widersprüchliche Gefühle in mir aufsteigen. Was war das für eine Energievergeudung, der Inbegriff der ungeheuerlichen Verschwendungssucht, die so typisch für Amerika und sein Weihnachtenfeiern war. Und dann war es auch wieder anrührend, das ganze Viertel so geschmückt zu sehen, weil man wirklich einen Gemeinschaftsgeist zu spüren glaubte. Ich malte mir aus, wie alle am selben Tag ihre Lichterketten hervorholten und ein großes Nachbarschaftsfest feierten, während sie ihre Häuser und Gärten dekorierten. Die Kinder gingen staunend von Haus zu Haus; alle Nachbarn waren für sie auf einmal zu Zauberern geworden, die sie in ein Weihnachtswunderland entführten. Um mich herum schwirrte die Luft nicht nur von Lichterglanz, sondern auch von Gesprächen – in keines davon war ich einbezogen, aber ich war froh, dass ich von ihnen umgeben war.

Das Nussknacker-Haus war nicht schwer zu finden – die Spielzeugsoldaten hielten mindestens fünf Meter hoch Wache, um den Mäusekönig mit seinem Heer abzuwehren, während Klärchen durch die Nacht tanzte. Ich suchte vergeblich nach einer Papierrolle in ihrer Hand oder nach einer Karte auf einem der lichternen Geschenke. Dann wurde ich zu meinen Füßen fündig – eine leuchtende Walnuss in der Größe eines Basketballs, die gerade weit genug geknackt war, um mit der Hand hineinlangen zu können.

Die Anweisung, die ich darin fand, war knapp und klar.

Erzähl mir, was du siehst.

Also setzte ich mich auf den Bordstein und schilderte ihr meine widersprüchlichen Gefühle, die Verschwendung einerseits, die Freude andererseits. Ich schrieb ihr, dass ich ein gut gefülltes Bücherregal der weihnachtlichen Hochspannung in dieser Straße vorzog. Dass dies aber keine Frage von richtig oder falsch sei, sondern nur der persönlichen Vorliebe. Ich schrieb ihr, dass ich glücklich war, Weihnachten überstanden zu haben, und auch, warum. Ich schaute noch einmal um mich und versuchte, alles in mich aufzunehmen, damit ich es ihr beschreiben konnte. Das Gähnen des Dreijährigen, der inmitten seines Weihnachtsglücks ganz müde war. Auch das alte Ehepaar aus dem Zug hatte es inzwischen bis zu den Häusern geschafft – ich stellte mir vor, wie sie diesen Ausflug schon viele Jahre lang machten und in diesem Augenblick die Häuser vor ihnen sahen und gleichzeitig auch die Häuser aus der Vergangenheit. Ich stellte mir vor, dass jeder ihrer Sätze mit *Erinnerst du dich?* anfing.

Dann schrieb ich, was ich nicht sah. Vor allem, dass ich sie nicht sah.

Du könntest nur wenige Zentimeter von mir entfernt sein – du könntest um Klärchen herumtanzen oder auf der anderen Straßenseite ein Foto von Rudolph dem Rentier machen, bevor es sich wieder in die Lüfte erhebt. Oder vielleicht bin ich ja in der U-Bahn neben dir gesessen oder habe deine Jacke gestreift, als wir beide gleichzeitig nebeneinander durch die Drehkreuze gegangen sind. Aber

egal ob du nun wirklich da bist oder nicht – du bist da, weil diese Worte hier für dich sind. Sie würden nicht auf dem Papier stehen, wenn du nicht in der einen oder anderen Weise anwesend wärst. Dieses Notizbuch kommt mir wie ein Musikinstrument vor, mit dem es eine ganz besondere Bewandtnis hat – der Musiker kennt nämlich die Melodie so lange nicht, bis er sie spielt.
Ich weiß, dass du gerne meinen Namen wissen möchtest. Aber wenn ich dir meinen Namen sagen würde, könntest du ihn sofort eingeben und alle möglichen falschen, unvollständigen Informationen über mich finden. Und selbst wenn du mir hoch und heilig schwören würdest, dass du nicht nachguckst, wäre die Versuchung, es zu tun, doch immer da. Deshalb ziehe ich es vor, diese eine Sache weiter vor dir geheim zu halten, damit du mich kennenlernen kannst, ohne durch das Gerede anderer Leute abgelenkt zu werden. Ich hoffe, du bist damit einverstanden.
Der nächste Punkt auf unserer Liste von Dingen, die wir tun (aber natürlich immer auch lassen) können, hat einen sehr ephemeren Charakter – das heißt, dass du es eigentlich heute Abend tun müsstest. Der Club (ich schrieb ihr die Adresse auf) ändert alle paar Wochen seinen Namen und heute ist dort die ganze Nacht Konzert. Das Thema lautet (jahreszeitgemäß) die »Siebte Nacht von Hanukkah«. Opening Act ist eine »Jewfire«-Band (Ezechiel? Ariel?) und so ungefähr um zwei Uhr morgens tritt eine schwule jüdische Dancepop/Indie/Punk-Band namens Silly Rabbi, Tricks Are for Yids auf. Geh nach dem Opening Act und Silly Rabbi auf die Toilette und lies, was dort an die Kabinentür gekritzelt ist.

Die Nacht in einem Club durchzufeiern, war nicht gerade mein Ding, deshalb würde ich noch ein paar Leute anrufen müssen, bevor mein Plan funktionieren konnte. Ich schob das Notizbuch hastig in den Schlitz der Walnuss und zog dann Mystery Muppet aus dem Rucksack.

»Pass gut darauf auf!«, ermahnte ich ihn.

Dann ließ ich ihn dort allein zurück, um zwischen all den großen alten Nussknackern Wache zu halten.

acht

(Lily)

25. Dezember

Ich beschloss, mir in diesem Jahr selbst ein Weihnachtsgeschenk zu machen. Ich beschloss, den ganzen Tag nur mit Tieren (lebendig oder ausgestopft) zu sprechen und auf die Kommunikation mit Menschen ganz zu verzichten – außer es handelte sich um meine Eltern und Langston oder einen gewissen Mystery Boy aus einem roten Notizbuch (falls er es überhaupt an mich zurückgab).

Sobald ich als Kind lesen und schreiben gelernt hatte, hatten meine Eltern mir eine kleine Schultafel geschenkt, die dann immer in meinem Zimmer stand. Die Idee dahinter war, dass die kleine Lily auf die Tafel schreiben sollte, wenn sie frustriert war. Ich sollte meine Gefühle durch Schreiben ausdrücken, nicht durch Schreien. Das war als therapeutische Maßnahme gedacht, um die grässliche Schrilly loszuwerden.

Ich holte die Tafel am Weihnachtsmorgen aus der Versenkung. Meine Eltern hatten sich zu einem Videochat angekündigt. Ich erkannte sie auf dem Computerbildschirm fast nicht wieder. Die beiden Verräter sahen so gesund, braun gebrannt und entspannt aus. Und überhaupt nicht nach Weihnachten.

»Frohe Weihnachten, Lily, mein Schatz!«, sagte Mom. Sie saß auf der Terrasse ihrer Strandhütte oder was auch immer das war, und ich konnte hinter ihr die Wellen sanft an den Strand rollen sehen. Sie wirkte zehn Jahre jünger als noch vor einer Woche in Manhattan.

Dads rot leuchtendes Gesicht zwängte sich neben das von Mom auf den Bildschirm und verdeckte mir die Aussicht auf den Ozean.

»Frohe Weihnachten, Lily, mein Schatz!«, sagte er.

Ich schrieb etwas auf die Tafel und hielt sie dann vor das Kameraauge: *Frohe Weihnachten!*

Mom und Dad runzelten beide die Stirn, als sie die Tafel sahen.

»Auweia«, machte Mom.

»Auweia«, machte Dad. »Fühlt sich mein Lily-Bär heute ein bisschen einsam? Obwohl wir so oft darüber geredet haben? Wir haben dich doch seit letztem Weihnachten darauf vorbereitet, dass wir unsere Flitterwochen nachholen wollen. Und du hast uns doch versichert, dass du dieses eine Mal Weihnachten auch ohne uns auskommen würdest.«

Ich löschte meine Nachricht aus und schrieb stattdessen: *Langston hat mir von eurem Plan erzählt.*

Ihre Kinnladen sackten nach unten.

»Hol Langston mal dazu!«, verlangte Mom.

Ich schrieb: *Er liegt krank im Bett.*

Dad fragte: »Hat er Fieber?«

38,4

Moms Gesichtsausdruck wechselte von sauer zu besorgt. »Mein armes Baby. Ausgerechnet an Weihnachten. Wie gut, dass wir vereinbart haben, die Geschenke erst aufzumachen, wenn wir wieder da sind. Das würde jetzt ja keinen Spaß machen, wenn er krank im Bett liegt!«

Ich schüttelte den Kopf. *Wollt ihr wirklich auf die Fidschi-Inseln ziehen?*

Dad sagte: »Wir haben noch nichts entschieden. Lass uns darüber reden, wenn wir wieder zu Hause sind.«

Meine Hände löschten schnell alles aus und schrieben neu.

Warum habt ihr mir nichts davon erzählt?

Mom sagte: »Tut mir leid, Lily-Bär! Wir wollten nicht, dass du dich aufregst, bevor es da überhaupt irgendetwas gibt, worüber du dich womöglich aufregen musst.«

UND GIBT ES JETZT ETWAS, WORÜBER ICH MICH AUFREGEN MUSS?

Meine Hände waren allmählich müde von dem ständigen Wegwischen und Neuschreiben. Ich wünschte mir fast, meine Stimme wäre kein solcher Verräter.

Dad sagte: »Es ist Weihnachten. Natürlich sollst du dich nicht aufregen. Wir werden diese Entscheidung gemeinsam treffen, als Familie …«

Mom unterbrach ihn. »Ich hab Hühnersuppe in der Tiefkühltruhe! Du kannst sie für Langston in der Mikrowelle warm machen.«

Ich fing an zu schreiben: *Geschieht Langston ganz recht, wenn er krank ist.* Aber das löschte ich wieder aus und schrieb stattdessen: *Ja, mach ich.*

Mom sagte: »Wenn das Fieber steigt, dann musst du mit ihm zum Arzt. Kriegst du das hin, Lily?«

Meine Stimme ließ sich nicht länger bändigen. »Natürlich krieg ich das hin!«, platzte ich heraus. Was glaubte sie denn, wie alt ich war? Elf?

Die Tafel und meine Überzeugung waren beide sauer auf meine Stimme, die uns verraten hatte.

Dad sagte: »Tut mir leid, meine Süße, dass Weihnachten dir jetzt so verdorben ist. Ich verspreche dir, wir werden das an Neujahr wiedergutmachen. Kümmer dich tagsüber um Langston und geh dann heute Abend zu Großtante Idas Weihnachtsessen. Da ist es doch immer so schön, hmm?«

Mein Schweigen kehrte in Form von einem Kopfnicken zurück.

Mom sagte: »Wie hast du dir denn bisher die Zeit vertrieben, mein Schatz?«

Ich hatte keine Lust, ihr von dem roten Notizbuch zu erzählen. Nicht weil ich mich über die Fidschi-Sache so AUFREGTE. Sondern weil es – und er – bisher das Beste an Weihnachten war. Ich wollte es – und ihn – ganz für mich allein haben.

Aus dem Zimmer meines Bruders drang ein Stöhnen. »Lilllllllllllllyyyy …«

Rein egoistische Motive ließen mich die nächsten Sätze an meine Eltern schnell tippen, statt sie zu sprechen oder auf die Tafel zu schreiben.

Euer Sohn ruft aus seinem Krankenbett nach mir. Ich muss zu ihm. Frohe Weihnachten, Eltern. Ich liebe euch. Bitte lasst uns nicht auf die Fidschi-Inseln ziehen.

»Wir lieben dich auch!«, krähten sie von der anderen Seite der Welt zurück.

Ich loggte mich aus und ging zu Langston. Aber vorher legte ich noch einen Zwischenstopp im Badezimmer ein, um aus dem Erste-Hilfe-Kasten eine Einwegatemschutzmaske und Einmalhandschuhe zu holen, die ich beide anlegte. Ich wollte auf keinen Fall jetzt krank werden. Nicht wenn das Notizbuch womöglich wieder auf dem Weg zu mir war.

Ich setzte mich neben Langstons Bett. Benny hatte beschlossen, lieber in seiner eigenen Wohnung krank zu sein, wofür ich ihm dankbar war. An Weihnachten nicht nur einen, sondern sogar zwei Patienten zu versorgen, hätte mich wohl endgültig überfordert. Den Orangensaft und die Cracker, die ich Langston ein paar Stunden vorher auf seine »Lilllllllllllllyyyy …«-Rufe hin gebracht hatte – ungefähr zu der Zeit, zu der wir an einem normalen Weihnachtsmorgen gerade unsere Geschenke ausgepackt hätten –, hatte Langston nicht angerührt.

»Kannst du mir vielleicht was vorlesen?«, fragte er jetzt. »Bitte?«

Ich hatte mir vorgenommen, an dem Tag nicht mit Langston zu reden, aber Vorlesen war drin. Ich schlug das Buch an der Stelle auf, an der ich am Abend vorher aufgehört hatte. Ich las ihm *Eine Weihnachtsgeschichte* vor. »›Wie gerecht und ausgewogen geht es doch auf der Welt zu, dass man zwar von Krankheit und Leid befallen werden kann, dass aber auch nichts so unwiderstehlich ansteckend ist wie Gelächter und Frohsinn.‹«

»Das ist ein hübsches Zitat«, sagte Langston. »Streich es doch bitte an und mach ein Eselsohr in die Seite!« Was ich dann auch brav tat. Ich weiß nie so recht, was ich eigentlich von Langstons Manie halten soll, in alle Bücher, die er liest, seine Kommentare zu schreiben. Manchmal nervt es sehr, wenn man zu Hause kein einziges Buch aufschlagen kann, ohne über irgendwelche Stellen zu stolpern, an denen Langston seine Anmerkungen gemacht hat. Ich würde lieber selbst herausfinden, was ich davon halte, statt immer Langstons Kommentare lesen zu müssen, wie *Schön formuliert* oder *Aufgeblasener Quatsch.* Andererseits ist es manchmal auch interessant, auf seine Bemerkungen zu stoßen. Oder am Schluss noch mal alle angestrichenen Stellen durchzulesen, um herauszufinden, was ihn daran beschäftigt hat oder was er besonders spannend fand. Ich finde es irgendwie cool, auf diese Weise in das Gehirn meines Bruder schlüpfen zu können.

Eine neue SMS traf auf Langstons Handy ein. »Benny!«, sagte er, und sein Daumen verfiel in hektische Betriebsamkeit. Mir war klar, dass Mr Dickens und ich im Augenblick nicht mehr gefragt waren.

Ich verließ das Zimmer.

Langston hatte noch nicht mal was gesagt, ob wir uns nicht vielleicht schon jetzt unsere Geschenke überreichen sollten. Wir hatten unseren Eltern versprechen müssen, damit bis zu ihrer Rückkehr an Neujahr zu warten, aber im Zweifelsfall wäre ich bereit gewesen, dieses Versprechen zu brechen.

Ich ging in mein Zimmer zurück und sah, dass auf meinem Handy fünf Anrufe eingegangen waren: zwei von Opa, einer von meinem Cousin Mark, einer von Onkel Sal und einer von Großtante Ida. Das große Weihnachtskarussell mit den Telefonglückwunschrundrufen hatte begonnen.

Ich hörte mir keine einzige Nachricht an und stellte das Telefon aus. Ich war dieses Jahr im Weihnachtsstreik, beschloss ich.

Ja, ich hatte zu meinen Eltern gesagt, meinetwegen könnten wir Weihnachten gern auch mal ein paar Tage später feiern. Aber jetzt merkte ich, dass ich es nicht so gemeint hatte. Warum hatten sie das nicht rechtzeitig gespürt?

Jetzt hätte ein richtiger Weihnachtsmorgen sein sollen, mit Geschenke aufmachen, einem riesigen Familienfrühstück, mit Gelächter und gemeinsamem Weihnachtsliedersingen.

Aber zu meiner Überraschung fehlte mir auch noch etwas ganz anderes.

Ich wollte das rote Notizbuch zurück.

Ich hatte nichts Besseres zu tun. Keiner war da, mit dem ich mir die Zeit vertreiben konnte. Ich lag auf meinem Bett und fragte mich, wie Mystery Boy Weihnachten wohl verbrachte. Ich malte mir aus, dass er wahrscheinlich in einem teuren Loft in Chelsea wohnte, mit einer superhippen Mutter und ihrem supercoolen neuen Freund, und bestimmt hatten sie asymmetrische Haarschnitte, und vielleicht sprachen sie sogar Deutsch miteinander. Ich stellte mir vor, wie sie um ein Weihnachtsfeuer mitten in ihrem riesigen Loft saßen und heißen Cider tranken und meine Lebkuchengewürzplätzchen aßen, während im Herd der Truthahn briet. Mystery Boy spielte für sie alle Trompete und hatte dabei ein Künstlerbarett auf, weil ich plötzlich wollte, dass er so etwas wie ein musikalisches Wunderkind war und immer eine Kopfbedeckung trug. Und wenn er dann mit seinem Stück fertig war, das er als Weihnachtsgeschenk für sie komponiert hatte, jubelten sie ihm zu und riefen: *»Danke! Danke!«* Das Stück war so schön und vollkommen, sein Trompetenspiel so herzergreifend, dass sogar Mystery Muppet am Kamin in seine Puppenhände klatschte, durch die süßen Klänge zum Leben erweckt. Ungefähr so wie Pinocchio.

Aber ich konnte Mystery Boy ja nicht einfach anrufen, um herauszufinden, wie Weihnachten bei ihm so war. Deshalb beschloss ich, mich jetzt endlich richtig anzuziehen und einen Spaziergang in den Tompkins Square Park zu unternehmen.

Ich kenne alle Hunde dort. Nach den beiden Vorfällen mit der Wüstenspringmaus und den Katzen wollten meine Eltern mir kein eigenes Haustier mehr erlauben, weil sie der Meinung waren, dass ich eine viel zu starke emotionale Bindung zu den Tieren entwickelte. Sie erlaubten mir aber schließlich, alle möglichen Hunde aus der Nachbarschaft Gassi zu führen. Bedingung war nur, dass sie selbst oder Opa die Hundebesitzer kannten. Es stellte sich heraus, dass dieser Kompromiss eine Superlösung war, weil ich dadurch viel mehr Qualitytime mit viel mehr Hunden – und sehr unterschiedlichen Hunden! – verbrachte, als ich das hätte tun können, wenn ich einen eigenen Hund gehabt hätte. Außerdem hab ich dadurch inzwischen ganz schön viel Geld verdient.

Das Wetter war für Weihnachten ziemlich warm und sonnig. Merkwürdig warm und sonnig. Es fühlte sich mehr nach Juni als nach Dezember an – noch ein Zeichen dafür, dass dieses Jahr alles irgendwie falsch war. Ich setzte mich auf eine Bank und die Leute mit ihren Hunden spazierten der Reihe nach an mir vorbei. »Hallo, Schnuffie!«, gurrte ich bei allen Hunden, die ich nicht kannte, und »Hallo, Schnuffie!«, gurrte ich bei allen Hunden, die ich kannte, aber diese Hunde streichelte ich außerdem auch noch und fütterte sie mit den knochenförmigen Hundekeksen, die ich am Abend vorher gebacken hatte. Ich hatte dafür extra rote und grüne Lebensmittelfarbe verwendet, damit die Leckerli festlicher aussahen. Mit den dazugehörigen Menschen sprach ich nur das Allernötigste. Aber dafür erzählten sie mir alles Mögliche, und ich bekam mit, dass überall sonst in der Nachbarschaft Weihnachten nicht so katastrophal war wie meines. Und wie viele unterschiedliche Weisen es gab, Weihnachten zu feiern. Ich sah die vielen neuen Pullis und Mützen, die neuen Armbanduhren und Ringe und hörte von den neuen Fernsehern und Computern.

Aber eigentlich dachte ich die ganze Zeit immer nur an Mystery Boy. Ich stellte mir vor, wie er von seiner ihn abgöttisch liebenden Familie umgeben war und von den Geschenken, die er sich gewünscht hatte. Ich malte mir aus, wie er düstere schwarze Rollkragenpullover auspackte und Romane von jungen wilden Schriftstellern und außerdem eine komplette Skiausrüstung, weil mir die Idee gefiel, dass wir vielleicht eines Tages zusammen Skifahren gehen könnten, obwohl ich gar nicht Ski fahren kann. Vor allem aber war unter den Geschenken kein einziges Englisch-Spanisches Wörterbuch.

Ob er wohl inzwischen schon in Dyker Heights gewesen war? Weil ich mein Handy zu Hause gelassen hatte, konnte ich das nur herausfinden, indem ich bei meiner Großtante Ida vorbeischaute, die sowieso auf meiner Besuchsliste stand (und auf der kurzen Liste derer, mit denen ich reden würde).

Großtante Ida lebt in einem Stadthaus an der East 22nd Street in der Nähe des Gramercy Park. Wir leben in einer vollgestopften kleinen Wohnung in East Village (ohne Haustiere, grrrr …), die sich meine Akademikereltern nur deswegen leisten können, weil Opa das Haus gehört. In Großtante Idas Haus, das sie ganz allein bewohnt, ist jedes einzelne Stockwerk so groß wie unsere Wohnung. Sie hat nie geheiratet oder Kinder gehabt. Früher war sie eine unglaublich erfolgreiche Galeristin; so erfolgreich, dass sie sich ein Haus in Manhattan leisten konnte (auch wenn Opa immer betont, dass sie es in einer Wirtschaftskrise gekauft hat und die Vorbesitzer Großtante Ida die Füße küssten, dass sie sie von dieser Last befreite. Das waren Zeiten!). Aber ein so nobles Haus in einer so noblen Gegend bedeutet nicht, dass Großtante Ida automatisch ein Snob ist. Obwohl sie jede Menge Geld hat, arbeitet sie sogar einen Tag in der Woche bei Madame Tussauds, so wenig Snob ist sie. Sie braucht eine Beschäftigung, sagt sie. Und dass sie es mag, von lauter Berühmtheiten umgeben zu sein. Aber insgeheim, glaube ich, arbeitet sie an einem Enthüllungsbuch über das Privatleben der Wachsfiguren, sobald keine Besucher mehr im Museum sind.

Langston und ich nennen Großtante Ida immer noch Mrs Basil E., nach einem unserer Lieblingskinderbücher, in dem eine reiche alte Dame zwei Kinder (Bruder und Schwester) auf Schatzsuche durchs Metropolitan Museum in New York schickt. Auch unsere Mrs Basil E. hat Langston und mich in den Schulferien oft zu Museumsabenteuern eingeladen, wenn unsere Eltern keine Zeit hatten, weil sie arbeiten mussten. Und die Ferientage mit ihr endeten immer mit einem riesengroßen Eis. Wie groß ist eine Großtante, die ihre Nichte und ihren Neffen als Abendessen zu einem Eis einlädt? Meiner Meinung nach *wirklich* großartig groß.

Mrs Basil E. umschlang mich mit einer riesigen Weihnachtsumarmung, als ich zu ihr kam. Ich finde es schön, dass sie immer Lippenstift auflegt und nach Parfüm duftet. Außerdem trägt sie immer ein elegantes Kostüm, sogar am Weihnachtsmorgen, wenn man am liebsten im Schlafanzug herumlungert.

»Hallo, Lily-Bär«, sagte sie. »Wie ich sehe, hast du meine alten Majorettestiefel an. Aus meiner Zeit an der Washington Irving High School.«

Ich ließ mich von ihr noch ein zweites Mal umarmen. Ich mag ihre Umarmungen. »Ja.« Dankbar legte ich den Kopf an ihre Schulter. »Ich hab sie in unserer alten Truhe mit den Verkleidungssachen gefunden. Eigentlich sind sie mir zu groß, aber ich trag jetzt noch dicke Strümpfe über meiner Strumpfhose, so geht's. Es sind meine neuen Lieblingsstiefel.«

»Das mit dem Goldlametta an den Quasten finde ich hübsch«, sagte sie. »Sag mal, willst du mich vielleicht vor Neujahr noch mal loslassen?«

Widerwillig löste ich meine Arme von ihr.

»Und jetzt zieh die Stiefel bitte aus«, sagte sie. »Ich will nicht, dass die Beschläge Schrammen in mein Parkett machen.«

»Was gibt's zum Abendessen?«, fragte ich.

Großtante Ida pflegt die Tradition, Unmengen von Leuten zum Weihnachtsessen einzuladen und immer so viel aufzutischen, dass gut und gerne doppelt so viel kommen könnten.

»Das Übliche«, sagte sie.

»Kann ich was helfen?«, fragte ich.

»Komm mit«, sagte sie und ging zur Küche voraus.

Aber ich folgte ihr nicht.

Sie drehte sich um. »Ja, Lily?«, fragte sie.

»Hat er das Notizbuch zurückgegeben?«

»Noch nicht, Lily-Bär. Aber das tut er ganz bestimmt.«

»Wie sieht er denn aus?«, stellte ich gleich wieder eine Frage.

»Das musst du schon selbst herausfinden«, meinte sie. Abgesehen von seinem schnöseligen Möchtegern-Hipstertum kann Mystery Boy kein totales Monster sein, denn wenn er das wäre, hätte Großtante Ida sich nie bereit erklärt, bei meiner letzten Aktion, und sei es auch nur am Rande, mitzuwirken.

Wir gingen in die Küche.

Großtante Ida und ich kochten und sangen gemeinsam Weihnachtslieder, während Küchenhilfen um uns herum dasselbe taten und das große Haus für das große Fest vorbereiteten. Ich hätte am liebsten die ganze Zeit »ABER WAS, WENN ER DAS NOTIZBUCH NICHT ZURÜCKGIBT?« gebrüllt. Aber ich tat es nicht. Meine Großtante schien sich darum nämlich gar keine Sorgen zu machen. Als hätte sie einfach Vertrauen in ihn und als sollte ich das auch haben.

Um sieben Uhr an diesem Weihnachtsabend – gefühlt die lääääääängste Warterei meines ganzen Lebens – traf endlich die Dyker-Heights-Abteilung unserer Familie ein. Onkel Carmine und seine Frau und ihre mächtige Nachkommenschaft, wie immer mit Geschenken überladen.

Ich packte meine gar nicht erst aus. Onkel Carmine denkt immer noch, ich sei acht, und schenkt mir jedes Jahr Accessoires für meine American-Girl-Puppe. Die ich auch immer noch irgendwie mag, aber man kann nicht gerade behaupten, dass die Geschenkschachteln von Onkel Carmine für mich voller Überraschungen stecken. Deshalb fragte ich ihn: »Hast du es dabei?«

Onkel Carmine sagte: »Das kostet dich aber was!«, und hielt mir seine Wange hin. Ich drückte einen dicken Weihnachtskuss darauf. Als ich meinen Zoll entrichtet hatte, zog er das Notizbuch aus seinem großen Geschenkesack und überreichte es mir.

Plötzlich wusste ich nicht mehr, wie ich auch nur noch eine Sekunde länger überleben sollte, ohne den letzten Eintrag darin gelesen und mit jeder Faser meines Herzens in mich aufgenommen zu haben. Ich musste jetzt unbedingt allein sein.

»Frohe Weihnachten!«, rief ich. »Feiert alle noch schön!«

»Lily! Du kannst doch jetzt nicht einfach gehen!«, schimpfte Großtante Ida.

»Ich hab ganz vergessen, dir zu sagen, dass ich heute eigentlich mit niemandem rede! Ich bin mehr oder weniger im Sprechstreik! Deshalb wäre ich bestimmt auch keine angenehme Gesellschaft! Außerdem liegt Langston krank im Bett, ich sollte mal wieder nach ihm schauen.« Durch die Luft schickte ich ihr ein Küsschen. »Muah!«

Großtante Ida schüttelte den Kopf. »Dieses Kind«, sagte sie zu Onkel Carmine. »So ein verrücktes Huhn!« Sie schleuderte die Arme hoch, bevor sie mir einen Luftkuss zurückschickte. »Was soll ich jetzt deinen Mitsängern aus dem Weihnachtsliederchor sagen, die du heute Abend hierher eingeladen hast?«

»Natürlich auch frohe Weihnachten!«, rief ich, schon halb zur Tür hinaus.

Langston schlief, als ich nach Hause kam. Ich stellte ihm ein frisches Glas Wasser hin, legte Paracetamol-Tabletten daneben und ging dann in mein Zimmer, um ungestört zu lesen.

Endlich hatte ich es bekommen – das Weihnachtsgeschenk, von dem ich erst jetzt merkte, wie sehr ich es mir gewünscht hatte. Worte von Mystery Boy.

Ich spürte eine tiefe Sehnsucht in mir, wie ich das noch nie in meinem Leben gespürt hatte, weder nach irgendeinem Menschen noch nach meiner Wüstenspringmaus oder einem Stoffschmusetier.

Wie seltsam, dass er Weihnachten ganz allein verbrachte … und ihm das offensichtlich gefiel. Er fand anscheinend überhaupt nicht, dass man deshalb Mitleid mit ihm haben musste.

Ich hatte Weihnachten auch das erste Mal in meinem Leben fast ganz allein verbracht.

Und ich hatte mir dabei fürchterlich leidgetan.

Aber eigentlich war es gar nicht so fürchterlich gewesen.

In Zukunft, so beschloss ich, würde ich das mit der Einsamkeit viel begeisterter angehen, zumindest solange Einsamkeit bedeutete, dass ich immer noch einen Spaziergang in den Park machen und dort Hunde streicheln und sie mit selbst gebackenen Weihnachtshundekeksen verwöhnen konnte.

Was hast du zu Weihnachten geschenkt bekommen?, fragte er mich in dem roten Notizbuch.

Ich schrieb:

Wir haben uns noch nichts zu Weihnachten geschenkt. Wir heben diesmal alle unsere Geschenke für Neujahr auf. (Lange Geschichte. Vielleicht willst du sie ja irgendwann erzählt bekommen?)

Aber ich war nicht so recht bei der Sache. Ich wollte etwas mit dem Notizbuch erleben, nicht etwas hineinschreiben.

Was glaubte Mystery Boy eigentlich? Für welche Sorte Mädchen hielt er mich? Eine, die er mitten in der Nacht zu einem Konzert in einen Club schicken konnte?

Meine Eltern würden das nie erlauben.

Andererseits waren sie gar nicht hier, um es mir zu verbieten.

Ich widmete mich wieder dem Notizbuch.

Mir gefällt, was du geschrieben hast, du mein namenloser neuer Freund. Sind wir das denn? Freunde? Ich hoffe es. Nur für einen Freund würde ich überhaupt bloß in

Erwägung ziehen, an Weihnachten UM ZWEI UHR NACHTS vielleicht noch auszugehen – oder in irgendeiner anderen Nacht, um ehrlich zu sein. Nicht dass ich im Dunkeln Angst habe, es ist eher so, dass ich ... Ich gehe eigentlich überhaupt nicht viel aus. Womit ich dieses Abends-Ausgehen meine, wie es andere Mädchen in meinem Alter normalerweise so tun. Stört dich das?
Ich weiß auch gar nicht, wie man das eigentlich macht – »ein Teenager-Mädchen sein«. Gibt es dafür so was wie ein Handbuch? Klar hab ich manchmal auch total miese Laune, das schon. Kommt aber eher selten vor. Viel häufiger fühle ich mich so von LIEBE zu all den Menschen erfüllt, die ich kenne – und auch zu den Hunden, mit denen ich im Tompkins Square Park spazieren gehe –, dass ich wie ein großer Luftballon aufsteigen und davonfliegen könnte. Ja, so viel Liebe spüre ich in mir. Aber andere Mädchen? Eigentlich war ich immer eher allein.
In der siebten Klasse wollten meine Eltern unbedingt, dass ich an der Schule in die Fußballmannschaft eintrete, einfach um mich mehr mit Mädchen meines Alters anzufreunden. Es hat sich dann herausgestellt, dass ich eine ziemlich gute Torhüterin bin, nur das mit den Freundinnen klappte nicht so richtig. Aber keine Sorge – ich bin keine total verrückte Naturschwärmerin oder so, mit der niemand spricht. Es ist eher so, dass die anderen Mädchen zwar mit mir reden, mich dann aber nach einer Weile anschauen, als würden sie sich fragen: »ÄHM? Was hat sie da gerade gesagt?« Und dann verschwinden sie wieder in ihre Cliquen, wo sie untereinander irgendeine Geheimsprache haben, die Sprache der überall beliebten Mädchen, und ich übe dann lieber allein mit dem Ball weiter und führe im Kopf Gespräche mit meinen

Lieblingshunden oder mit Romanfiguren. Und alle sind zufrieden.
Ich hab gar nicht so viel dagegen, Außenseiterin zu sein. Vielleicht bin ich sogar irgendwie erleichtert. Aber beim Fußball bin ich immer mittendrin dabei. Das mag ich am Sport. Selbst wenn alle, die mitspielen, völlig unterschiedliche Sprachen sprechen – auf dem Spielfeld oder auf dem Platz oder egal wo gespielt wird, ist die Sprache der Bewegungen, der Pässe und Treffer für alle gleich. Universell.
Magst du Sport? Ich stell mir dich nicht gerade als den Sportlertyp vor. Aber halt … jetzt weiß ich's! Dein Name ist Beckham, oder?
Ich weiß nicht, ob du das Notizbuch von mir heute noch zurückbekommst. Ich weiß nicht, ob ich deine neue Aufgabe erfüllen kann. Und nur weil meine Eltern verreist sind, kann ich überhaupt darüber nachdenken, ob ich es will oder nicht. Ich war noch nie um diese Uhrzeit in einem Club. Und mitten in der Nacht loszuziehen, mitten in Manhattan? Wow. Du musst mir ganz schön viel zutrauen. Was ich sehr an dir schätze. Auch wenn ich nicht weiß, ob ich selbst so viel Vertrauen in mich habe.

Ich hörte zu schreiben auf, um mich hinzulegen und ein bisschen zu schlafen. Ich war mir nicht sicher, ob ich für die neue Aufgabe mutig genug war, aber wenn ich noch in den Club wollte, musste ich vorher etwas geschlafen haben.

Ich träumte von Mystery Boy. In meinem Traum war sein Gesicht das von Eminem, und er sang *»My name is …«*, immer noch mal und noch mal, während er das rote Notizbuch hochhielt und immer wieder eine neue Seite aufblätterte, auf der dann ein anderer Name stand.

My name is … Beckham.
My name is … Ezechiel.
My name is … Mandela.
My name is … Yao Ming.

Um ein Uhr in der Nacht klingelte der Wecker.

Mystery Boy hatte sich in mein Unbewusstes eingeschlichen. Der Traum war ganz offensichtlich ein Zeichen: Die Verlockung war zu groß, um ihr zu widerstehen. Ich musste in den Club.

Ich guckte noch mal bei Langston rein (den es mit seiner Erkältung immer noch kalt erwischt hatte) und zog dann mein bestes Weihnachtspartykostüm an, ein Minikleid aus goldenem Knittersamt. Überrascht stellte ich fest, dass ich seit vergangenem Weihnachten deutlich mehr Busen und Hüfte hatte, aber es war mir egal, ob das Kleid vielleicht etwas zu eng war. In dem Club würde es wahrscheinlich ziemlich düster sein. Wer würde mich da schon groß beachten? Rote Strümpfe und Großtante Idas Majorettestiefel mit den Goldlametta-geschmückten Quasten vervollständigten mein Outfit. Ich setzte meine rote Strickmütze mit den Bommeln auf, zog aber ein paar meiner blonden Locken darunter hervor, sodass sie ein Auge verdeckten – ich wollte mir ein etwas geheimnisvolleres Aussehen geben. Dann pfiff ich laut nach einem Taxi.

Mystery Boy musste mich verzaubert haben, denn mitten in der Nacht aus der Wohnung zu schleichen, noch dazu an Weihnachten, um mich zu einem Club an der Lower East Side aufzumachen, war so ungefähr das letzte Wagnis, das die Lily aus der Zeit vor dem roten Notizbuch auf sich genommen hätte. Aber irgendwie fühlte ich mich sicher, weil ich wusste, dass ich das Notizbuch in meiner Tasche stecken hatte, mit unseren Gedanken und Gefühlen, unseren Spuren, die uns irgendwann zueinanderführen würden. Als könnte ich mich jetzt auf dieses Abenteuer einlassen. Und müsste mich nicht gleich verloren fühlen oder meinen Bruder anrufen, damit er mich rettete. Ich konnte das einfach allein tun und musste nicht innerlich ausrasten, weil ich keine Ahnung hatte, was am Ende dieser Nacht auf mich wartete.

»Frohe Weihnachten. Nenn mir einen Grund, warum ich dich reinlassen soll.«

Die Aufforderung des mannweiblichen Türstehers am Eingang des Clubs hätte mich vor Thanksgiving noch völlig verwirrt, aber seit ich vor ein paar Wochen in meinem Weihnachtsliederchor Shee'nah kennengelernt hatte, war ich etwas vertrauter mit dem System.

Shee'nah, der ein stolzes Mitglied der Cross-Gender-Bewegung in der Downtown-Clubszene ist, hatte mir erklärt, dass diese Türsteher »ein bisschen Drag Queens, ein bisschen Dragons sind, aber eigentlich ganz mütterliche Hausdrachen, die sich um deine Sorgen kümmern«.

Und so kam es, dass ich zu einem sehr großen und stämmigen Türsteher mit Drachenmaske in einem sehr golden glitzernden Goldlamékleid sagte: »Ich hab keine Weihnachtsgeschenke bekommen.«

»Schwester, das ist eine Veranstaltung zu Hanukkah. Wen kümmern da Weihnachtsgeschenke? Komm schon, versuch's noch mal. Warum soll ich dich reinlassen?«

»Es könnte da drinnen jemand sein oder auch nicht sein, dessen Namen und Gesicht ich nicht kenne, der aber vielleicht auf mich wartet oder auch nicht.«

»Langweilig.«

Die Tür öffnete sich keinen Spalt.

Ich beugte mich zu dem Türsteher und flüsterte: »Ich bin noch nie geküsst worden. Nicht so richtig, meine ich.«

Die Augen der männlichen Lady im Goldlamékleid weiteten sich. »Im Ernst? Bei diesen Titten?«

Wumm! Zart besaitet durfte man hier nicht sein.

Ich verschränkte hastig die Arme vor meinem Busen und wollte den Rückzug antreten.

»Wie ich sehe, meinst du das ernst!«, sagte der Türsteher. »Rein mit dir! Und Masseltoff!« Sie öffnete die Tür.

Und so betrat ich den Club, die Arme weiter vor der Brust verschränkt. Drinnen war alles eine einzige schreiende-wogende-moshende Menge. Es roch nach Bier und Kotze. Ungefähr so stellte ich mir die Hölle vor. Am liebsten wäre ich sofort auf dem Absatz umgekehrt und hätte den Rest der Nacht draußen mit dem Türsteher gequatscht und mir angehört, was alle anderen als Grund angaben, um reingelassen zu werden.

Wollte sich Mystery Boy irgendeinen unterirdischen Witz mit mir erlauben, dass er mich in ein solches Loch bestellte?

Ich bekam es richtig mit der Angst zu tun.

Falls ich jemals zu schüchtern gewesen sein sollte, um in der Schule mit einer Clique lipgeglosster Mädchen ins Gespräch zu kommen, dann wusste ich jetzt, dass das ein Kinderspiel war verglichen mit der Wahnsinnsmeute der Clubgänger hier.

Willkommen [*dramatischer Trommelwirbel bitte!*] bei den Punk-Hipstern.

Ich war hier bei Weitem die Jüngste und, soweit ich das bisher beurteilen konnte, auch die Einzige, die allein gekommen war. Für eine Hanukkah-Party war außerdem keiner richtig angezogen. Niemand außer mir war festlich gekleidet. Alle anderen hatten Röhrenjeans und abgerissene

T-Shirts an. Wie die weiblichen Teenies in der Schule standen auch die Hipster in Wir-sind-cooler-als-ihr-Gruppen zusammen und hatten alle gelangweilte Mienen aufgesetzt. Aber anders als die Leute an meiner Schule wollte mich hier vermutlich keiner insgeheim fragen, ob er bei mir die Mathehausaufgabe abschreiben konnte oder ob ich mit ihm Fußball spielte. Die hochgezogenen Augenbrauen signalisierten mir sofort: *Die gehört nicht zu uns!* Ich kann nicht behaupten, dass mich das besonders störte. Ich war ihnen dafür eher dankbar.

Ich wollte nach Hause in mein Bett, wo ich mich sicher und geborgen fühlte, zu meinen Stofftieren und zu den Menschen, die ich von Geburt an kannte. Hier hatte ich niemandem was zu sagen, und ich hoffte inständig, dass auch keiner auf die Idee kam, zu mir etwas sagen zu wollen. Ich fing an, Mystery Boy dafür zu hassen, dass er mich in diese Höhle des Löwen gelockt hatte. Die bitterste Pille, die ich ihm zu schlucken gegeben hatte, war Madame Tussauds gewesen. Aber Wachsfiguren fällen keine Urteile über dich und sagen nicht zueinander: »Was hat *die* denn an? Und dann erst die Stiefel, was will sie denn damit? Stepptanz machen?«, wenn du an ihnen vorbeigehst. Glaub ich jedenfalls nicht.

Aaah … aber wenn da nicht die Musik gewesen wäre. Als die Band der chassidischen Punkboys – ein Gitarrist, einer am Bass, ein paar Blechbläser, ein paar Geigen, aber seltsamerweise kein Schlagzeug – die Bühne übernahm und mit ihrer Klangexplosion loslegte, da verstand ich auf einmal.

Was die Band da spielte, hatte ich so ähnlich schon mal gehört, als eine meiner Cousinen einen jüdischen Musiker geheiratet hatte. Bei der Hochzeitsfeier war eine Klezmer-Band aufgetreten, und laut Langston hatte sie jüdischen Punk-Jazz gespielt. Die Musik in dem Club jetzt hörte sich an, als hätte man Hora-Tanzmusik mit Green Day gemixt und auf einen Karnevalsumzug geschickt. Die Gitarre und der Bass sorgten für den Groove, die Bläser und die Violinen spielten die Riffs darüber, und die Stimmen der Bandmitglieder lachten, schluchzten und sangen die Melodie.

Es war abartig verrückt. Ich *liebte* es. Meine schützend verschränkten Arme lösten sich von selbst und ich musste mich einfach bewegen! Ich tanzte mir die Seele aus dem Leib, und es war mir egal, was irgendjemand von mir dachte. Ich wirbelte mitten im Moshpit, schmiss die Haare herum und hüpfte auf und ab, als hätte ich Sprungfedern unter den Füßen. Mit den Majorettestiefeln steppte ich den Rhythmus mit und fühlte mich Teil der Musik werden.

Den wild tanzenden Hipstern schien es genauso zu ergehen wie mir, sie sprangen und drehten sich um mich herum, dass ich mich wie bei einem Punk-Hora-Tanz fühlte. Vielleicht war Klezmer-Musik ja eine so universelle Sprache wie Fußball. Nie hätte ich gedacht, dass ich mich an so einem Ort auf einmal so wohlfühlen würde.

Ich hatte von Mystery Boy geschenkt bekommen, was mein größter Weihnachtswunsch gewesen war. Glaube und Hoffnung. Ein solches Abenteuer für mich allein zu erleben, hatte ich mir immer erhofft. Aber niemals daran geglaubt. Jetzt hatte ich es erlebt. Es gehörte mir. Und ich liebte es. Das Notizbuch hatte es wahr werden lassen.

Als die Band aufhörte, war ich traurig. Und gleichzeitig glücklich. Mein Herz musste sich erst einmal beruhigen. Und war bereit dafür, jetzt auch die nächste Botschaft zu vernehmen.

Während die Musiker die Bühne verließen, machte ich mich wie vorgeschrieben zur Toilette auf.

Falls ich in meinem Leben noch einmal auf dieses Unisex-Klo kommen sollte, werde ich mich auf alle Fälle mit Sagrotan ausrüsten, aber das nur nebenbei.

Ich riss neben dem Waschbecken Papierhandtücher ab und legte sie auf die Klobrille, damit ich mich kurz hinsetzen konnte. Ringsum waren alle Wände vollgekritzelt – mit Zeichnungen und Zitaten, mit Nachrichten an die große Liebe, an Freunde, Exfreunde und Feinde. Fast so was wie eine Klagemauer – ein richtig abgerockter Ort, um sein Herz auszukotzen. Wenn es nicht so gestunken hätte und so schmutzig gewesen wäre, hätte es fast eine Installation in einem Kunstmuseum sein können. So viele Wörter, so viele Gefühle, so viele unterschiedliche Weisen, seine Botschaft auszudrücken, mit Magic Marker, mit Filzstiften in unterschiedlichen Farben, Eyeliner, Nagellack, Lippenstift und Kugelschreiber.

Am längsten blieb ich an dem Halbsatz hängen:

WEIL ICH SO UNCOOL UND ÄNGSTLICH BIN

Gut für dich, dachte ich, *namenloser Uncool-und-Ängstlich. Immerhin hast du es hierher geschafft. Vielleicht ist das schon halb gewonnen?*

Ich hätte gern gewusst, wie es dem/der Schreiber/in ergangen war. Ich hätte gern gewusst, ob ich ihm/ihr vielleicht ein rotes Notizbuch hinterlassen sollte, damit er/sie aus dem Uncool-Sein herausfand.

Meine Lieblingskritzelei war mit einem schwarzen Filzstift geschrieben:

The Cure. Für den/die Ex? Ach, Nick. Es tut mir leid. Du weißt schon. Küsst du mich noch mal?

Und plötzlich, in dieser (Alb)Traumnacht nach Weihnachten, als ich da auf einem schmutzigen Klo in einer stinkenden Toilette saß, schweißnass vom Punk-Hora-Tanz, wollte ich nur eines, nämlich dass ein gewisser Jemand mich küsste. Ich wollte es, wie ich es vorher noch nie in meinem Leben gewollt hatte. Und nicht mehr nur als reine Fantasie. Ich war jetzt von Glaube und Hoffnung erfüllt. Es konnte Wirklichkeit werden.

(Ich hatte vorher nie wirklich jemanden geküsst, so richtig, meine ich. Da hatte ich den Türsteher nicht angelogen. Ich glaube nicht, dass mein geküsstes Schmusekissen da zählt.)

(Sollte ich das Mystery Boy im Notizbuch gestehen? Ein volles offenes Bekenntnis, damit er rechtzeitig Reißaus nehmen konnte?)

(Nein.)

An den Wänden waren so viele Botschaften, dass ich seine womöglich nie gefunden hätte, hätte ich nicht die Handschrift wiedererkannt. Sie stand nur ein paar Zeilen unter der mit The Cure und dem Kuss. Er hatte einen Streifen weiß übermalt und darauf mit einem Magic Marker abwechselnd in Blau und Schwarz geschrieben – hübsch und in den Farben ganz zu Hanukkah passend, wie ich fand. Mystery Boy war also insgeheim ein Gefühlsmensch. Oder vielleicht sogar zum Teil jüdisch?

Die Nachricht lautete:

Bitte gib das Notizbuch dem attraktiven Privatschnüffler mit Sonnenbrille, Fedora und Kaugummi.

Auweia, das klang ja eher nach verklemmter Maskerade.
War er etwa selber hier?
Oder würde ich wieder auf den Kerl namens Boomer treffen?
Ich ging zurück in den Club. Zwischen all den schwarzen Jeans und schwarzen T-Shirts im Dämmerlicht identifizierte ich schließlich in einer Ecke an der Bar zwei Typen mit Hut, von denen einer darüber eine Kippa festgeklemmt hatte. Beide trugen verspiegelte Sonnenbrillen. Ich bemerkte, wie der Typ ohne Kippa sich bückte und mit einer Büroklammer einen Kaugummi von seiner Schuhsohle kratzte.
In der Dunkelheit des Clubs war es unmöglich, ihre Gesichter zu erkennen.
Ich zog das Notizbuch heraus, überlegte es mir dann aber noch mal und steckte es wieder in meine Umhängetasche zurück, um es dort sicher zu verwahren. Vielleicht waren es ja die falschen Jungs. Denn wenn sie die richtigen wären, sollten sie dann zu mir nicht eigentlich so etwas sagen wie *Hey, wir sind wegen dem Notizbuch hier*?
Stattdessen warfen sie mir ihre verspiegelten Punk-Hipster-Blicke zu.
Das verkraftete ich nicht. Mich befiel Panik.
So schnell ich konnte, rannte ich aus dem Club.
Aber nicht nur das. Beim Hinausrennen rutschte ich auch noch aus einem meiner Stiefel heraus. Ich hatte vergessen, über meine rote Strumpfhose noch die Socken anzuziehen, und wie eine Schrilly-Cinderella verlor ich auf der Flucht vom Indie-Klezmer-Punk-Jazz-Ball meines Prinzen einen meiner Stiefel.
Nichts in der Welt würde mich dazu bringen, umzukehren.

Erst als das Taxi bei uns zu Hause anhielt und ich zum Bezahlen meinen Geldbeutel herauszog, kapierte ich:

Ich hatte dem Privatschnüffler einen Majorettestiefel und kein Notizbuch dagelassen.

Das Notizbuch war immer noch in meiner Tasche.

Ich hatte Mystery Boy keinerlei Spur hinterlassen.

Er würde mich nie mehr finden können.

neun

– Dash –

26. Dezember

Ich wachte um acht Uhr morgens auf, weil an die Tür gehämmert wurde, taumelte in den vorderen Flur, spähte durch den Spion und erblickte Dov und Yohnny, ihre Fedoras aus der Stirn geschoben.

»Hallo, Jungs«, sagte ich, als ich die Tür geöffnet hatte. »Ist es nicht ein bisschen früh für euch?«

»Wir waren noch gar nicht im Bett«, sagte Dov. »Wir sind immer noch total red-aufgebullt und cola-vollgekokst, wenn du weißt, was ich meine.«

»Können wir hier abknacken?«, fragte Yohnny. »Also, ich meine, gleich. So ungefähr in zwei Minuten?«

»Wie könnte ich euch die Tür weisen?«, fragte ich. »Wie war das Konzert?«

»Du hättest bleiben sollen, Mann«, sagte Dov. »Silly Rabbi war echt groß. Also, ich meine, sie sind nicht die Fistful of Assholes, aber ungefähr achtzehnmal besser als Ozrael. Und das Mädchen hat getanzt, dass die Bude gewackelt hat, das kann ich dir vielleicht sagen.«

Ich grinste. »Wirklich?«

»Ja, sie war beim Hora-Tanz echt das Ho!«, rief Dov.

Yohnny schüttelte den Kopf. »Nein, das Ra. Also, ich meine, sie war das Ra.«

Dov schlug Yohnny mit etwas auf die Schulter, das wie ein Stiefel aussah. »Baby, jetzt rede ich!«, schrie er.

»Da wird jemand heute nicht mehr viel reißen, Baby«, murmelte Yohnny.

Ich ging dazwischen. »Jungs! Habt ihr nicht was für mich?«

»Jep«, sagte Dov und hielt mir den Stiefel hin. »Das da.«

»Und was ist das?«, fragte ich.

Dov stierte mich an. »Was das ist? Na, da wollen wir doch mal gucken ...«

Yohnny sagte: »Es gab kein Notizbuch. Also, ich meine, sie hat es Dov schon hingehalten auf 'ne Art. Aber dann ist sie damit weggerannt. Und dabei hat sie ihren Stiefel verloren. Frag mich nicht, wie – geht ja gegen physikalische Gesetze oder so, dass ein Fuß aus einem Stiefel rutscht. Also, ich meine, vielleicht hat sie ihn ja extra für dich zurückgelassen.«

»Aschenputtel!«, brüllte Dov. »Lass deinen Zopf herunter!«

»Jep«, redete Yohnny weiter, »ich glaube, es ist jetzt höchste Zeit für ein Nickerchen. Was dagegen, wenn ich irgendwo in die Falle krieche?«

»Du kannst das Bett meiner Mutter nehmen«, sagte ich. Dann nahm ich Dov den Stiefel aus der Hand und blickte hinein.

»Kein Notizbuch«, sagte Yohnny. »Hab ich auch erst gedacht. Ich hab sogar noch aufm Boden rumgesucht – war keine so tolle Erfahrung, kann ich dir sagen. Also, ich meine, wenn das Notizbuch rausgefallen wär, dann hätt ich's gefunden. Konnte ja nicht weit gekommen sein – wär ja dort liegen geblieben, wo es hingefallen war, oder?«

»Ähm. Ja. Tut mir leid. Ich meine, danke.« Ich brachte die beiden ins Schlafzimmer meiner Mutter. Irgendwie hatte ich kein gutes Gefühl dabei, einfach ihr Bett zu verleihen. Aber es war auch Giovannis Bett, und mir gefiel die Vorstellung, ihm irgendwann mal beiläufig zu erzählen, dass zwei total fertige schwule unorthodox-jüdische Jungs nach einer Clubnacht darin geschlafen hatten, als er verreist gewesen war. Ich zog die Tagesdecke weg, während Dov sich schwer auf Yohnny stützte. Allein der Anblick eines Betts hatte aus seinen Adern die letzten Spuren von Red Bull verpuffen lassen.

»Wann soll ich euch wecken?«, fragte ich.

»Gehst du heute Abend auch auf Priyas Party?«, fragte Yohnny.

Ich nickte.

»Okay, dann weck uns kurz vorher.«

Yohnny zog behutsam seinen Hut vom Kopf, dann den von Dov. Ich wünschte ihnen eine gute Nacht, obwohl es früh am Morgen war.

Ich untersuchte den Stiefel. Machte mir darüber so meine Gedanken. Suchte nach ins Leder eingeritzten Geheimbotschaften. Entfernte die Innensohle, ob darunter vielleicht eine Nachricht versteckt war. Ich stellte dem Stiefel alle möglichen Fragen. Ich fingerte an der Quaste herum. Hatte das Gefühl, dass Lily mich ausgetrickst hatte.

Hätte sie überhaupt nichts zurückgelassen, dann hätte ich gedacht: *Okay. Das war's. Ende der Geschichte.* Aber der Stiefel war eine Spur, und solange es noch eine Spur gab, bedeutete das: Das Rätselraten zwischen uns ging weiter.

Ich beschloss, ein paar Schritte zurückzugehen. Ich dachte mir, dass Macy's am Tag nach Weihnachten wahrscheinlich früh geöffnet haben würde, deshalb griff ich zum Hörer … und hing dort eine Viertelstunde lang in der Warteschleife.

Schließlich sagte eine verzweifelte Stimme: »Macy's – was kann ich für Sie tun?«

»Hallo«, sagte ich. »Ich wollte gerne wissen, ob der Weihnachtsmann noch bei Ihnen ist.«

»Sir, Weihnachten ist vorbei.«

»Ich weiß – aber ich muss unbedingt den Weihnachtsmann auftreiben!«

»Sir, für so etwas hab ich keine Zeit.«

»Nein, Sie verstehen mich nicht – ich muss wirklich unbedingt ein paar Worte mit dem Mann reden, der vor vier Tagen bei Ihnen der Weihnachtsmann war.«

»Sir, nichts gegen Ihren Wunsch, mit dem Weihnachtsmann zu reden, aber heute ist bei uns der anstrengendste Tag im ganzen Jahr, und ich muss jede Menge andere Anrufe entgegennehmen. Vielleicht sollten Sie ihm einfach einen Brief schreiben – brauchen Sie die Adresse?«

»Am Nordpol eins?«, vermutete ich.

»Ganz genau. Noch einen schönen Tag, Sir.«

Und damit legte Macy's auf.

Strand hatte am Tag nach Weihnachten selbstverständlich noch nicht so früh geöffnet. Ich musste bis halb zehn warten, bis ich dort jemanden erreichte.

»Hallo«, sagte ich. »Ich würde gerne wissen, ob Mark da ist?«

»Mark?«, fragte eine gelangweilte männliche Stimme.

»Ja. Sitzt am Informationsschalter.«

»Wir haben ungefähr zwanzig Leute hier, die Mark heißen. Geht's vielleicht etwas genauer?«

»Dunkle Haare. Brille. Ironische Attitüde. Leicht abgerissen.«

»Engt den Kreis nicht wirklich ein.«

»Nicht ganz so dünn wie die meisten bei euch?«

»Oh, ich glaube, jetzt weiß ich, welchen Mark du meinst. Er ist heute nicht da. Lass mich mal nachsehen – ja, morgen wieder.«

»Kannst du mir vielleicht seinen Nachnamen sagen?«

»Tut mir leid«, sagte der Typ, für seine Verhältnisse ziemlich freundlich, »aber wir geben an Fremde keine persönlichen Informationen weiter. Wenn du eine Nachricht hinterlassen willst, schreib ich gern was für ihn auf.«

»Nein, ist schon in Ordnung.«

»Dacht ich's mir doch.«

Also auch da keine großen Fortschritte. Aber wenigstens wusste ich jetzt, dass er am nächsten Tag dort sein würde.

Mein letzter Strohhalm war, Dov und Yohnny im Bett meiner Mutter in der Wohnung weiterschlafen zu lassen und selber noch mal fünfundzwanzig Dollar hinzulegen und mich bei den wachsweichen Berühmtheiten von Madame Tussauds herumzutreiben. Aber die Wärterin war nirgendwo zu sehen, fast als hätte man sie zusammen mit den Darstellern aus *Baywatch* ins Hinterzimmer verbannt.

Zurück in der Wohnung, beschloss ich, Lily zu schreiben; was ich sowieso getan hätte.

Ich habe Angst, dass du mich vielleicht wirklich versetzt hast, denn auf einmal weiß ich nicht mehr, wohin ich meine Worte richten soll. Es ist schwer, auf eine Frage zu antworten, die man nicht gestellt bekommen hat. Es ist schwer, zu beweisen, dass man es versucht hat, solange man es nicht beweisen kann.

Ich hielte inne. Ohne das Notizbuch war es nicht dasselbe. Es fühlte sich nicht mehr wie ein Gespräch an. Es fühlte sich an, als würde ich ins Leere reden.

Ich wünschte, ich wäre da gewesen, um sie tanzen zu sehen. Wäre Zeuge gewesen. Hätte sie auf diese Weise kennengelernt.

Natürlich hätte ich jetzt ganz Manhattan nach Lilys abklappern können. Ich hätte bei allen Lilys in Brooklyn vor der Haustür warten können. Ich hätte mich durch sämtliche Lilys in Staten Island wühlen, die Bronx nach Lilys durchkämmen und allen Lilys in Queens meine Aufwartung machen können. Aber ich hatte das Gefühl, dass es so nicht gedacht war. Ich würde sie anders finden müssen. Sie war keine Nadel. New York kein Heuhaufen. Wir waren Menschen, und Menschen haben so ihre eigenen Wege, sich zu finden.

Aus dem Schlafzimmer meiner Mutter drangen Schlafgeräusche – Dov schnarchte, Yohnny murmelte etwas vor sich hin. Ich rief Boomer an, um ihn an die Party heute Abend zu erinnern. Dann rief ich mir selbst in Erinnerung, wer dort sein würde.

Sofia. Seltsam, dass sie mir gar nichts davon gesagt hatte, dass sie Weihnachten in New York war. Aber so seltsam auch wieder nicht. Schmerzloser als bei uns beiden konnte das Ende einer Beziehung gar nicht sein – es hatte sich noch nicht mal nach einem Ende angefühlt, wir waren einfach nur auseinandergegangen. Sie war nach Spanien zurückgekehrt. Niemand hatte von uns erwartet, dass wir da noch zusammenbleiben würden. Unsere Liebe war ein Sich-Mögen gewesen; wahrscheinlich guter Durchschnitt, aber keine Gefühle von Shakespeare-Format. Ich verspürte immer noch Zuneigung zu ihr – *Zuneigung,* eine angenehme, leicht distanzierte Mischung aus Bewunderung und Rührung, Verständnis und Bedauern.

Ich versuchte, mich auf unsere unvermeidliche Begegnung innerlich vorzubereiten. Die zögerliche Befangenheit zwischen uns. Das einfache, freundliche Lächeln. Mit anderen Worten, eine Rückkehr zu unserem früheren Zustand. Keine heftigen Gefühlsausbrüche, nur ein gleichmäßiges zufriedenes Summen. Eine Chemie, bei der alles ordentlich an seinem Platz blieb.

Wir hatten bei Priya damals auch Sofias Abschiedsparty gefeiert, erst jetzt fiel mir das wieder ein. Obwohl wir bereits offen über das Ende unserer Beziehung gesprochen hatten, wenn Sofia dann fort wäre, galt ich immer noch bei allen als ihr Freund. Und auf der Party bei dem vielen Abschiednehmen neben ihr zu stehen, ließ mich den Abschied von ihr auch etwas schmerzhafter verspüren. Als dann fast alle gegangen waren, überwältigte mich mein Gefühl der Zuneigung geradezu – nicht nur zu ihr, sondern zu allen unseren Freunden. Gerührt dachte ich an unsere gemeinsame Zeit und unsere verlorene gemeinsame Zukunft, an die ich nie wirklich geglaubt hatte.

»Du siehst traurig aus«, sagte sie. Wir standen allein in Priyas Zimmer, nur noch ein paar Jacken lagen auf ihrem Bett.

»Du siehst müde aus«, sagte ich. »Müde vom vielen Abschiednehmen.«

Sie nickte und sagte Ja – diese kleine doppelte Absicherung, die ich immer bei ihr bemerkt hatte, ohne es jemals anzusprechen. Sie nickte und sagte Ja. Sie schüttelte den Kopf und sagte Nein.

Wenn es zwischen uns nicht vorbei gewesen wäre, dann hätte ich sie wahrscheinlich umarmt. Dann hätte ich sie wahrscheinlich geküsst. Stattdessen sagte ich auf einmal: »Du wirst mir fehlen«, und ich glaube, das überraschte uns beide.

Es gibt Momente, in die die Zukunft so weit hereinreicht, dass sie die Gegenwart überlagert. Ich spürte bereits Sofias Abwesenheit, obwohl sie noch neben mir stand.

»Du wirst mir auch fehlen«, sagte sie. Und dann entschlüpfte sie unserer gemeinsamen Gegenwart, entschlüpfte sie unserem Wir, indem sie hinzufügte: »Alle werden mir fehlen.«

Wir hatten uns gegenseitig nie angelogen (zumindest nicht, soweit ich weiß). Aber wir waren auch nie so weit gegangen, uns dem anderen zu offenbaren. Stattdessen ließen wir die Fakten sprechen. *Wollen wir uns was vom Chinesen holen? Ich muss jetzt gehen, damit ich meine Hausaufgaben noch machen kann. Der Film hat mir wirklich gefallen. Meine Eltern gehen zurück nach Spanien, deshalb werden wir uns wohl trennen.*

Wir hatten nicht vereinbart, uns jeden Tag zu schreiben, und wir haben uns dann auch nicht jeden Tag geschrieben. Wir hatten uns nicht geschworen, uns treu zu bleiben, denn da gab es nicht viel, dem wir treu bleiben konnten. Ab und zu stellte ich mir vor, wie sie jetzt wohl lebte, in einem Land, das ich nur aus ihren Fotoalben kannte. Und ab und zu schrieb ich ihr, um ihr kurz Hallo zu sagen, um wieder auf dem Laufenden zu sein, was sie alles so trieb, um weiter an ihrem Leben Anteil zu haben, aus reiner Zuneigung, nichts weiter. Ich erzählte ihr Dinge über unsere gemeinsamen Freunde, die sie bereits wusste, und sie erzählte mir Dinge über ihre spanischen Freunde, die ich gar nicht wissen wollte. Am Anfang hatte ich sie mal gefragt, wann sie denn auf Besuch kommen würde. Kann sein, dass sie darauf geantwortet hat, vielleicht in den Weihnachtsferien. Aber das hatte ich dann wohl komplett vergessen. Nicht weil jetzt ein ganzer Ozean zwischen uns lag, sondern weil schon immer etwas zwischen uns gewesen war. Lily hatte in den fünf Tagen unseres Hin-und-Hers mit dem Notizbuch wahrscheinlich schon mehr über mich erfahren als Sofia in den vier Monaten unserer Beziehung.

Vielleicht, dachte ich, *ist nicht die Entfernung das Problem, sondern wie man damit umgeht.*

Als Dov, Yohnny und ich kurz nach halb sieben bei Boomer aufkreuzten, war er wie ein Preisboxer angezogen.

»Heute ist doch Boxing Day!«, rief er.

»Das ist aber keine Kostümparty, Boomer«, erklärte ich ihm. »Und wir machen bei dir auch keinen Boxenstopp für Geschenke.«

»Manchmal nimmst du dem Spaß echt den Spaß, Dash«, antwortete Boomer mit einem Seufzer. »Und weißt du, was dann übrig bleibt? *Nichts.«* Er verzog sich in sein Zimmer, kam dann mit einem Manta-Ray-T-Shirt und Jeans zurück und zog die Jeans über seine Preisboxer-Shorts an.

Als wir den Bürgersteig entlangzogen, gab unser Undercover-Rocky sein Bestes und vollführte das, was er sich so unter Boxen vorstellt. Er schlug tänzelnd Aufwärts- und Seitwärtshaken in die Luft, bis er aus Versehen den Einkaufstrolley einer alten Frau traf und ihn mitsamt der Frau umstieß. Während Dov und Yohnny der alten Lady und ihrem Trolley aufhalfen, stammelte Boomer ununterbrochen: »Tut mir wirklich leid! Ich hab meine Kräfte unterschätzt!«

Zum Glück wohnt Priya nicht sehr weit entfernt. Ich klingelte. Während wir vor der Tür standen, fragte Dov plötzlich: »Hey, hast du eigentlich den Stiefel dabei?«

Ich hatte den Stiefel nicht dabei. Ich war der Meinung, wenn ich in der Stadt ein Mädchen mit nur einem Stiefel herumhumpeln sähe, dann würde ich mich gut genug an das Exemplar in meinem Besitz erinnern, um im Geist einen Vergleich anstellen zu können.

»Was für einen Stiefel?«, fragte Boomer.

»Lilys«, erklärte Dov.

»Du hast Lily getroffen!« Boomer strahlte übers ganze Gesicht.

»Nein, ich habe Lily nicht getroffen«, antwortete ich.

»Wer ist denn Lily?«, fragte Priya, die auf einmal in der Tür stand.

»Ein Mädchen!«, antwortete Boomer.

»Na ja, nicht so direkt«, korrigierte ich ihn.

Priya zog eine Augenbraue hoch. »Ein Mädchen, das nicht wirklich ein Mädchen ist?«

»Sie ist eine Drag Queen«, behauptete Dov.

»Ja, Lily Rotstrumpf«, meldete Yohnny sich. »Du müsstest mal ihre Version von ›It's Not Easy Being Green‹ hören. Rührt mich *jedes Mal* zu Tränen.«

»Zu Tränen«, wiederholte Dov.

»Und Dash hat ihren Stiefel!«, rief Boomer.

»Hallo, Dash.«

Da stand sie. Hinter Priya. Im Dämmerlicht des Flurs. Ein wenig hinter Priyas Schulter versteckt.

»Hallo, Sofia.«

Jetzt, wo ich irgend so ein blödes Gerede von Boomer gut hätte gebrauchen können, schwieg er. Alle schwiegen plötzlich.

»Schön, dich zu sehen.«

»Auch schön, dich zu sehen.«

Es fühlte sich an, als läge zwischen den beiden Sätzen eine halbe Welt. Die gesamte Zeit, die wir voneinander getrennt gewesen waren. Auf beiden Seiten der Türschwelle schauten sich hier Monate unseres Lebens an. Ihre Haare waren länger, ihr Teint ein wenig dunkler. Und da war noch etwas anderes. Ich konnte nur noch nicht sagen, was. Irgendetwas in ihren Augen. Irgendetwas in der Art, wie sie mich anschaute, war nicht mehr so, wie sie mich früher angeschaut hatte.

»Kommt rein«, sagte Priya. »Es sind schon ein paar Leute da.«

Eigenartig – ich wollte Sofia zurückhalten, wollte, dass sie auf mich wartete, wie sie es getan hätte, wenn wir noch zusammen gewesen wären. Stattdessen ging sie voran, führte uns an, und zwischen uns gingen Priya, Boomer, Dov und Yohnny und trennten uns voneinander.

Drinnen tobte nicht gerade die wilde Party. Priyas Eltern gehören nicht zu denjenigen, die das Haus verlassen, wenn ihre Tochter feiert. Und sie waren außerdem der Meinung, dass das stärkste Getränk, das ausgeschenkt werden durfte, zuckerhaltige Limonade sei – und auch das nur in Maßen.

»Ich bin so froh, dass du gekommen bist«, sagte Priya zu mir. »Und dass du nicht in Schweden bist. Sofia wäre nämlich sehr enttäuscht gewesen, das weiß ich.«

Es gab keinen Grund, warum Priya das einfach so zu mir hätte sagen sollen, deshalb suchte ich in dieser Information sofort nach einer versteckten Botschaft. *Sofia wäre nämlich sehr enttäuscht gewesen.* Hieß das, dass sie mich wirklich gern sehen wollte? Hätte es sie tatsächlich verletzt, wenn ich nicht gekommen wäre? Hatte Priya uns in Wirklichkeit deswegen alle zu der Party eingeladen?

Mir war klar, dass ich einen Ozean zu überqueren hatte. Aber als ich wieder zu Sofia sah, bekam ich dort etwas Boden unter den Füßen. Sie lachte über irgendetwas, das Dov zu ihr sagte, schaute dabei aber mich an, als wäre er nur ein Ablenkungsmanöver und die eigentliche Musik spielte bei mir. Sie deutete mit dem Kopf in Richtung Getränketheke. Ich setzte mich in Bewegung und wir trafen uns dort.

»Fanta, Fresca oder Cola light?«, fragte ich.

»Eine Fanta, bitte«, sagte sie.

»Fan-tastisch«, antwortete ich.

Während ich Eiswürfel in einen Becher schüttete und Fanta darübergoss, fragte sie: »Und wie ist es dir so ergangen?«

»Gut«, sagte ich. »Viel zu tun. Du weißt ja.«

»Nein, weiß ich nicht«, sagte sie. »Erzähl.« Sie nahm mir den Plastikbecher aus der Hand.

Aus ihrer Stimme war fast so etwas wie ein Vorwurf herauszuhören.

»Na ja«, sagte ich und schenkte mir selbst eine Fresca ein. »Eigentlich sollte ich jetzt in Schweden sein, aber das musste in letzter Minute abgeblasen werden.«

»Ja, hat Priya mir erzählt.«

»Da ist wahnsinnig viel Kohlensäure drin, findest du nicht auch?« Ich deutete auf die überschäumende Fresca. »Wenn sich das mal gesetzt hat, kommt vielleicht ein halbes Glas Flüssigkeit raus. Ich werde mir den ganzen Abend nachschenken müssen.«

Ich nahm gerade einen Schluck, als Sofia sagte: »Priya hat mir außerdem erzählt, dass du dich jetzt mit *The Joy of Gay Sex* beschäftigst.«

Die Fresca. Kommt. Mir. Zur Nase. Raus.

Als ich mich ausgehustet hatte, sagte ich: »Ich wette, sie hat vergessen zu erwähnen, dass ich mich auch mit *French Pianism* beschäftige, oder?«

»Du beschäftigst dich auch mit Penissen? Vor allem französischen?«

»Pianism. Klavier spielen. Meine Güte, bringen die euch in Europa denn gar nichts bei?«

Das sollte nur ein Scherz ein, aber es klang nicht nur wie ein Scherz. Und kam auch nicht so rüber. Mit dem Ergebnis, dass Sofia beleidigt war. Und während amerikanische Mädchen aus dem Beleidigtsein ein bittersüßes Gefühl machen, schaffen es europäische Mädchen immer, dem auch noch einen Beigeschmack von Mord unterzumischen. Zumindest meiner begrenzten Erfahrung nach.

»Ich kann dir versichern«, versicherte ich ihr, »dass ich schwulen Sex zwar für eine ganz bestimmt schöne, lustvolle Sache halte, aber für mich persönlich, glaub ich, wäre das eher nicht so besonders lustvoll. Meine Lektüre von *The Joy of Gay Sex* ist deshalb nur zu verstehen, wenn man das in einem größeren Zusammenhang sieht.«

Sofia blickte mich amüsiert an. »Aha.«

»Seit wann hast du denn diesen Gesichtsausdruck?«, fragte ich. »Und in deiner Stimme klingt auch eine gewisse Selbstsicherheit mit, die ich bislang an dir gar nicht kenne. Steht dir wirklich sehr gut, aber ist nicht wirklich die Sofia von früher.«

»Lass uns in Priyas Zimmer gehen, nur wir zwei«, antwortete sie.

»WAS?«

Sie deutete hinter mich, wo mindestens ein halbes Dutzend Leute darauf warteten, sich ihre Getränke zu holen.

»Wir stehen hier im Weg«, sagte sie. »Und ich hab ein Geschenk für dich.«

Der Weg zu Priyas Zimmer war mit Hindernissen gepflastert. Alle paar Schritte stellte sich uns jemand in die Quere, begrüßte Sofia – wie schön, dass sie wieder mal hier sei –, fragte sie über Spanien aus. Man bewunderte ihre neue Frisur. Ich wartete stumm neben ihr, in derselben Rolle wie früher. Und ich fühlte mich dabei genauso unwohl wie damals, als ich wirklich ihr Freund gewesen war.

Nach einer Weile hatte ich das Gefühl, dass Sofia den Plan, mit mir in Priyas Zimmer zu gehen, aufgegeben hatte. Aber gerade als ich mich umdrehen und wieder an der

Theke anstellen wollte, um mir Fresca nachzuschenken, packte sie mich am Ärmel und manövrierte uns beide aus der Küche hinaus.

Priyas Zimmertür war zu. Wir machten sie auf – und überraschten Dov und Yohnny auf dem Bett.

»Jungs!«, schrie ich.

Dov und Yohnny zogen schnell wieder die Jacken an und setzten sich ihre Hüte über und unter ihre Kippas auf.

»Sorry«, sagte Yohnny.

»Wir hatten nur heute bisher keine Gelegenheit, um …«, fuhr Dov fort.

»Ihr habt den ganzen Tag im Bett verbracht!«

»Ja, aber da waren wir viel zu müde«, sagte Dov.

»Total fix und fertig«, bestätigte Yohnny.

»Und außerdem …«

»… war es das Bett deiner Mutter.«

Sie schoben sich an uns vorbei und durch die Tür.

»Kommt so was in Spanien auch vor?«, fragte ich Sofia.

»Ja. Nur sind sie da katholisch.«

Sie ging zu etwas, was wohl ihre Tasche sein musste, und zog ein Buch heraus.

»Hier«, sagte sie. »Das ist für dich.«

»Ich hab nicht wirklich ein Geschenk für dich«, stotterte ich. »Also, ich meine, ich hab gar nicht gewusst, dass du hier sein würdest, und …«

»Schon in Ordnung. Ich find's ja süß, dass du verlegen bist, weil du nichts hast. Das zählt auch schon.«

Ich war vollständig entwaffnet.

Sofia lächelte und überreichte mir das Buch. Vom Cover brüllten mich die Buchstaben *LORCA!* an. Wirklich, das war der Titel: *LORCA!* Was nicht gerade sehr *DEZENT!* war. Ich blätterte darin herum.

»Sieh mal einer an«, sagte ich. »Gedichte! Und in einer Sprache, die ich nicht verstehe!«

»Komm schon, ich weiß doch, dass du morgen losstürmst und eine Übersetzung kaufst, um dann so tun zu können, als hättest du sie im Original gelesen.«

»Touché. Stimmt absolut.«

»Aber es ist wirklich ein Buch, das mir wichtig ist. Lorca ist ein großartiger Dichter. Und ich hab gedacht, dir könnte es auch gefallen.«

»Dann musst du mir Spanischunterricht geben.«

Sie lachte. »So wie du mir Englischunterricht gegeben hast?«

»Warum lachst du so?«

Sie schüttelte den Kopf. »Nein, es war nett, wie du das gemacht hast. Na ja, wenn ich ehrlich bin, nett *und* herablassend.«

»Herablassend?«

Sie ahmte mich nach – nicht ganz korrekt, aber doch treffend genug, dass ich sofort wusste, sie ahmte mich nach. »Was, du weißt nicht, was ein *Pizza-Bagel* ist? Muss ich dir wirklich die Etymologie des Wortes *Etymologie* erklären? Ist bei dir alles *im Lack* – also, ich meine in Ordnung?«

»Das habe ich nie gesagt. Nichts davon habe ich jemals gesagt.«

»Vielleicht, vielleicht auch nicht. Aber so hat es sich jedenfalls angefühlt. Für mich.«

»Oh Mann,« sagte ich. »Du hättest mir was sagen sollen.«

»Ich weiß. Aber es war nicht meine Rolle, ›was zu sagen‹. Und mir gefiel es ja auch, dass du mir immer alles Mögliche erklärt hast. Ich hatte das Gefühl, dass es jede Menge gab, was mir noch erklärt werden musste.«

»Und jetzt?«

»Nicht mehr so.«

»Warum?«

»Willst du es wirklich wissen?«

»Ja.«

Sofia seufzte und setzte sich aufs Bett.

»Ich hab mich verliebt. Aber es ging nicht gut aus.«

Ich setzte mich neben sie.

»Alles in den letzten drei Monaten?«

Sie nickte. »Ja, alles in den letzten drei Monaten.«

»Davon hast du gar nichts erzählt ...«

»In meinen E-Mails? Nein. Er wollte nicht, dass ich mit dir noch Kontakt habe, und erst recht nicht, dass ich mit dir über ihn spreche.«

»War ich so ein drohender Schatten?«

Sofia zuckte mit den Schultern. »Ich hab am Anfang ein bisschen mit dir angegeben. Um ihn eifersüchtig zu machen. Das hat ihn auch eifersüchtig gemacht, aber mehr in mich verliebt war er deswegen trotzdem nicht.«

»Hast du mir deswegen nicht geschrieben, dass du Weihnachten kommst?«

Sie schüttelte den Kopf. »Nein. Das hat sich erst letzte Woche endgültig ergeben. Ich hab meinen Eltern so damit in den Ohren gelegen, wie sehr ich New York vermisse, dass sie jetzt über Weihnachten mit mir hergekommen sind.«

»Aber eigentlich wolltest du nur von ihm fort?«

»Nein, so einfach funktioniert das nicht. Ich hab mir gedacht, dass es total nett wäre, euch alle mal wieder zu sehen. Na ja, auch egal. Aber jetzt erzähl, wie steht's bei dir? Hast du dich in jemand verliebt?«

»Ich weiß nicht so recht.«

»Aah. Dann gibt es also jemanden. *The Joy of Gay Sex*?«

»Ja«, sagte ich. »Aber nicht, wie du denkst.«

Und dann erzählte ich ihr alles. Von dem roten Notizbuch. Von Lily. Manchmal schaute ich sie an, während ich redete. Manchmal sprach ich zum Zimmer, zu meinen Händen, zur Luft. Es war zu viel auf einmal für mich: Sofia so nahe zu sein und gleichzeitig eine mögliche Nähe zu Lily heraufzubeschwören.

»Oh weh«, sagte Sofia, als ich fertig war. »Du glaubst, dass du endlich das Mädchen in deinem Kopf gefunden hast.«

»Was meinst du damit?«

»Ich meine damit, dass du wie die meisten Jungs ein Mädchen mit dir im Kopf herumträgst, das genauso ist, wie du es dir wünschst. Der Mensch, den du mehr als alle anderen lieben wirst. Und jedes Mädchen, mit dem du zusammen bist, wird von dir an dem Mädchen in deinem Kopf gemessen. Und dieses Mädchen mit dem roten Notizbuch ... ist doch ganz klar. Wenn du ihr nie begegnest, brauchst du sie nie an dem Mädchen in deinem Kopf zu messen. Sie kann dann das Mädchen in deinem Kopf *sein.*«

»Klingt so, als würde ich sie gar nicht wirklich kennenlernen wollen?«

»Natürlich willst du sie kennenlernen. Aber gleichzeitig willst du das Gefühl haben, sie bereits durch und durch zu kennen. Dass du auf den ersten Blick erkennst, sie ist die Richtige. Wie im Märchen.«

»Märchen?«

Sofia lächelte. »Du glaubst, Märchen sind nur was für Mädchen? Kleiner Tipp – frag dich mal, wer sie geschrieben hat. Ich sag dir, das waren nicht nur Frauen. Das ist *die* riesengroße Männerfantasie – ein einziger Tanz mit ihr, mehr braucht es nicht, um zu wissen: Sie ist es! Ihr Gesang aus einem Turmfenster oder ein Blick in ihr Gesicht, während sie schläft, mehr braucht es nicht. Und sofort weißt du, sie ist das Mädchen, von dem du schon immer geträumt hast. Und da liegt sie nun schlafend vor dir. Oder sie tanzt mit dir. Oder sie singt für dich. Mädchen wünschen sich einen Prinzen, das stimmt schon, aber Jungs wünschen sich eben auch genauso sehr eine Prinzessin. Und sie wollen nicht lange um sie freien müssen. Sie wollen sich sofort sicher sein.«

Und dann legte sie tatsächlich die Hand auf meinen Oberschenkel, irgendwie tätschelnd. »Mal ehrlich, Dash – ich war nie das Mädchen in deinem Kopf. Und du warst nie der Junge in meinem Kopf. Ich denke, wir haben das beide gewusst. Erst wenn man glaubt, dem Mädchen oder dem Jungen aus seinem Kopf im richtigen Leben zu begegnen, geht der ganze Ärger los. Ich hab bei Carlos gedacht, er sei es, und mich total getäuscht. Sei also vorsichtig, denn niemand ist so, wie du ihn dir erträumst. Und je weniger man über einen Jungen oder ein Mädchen weiß, desto wahrscheinlicher ist es, dass man sie mit dem Jungen oder dem Mädchen im Kopf verwechselt.«

»Du meinst, alles nur Wunschdenken?«, fragte ich.

Sofia nickte. »Ja. Und Wunschdenken ist echt nicht wünschenswert.«

zehn

(Lily)

26. Dezember

»Du hast Hausarrest.«

Opa schaute mich streng an. Er meinte es ernst. Ich musste lachen.

Opas stecken einem Geld zu und schenken einem Fahrräder und umarmen einen. Aber sie verhängen über ihre Enkelkinder keine Strafen! Das weiß doch jeder.

Opa war überraschend nach New York zurückgekommen, einen ganzen Tag und fast die ganze Nacht war er durchgefahren, die lange Strecke von Florida! Kaum zu Hause, hatte er sofort nach meinem Bruder und mir geguckt, wie es uns so ging, und was musste er da feststellen? Nicht nur lag mein Bruder halb bewusstlos im Bett, unter einem Berg von Decken und verrotzten Taschentüchern begraben, nein, viel schlimmer noch, sein Lily-Bär war nicht nur im Lily-Lager oben in Opas Wohnung unauffindbar, sondern auch überall sonst.

Zum Glück kam ich um halb vier nach Hause, nur wenige Minuten, nachdem Opa meine Abwesenheit entdeckt hatte. Da hatte er gerade erst genug Zeit gehabt, einen halben Herzinfarkt zu kriegen und in jedem Schrank und jeder Schublade unserer Wohnung nach mir zu suchen. Bevor er dazu kam, die Polizei und meine Eltern und mehrere tausend Verwandte zu alarmieren, um eine weltweite Panik wegen meines Verschwindens auszulösen, trudelte ich bereits zur Tür herein, immer noch erhitzt und außer Atem von meinem Ausflug in die Clubszene.

Opas erste Worte, als er mich sah, waren nicht: »Wo hast du dich rumgetrieben?« Das war erst seine zweite Reaktion. Die erste war: »Warum hast du nur einen Stiefel an? Meine Güte, seh ich da recht, ist das da an deinem Fuß Idas alter Majorettestiefel aus ihrer Schulzeit?« Er redete vom Küchenboden unserer Wohnung zu mir, wo er auf dem Rücken lag; wahrscheinlich um nachzuschauen, ob ich mich vielleicht unter der Spüle versteckt hatte.

»Opa!«, schrie ich und rannte zu ihm, um ihn mit Nachweihnachtsküssen zu überschütten. Ich war so glücklich, dass er da war, und außerdem noch ganz beschwingt von meinem späten Clubbesuch. Obwohl es damit geendet hatte, dass ich den beiden Schnüfflern, die mir hinterhergestiefelt waren, den Stiefel meiner Großtante opfern musste. Und obwohl ich bei meiner Flucht ganz vergessen hatte, das Notizbuch für Mystery Boy zu übergeben.

Opa war nicht in der Stimmung für überbordende Gefühle. Er hielt mir kurz seine Wange hin und kam dann mit seinem »Du hast Hausarrest«-Spruch. Als ich auf diese Ankündigung überhaupt nicht verängstigt reagierte, runzelte er die Stirn und fragte: »Wo warst du? Es ist vier Uhr morgens!«

»Halb vier«, korrigierte ich ihn. »Halb vier Uhr morgens!«

»Das gibt noch Ärger, Fräulein«, sagte er.

Ich kicherte.

»Das meine ich ernst!«, sagte er. »Ich kann nur hoffen, dass du dafür eine gute Entschuldigung hast.«

Also, Opa, weißt du, es gibt da so ein rotes Notizbuch, in dem ich einem total Fremden meine innersten Gedanken und Gefühle schreibe, und er schickt mich nach Mitternacht an unbekannte, rätselhafte Orte, wo er …

Nein, das wäre wohl keine so gute Idee.

Das erste Mal in meinem Leben habe ich Opa angelogen.

»Eine Freundin von mir, aus meiner Fußballmannschaft, hat eine Party gegeben, wo sie mit ihrer Band Hanukkah-Lieder gespielt hat. Da war ich.«

»UND DESHALB KOMMST DU ERST UM VIER UHR MORGENS NACH HAUSE?«

»Halb vier«, sagte ich noch einmal. »Das hat mit so religiösen Vorschriften zu tun. Die Band darf nicht vor Mitternacht in der Nacht nach Weihnachten spielen.«

»Aha«, meinte Opa, immer noch skeptisch. »Und es gibt für dich wohl keine offizielle Uhrzeit, zu der du zu Hause sein musst, Fräulein?«

Dass Opa nicht nur ein Mal, sondern gleich zwei Mal den gefürchteten Ausdruck *Fräulein* verwendet hatte, der alles andere als ein Kosename war, hätte mich in höchsten Alarmzustand versetzen sollen, aber ich war noch viel zu aufgekratzt von meinem nächtlichen Abenteuer, um mich dadurch einschüchtern zu lassen.

»Ich glaub, für Weihnachten gelten andere Regeln«, sagte ich. »Wie die Autos ja auch manchmal auf der einen und manchmal auf der anderen Straßenseite parken dürfen.«

»LANGSTON!«, belferte Opa. »KOMM SOFORT IN DIE KÜCHE!«

Es dauerte ein paar Minuten, aber schließlich kam mein

Bruder in die Küche geschlurft, eine Decke hinter sich herziehend und mit einer Miene und Haltung, als hätte man ihn soeben aus dem Koma geweckt.

»Grandpa!«, rief er überrascht. »Was treibst *du* denn hier?« Langston war jetzt ganz sicher froh, dass er krank geworden war, sonst hätte nämlich bestimmt Benny die Nacht bei ihm verbracht, und Übernachtungsgäste der romantischen Art sind bei uns von den zuständigen Autoritäten noch nicht erlaubt worden. Dann hätte es jetzt mich *und* Langston schlimm erwischt.

»Um mich geht es hier nicht«, sagte Opa. »Hast du Lily erlaubt, mitten in der Nacht zu einer Party bei einer Freundin zu gehen, auf der irgend so eine Hanukkah-Band gespielt haben soll?«

Langston und ich wechselten einen Blick. Uns war klar, dass unsere Geheimnisse genau das bleiben sollten, was sie waren, nämlich Geheimnisse. Ich griff auf den Geheimcode aus unserer Kindheit zurück, machte einmal die Augen zu und wieder auf, damit Langston wusste, dass er zu allem Ja sagen sollte, wonach er gefragt wurde.

»Ja.« Langston hustete. »Wie du merkst, bin ich ja krank, aber ich wollte trotzdem, dass Lily etwas rauskommt und in den Ferien ihren Spaß hat. Die Band hat im Partykeller im Haus von ihrer Freundin gespielt, an der Upper West Side. Ich hab vorher organisiert, dass Lily nach Hause gebracht wird. Alles total sicher, Grandpa.«

Ziemlich flink im Kopf für eine schlimme Erkältung. Manchmal liebe ich meinen Bruder richtig.

Opa beäugte uns misstrauisch. Er schien sich nicht ganz sicher zu sein, was da gerade vor ihm ablief, ob er nicht in ein Netz aus Lüge und geschwisterlicher Rückendeckung verstrickt wurde.

»Ins Bett mit euch«, schimpfte er. »Beide. Das besprechen wir morgen weiter.«

»Warum bist du eigentlich schon da, Opa?«, fragte ich.

»Darum geht es jetzt nicht. Ab ins Bett mit euch.«

Nach der Klezmer-Punk-Nacht konnte ich nicht einschlafen. Deshalb schrieb ich in das rote Notizbuch.

Tut mir leid, dass ich dir unser Notizbuch nicht zurückgegeben habe. Die Aufgabe war ja wirklich nicht schwer. Aber ich hab's geschafft, es zu vermasseln. Warum ich dir jetzt schreibe, obwohl ich keine Ahnung habe, wie das Notizbuch noch einmal zu dir kommen soll, weiß ich nicht. Aber da ist irgendwas mit dir - und diesem Notizbuch -, das mich einfach weiter hoffen lässt. Warst du eigentlich heute Abend in dem Club? Zuerst hab ich gedacht, du bist vielleicht einer der beiden Schnüffler-Jungs, aber dann hab ich schnell gemerkt, dass das nicht sein kann. Weil die nämlich irgendwie viel zu aufgedreht waren. Damit wir uns nicht falsch verstehen, ich glaub nicht, dass du als totaler Griesgram durchs Leben schleichst. Aber ich stell mich dir auch nicht als ewiges Grinsegesicht vor. Und ich weiß irgendwo tief in mir drin, dass ich es gespürt hätte, wenn du in meiner Nähe gewesen wärst. Ich hätte es einfach gewusst. Und außerdem - obwohl ich noch kein Bild von dir vor Augen habe (jedes Mal wenn ich versuche, dich mir vorzustellen, hältst du dir ein rotes Notizbuch vors Gesicht) - bin ich mir doch ziemlich sicher, dass du keine herunterbaumelnden Schläfenlocken trägst. Ist nur so ein Gefühl. (Aber wenn du doch solche Locken hast, darf ich sie irgendwann mal zu Zöpfen flechten?)

Und dann hab ich dich mit einem Stiefel und ohne Notizbuch stehen lassen. Genauer, ich hab den Stiefel ohne das Notizbuch bei zwei vollkommen Fremden gelassen.
Du fühlst dich für mich nicht mehr wie ein Fremder an.
Ich werde den anderen Stiefel jetzt immer tragen, nur falls du nach mir Ausschau hältst.
Cinderella war so ein dummes Huhn. Warum ist sie, nachdem sie auf dem Ball ihren gläsernen Schuh verloren hat, gleich ins Haus ihrer bösen Stiefmutter zurück? Sie hätte den anderen Schuh immer tragen sollen, dann hätte der Prinz sie leichter finden können. Und außerdem hab ich mir beim Lesen immer gewünscht, dass sie nach dem Happy End, wenn sie in der prächtigen Kutsche davonfährt, zu ihrem Prinzen sagen würde: »Könntest du mich bitte da vorne an der Weggabelung rauslassen? Ich möchte nämlich erst mal was von der Welt sehen, jetzt wo ich endlich meine grässliche Stiefmutter und meine bösen Stiefschwestern los bin. Ich hab mir gedacht, dass ich vielleicht als Rucksacktouristin durch Europa oder Asien reise. Wir sehen uns später, Prinz, sobald ich mich ein bisschen selbst verwirklicht habe. Aber danke, dass du mich gefunden hast! Echt supernett von dir! Und die gläsernen Schuhe kannst du gern behalten. Ich krieg davon bestimmt kaputte Füße, wenn ich sie noch länger trage.«
Aber ich hätte mit dir gern ein Tänzchen aufs Parkett gelegt, wenn ich mir diese Bemerkung gestatten darf.

Weder Regen noch überfrierende Nässe noch die trübselige Stimmung nach Weihnachten konnte Opa davon abhalten, sich am nächsten Nachmittag zum Kaffeetrinken mit seinen Kumpels zu treffen.

Ich kam mit, weil ich das Gefühl hatte, dass Opa etwas moralische Unterstützung brauchte.

Als Opa jetzt in Florida gewesen ist, wo er ja immer den Winter verbringt, hat er Mabel an Weihnachten tatsächlich einen Heiratsantrag gemacht. Mabel lebt dort im selben Apartmentblock, in dem er auch eine Wohnung hat. Ich habe Mabel noch nie gemocht. Mal abgesehen davon, dass sie von mir und Langston immer will, dass wir sie Glamma nennen, ist die Liste ihrer Verstöße gegen die Stiefgroßmutter-Regeln auch sonst ziemlich lang. Hier nur eine kleine Auswahl: (1) Die Süßigkeiten in der Glasschale auf ihrem Wohnzimmertisch sind immer uralt. (2) Sie will mich jedes Mal mit Lippenstift und Rouge schminken, obwohl ich Make-up hasse. (3) Sie ist eine lausige Köchin. (4) Ihre vegetarische Lasagne, die sie bestimmt nur kocht, um allen hunderttausendmal zu sagen, dass sie sie extra wegen mir macht, weil *ich* ja kein Fleisch esse, schmeckt wie Klebstoff mit geraspelten Zucchini. (5) Wenn ich sie sehe, kommt mir das Kotzen. (6) Bei ihrer Lasagne auch. (7) Und bei den Süßigkeiten auf dem Wohnzimmertisch auch.

Und jetzt kommt der große Schock: Mabel hat nämlich Opas Antrag abgelehnt! Ich hab gedacht, mein Weihnachten sei ätzend gewesen – aber bei Opa war es noch viel, viel schlimmer. Als Opa ihr den Ring überreichen wollte, hat Mabel ihm gesagt, dass sie zwar den Winter über gern mit ihm zusammen sei, dass ihr aber das Single-Leben gut gefalle und dass sie den Rest des Jahres auch noch andere Freunde habe, so wie er sich ja in den Nicht-Winter-Monaten auch jeden Tag mit anderen Leuten treffen würde! Und dann hat sie ihm vorgeschlagen, den Ring doch wieder zurückzugeben und von dem Geld stattdessen mit ihr irgendwohin eine Luxusreise zu unternehmen.

Opa hatte niemals damit gerechnet, dass sie seinen Antrag ablehnen würde; und statt sich Mabels Antwort noch einmal vernünftig durch den Kopf gehen zu lassen, kehrte er ihr, typisch für ihn, den Rücken und ein paar Stunden später nach New York zurück, mit total gebrochenem Herzen! Und dann musste er auch noch feststellen, dass seine süße kleine Lily ganz spät noch aus gewesen war und wild Party gefeiert hatte. Er musste sich so fühlen, als wäre innerhalb von vierundzwanzig Stunden seine ganze Welt auf den Kopf gestellt worden.

Tut dem alten Burschen mal ganz gut, finde ich.

Trotzdem, Opa wirkte richtig niedergeschlagen. Deshalb blieb ich diesen Nachmittag immer an seiner Seite, auch als er sich mit seinen Freunden traf, alles alte Männer aus unserem Viertel, denen hier früher Geschäfte gehörten und die sich schon regelmäßig zum Kaffeetrinken trafen, als meine Mutter noch ein Baby gewesen war. Deshalb hatten sie natürlich zu Opas Weihnachtsmissgeschick alle ihre Meinung.

Die Gesprächsrunde, in der Opas Missgeschick verhandelt wurde, äußerte sich zu dem Fall Mabel wie folgt (die Namen von Opas Freunden sind alle mehrsilbig und kompliziert, deshalb haben Langston und ich sie vor vielen Jahren nach ihren Geschäften getauft):

Mr Cannoli sagte zu Opa: »Gib ihr etwas Zeit, Arthur. Dann willigt sie schon noch ein, deine Frau zu werden.«

Mr Wan-Tan sagte: »Du noch kräftiger Mann, Arthur! Diese Frau dich nicht verdienen, jemand Besseres kommen!«

Mr Borschtsch seufzte: »Ist eine solche Frau, die deinen Heiratsantrag an einem allen Christen so heiligen Tag ablehnt, es denn wert, dass du dein Herz an sie verlierst, Arthur? Ich denke nicht.«

Mr Curry rief: »Ich finde für dich eine andere, bessere Lady, mein Freund!«

»Er hat schon jede Menge andere Freundinnen hier in New York«, erinnerte ich die Männergruppe. »Scheint so, als würde er halt einfach Mabel wollen.«

Nur zur Information, es fiel mir wirklich nicht leicht, das zu sagen. Erstaunlicherweise verschluckte ich mich nicht mal an meinem Lilyccino (geschäumte Milch mit darübergestreuten Schokoraspeln, ein Lily-Spezial von Mr Cannolis Schwiegersohn, der inzwischen Mr Cannolis Café betreibt), als ich das sagte. Denn Opa – der sonst immer so heiter und aufgeräumt ist – sah heute wirklich jämmerlich aus. Ich konnte es kaum ertragen.

»Dieses Mädchen!«, sagte Opa zu seinen Kumpels und deutete auf mich. Ich saß direkt neben ihm. »Wisst ihr, was sie gemacht hat? Sie war gestern Abend auf einer Party! Als wäre dieses Weihnachten für mich noch nicht schlimm genug gewesen. Ich komm nach Hause und mach mir riesengroße Sorgen, weil Lily nicht da ist. Und sie? Kommt ein paar Minuten später zur Tür herein – *um vier Uhr nachts* – und tut so, als sei das die normalste Sache der Welt.«

»Um *halb* vier«, korrigierte ich ihn. Erneut.

Mr Wan-Tan sagte: »Sind junge Männer auch gewesen auf dieser Party?«

Mr Borschtsch sagte: »Arthur, dieses Kind durfte aus dem Haus sein, so spät in der Nacht? Wo junge Männer konnten sein?«

Mr Cannoli sagte: »Ich bring den Kerl um, der ...«

Mr Curry wandte sich an mich. »Ein so hübsches junges Fräulein, sie geht nicht allein ...«

»Oh, da fällt mir ein«, sagte ich, »ich muss ja mit meinen Hunden Gassi gehen!« Wenn ich noch länger mit diesen alten Männern bei ihrem Kaffeehaus-Kriegsrat zusammenhockte, würden sie noch auf die Idee kommen, mich in einen Turm einzusperren, bis ich dreißig war.

Ich verließ die Herrenrunde, um lieber mit meinen Lieblingen im Park herumzutollen.

Ich hatte tatsächlich meine zwei Lieblingshunde dabei – Lola und Dude, eine kleine Mops-Pudel-Dame und einen riesigen schokoladenbraunen Labrador. Zwischen den beiden ist es wirklich wahre Liebe. Das merkt man daran, wie sie sich gegenseitig den Hintern beschnüffeln.

Ich rief Opa mit dem Handy an.

»Du musst lernen, Kompromisse zu schließen«, sagte ich.

»Wie bitte?«, fragte er.

»Dude hat Lola gehasst, weil sie so klein und süß ist und alle sich immer nur mit ihr beschäftigen. Also hat er angefangen, mit ihr rumzuturteln, um auch was von der Aufmerksamkeit abzubekommen. Dude hat einen Kompromiss geschlossen und das solltest du auch. Nur weil Mabel deinen Heiratsantrag abgelehnt hat, heißt das nicht, dass du deswegen mit ihr Schluss machen solltest.«

Ich fand, das war ein sehr großes Zugeständnis von mir.

»Soll ich mir jetzt in Liebesdingen Ratschläge von einer Sechzehnjährigen geben lassen?«, fragte Opa.

»Ja.« Ich legte auf, bevor er mir darlegen konnte, wie total unqualifiziert ich dafür war, ihm solche Ratschläge zu erteilen.

Ich muss erst noch lernen, nicht mehr die nette, süße Lily zu sein, und mich in einen harten Verhandlungspartner verwandeln.

Zum Beispiel.

Wenn ich wirklich nächsten September mit auf die Fidschis gehe (Langston hat gesagt, dass Dad seinen neuen Posten im September antreten muss, falls er ihn denn annimmt) –, werde ich von meinen Eltern im Gegenzug einen Hund verlangen. In der Situation steckt nämlich meiner Meinung nach ein ziemlich großes Verhandlungspotenzial, weil meine Eltern mir gegenüber dann ein richtig schlechtes Gewissen haben müssen.

Ich setzte mich im Park auf eine Bank, während Lola auf der Hundewiese Dude nachjagte. Auf der nächsten Bank saß ein Junge ungefähr in meinem Alter, der eine Baskenmütze mit Schottenkaro aufhatte und mich ansah, als würde er mich kennen.

»Lily?«, fragte er.

Ich musterte ihn genauer.

»Edgar Thibaud!«, rief ich wütend.

Er kam zu mir herüber. Wie konnte Edgar Thibaud es wagen, mich zu erkennen, und wie konnte er dann auch noch so dreist sein, sich mir zu nähern? Nach der Hölle, die ich seinetwegen nach dem Haustier-Tag und dem Tod meiner Wüstenspringmaus als Schrilly an der Grundschule durchgemacht hatte?

Und außerdem.

Wie konnte Edgar Thibaud es wagen, in den vergangenen Jahren so gewachsen zu sein … und so groß und stark zu werden? Und so … so gut auszusehen?

Edgar Thibaud sagte: »Ich war mir nicht ganz sicher, ob du es wirklich bist. Aber dann hab ich den komischen Stiefel an dem einen Fuß und den ausgelatschten Chuck am anderen gesehen und mich an die Mütze mit den roten Bommeln erinnert. Da wusste ich, dass es nur du sein kannst. Hey, wie geht's dir?«

Hey, wie geht's dir, wollte er wissen? Ganz beiläufig? Als hätte er nicht mein Leben ruiniert und meine Wüstenspringmaus getötet?

Edgar Thibaud setzte sich neben mich. Seine (tiefgrünen und ziemlich schönen) Augen wirkten etwas verschleiert, so als hätte er womöglich schon ein Friedenspfeifchen geraucht.

»Ich bin Kapitänin unserer Fußballmannschaft«, sagte ich.

Ich kann das nicht so gut, mit Jungs reden. Wenn sie direkt neben mir sitzen, meine ich. Deshalb kommt mir das mit dem Notizbuch ja auch so gelegen. Da kann ich meine möglicherweise romantischen Gefühle irgendwie besser und kreativer ausdrücken.

Was für eine idiotische Antwort. Edgar lachte. Aber es war kein fieses Lachen. Es klang eher anerkennend. »Na klar, kann ja gar nicht anders sein. Immer noch die alte Lily. Du hast sogar immer noch dieselbe komische Brille.«

»Ich hab gehört, dass sie dich wegen irgend so einer blöden Geschichte von der Highschool geschmissen haben?«

»Nur vorübergehend. War eher wie Ferien. Die hatten mich schon die ganze Zeit auf dem Kieker.« Edgar Thibaud beugte sich zu mir. »Hat dir schon mal jemand gesagt, dass du irgendwie richtig süß geworden bist? Auf so eine ganz schräge Weise, aber trotzdem süß?«

Ich wusste nicht, ob ich jetzt sauer war oder mich doch eher geschmeichelt fühlte.

Aber ich spürte eindeutig, dass sein Atem in meinem Ohr mir ganz unvertraute wohlige Schauder durch den Körper schickte.

»Was machst du hier?«, fragte ich, weil ich jetzt unbedingt irgendein harmloses Gespräch mit ihm führen musste, um mich von den befremdlichen Ideen abzulenken, die mir plötzlich durch den Kopf geisterten … Bilder von Edgar Thibaud … mit nacktem Oberkörper. Ich merkte, wie mein Gesicht rot und heiß wurde. Aber was ich zustande brachte, war nur so was Lahmes wie: »Bist du Weihnachten nicht fortgefahren? Das tun doch fast alle.«

»Meine Eltern sind ohne mich zum Skifahren nach Colorado. Ich hab sie wohl zu sehr genervt.«

»Oh, wie blöd.«

»Nein, ich hab das absichtlich gemacht. Eine Woche ohne ihre verlogene Bürgerlichkeit ist für mich eine Woche im Paradies.«

Hatte Edgar Thibaud das wirklich gesagt? Sagte er überhaupt etwas? Egal. Ich konnte nicht aufhören, ihn anzuschauen. Wie kam es nur, dass er irgendwann in der Zeit seit der Grundschule so hübsch geworden war?

»Ich glaub, das ist eine Baskenmütze für Mädchen, die du da aufhast«, sagte ich.

»Echt?«, fragte Edgar. »Cool.« Er legte den Kopf schräg, fühlte sich irgendwie geschmeichelt. »Ich mag Mädchen. Und auch ihre Mützen.« Er streckte die Hand nach meiner Mütze aus. »Darf ich?«

Edgar Thibaud musste in den letzten Jahren eine echte Entwicklung durchgemacht haben, wenn er erst fragte, statt mir die Mütze gleich vom Kopf zu reißen und sie den Hunden zum Spielen hinzuschleudern, wie der alte Edgar auf dem Schulhof es getan hätte.

Ich neigte den Kopf zu ihm, damit er die Mütze nehmen konnte. Er setzte sich meine rote Mütze mit den Bommeln auf und mir seine Baskenmütze.

Die Baskenmütze auf meinem Kopf fühlte sich kuschelig und … unerlaubt an. Das mochte ich.

»Hast du Lust, heute mit mir auf eine Party zu gehen?«, fragte Edgar.

»Kann mir nicht vorstellen, dass mein Opa mir das erlaubt«, antwortete ich.

»Na und?«, sagte Edgar.

Genau!

Es war höchste Zeit, dass Lily endlich die Sorte von Abenteuern mit Jungs erlebte, nach denen sie dann zu Recht Ratschläge in Liebesdingen erteilen konnte.

Mag sein, dass mein Herz noch für den Mystery Boy des Notizbuchs schlug, als ich in den Tompkins Square Park gekommen war. Aber jetzt hatte ich auf einmal einen echten, lebendigen Edgar Thibaud vor mir.

Ein harter Verhandlungspartner, der wirklich gut sein will, muss wissen, wann man sich besser auf einen Kompromiss einlässt. Das ist sein Geheimrezept.

Zum Beispiel.

Ich werde einen Hund verlangen, wenn meine Eltern von mir wollen, dass ich mit ihnen auf die Fidschis ziehe.

Aber ich werde mich auch mit einem Kaninchen zufrieden geben.

elf

– Dash –

27. Dezember

Und so war ich wieder bei *Strand* gestrandet.

Ich war nicht übermäßig spät ins Bett gekommen – Priyas Partys verläpperten sich meistens schon vor Mitternacht, und das war auch diesmal nicht anders. Sofia und ich blieben fast den ganzen Abend zusammen, aber nachdem wir unser Gespräch auf Priyas Bett beendet und uns wieder unter die anderen gemischt hatten, hörten wir auf, uns miteinander zu unterhalten, und waren wieder zwei Teile einer größeren Gruppe. Yohnny und Dov verschwanden dann bald, um ihren Freund Matthue bei einem Poetry Slam zu unterstützen, und Thibaud kreuzte überhaupt nicht auf. Ich hätte vielleicht noch weiter bei Priya herumgehangen, bis Sofia und ich wieder fast allein gewesen wären, aber Boomer hatte ungefähr dreizehn Becher Mountain Dew zu viel in sich reingeschüttet und schlug mit dem Kopf gleich durch die Decke. Sofia würde noch bis Neujahr in New York bleiben, deshalb sagte ich, dass wir uns unbedingt noch mal treffen müssten, und sie sagte, oh ja, das wäre fein. Und dabei haben wir es dann belassen.

Jetzt war es elf am nächsten Vormittag, und ich war wieder bei *Strand,* widerstand dem Lockruf der Bücherregale und suchte nach Mark, um ihn, falls nötig, mit Fragen zu löchern. Ich spazierte mit einem Damenstiefel unter dem Arm umher, als wäre ich auf Schusters Rappen für Rotkäppchen unterwegs.

Der Typ am Informationsschalter war blond und dünn, bebrillt und mit Karomuster bestrickt. Mit anderen Worten: nicht der, nach dem ich suchte.

»Hi«, sagte ich. »Ist Mark da?«

Der Typ blickte nur kurz von dem Saramago-Roman vor sich hoch.

»Oh«, sagte er, »bist du der Stalker?«

»Ich muss ihn was fragen, das ist alles. Das macht aus mir kaum einen Stalker.«

Der Typ schaute mich an. »Hängt ganz von der Frage ab. Ich bin mir sicher, dass Stalker auch Fragen haben.«

»Stimmt«, gab ich zu, »aber die sind alle mehr oder weniger Variationen der Frage ›Warum liebst du mich nicht?‹ oder ›Warum darf ich nicht mit dir sterben?‹. Während meine Frage klipp und klar lautet: ›Was kannst du mir über diesen Stiefel erzählen?‹«

»Ich weiß nicht, ob ich dir da weiterhelfen kann.«

»Das hier ist der Informationsschalter, oder? Ist es da nicht deine Aufgabe, mir Informationen zu geben?«

Der Typ seufzte. »Na gut. Er räumt gerade Bücher ein. Und jetzt lass mich das Kapitel zu Ende lesen, okay?«

Ich bedankte mich bei ihm, wenn auch nicht überschwänglich.

Strand behauptet von sich, achtzehn Meilen Bücher zu beherbergen. Ich habe keine Ahnung, wie das berechnet wird. Meint das, alle Bücher aufeinandergestapelt, bis man eine

Höhe von achtzehn Meilen erreicht? Oder reiht man sie aneinander, bis man eine Brücke von Manhattan bis, sagen wir mal, Short Hills in New Jersey gebaut hat, das ungefähr achtzehn Meilen entfernt liegt? Oder haben sie in ihrem Laden achtzehn Meilen Regalbretter? Das weiß keiner so recht. Wir glauben der Buchhandlung einfach aufs Wort, denn wenn man das nicht einmal bei einer Buchhandlung tun kann, bei wem dann?

Aber egal, welche Berechnungsgrundlage man nimmt, Fakt ist, dass *Strand* jede Menge dicht aneinandergestellte Regale hat, in die man Bücher räumen kann. Was hieß, dass ich in Dutzenden von schmalen Gängen und versteckten Winkeln suchen musste – ein wahrer Hindernislauf, bei dem es brummelnden Kunden, tückischen Leitern und wahllos verstreuten Bücherhaufen auszuweichen galt –, bis ich Mark schließlich in der Abteilung Militärgeschichte fand. Er schwankte ein wenig unter dem Gewicht einer illustrierten Geschichte des Amerikanischen Bürgerkriegs, aber ansonsten wirkte er genauso wie beim ersten Mal, als wir miteinander zu tun hatten.

»Mark!«, sagte ich im Tonfall fröhlicher Verbrüderung, als wären wir Mitglieder desselben High-School-Klubs, die sich zufällig im Flur eines Bordells begegnen.

Er musterte mich eine Sekunde und drehte sich dann wieder zum Regal.

»Na, hast du hübsch kuschelig Weihnachten gefeiert?«, fuhr ich fort. »Dich zu Hause ein bisschen von Muttern verwöhnen lassen?« Er hievte einen Band mit Winston Churchills Memoiren hoch und hielt ihn mir drohend entgegen. Der hängebackige Premierminister starrte unbeteiligt vom Schutzumschlag, als wäre er der Ringrichter bei diesem plötzlichen Boxkampf.

»Was willst du?«, fragte Mark. »Ich erzähl dir nichts.«

Ich zog den Stiefel unter meinem Arm hervor und hielt ihn Churchill vor die Nase.

»Sag mir, wem dieser Stiefel gehört.«

Dass da auf einmal Schuhwerk ins Spiel kam, überrumpelte ihn (Mark, nicht Churchill) völlig, so viel war klar. Und genauso klar war, dass er vergeblich zu verbergen versuchte, dass er ganz genau wusste, wem dieser Stiefel gehörte.

Trotzdem blieb er stur; auf eine Weise stur, wie das nur wirklich jämmerliche, kindische Naturen sein können.

»Warum sollte ich dir das sagen?«, fragte er bockig.

»Wenn du es mir sagst, dann lass ich dich in Ruhe«, verkündete ich. »Und wenn du es mir nicht sagst, dann greife ich mir die nächstbeste Liebesschmonzette und lese dir daraus sehr laut vor, während ich dir durch den Laden folge – so lange, bis du aufgibst. Was ist dir lieber?« Ich versuchte, mich an die schlimmsten Buchtitel zu erinnern, die ich eben noch im Vorbeigehen gelesen hatte. *»Zärtliche Zeiten, Fliehendes Glück* oder *In ewiger Liebe, dein Johnny?* Ich garantiere dir, deine geistige Gesundheit und dein Prestige hier im Laden werden kein einziges Kapitel überdauern. Und die Kapitel in solchen Schmachtfetzen sind sehr, sehr kurz.«

Jetzt konnte ich Furcht unter seiner Maske aus Trotz bemerken.

»Du bist böse«, sagte er. »Weißt du das?«

Ich nickte, obwohl ich das Wort *böse* normalerweise für Massenmörder und Genozidtäter aufspare.

Er fuhr fort: »Und wenn ich es dir sage, hörst du dann auf, hier anzurufen und vorbeizukommen? Auch wenn dir nicht gefällt, was du herausfindest?«

Das schien mir irgendwie unbarmherzig gegenüber Lily,

aber ich wollte mich jetzt nicht von Ärger übermannen lassen.

»Ich werde aufhören, hier anzurufen«, sagte ich ruhig und gefasst. »Und ich werde mir zwar niemals verbieten lassen, in meine Lieblingsbuchhandlung zu gehen, aber ich verspreche, dass ich dich um keine Informationen mehr bitten werde, wenn du am Schalter sitzt, und falls du jemals an der Kasse sitzen solltest, werde ich es auf alle Fälle so einrichten, dass ich nicht bei dir bezahlen muss. Zufrieden?«

»Hey, kein Grund, gleich so schnöselig zu sein«, sagte Mark.

»Das war nicht schnöselig«, erklärte ich. »Nicht im Entferntesten. Falls du vorhaben solltest, in der Buchbranche zu bleiben, solltest du vielleicht lernen, dass ein Unterschied zwischen schnödem Schnöseltum und feiner Ironie besteht. Das ist nicht ein und dasselbe.«

Ich nahm einen Stift heraus und reckte ihm die Innenseite meines Unterarms hin.

»Schreib die Adresse auf und alles ist in Butter.«

Er nahm den Stift und schrieb eine Adresse an der East 22nd Street auf, wobei er unnötig fest aufdrückte.

»Danke schön, Sir!«, sagte ich laut. »Ich werde bei Mr *Strand* höchstpersönlich ein gutes Wort für Sie einlegen!«

Als ich davonging, flog eine Abhandlung über die Niederlagen der amerikanischen Marine nur knapp an meiner Schläfe vorbei. Ich ließ das Buch auf dem Boden liegen, sollte es der Bücherschmeißer doch selbst zurück ins Regal stellen.

Ich gebe gern zu: Etwas in mir hätte meinen Unterarm am liebsten sauber geschrubbt. Nicht wegen Marks Schrift, einem Gekritzel, das ich eher mit dem Insassen eines Todestrakts als mit dem Angestellten einer Buchhandlung in

Verbindung gebracht hätte. Nein, es war nicht die Handschrift, die ein Teil von mir ausradieren wollte, sondern die dadurch übermittelte Information. Hier war der Schlüssel, um Lily kennenzulernen … und ich war mir nicht sicher, ob ich ihn tatsächlich ins Schloss stecken wollte.

Sofias Worte nagten in mir: War Lily das Mädchen in meinem Kopf? Und wenn sie es war, musste mich die Wirklichkeit dann nicht enttäuschen?

Nein, sagte ich zu mir selbst. Die Worte im roten Notizbuch sind nicht von dem Mädchen in deinem Kopf geschrieben worden. Du musst den Worten trauen. Sie erschaffen nicht mehr, als sie auch einlösen können.

Als ich an der Tür klingelte, konnte ich ein Geläute durch das ganze Haus hallen hören; Klänge von der Art, die mich erwarten ließen, dass gleich ein Butler die Tür öffnen würde. Doch mindestens eine Minute lang kam darauf als Antwort nur Schweigen. Ich wechselte den Stiefel von einer Hand in die andere und diskutierte innerlich bereits, ob ich noch einmal klingeln sollte. Meine Zurückhaltung bedeutete in diesem Fall den seltenen Sieg der Höflichkeit über die Ungeduld und Dringlichkeit und wurde schließlich damit belohnt, dass ich Füße schlurfen hörte und dann das Hantieren an Schlössern und Riegeln.

Die Tür wurde weder von einem Butler noch von einem Dienstmädchen geöffnet. Stattdessen stand die Museumswärterin von Madame Tussauds vor mir.

»Sie kenn ich ja!«, platzte ich heraus.

Die alte Frau musterte mich hart und kalt.

»Und ich kenne diesen Stiefel«, antwortete sie.

»Ja«, sagte ich. »Dachte ich mir.«

Ich hatte keine Ahnung, ob sie sich aus dem Museum an

mich erinnerte. Aber dann öffnete sie die Tür ein wenig weiter und bat mich herein.

Fast erwartete ich, von der Wachsfigur von Jackie Chan begrüßt zu werden (mit anderen Worten: dass sie sich Arbeit mit nach Hause genommen hatte). Dem war nicht so, dafür glich die Empfangsdiele einem Antiquitätenlager. Ich kam mir vor, als hätte ich eine Zeitreise in die Vergangenheit gemacht. Kein Möbelstück stammte aus einer Epoche später als 1940. Neben der Tür befand sich ein Schirmständer mit mindestens einem Dutzend Schirmen, alle mit einem anders geschwungenen Holzgriff.

Die alte Frau bemerkte, wie ich die Schirme anstarrte.

»Hast du noch nie einen Schirmständer gesehen?«, fragte sie herablassend.

»Ich hab nur gerade versucht, mir eine Situation vorzustellen, in der ein einzelner Mensch zwölf Regenschirme braucht. Ich finde es fast obszön, so viele Schirme zu haben, wo es doch jede Menge Menschen gibt, die keinen einzigen besitzen.«

Sie nickte dazu, dann fragte sie: »Wie heißt du, junger Mann?«

»Dash«, sagte ich.

»Dash …?«

»Eine Abkürzung für Dashiell«, erklärte ich ihr.

»Hab nie was anderes behauptet«, antwortete sie spitz.

Sie führte mich in einen Raum, der mit Fug und Recht ein Salon genannt werden konnte. Die Vorhänge waren so schwer, die Sessel so dick gepolstert und die Möbel so dunkel, dass es mich nicht überrascht hätte, in einer Ecke Sherlock Holmes mit Jane Austen beim Fingerhakeln zu ertappen. Es war dort weder so verstaubt noch so verraucht, wie man es in einem solchen Zimmer hätte erwarten können, aber durch das viele Holz fühlte ich mich an eine altmodische Bibliothek erinnert, und der weinrote Stoff der Vorhänge machte mich ganz trunken. Kniehohe Skulpturen schmückten die Ecken und den Kamin, und in den Bücherschränken standen in Leinen gebundene Bücher und äugten wie alte Professoren auf mich herab, zu altersmüde, um noch miteinander zu reden.

Ich fühlte mich gleich zu Hause.

Auf eine einladende Handbewegung der alten Frau hin ließ ich mich auf einem Sofa nieder. Die Luft, die ich einatmete, roch nach altem Geld.

»Ist Lily da?«, fragte ich.

Die Frau nahm mir gegenüber in einem Sessel Platz. Sie lachte. »Wer sagt denn, dass ich nicht Lily bin?«, fragte sie zurück.

»Weil«, sagte ich, »ein paar Freunde von mir Lily schon getroffen haben und ich einfach mal davon ausgehe, dass sie es mir gesteckt hätten, wenn sie achtzig wäre.«

»Achtzig!« Die alte Frau tat entrüstet. »Ich lasse dich hiermit in aller Form wissen, dass ich keinen Tag älter als dreiundvierzig bin.«

»Bei allem gebotenen Respekt«, sagte ich, »aber wenn Sie dreiundvierzig sind, dann bin ich ein Fötus.«

Sie lehnte sich in ihrem Sessel zurück und begutachtete mich, als wäre ich eine Ware. Ihre Haare waren zu einem strengen Knoten geschlungen und genauso streng fühlte ich mich gemustert.

»Im Ernst«, sagte ich. »Wo ist Lily?«

»Erst muss ich deine Absichten prüfen«, sagte sie, »bevor ich dir erlauben kann, mit meiner Nichte anzubändeln.«

»Ich versichere Ihnen, dass ich keine unlauteren Absichten habe«, antwortete ich. »Ich will sie einfach nur kennenlernen. Leibhaftig. Sie müssen nämlich wissen, dass wir …«

Sie winkte ab. »Ich weiß über eure Tändeleien in Briefform Bescheid«, unterbrach sie mich. »Was ja alles schön und gut ist – solange es gut und schön ist. Aber bevor ich dir ein paar Fragen stelle, möchtest du vielleicht eine Tasse Tee?«

»Das hängt von dem Tee ab, den Sie mir anbieten können.«

»Nicht gerade bescheiden! Wie wär's mit Earl Grey?«

Ich schüttelte den Kopf. »Schmeckt wie Bleistiftspäne.«

»Lady Grey.«

»Ich nehme keine Getränke zu mir, die nach enthaupteten Königinnen benannt sind. Ich finde das *geschmacklos.*«

»Kamille?«

»Da könnte man ja auch gleich Schmetterlingsflügel schlürfen.«

»Grüner Tee?«

»Das meinen Sie nicht ernst.«

Die alte Frau nickte zustimmend. »Tu ich auch nicht.«

»Wissen Sie, wie das ist, wenn eine Kuh Gras käut? Käut und wiederkäut und wiederkäut? Also, na ja, grüner Tee schmeckt, als würde man diese Kuh küssen, nachdem sie all das Gras gekäut hat.«

»Wie wär's mit Pfefferminztee?«

»Nur im äußersten Notfall.«

»English Breakfast?«

Ich klatschte Beifall. »Das wär's!«

Die alte Frau machte keine Anstalten, ihr Angebot in die Tat umzusetzen.

»Tut mir leid, muss ich erst wieder welchen kaufen«, sagte sie.

»Machen Sie sich bloß keine Umstände«, antwortete ich. »Wollen Sie unterdessen vielleicht Ihren Stiefel zurück?«

Ich reichte ihn ihr, und sie nahm ihn einen Moment in die Hand, bevor sie ihn mir wieder zurückgab.

»Der stammt noch aus meinen Mädchentagen als Majorette«, sagte sie.

»Sie haben so jung schon gedient?«

»Nein, Dash, zu keiner Zeit. Mein Motto war immer: Lebe ein Leben in Freude.«

Im Bücherschrank hinter ihr war eine Reihe von Urnen zu erkennen. Ich fragte mich, ob sie reines Dekor waren oder ob sich in ihnen die Überreste teurer Hinterbliebener befanden.

»Was kann ich Ihnen denn erzählen?«, fragte ich. »Damit Sie mir etwas über Lily offenbaren, meine ich.«

Sie stützte ihr Kinn auf das spitzwinklige Dreieck ihrer beiden Zeigefinger. »Lass mich nachdenken. Bist du ein Bettnässer?«

»Ob ich ein …?«

»Bettnässer. Ich frage dich, ob du ein Bettnässer bist.«

Ich wusste, dass sie versuchte, mich zum Blinzeln zu bringen. Aber nicht mit mir.

»Nein, Ma'am. Mein Bett bleibt trocken.«

»Auch nicht ein kleiner Spritzer hie und da?«

»Ich versteh nicht ganz den Zusammenhang, Ma'am.«

»Ich prüfe deine Ehrlichkeit. Was war die letzte Zeitschrift, die du gründlich gelesen hast?«

»Die *Vogue.* Obwohl ich der Ehrlichkeit halber hinzufügen muss, dass ich das vor allem deshalb getan habe, weil ich mich zu einer längeren Sitzung ins Badezimmer meiner Mutter zurückgezogen hatte. Sie wissen schon, das Gegenteil einer sanften Geburt.«

»Für welches Wort hast du eine besonders große Schwäche?«

Das war leicht. »Ich muss gestehen, bei *Phantast* und *Phantasterei* kann ich mich kaum beherrschen.«

»Mal angenommen, ich hätte hunderttausend Dollar und würde sie dir schenken wollen. Die einzige Bedingung wäre, dass in China ein Mann vom Fahrrad fallen und sterben müsste, wenn du das Geld annimmst. Was würdest du tun?«

»Ich verstehe nicht, warum es eine Rolle spielt, ob er in China vom Rad fällt oder sonst irgendwo auf der Welt. Natürlich würde ich das Geld nicht annehmen.«

Die alte Frau nickte. »Glaubst du, dass Abraham Lincoln homosexuell war?«

»Alles, was ich dazu sagen kann, ist, dass er bei mir noch nie einen Annäherungsversuch gewagt hat.«

»Bist du ein Museumsgänger?«

»Ist der Papst ein Kirchgänger?«

»Wenn du ein Gemälde von Georgia O'Keeffe mit einer Blume siehst, woran musst du dann denken?«

»Das ist nur so ein Trick, um mich das Wort *Vagina* aussprechen zu lassen, oder? Okay. Ich hab's gesagt. Vagina.«

»Wenn du aus einem Bus des öffentlichen Personennahverkehrs aussteigst, was machst du dann?«

»Ich bedanke mich beim Fahrer.«

»Gut, gut«, sagte sie. »Und jetzt – erzähl mir, was sind denn deine Absichten bei Lily?«

Es gab eine Pause. Vielleicht eine zu lange Pause. Denn um die Wahrheit zu sagen, hatte ich noch nicht wirklich darüber nachgedacht, was ich eigentlich von Lily wollte. Was bedeutete, dass ich meine Gedanken jetzt erst während des Redens verfertigte.

»Na ja«, sagte ich, »es ist nicht so, dass ich hergekommen bin, um Lily zu fragen, ob sie mich vielleicht zu einem Tanztee begleiten oder mit mir Erdbeereis mit Sahne löffeln möchte. Wir haben bereits eine gewisse Routine in unserem Hin- und Hertändeln entwickelt, das bisher keusch war, jedoch mit einer gewissen Aussicht auf beiderseitigen Lustgewinn, je nachdem wie unsere ersten Begegnungen ausfallen würden, wie reif wir dafür schon sind. Eine Beraterin meines Vertrauens hat mich gemahnt, ich solle Lily nicht zu sehr mit meinen Idealvorstellungen überfrachten, und ich habe die Absicht, diesem Rat zu folgen. Terra enigma. Zukunft oder Wahnsinn, beides könnte sein. Wenn sie aus Ihrem Holz geschnitzt ist, dann könnten wir gut miteinander klarkommen, das sagt mir mein Gespür.«

»Ich glaube, Lily weiß noch nicht so recht, aus welchem Holz sie geschnitzt ist«, sagte die alte Frau. »Deshalb will ich dazu jetzt nichts sagen. Für mich ist sie die reinste Freude. Freuden können ja manchmal auch ermüdend sein, aber vor allem sind sie …«

»Entzückend?«, bot ich an.

»Rein. Sie werden von ihrer eigenen Hoffnung blank poliert.«

Ich seufzte.

»Was ist?«, fragte sie.

»Ich kann ziemlich heikel sein«, gestand ich. »Nicht dass ich schnöselig bin, das nicht. Aber trotzdem. Heikel und entzückend ist nicht gerade die übliche Mischung.«

»Willst du wissen, warum ich nie geheiratet habe?«

»Hatte ich nicht ganz oben auf meiner Liste«, gab ich zu.

Die alte Frau schaute mir in die Augen. »Ich will es dir sagen: Ich war nie verheiratet, weil ich mich immer zu schnell gelangweilt habe. Das ist ein schrecklicher Charakterzug, richtig zum Verzweifeln. Wenn man sich schnell begeistern kann, ist das viel besser.«

»Verstehe«, sagte ich. Aber das tat ich nicht. Noch nicht.

Stattdessen ließ ich meine Blicke durch das Zimmer wandern und dachte: *Von allen Orten, an denen ich schon gewesen bin, kommt der hier am ehesten dem Ort nahe, an den einen ein rotes Notizbuch führen kann.*

»Dash«, sagte die alte Frau. Eine einfache Feststellung, als hielte sie meinen Namen in der Hand und reichte ihn mir, so wie ich ihr den Stiefel gereicht hatte.

»Ja?«, sagte ich.

»Ja?«, kam es als Echo von ihr zurück.

»Glauben Sie nicht, dass es an der Zeit ist?«, fragte ich.

Sie stand von ihrem Sessel auf und sagte: »Dann will ich wohl mal einen Telefonanruf tätigen.«

zwölf

(Lily)

26. Dezember

»Bringst du immer noch Wüstenspringmäuse um?«, fragte ich Edgar Thibaud.

Wir standen vor dem Haus, in dem ein Mädchen aus seiner Schule an dem Abend eine Party feierte.

Von der Straße aus konnten wir ins Wohnzimmer sehen. Es wirkte alles sehr gesittet. Kein wilder Lärm dröhnte bis auf die Straße wie normalerweise bei einer Teenagerparty. Wir erblickten zwei elternähnliche Wesen, die durch das Zimmer schritten und auf Silbertabletts Fruchtsaft und Mountain Dew anboten, was das Fehlen von lautem Lärm und schummrigem Chaos womöglich erklärte.

»Diese Party wird stinklangweilig«, sagte Edgar Thibaud. »Lass uns woanders hingehen.«

»Du hast meine Frage nicht beantwortet«, sagte ich. »Bringst du immer noch Wüstenspringmäuse um, Edgar Thibaud?«

Wenn er mir darauf eine sarkastische Antwort geben würde, wäre unser neuer Waffenstillstand so schnell aufgehoben, wie er geschlossen worden war.

»Lily«, sagte Edgar Thibaud, Ernst und Aufrichtigkeit verströmend, und nahm meine Hand in seine. Meine Hand, die jetzt Schweiß verströmte, erschauderte bei der Berührung. »Das mit deiner Wüstenspringmaus tut mir sehr leid. Ehrlich. Ich würde nie willentlich ein fühlendes Wesen verletzen.« Seine Lippen drückten mir einen zerknirschten kleinen Kuss auf die Knöchel meiner Hand.

Ich wusste zufällig, dass Edgar Thibaud von einem Jungen, der in der ersten Klasse Wüstenspringmäuse getötet hatte, in der vierten Klasse zu einem dieser Jungen geworden war, die mithilfe eines Vergrößerungsglases Sonnenstrahlen bündelten, um damit Würmer und anderes armes Getier, das ihnen zufällig über den Weg lief, zu grillen.

Stimmt es vielleicht tatsächlich, was Opas Kumpels mir dauernd predigen: Kann man Jungs einfach nicht trauen? Haben sie immer böse Absichten?

Das muss ein Teil des großen, weisen Plans von Mutter Natur sein – dass sie diese Jungs so unwiderstehlich süß aussehen lässt, auf eine so unverschämte Weise süß, dass ihre Absichten, die womöglich böse sind, vollkommen unwichtig werden.

»Wo möchtest du denn stattdessen hin?«, fragte ich. »Ich muss jedenfalls um neun zu Hause sein, oder mein Opa rastet aus.«

Ich hatte Opa ein zweites Mal angelogen. Ich hatte ihm erzählt, dass überraschend ein SOS-Fußballtraining angesetzt worden war, weil unsere Mannschaft zurzeit eine echte Pechsträhne hatte und dauernd verlor. Nur weil Opa so mit der Sache mit Mabel beschäftigt war, fiel er überhaupt darauf rein.

Edgar Thibaud antwortete mit Babystimme: »Opapa lässt Klein-Lilylein nicht so spät aus dem Haus?«

»Willst du jetzt fies sein?«

»Nein«, sagte er, wieder ernst. »Ich respektiere dich und die Uhrzeit, zu der du bei Opa sein musst, Lily. Verzeih mir den kurzen und überflüssigen Abstecher in die Babysprache. Wenn du um neun zu Hause sein musst, dann ist wohl nicht viel mehr als Kino drin. Hast du schon *Gramma Got Run Over by a Reindeer* gesehen?«

»Nein«, sagte ich.

Ich werde im Lügen noch richtig gut.

Ich will mich in Gefahr begeben.

Wieder einmal hatte ich mich in ein Klo eingesperrt, um mit Mystery Boy zu kommunizieren. Die Damentoilette des Kinos war etwas sauberer als die im Club letzte Nacht; außerdem waren wir in der Abendvorstellung, was bedeutete, dass das Kino nicht mit lauter tobenden Kleinkindern gefüllt war. Aber das Leben tobte um mich herum – und wieder einmal war alles, was ich wollte, in ein rotes Notizbuch schreiben.

Gefahr kann viele Formen annehmen, denke ich mal. Manche suchen sie, indem sie zum Beispiel von einer Brücke springen oder einen unbezwingbaren Berg bezwingen. Für andere ist es eine schäbige kleine Liebesaffäre. Oder dass man es fertigbringt, den fies aussehenden Busfahrer zu beschimpfen, der an den Kindern an der Haltestelle einfach vorbeifährt. Oder beim Kartenspielen zu betrügen. Oder eine Erdnuss zu essen, obwohl man dagegen allergisch ist.

Für mich bedeutet Gefahr: mich unter dem schützenden Mantel meiner Familie hervorzuwagen und die Welt auf eigene Faust zu erkunden, auch wenn ich nicht weiß, was –

oder wer - mich da erwartet. Es wäre schön, wenn du Teil dieses Plans sein könntest. Aber kannst du mir wirklich gefährlich werden? Irgendwie zweifle ich daran. Ich befürchte, dass du einfach nur ein Fantasieprodukt bist. Ich glaube, es ist für mich an der Zeit, mich ins Leben außerhalb des Notizbuchs zu stürzen.

Als ich zu meinem Sitz zurückkam, amüsierte sich Edgar Thibaud gerade köstlich über die fette Oma auf der Leinwand. Der Film war so idiotisch, dass ich gar keine andere Wahl hatte, als meinen Blick über Edgar Thibauds Oberarmmuskeln gleiten zu lassen. Er hat irgendwie magisch muskulöse Arme – nicht zu mächtig, aber auch nicht zu schmächtig. Sie sind gerade richtig. Ich war davon ziemlich fasziniert.

Die Hand am Ende von Edgars Arm beschloss, ein eigenständiges Leben zu führen. Seine Augen blieben fest auf die Leinwand geheftet, sein Mund lachte weiter schallend über das makabre Massaker, das mit Oma veranstaltet wurde (das Rentier stieß sie nämlich mit seinem Geweih schon ein zweites Mal um und trampelte über sie hinweg) –, aber seine Hand landete diskret auf meinem Oberschenkel.

Ich konnte die Kühnheit dieses Manövers kaum fassen (die des Rentiers *und* die Edgars). Ich wollte ja wild und gefährlich leben, aber wir hatten uns bisher noch nicht einmal geküsst (Edgar und ich, nicht das Rentier und ich. So weit geht meine Tierliebe dann doch nicht).

Mein ganzes Leben habe ich auf diesen Moment gewartet. Mein erster Kuss. Ich würde nicht zulassen, dass mir dieser Augenblick ruiniert wurde, indem da einer mehrere Stationen übersprang.

»He, he«, bellte ich Edgar Thibaud an, als seine Hand anfing, über den aufgestickten Pudel auf meinem Pudelrock zu streicheln. Ich schubste die Hand auf die Armlehne zurück, was sowieso die bessere Position war, weil ich jetzt wieder seinen Bizeps bewundern konnte.

Auf dem Rücksitz des Taxis zu mir nach Hause ließ ich Edgar meinen Pullover aufknöpfen und ihn mir über den Kopf ziehen. Aus meinem Rock befreite ich mich selbst.

Unter Pulli und Rock trug ich meine Fußballkluft, falls Opa mich gleich in der Tür begrüßen sollte. Ich zog eine Wasserflasche aus meiner Tasche und machte mir Gesicht und Haare nass, damit ich verschwitzt aussah.

Das Taxameter zeigte sechs Dollar fünfzig an, und es war exakt fünf Minuten vor neun, als das Taxi vor unserem Haus an den Bürgersteig ranfuhr.

Edgar beugte sich zu mir. Ich wusste, jetzt würde es geschehen. Ich mache mir da nichts vor, der erste richtige Kuss meines Lebens wird nicht dazu führen, dass ich danach für alle Zeiten glücklich bin. Ich glaube nicht an diese ganzen Märchenprinz-Geschichten. Aber genau so habe ich es mir immer gewünscht, dass ich nämlich meinen ersten Kuss auf dem Rücksitz eines müffelnden Taxis bekomme.

Edgar wisperte mir ins Ohr: »Kannst du mir deine Hälfte vom Fahrpreis geben? Ich bin nämlich echt pleite und hätte sonst nicht mehr genug, um mich auch noch bis zu mir fahren zu lassen.« Sein Zeigefinger strich dabei über meinen Nacken.

Ich schubste ihn weg, obwohl ich mich nach mehr von seinen Berührungen sehnte. Aber nicht in einem Taxi, um Himmels willen, nein!

Ich gab Edgar Thibaud fünf Dollar und schickte gleich noch eine Million lautloser Flüche hinterher.

Sein Mund näherte sich *sososo* nah meinem. »Das nächste Mal krieg ich meinen Preis«, murmelte er.

Ich drehte ihm die Wange hin.

»Du wirst es mir nicht leicht machen, Lily, was?«, sagte Edgar Thibaud.

Ich ignorierte seinen schön gewölbten Bizeps, der mich unter seinem kuscheligen Pulli hervor anlugte.

»Du hast meine Wüstenspringmaus getötet«, erinnerte ich ihn.

»Ich liebe die Jagd, Lily.«

»Gut.«

Ich stieg aus und schmiss die Wagentür hinter mir zu.

»So wie das Rentier in dem Film die Jagd geliebt hat!«, rief Edgar mir durchs Fenster zu, während das Taxi bereits anfuhr.

27. Dezember

Wo BIST du?

Schien fast so, als wäre es mein Schicksal, meistens dann durchs Notizbuch mit Mystery Boy zu kommunizieren, wenn ich irgendwo auf dem Klo saß.

Diesmal war es die Toilette eines Irish Pub an der East 11th Street in Alphabet City; eine dieser Kneipen, wo tagsüber gern Familien hingehen und sich abends dann die Leute abfüllen lassen. Ich war tagsüber dort, Opa konnte also beruhigt sein.

Ich hatte Opa nicht schon wieder anlügen wollen, deshalb

hatte ich ihm einfach die Wahrheit gesagt – dass ich mich nämlich mit meinem Weihnachtsliederchor traf. Wir wollten gemeinsam *Happy Birthday* für die zornige Aryn singen, das veganische Riot Grrrl, die am 27. Dezember Geburtstag hat. Sie wurde heute einundzwanzig.

Was ich Opa allerdings nicht gesagt hatte – ich hatte Edgar Thibaud eine SMS geschickt, dass er auch hinkommen sollte. Opa hatte mich nicht gefragt, ob Edgar Thibaud auch auf der Geburtstagsfeier sein würde. Weshalb ich ihn da auch nicht angelogen hatte.

Weil es Aryns einundzwanzigster Geburtstag war, hatten sich meine Weihnachtsliedermitsänger ein paar deftige Trinklieder ausgesucht, um sie in das Alter hinüberzubegleiten, in dem sie offiziell Alkohol trinken durfte. Als ich dazustieß, waren sie bereits bei ihrer vierten Runde Bier angelangt und sangen fröhlich »And Mary McGregor, well, she was a pretty whore«. Edgar hatte sich noch nicht blicken lassen. Der Gesang bewirkte, dass ich mich schnell entschuldigte und auf die Toilette zurückzog, wo ich das schon ein paarmal erwähnte rote Notizbuch aufschlug, um einen neuen Eintrag hineinzuschreiben.

Aber was gab es da eigentlich noch groß zu sagen?

Ich hatte immer noch einen Stiefel und einen Turnschuh an, nur für den Fall, dass Mystery Boy mich tatsächlich finden sollte. Aber wenn ich mich von nun an in Gefahr begeben wollte, musste ich auch den Tatsachen ins Auge blicken können und mir eingestehen, dass die Sache mit ihm gescheitert war. Und zwar allein durch meine Schuld, weil ich es vermurkst hatte, ihm das rote Notizbuch zurückzugeben. Deshalb würde ich mich jetzt auf die gefährlichen Verlockungen von Edgar Thibaud einlassen, das schien mir ein recht vielversprechender Trostpreis.

Mein Handy klingelte, auf dem Display war das Foto eines gewissen Hauses in Dyker Heights zu sehen, geschmückt mit himmlischem Sternengefunkel und glitzerndem Weihnachtslichterglanz. Ich ging ran: »Einen frohen dritten Weihnachtstag, Onkel Carmine.« Mir fiel ein, dass ich das Notizbuch von ihm entgegengenommen hatte, ohne ihn irgendetwas über Mystery Boy zu fragen. »Sag mal, hast du eigentlich den Jungen gesehen, der das rote Notizbuch bei euch deponiert hat?«

»Hab ich, mein Lily-Bär«, sagte Onkel Carmine. »Aber deswegen ruf ich nicht an. Ich hab gehört, dass dein Opa früher als geplant aus Florida zurückgekommen ist und dass dort alles wohl nicht so gelaufen ist, wie er es sich vorgestellt hat. Stimmt das denn?«

»Ja, das stimmt. Und jetzt noch mal zu dem Jungen …«

»Ich kann dir auch nicht mehr über ihn sagen, Schätzchen. Obwohl er was wirklich Seltsames gemacht hat. Du erinnerst dich doch an den riesigen Nussknacker, den wir immer vorn auf den Rasen stellen, neben den großen roten Soldaten?«

»Lieutenant Clifford Dog? Na klar.«

»Dein rätselhafter Bekannter hat dort nicht nur das rote Notizbuch eingeworfen, sondern auch noch was hingesetzt. Wirklich die hässlichste Stoffpuppe, die ich jemals gesehen habe.«

Das konnte er nicht getan haben. Oder doch?

»Sieht sie aus wie ein Pilzkopf-Beatle, dem man eine Rundumerneuerung für einen Muppets-Film verpasst hat?«

Onkel Carmine antwortete: »So kann man es ausdrücken. Eine *katastrophale* Erneuerungskur.«

Das musste ich jetzt erst mal verarbeiten: dass Mystery Muppet, den ich höchstpersönlich und liebevoll für Mystery

Boy gebastelt hatte, von ihm gefühllos neben dem Nussknacker ausgesetzt worden war!

Ich sagte zu Onkel Carmine: »Ja. Also Opa. Hat ihn wirklich arg mitgenommen. Bitte besuch ihn doch mal und sag ihm, dass er aufhören soll, mich dauernd zu fragen, wo ich hingehe. Und könntest du mir bitte das nächste Mal, wenn du in die Stadt kommst, die *hübsche* Puppe mitbringen?«

»I love you, yeah, yeah, yeah«, antwortete Onkel Carmine.

»Ich hab jetzt zu tun«, sagte ich.

»She's got a ticket to ride«, sang Onkel Carmine. »But she don't care!«

»Ruf Opa an. Er wird sich darüber freuen. Küsschen und tschüs!« Aber dann konnte ich nicht anders. »Good day, sunshine«, sang ich für Onkel Carmine ins Handy.

»I feel good in a special way«, sang er zurück.

Damit endete unser Gespräch. Und schon ging ein weiterer Anruf bei mir ein. Ich blickte schnell aufs Display, und es war mein Lieblingsfoto von Großtante Ida zu sehen, wie sie in ihrer großen Bibliothek sitzt, die Beine übereinandergeschlagen, mit einer Teetasse in der Hand. Was konnte Mrs Basil E. von mir wollen? Wahrscheinlich auch nur mit mir über Opa reden. Aber ich musste jetzt Trauerarbeit leisten. Mit dem Notizbuch war es vorbei und auch mit meiner Schwärmerei für Mystery Boy, der meinen Mystery Muppet ausgesetzt hatte. Höchste Zeit, nach vorne zu schauen.

Ich sah, dass Mrs Basil E. eine Nachricht auf der Mailbox hinterlassen hatte. Darum würde ich mich später kümmern.

Ich schrieb einen letzten Eintrag in das Notizbuch, weil mir das Gedicht von Marie Howe wieder einfiel. *Mich erfasst so tiefe Zärtlichkeit*. Dann klappte ich das Notizbuch zu. War vielleicht besser so.

Die Geburtstagsparty hatte sich inzwischen nach draußen an einen Gartentisch im Hinterhof der Kneipe verlagert. Der nachweihnachtliche Dezembertag war doch noch winterlich und kalt geworden, wie es sich gehörte, und alle drängten sich jetzt mit Eierpunsch oder Ähnlichem in ihren Gläsern aneinander.

Sie sangen *I'm dreaming of a white Christmas.* Was ich in dem Augenblick ein besonders hübsches Lied fand – sanft und weich wie das Gefühl, das in der Luft liegt, wenn es gleich zu schneien anfängt und die Welt sich stiller und heimeliger anfühlt. Irgendwie befriedet.

Edgar Thibaud war inzwischen gekommen und hatte sich auch gleich dem Chor angeschlossen. Während die anderen *White Christmas* sangen, presste er die Faust vor den Mund und beatboxte und rappte »Go … snow … snow that Mary McGregor ho« in das Weihnachtslied hinein. Als er mich bemerkte, wechselte er schnell in die Melodie der anderen über und improvisierte dazu einen Text, bei dem er statt *weiß* immer *lilienweiß* sang …

Als sie fertig gesungen hatten, sagte die zornige Aryn: »Sag mal, Lily, dein chauvinistischer, imperialistischer Freund Edgar Thibaud …«

»Ja?«, fragte ich und wollte mir schon die roten Bommel meiner Mütze auf die Ohren pressen, weil ich mir sicher war, dass jetzt gleich eine mit üblen Schimpfwörtern gespickte Hassrede folgen würde.

»Er hat einen ziemlich hübschen Bariton. Ich meine, für einen Mann.«

Shee'nah, Antoine, Roberta und Melvin hoben die Gläser, um auf Edgar Thibaud anzustoßen.

»Auf Edgar!« Es machte Kling-Kling.

Aryn hob noch einmal das Glas. »Heute ist mein Geburtstag!«

Alle hoben wieder die Gläser. »Auf Aryn!«

Edgar Thibaud gab Stevie Wonders *Happy Birthday* zum Besten. Während er »Happy birthday to you! Happy biiiiiirrrrrrrthdayyyy ...« sang, schloss er die Augen, nickte willkürlich in die Runde, legte die Hände auf den Tisch und lieferte die Karikatur eines blinden Mannes, der Klavier spielt.

Aryn musste zu dem Zeitpunkt schon völlig betrunken gewesen sein, denn die totale politische Unkorrektheit dieser Vorführung hätte sie normalerweise echt zornig gemacht. Stattdessen brüllte sie nur: »Ich will, dass mein Geburtstag für alle ein Feiertag ist«, stellte sich auf ihren Stuhl und verkündete allen, die sich in Hörweite befanden: »Das ist mein Geschenk an euch! Ich gebe euch heute frei, heute ist Feiertag!«

Überflüssig, sie daran zu erinnern, dass die meisten an dem Tag sowieso freihatten, weil es zwischen Weihnachten und Neujahr war.

»Was trinkst du da?«, fragte ich Aryn.

»Einen Fünften Advent«, sagte sie. »Probier mal!«

Weil ich gerade mit Gefahren aller Art flirtete, nahm ich einen Schluck von ihrem Drink.

Sah wie heiße Milch mit Honig aus, schmeckte aber viel besser! Nach Pfefferminz und Sahne. Ich begann zu verstehen, warum meine Weihnachtsliederchorschwestern und -brüder immer die Flasche mit dem Pfefferminzschnaps hatten herumgehen lassen, als wir im Advent gemeinsam durch die Straßen gezogen waren.

Mmmh! Lecker.

Ich schielte zu Edgar. Er machte gerade mit seinem Handy

ein Foto von meinen Füßen: am einen immer noch ein Majorettestiefel, am anderen ein Turnschuh. »Ich schicke an alle eine Meldung raus, falls jemand weiß, wo sich der andere Stiefel befindet«, sagte Edgar und drückte auch schon auf Absenden, schneller als ein Gossip Girl.

Mein Weihnachtsgesangsverein lachte. »Auf Lilys Stiefel!« Wieder ließen sie die Gläser klirren.

Ich wollte mehr. Von dem Geschmack und von der Gefahr.

»Ich will auch mit euch anstoßen«, sagte ich. »Wer lässt mich mal nippen?«

Als ich nach Melvins Glas griff, fiel mir das rote Notizbuch aus der Tasche.

Da lag es nun auf dem Boden. Ich ließ es liegen.

Was spielte das noch für eine Rolle?

»Lill-ly! Lillll-ly!«, feuerten mich meine Mitsänger an – und nicht nur die, sondern die gesamte Bar.

»It's! Been! A! Long! Cold! Lonely! Winter!« Ich tanzte auf dem Tisch, schmetterte eine Punkversion des guten alten Beatles-Songs und reckte dabei trotzig die Faust hoch.

»Here comes the sun«, sang ein sehr gemischter vielstimmiger Chor zurück.

Drei Schluck von dem Pfefferminzschnaps, vier von dem Fünften Advent und fünf von Shee'nahs Lieblingsgetränk, einem Shirley Temple – aber etwas hochprozentiger als normalerweise! –, mehr hatte es nicht gebraucht, um mich in ein echtes Partygirl zu verwandeln. Ich hatte das Gefühl, bereits jetzt eine andere Lily zu sein.

Seit Weihnachten war so viel passiert, alles durch das Notizbuch ausgelöst, das ich einfach auf dem Boden hatte liegen lassen. Ich war jetzt ein anderes Mädchen – nein, ich war jetzt eine *Frau*.

Ich war eine Lügnerin geworden. Ein Lily-Bär, der mit einem Wüstenspringmausmörder flirtete. Eine Mary McGregor, die nach ein paarmal Nippen von irgendwelchen Cocktails gleich die zwei obersten Perlmuttknöpfe ihrer Bluse aufknöpfte, sodass man den Ansatz ihrer Brüste sehen konnte.

Aber die echte Lily – immer noch sechzehn, reichlich beschickert und mit einem unglaublichen Bedürfnis, zu schlafen und/oder zu kotzen – war ziemlich neben der Spur in dieser auf einmal wilden Geburtstagsparty mit Party-Girl Lily im Mittelpunkt.

Draußen war es bereits stockfinster. Es war zwar erst sechs Uhr abends, aber mitten im Winter, und wenn ich nicht bald nach Hause kam, würde Opa hier aufkreuzen, um mich abzuholen. Wenn ich aber bald nach Hause ging, dann würde Opa bestimmt sofort merken, dass ich etwas, na ja, *etwas* beschwipst war. Dabei hatte ich selbst gar nichts mit Alkohol bestellt, ich hatte nur bei den anderen mitgetrunken. Und dann bestand auch noch die Gefahr, dass Opa das mit Edgar Thibaud herauskriegen würde. Was tun?

Ein Trupp neuer Gäste kam in die Kneipe, und ich wusste, ich musste jetzt aufhören zu singen und auf dem Tisch zu tanzen, sonst würden sie auch noch anfangen, mitzufeiern. Mir wuchs das alles über den Kopf.

Die Zeit wurde allmählich knapp. Ich sprang vom Tisch und zog Edgar draußen im Garten in eine abgeschiedene Ecke. Ich wollte, dass er mir erklärte, wie ich am besten nach Hause kam, und zwar, ohne Ärger zu kriegen.

Ich wollte, dass er mich küsste.

Ich wollte, dass es endlich anfing zu schneien. Die Winterluft kitzelte mir kalt in der Nase, und am Himmel hingen schwere, dicke Wolken, deshalb konnte es jeden Augenblick so weit sein.

Ich wollte so gerne meinen zweiten Stiefel wieder, weil mein Fuß im Turnschuh allmählich eiskalt wurde.

»Edgar Thibaud«, murmelte ich so sexy, wie ich konnte, und lehnte mich gegen seinen warmen Körper. Ein Fels in der Brandung. Ich öffnete meinen Mund für seine Lippen, die sich mir näherten.

Es würde geschehen.

Endlich.

Ich wollte gerade die Augen schließen, um mich ganz darauf zu konzentrieren, als ich im Augenwinkel einen Jungen bemerkte. Er stand da und hielt etwas in der Hand, das mir fehlte.

Meinen anderen Stiefel.

Edgar Thibaud drehte sich zu dem Jungen um. »Dash?«, fragte er verdutzt.

Der Junge – offensichtlich Dash – blickte mich merkwürdig an.

»Ist das da auf dem Boden unser rotes Notizbuch?«, fragte er.

War das wirklich *er?*

»Du heißt *Dash*?«, fragte ich und bekam einen Schluckauf. Mein Mund plapperte aber einfach weiter und spuckte noch ein Goldkörnchen seiner Weisheiten aus. »Wenn wir später heiraten, dann wäre ich Mrs Dash?«

Ich prustete und gackerte los.

Und ich glaube, danach wurde ich in Edgar Thibauds Armen ohnmächtig.

dreizehn

– Dash –

27. Dezember

»Woher kennst du Lily?«, fragte Thibaud.

»Ich bin mir nicht sicher, ob ich sie kenne«, sagte ich. »Aber ich frage mich, was ich eigentlich erwartet habe.«

Thibaud schüttelte den Kopf. »Was auch immer, Mann. Willst du was trinken? Aryn ist echt scharf, sie wird heute einundzwanzig und gibt für alle einen aus.«

»Ich glaube, dafür bin ich zu ernüchtert«, sagte ich.

»Na, wenn das so ist. Ich sag immer: Mach dir lieber den Kopf mit einem Klaren klar. Jeder muss für sich selbst sorgen.«

Was wohl auch für Lily galt, deren bewusstlose Hülle er jetzt auf die nächstbeste Bank gleiten ließ.

»Küsst du mich?«, murmelte sie.

»Ist mir grad nicht so danach«, flüsterte er zurück.

Ich starrte zum Himmel. Irgendwo da oben musste der geniale Kerl stecken, der den Ausdruck *sturzbetrunken* geprägt hatte. Er verdiente echt Applaus dafür. Was für ein sturzbetrunkenes Mädchen. Voll abgestürzt. Und ich. Erst solche Erwartungen und dann ein solcher Absturz.

Für einen Rüpel wäre die angemessene Reaktion in einer solchen Situation gewesen, einfach wegzugehen und Lily ihrem Schicksal zu überlassen. Aber für mich, der ich mich dem Anti-Rüpeltum verschrieben hatte, war das natürlich keine Option. So billig und geschmacklos konnte man einfach nicht sein. Was schließlich dazu führte, dass ich Lily den Turnschuh aus- und den zweiten Stiefel ihrer Tante anzog.

»Da ist er ja wieder!«, murmelte sie.

»Komm jetzt«, sagte ich leichthin und versuchte, meine niederschmetternde, schwere Enttäuschung zu verbergen. Lily war nicht in dem Zustand, solche Gefühle zu verarbeiten.

»Okay«, sagte sie. Aber sie rührte sich nicht.

»Ich bring dich nach Hause«, sagte ich.

Sie begann, hin und her zu schwanken. Irgendwann begriff ich, dass sie den Kopf schüttelte.

»Nicht nach Hause. Kann nicht nach Hause. Opa bringt mich um.«

»Beihilfe zum Mord will ich nicht riskieren«, sagte ich. »Dann bring ich dich zu deiner Tante.«

»Sehr sehr gute Idee.«

Lilys Freunde an der Bar waren alle recht besorgt um sie und fragten nach, ob wir beide das auch schaffen würden (was für ihre Freunde sprach). Thibaud war viel zu sehr damit beschäftigt, dem Geburtstagskind Aryn in den Ausschnitt zu starren, um noch irgendetwas anderes zu bemerken (was gegen Thibaud sprach).

»Drosophila«, sagte ich, als mir das richtige Wort einfiel.

»Was?«, fragte Lily.

»Warum verlieben sich Mädchen bloß immer in Jungs mit der durchschnittlichen Aufmerksamkeitsspanne einer Drosophila?«

»Was?«

»Fruchtfliegen. Jungs mit der Aufmerksamkeitsspanne von Fruchtfliegen.«

»Vielleicht weil sie so sexy sind?«

»Das ist jetzt nicht der richtige Augenblick«, sagte ich, »für Herzensbekenntnisse.«

Aber es war der richtige Augenblick, ein Taxi zu rufen. Mehrere davon fuhren erst mal an uns vorbei. Die Fahrer mussten sofort bemerkt haben, dass Lily sich irgendwie seltsam an mich lehnte – als wäre sie ein Stoppschild, in das ein Auto hineingerast war. Schließlich fuhr ein freundlicher Kerl rechts ran und ließ uns einsteigen. Im Radio lief Countrymusik.

»East 22nd, in der Nähe des Gramercy Park«, sagte ich.

Ich war darauf gefasst, dass Lily neben mir sofort einschlafen würde. Aber was dann folgte, war viel schlimmer.

»Tut mir leid«, sagte sie. Und es war, als hätte man einen Wasserhahn aufgedreht, aus dem jetzt ununterbrochen ein und dasselbe Gefühl herausströmte. »Es tut mir so leid. Es tut mir wirklich so leid. Ohmeingott, ich kann gar nicht sagen, wie leid es mir tut. Ich hab es nicht absichtlich auf den Boden fallen lassen. Und ich wollte nicht – also, ich meine, es tut mir leid, Dash. Ich hab nicht gedacht, dass du da sein würdest. Ich hab einfach nur … Und es tut mir so leid. Wirklich, wirklich leid. Wenn du jetzt sofort aus dem Taxi aussteigen willst, versteh ich das total. Ich werd es natürlich bezahlen. Für *alles* werd ich zahlen. Tut mir leid. Du glaubst mir doch, oder? Ich mein es wirklich so. Es tut mir so so SO leid.«

»Schon in Ordnung«, sagte ich. »Wirklich, schon in Ordnung.«

Und komischerweise war es das auch. Was ich mir vorwerfen musste, waren meine eigenen bescheuerten Erwartungen.

»Nein, ist es nicht. Wirklich, es tut mir leid.« Sie beugte sich zum Fahrer vor. »Können Sie ihm bitte sagen, dass es mir leidtut? So hätte es nicht laufen dürfen. Das wollte ich nicht. Ich schwör's.«

»Es tut dem Mädchen leid«, sagte der Fahrer zu mir, und in seinem Blick im Rückspiegel lag ziemlich viel Mitleid. Mit mir.

Lily lehnte sich wieder zurück. »Siehst du? Es tut mir nämlich wirklich so l…«

Da blendete ich sie einfach aus. Ich schaute die Menschen auf der Straße an, die vorbeifahrenden Autos. Ich sagte dem Taxifahrer, wann er abbiegen musste, obwohl ich mir sicher war, dass er genau wusste, wo er abbiegen musste. Ich blendete Lily auch dann noch aus, als er rechts ranfuhr und anhielt, als ich bezahlte (obwohl ich mir dadurch noch mehr Entschuldigungen einhandelte), als ich Lily vorsichtig aus dem Taxi heraus- und die Treppe hochmanövrierte. Es wurde zu einer echten körperlichen Herausforderung – wie verhinderte ich, dass sie sich beim Aussteigen den Kopf anstieß, wie half ich ihr die Treppe hoch, ohne den Turnschuh fallen zu lassen, den ich immer noch in der Hand hatte?

Ich blendete mich erst wieder ein, als die Tür geöffnet wurde, und zwar noch bevor ich geklingelt hatte. Lilys Tante warf einen Blick auf sie und sagte nur: »Oh weh.« Die Sturzflut an Entschuldigungen überrollte nun plötzlich sie, und hätte ich Lily nicht stützen müssen, wäre das für mich die Gelegenheit gewesen, mich höflich zu verabschieden.

»Kommt mit«, sagte die alte Frau. Sie führte uns zu einem Schlafzimmer auf der Rückseite des Hauses und half mir, Lily auf dem Bett abzusetzen. Lily war inzwischen den Tränen nahe.

»Ich hab nicht gewollt, dass es so läuft«, sagte sie zu mir. »Bitte glaub mir.«

»Schon in Ordnung«, sagte ich noch einmal. »Schon in Ordnung.«

»Lily«, sagte ihre Tante, »in der zweiten Schublade von oben müsste immer noch ein Schlafanzug von dir sein, den kannst du schon mal anziehen, während ich Dash hinausbegleite. Ich werde deinen Großvater anrufen und ihm sagen, dass du bei mir bist und kein Grund zur Sorge besteht. Um dein Alibi kümmern wir uns morgen früh, wenn du wieder in der Lage bist, dich an etwas zu erinnern.«

Ich machte den Fehler, mich noch ein letztes Mal zu ihr umzudrehen, bevor ich aus dem Zimmer ging. Es war herzzerreißend, wirklich. Sie saß da und starrte wie betäubt vor sich hin. Sie sah aus wie jemand, der am verkehrten Ort aufgewacht ist – nur dass sie leider wusste, sie war noch gar nicht schlafen gegangen und das hier war das wahre Leben.

»Wirklich«, sagte ich, »alles in Ordnung.«

Ich zog das rote Notizbuch heraus und legte es auf die Kommode.

»Aber ich verdiene es nicht!«, protestierte sie.

»Natürlich tust du das«, sagte ich sanft. »Nichts, was darinsteht, wäre ohne dich so entstanden.«

Lilys Tante, die uns vom Flur aus beobachtet hatte, winkte mich aus dem Zimmer. Als wir in sicherer Entfernung waren, meinte sie: »Das ist ziemlich untypisch!«

»Das Ganze war ein großer Blödsinn«, erklärte ich. »Bitte sagen Sie ihr, dass sie sich nicht zu entschuldigen braucht.

Wir haben uns da in was verrannt. Ich wäre nie der Junge in ihrem Kopf geworden. Und sie wäre nie das Mädchen in meinem Kopf geworden. Und das ist schon in Ordnung so. Ganz im Ernst.«

»Warum sagst du ihr das nicht selbst?«

»Weil ich das nicht will«, sagte ich. »Nicht wegen heute – ich weiß, dass sie eigentlich anders ist. Es konnte nicht so weitergehen wie bisher. So heiter und beschwingt. Das hab ich jetzt kapiert.«

Ich ging zur Tür.

»Es war mir eine Freude, Sie kennenzulernen«, sagte ich. »Danke für den Tee, den Sie mir nicht zubereitet haben.«

»Die Freude war ganz meinerseits«, antwortete die alte Frau. »Besuch mich doch bald wieder.«

Ich wusste nicht, was ich darauf sagen sollte. Ich denke mal, wir beide wussten, dass ich das nicht tun würde.

Wieder auf der Straße, wollte ich unbedingt mit jemandem reden. Aber mit wem? Es ist schon so: In solchen Momenten, wenn man ganz dringend jemanden braucht, schrumpft die Welt auf einmal klitzeklein zusammen. Boomer würde niemals, in einer Million Jahren nicht, verstehen, was da gerade bei mir ablief. Yohnny und Dov vielleicht, aber die waren so in ihre eigene Beziehung verstrickt, dass sie wahrscheinlich den Wald vor lauter Bäumen nicht sehen würden. Priya würde mich nur merkwürdig anschauen, selbst durchs Telefon. Und Sofia hatte kein Telefon. Nicht mehr. Nicht in Amerika.

Meine Mutter oder mein Vater?

Dreimal kurz gelacht.

Ich machte mich nach Hause auf. Mein Handy klingelte.

Ich schaute auf das Display:

Thibaud.

Trotz erheblicher Vorbehalte ging ich ran.

»Dash!«, brüllte er. »Wo steckt ihr beide denn?«

»Ich hab Lily nach Hause gebracht, Thibaud.«

»Geht es ihr gut?«

»Ich bin mir sicher, sie würde deine Fürsorge zu schätzen wissen.«

»Ich war nur eine Sekunde lang abgelenkt und da wart ihr beide plötzlich weg.«

»Ich weiß gar nicht, wo man bei dir eigentlich anfangen soll.«

»Was?«

Ich seufzte. »Ich meine – also, ich verstehe wirklich nicht, wie du damit klarkommst, so ein Rüpel zu sein.«

»Das ist nicht fair, Dash.« Thibaud klang tatsächlich verletzt. »Ich mach mir was aus ihr, ehrlich. Deshalb ruf ich ja an. Weil ich mir total was aus ihr mache.«

»Ja, aber verstehst du, das ist ja genau das, was einen Rüpel ausmacht – du nimmst dir den Luxus raus, selbst zu entscheiden, wann du dir aus jemandem was machst und wann nicht. Und wir anderen werden dann gebraucht, wenn deine Art von Fürsorge plötzlich nachlässt.«

»Mann, du denkst zu viel.«

»Mann, weißt du was? Da hast du recht. Und du denkst zu wenig. Deshalb bist du ja auch der ewige Aufreißer und ich geh ewig leer aus.«

»Ist sie wütend auf mich?«

»Würde dir das was ausmachen?«

»Ja! Sie hat sich total verändert, Dash. Ich fand sie wirklich cool. Na ja, bis zu dem Moment, wo sie dann weggekippt ist. Man kann mit einem Mädchen nicht mehr viel anfangen, wenn sie wegkippt. Oder nahe dran ist.«

»Du bist ja ein echter Ritter!«

»Mein Gott, was bist du so angepisst? Habt ihr zwei was miteinander am Laufen? Dein Name ist kein einziges Mal gefallen. Wenn ich das gewusst hätte, das schwör ich, hätt ich die Finger von ihr gelassen.«

»Oh, schon wieder so ritterlich. Du kriegst gleich einen Orden.«

Wieder ein Seufzer. »Hör zu, Dash. Ich wollte nur wissen, ob bei ihr alles in Ordnung ist. Das war's auch schon. Sag ihr bitte, dass ich sie bald anrufe, ja? Und dass ich hoffe, sie hat morgen früh keinen Kater. Sag ihr, dass sie ganz viel Wasser trinken soll.«

»Das wirst du ihr schon selbst sagen müssen, Thibaud«, sagte ich.

»Sie ist nicht rangegangen.«

»Ich bin nicht mehr bei ihr. Ich bin auf der Straße, Thibaud. Draußen.«

»Du klingst traurig, Dash.«

»Handygespräche haben den großen Nachteil, dass Müdigkeit oft wie Traurigkeit rüberkommt. Aber danke für die Nachfrage, Thibaud.«

»Wir sind immer noch hier, falls du zurückkommen möchtest.«

»Es gibt kein Zurück, sagt man doch immer. Deshalb blicke ich nach vorn.«

Ich legte auf. Das Leben war so anstrengend, dass ich nicht länger reden konnte. Jedenfalls nicht mit Thibaud. Ja, ich war traurig. Und wütend. Und verwirrt. Und enttäuscht. Alles war so anstrengend.

Ich ging einfach weiter und weiter. Für den 27. Dezember war es nicht besonders kalt und die Weihnachtstouristen waren zwangsläufig alle auf den Straßen unterwegs.

Mir fiel ein, dass Sofia mir erzählt hatte, sie würde mit ihren Eltern im Belvedere wohnen, das war in der 48th Street, deshalb ging ich in die Richtung. Der Times Square erhellte den Himmel bereits viele Blocks, bevor man wirklich dort war, und ich marschierte auf das Licht zu. Die Touristen drängten sich dort immer noch, eine einzige, pulsierende Menge, aber jetzt, wo Weihnachten vorbei war, störte mich das nicht mehr so. Am Times Square reichte es aus, einfach *da zu sein,* und schon waren alle glücklich. Auf jede müde Seele wie mich kamen mindestens drei andere, deren Gesichter bei der absurden, künstlichen Neontageshelligkeit entzückt strahlten. Und so sehr ich mich auch um ein verhärtetes Herz bemühte – diese schrille, traurige Freude ließ mich spüren, wie leck geschlagen es doch war.

Als ich zum Belvedere kam, machte ich das Haustelefon ausfindig und bat darum, mit dem Zimmer von Sofia verbunden zu werden. Es klingelte sechsmal, dann sprang ein Anrufbeantworter mit einer anonymen Stimme an. Ich legte den Hörer auf die Gabel und steuerte auf eine Couch in der Lobby zu. Ich wartete nicht eigentlich auf sie – ich wusste einfach nur nicht, wohin ich sonst mit mir sollte.

In der Lobby herrschte ein geschäftiges Kommen und Gehen – Gäste bestürmten einander, nachdem sie miteinander die Stadt erstürmt hatten, manche schon wieder auf dem Sprung, zu einem neuen Aufbruch bereit. Eltern zerrten ihre ferienmüden Kinder hinter sich her. Paare hielten sich gegenseitig vor, was sie an dem Tag alles getan oder gelassen hatten. Andere hielten Händchen wie Teenager, obwohl sie seit über einem halben Jahrhundert keine Teenager mehr waren. Die Weihnachtsklänge überall waren verschwunden, dafür lag auf einmal wirkliche Zärtlichkeit in der Luft. Oder vielleicht war sie ja nur in mir. Vielleicht war alles, was ich sah, in mir.

Ich wollte das aufschreiben. Ich wollte es Lily mitteilen, es mit ihr teilen, selbst wenn Lily nur das Bild war, das ich mir von ihr geschaffen hatte, die Idee von Lily. Ich ging zu dem kleinen Souvenirladen neben der Lobby und kaufte sechs Postkarten und einen Kuli. Dann setzte ich mich wieder und ließ meinen Gedanken freien Lauf. Diesmal nicht an sie gerichtet. Überhaupt nicht gerichtet. So wie Wasser oder Blut. Dorthin strömend, wohin es eben fließt.

Postkarte 1: Grüße aus New York!

Ich bin hier aufgewachsen, aber ich habe mich immer gefragt, wie es wohl wäre, New York als Tourist zu erleben. Kann man jemals von der Stadt enttäuscht sein? Es kann gar nicht anders sein, als dass New York seinem Ruf immer gerecht wird. Die Häuser sind wirklich so hoch. Die Lichter strahlen wirklich so hell. Und hinter jeder Ecke verbirgt sich tatsächlich eine Geschichte. Aber es könnte trotzdem ein Schock sein. Zu erkennen, dass ich nur eine Geschichte unter Millionen von Geschichten bin. Die strahlenden Lichter nicht in mir zu spüren, obwohl ihre Wellen die Luft erfüllen. Die hohen Häuser zu sehen und von einer tiefen Sehnsucht nach den Sternen erfüllt zu sein.

Postkarte 2: I'm a Broadway Baby!

Warum fällt es so viel leichter, mit einem Fremden zu reden? Warum verspürt man das Bedürfnis, erst für sich sein zu müssen, um dann für die anderen sein zu können? Wenn ich jetzt über diese Sätze »Liebe Sofia!« oder »Lieber Boomer!« oder »Liebe Großtante von Lily!« geschrieben hätte, würde das nicht alles ändern, was darauf folgt? Natürlich würde es das. Aber die eigentliche Frage lautet: Wenn ich »Liebe Lily!« geschrieben habe, war das nur eine Variante von »Liebes Ich!«? Ich weiß, dass es mehr war. Aber es war auch weniger.

Postkarte 3: Freiheitsstatue

For thee I sing, schreibt Walt Whitman. Was für ein Satz!

»Dash?«

Ich blickte auf und sah Sofia vor mir stehen, ein Programmheft von *Hedda Gabler* in der Hand.

»Hallo, Sofia. Wie klein die Welt doch ist!«

»Dash ...«

»Also ich meine, klein in dem Sinn, dass ich in diesem Augenblick glücklich wäre, wenn es darin nur uns beide gäbe. Aber das sage ich natürlich nur so als Redewendung.«

»Ich habe deine Ehrlichkeit immer geschätzt.«

Ich blickte mich in der Lobby um, ob irgendwo ein Anzeichen von ihren Eltern zu entdecken war. »Mami und Papi haben dich allein gelassen?«, fragte ich.

»Sie wollten noch in eine Bar. Ich bin ins Hotel zurück.«

»Ah ja.«

»Ja.«

Ich stand nicht auf. Sie setzte sich nicht hin. Wir blickten uns nur an und schauten einander einen Augenblick lang in die Augen und dann noch einen und dann noch einen. Wir wussten beide, was da gerade geschah. Wir wussten beide, wohin das führte. Wir brauchten kein einziges Wort zu sagen.

vierzehn

(Lily)

28. Dezember

> **PHANTAST**, m., aus mlat. fantasta (…) ein mensch, das solche einbildung (phantasei) hat, item vil grillen im hirn. (dict. 1571) (…) der, welcher diese (einbildungen der phantasie) für innere oder äußere erfahrungen hält, ist ein phantast. Kant 10, 171; wer das abenteuerliche liebt und glaubt, ist ein phantast. 7, 387 (…)

Laut Mrs Basil E. ist *Phantast* (oder *Phantasterei*) das Wort, bei dem Mystery Boy – ich meine Dash – am ehesten schwach wird. Was auch bestimmt erklärt, warum er am Anfang auf das rote Notizbuch reagiert und dann eine ganze Weile mitgespielt hat – so lange, bis er entdeckte, dass die echte Lily vielleicht nicht ganz so *phantastisch* war wie die in seiner Einbildung. Aber ist die wirkliche Lily deshalb weniger liebenswert?

Was für ein Absturz.

Und trotzdem. Das Wort *Phantast* gefällt mir. Auch wenn die Geschichte zwischen Mystery Boy und mir (ich meine

DASH!) vielleicht nur eine *Phantasterei* war. Ich male mir aus, was für »Grillen im Hirn« ein Mensch wohl im Jahr 1571 haben konnte. Auftritt: Mrs Mary Poppencock. Sie sitzt fröstelnd in ihrem reetgedeckten Backsteinherrenhaus in Thamesburyshire, Merry Old England, am Kamin und sagt zu ihrem Gatten: »Mein liebster Sir Bruce, wäre es nicht wunderbar, ein Dach über dem Kopf zu haben, durch das kein Wasser tropft, wenn es mal wieder tage- und nächtelang auf unsere grüne Grafschaft herabregnet?« Darauf Sir Bruce Poppencock, geistesabwesend, in das Studium altgriechisch-lateinischer Schriften vertieft: »Teuerste Gattin, verschont mich mit Euren Grillen! Ich bin doch kein Phantast!« Darauf Mrs P.: »Oh, mein wertester Poppencock, Ihr habt gerade ein Wort erfunden! Welches Jahr haben wir? Ah, 1571! Das müssen wir unbedingt in Stein meißeln lassen, damit es nicht vergessen wird. *Phantast!* Lieber Gatte, Ihr seid ein Genie. Ich bin so froh, dass mein Vater mich gezwungen hat, Euch zu heiraten. Durch Euch werde ich jedes Jahr klüger und mein Wortschatz reicher!«

Ich stellte den Band *13: N – Q* des Wörterbuchs in den Bücherschrank zurück und auch die leinengebundene Ausgabe von *Zeitgenössische amerikanische Lyrik.* Großtante Ida, die ein großes Faible für Nachschlagewerke hat, kam gerade mit einem Silbertablett in den Salon. Darauf befand sich eine Porzellankanne, aus der es nach sehr starkem Kaffee duftete.

»Was haben wir daraus gelernt, Lily?«, fragte sie, als sie mir eine Tasse einschenkte.

»Zu viel von den Drinks anderer Leute nippen kann katastrophale Folgen haben.«

»Unbestreitbar«, verkündete sie. »Was noch? Viel wichtiger?«

»Man sollte keine Drinks mischen. Wenn man von Pfefferminzschnaps nippt, dann sollte man auch bei Pfefferminzschnaps bleiben.«

»Ganz genau.«

Das mochte ich an ihr. In einem solchen Moment einfach eine sachliche Feststellung zu treffen, machte den haarfeinen Unterschied zwischen Eltern – oder sich als erziehungsberechtigt fühlenden Großeltern – und einer Großtante aus. Eine Großtante konnte vernünftig und pragmatisch reagieren, ohne völlig und überflüssigerweise in Hysterie zu verfallen, wie das bei meinen Eltern oder Opa der Fall gewesen wäre.

»Was hast du Opa denn erzählt?«, fragte ich.

»Dass du gestern zum Abendessen bei mir warst und ich dich dann gebeten habe zu bleiben, damit du am Morgen gleich den Schnee vom Bürgersteig schippen kannst. Was vollkommen der Wahrheit entspricht, bis auf die Tatsache, dass du das Abendessen verschlafen hast.«

»Schnee?« Ich zog den schweren Brokatvorhang zurück und schaute hinaus.

SCHNEE!!!!!!!!!!!!!!!

Die gestrige Verheißung in der Luft hatte ich ganz vergessen. Und hätte mich dafür verflucht, wenn ich nicht sowieso alles verschlafen hätte, ausgeknockt von zu vielen Schlückchen Alkohol und zu vielen enttäuschten Hoffnungen – und zwar einzig und allein durch meine eigene Schuld.

Als ich jetzt hinaus auf die Straße und auf die malerischen Häuser von Gramercy Town blickte, war alles mit Schnee bedeckt, mindestens eine Handbreit – nicht sehr viel, aber für einen Schneemann würde es reichen. So früh am Morgen war das Weiß noch frisch und neu, über die Straße war ein unberührtes Laken gebreitet, weiche Hauben saßen auf den Autos und den schmiedeeisernen Zäunen. Der Schnee hatte seinen Glanz und Zauber noch nicht verloren, noch keine Fußspuren, keine gelbe Hundepisse, kein Ruß aus Auspuffrohren.

Im benommenen Wirrwarr meines Kopfes bildete sich eine Idee.

»Darf ich bei dir hinten im Garten einen Schneemann bauen?«, fragte ich Großtante Ida.

»Darfst du. Aber erst musst du den Bürgersteig freischippen. Wie gut, dass mein zweiter Stiefel wieder da ist, hmm?«

Ich setzte mich ihr gegenüber aufs Sofa und trank einen Schluck Kaffee.

»Gibt's zu dem Kaffee vielleicht auch noch Pancakes?«, fragte ich.

»Ich wusste nicht, ob du Hunger hast.«

»Und wie!«

»Hast du denn keine Kopfschmerzen?«

»Doch, aber keine von der ganz üblen Sorte.« Mein Kopf pochte, aber es war nur ein sanfter Druck an den Schläfen, verbunden mit einem leichten Schwindelgefühl, kein Dröhnen im ganzen Schädel. Ein paar Pancakes, reichlich mit Ahornsirup beträufelt, würden da bestimmt Wunder wirken, genauso wie gegen meinen Hunger. Weil ich am Abend vorher nichts gegessen hatte, musste ich da ziemlich was nachholen.

Aber trotz Kopfschmerzen und knurrendem Magen war ich mit mir zufrieden.

Ich hatte es getan. Ich hatte mich in Gefahr begeben.

Okay, es war ziemlich übel ausgegangen, nicht gerade ein Ruhmesblatt für mich, aber es war … eine *Erfahrung*.

Cool.

»Dash«, murmelte ich über einen Stapel Pancakes gebeugt. »Dash Dash Dash.« Ich saugte seinen Namen in mich auf, wie die Pancakes sich mit Butter und Sirup vollsaugten. Dash – Lily. Ein Name, der ein Gedankenstrich war. Ein Bindeglied zwischen zwei Wörtern oder zwei Menschen. Ich träumte kurz vor mich hin. Seinen Namen wusste ich jetzt immerhin, aber wie Dash aussah, daran konnte ich mich kaum mehr erinnern. Das Bild, das ich von ihm im Gedächtnis gespeichert hatte, war in einen eierpunschcremigen Nebel getaucht, süß und duselig, unscharf und wackelig. So viel wusste ich zumindest noch, er war eher groß, seine Haare waren glatt und gekämmt, er trug ganz normale Jeans und eine Cabanjacke, wahrscheinlich Vintage. Und er roch, wie richtige Jungs riechen, aber angenehm, nicht aufdringlich.

Außerdem hatte er die blauesten Augen, in die ich jemals geschaut hatte, und lange schwarze Wimpern, fast wie ein Mädchen.

»Dash«, sagte Großtante Ida, die mir ein Glas Orangensaft reichte. »Abkürzung für Dashiell.«

»Was sonst?«, fragte ich.

»Eben.«

»Ich vermute mal, dass das zwischen uns beiden doch nicht die große Liebe wird.«

»Große Liebe? Patati-patata. Das ist doch eine Erfindung aus Hollywood.«

»Ha-ha. Du hast *patati-patata* gesagt.«

»Larifari tralala«, fuhr sie fort.

»Umtata Südafrika.«

»Das reicht, Lily.«

Ich seufzte. »Dann hab ich es wohl vermurkst?«

Mrs Basil E. sagte: »Es dürfte schwierig werden, den Eindruck, den du gestern bei ihm hinterlassen hast, zu korrigieren. Aber wenn jemand eine zweite Chance verdient hat, dann du.«

»Aber wie krieg ich ihn dazu, dass er mir eine zweite Chance gibt?«

»Dir fällt schon was ein. Ich setz da ganz auf dich.«

»Du magst ihn«, sagte ich grinsend.

»Ich finde den jungen Dashiell durchaus nicht ohne Charme«, verlautbarte Großtante Ida, »insbesondere wenn man sein noch sehr jugendliches Alter berücksichtigt. Sein Snobismus ist bei Weitem kein so aparter Charakterzug, wie er einen glauben machen möchte, aber verspricht immerhin einiges Amüsement. Redegewandt ist er ja, fast etwas zu sehr – was jedoch ein verzeihlicher, ich möchte sogar sagen beinahe bewundernswerter Mangel an Takt ist.«

Ich verstand nur Bahnhof.

»Also ist er es wert, dass ich noch mal einen Versuch wage?«

»Wäre es nicht angemessener zu fragen, meine Liebe, ob du es wert bist?«

Da hatte sie etwas Wahres gesagt.

Dash war ein genauso großer, wenn nicht ein noch größerer Held gewesen als die männliche Büroklammer in *Collation.* Er hatte mir nicht nur den zweiten Stiefel gebracht, als meine Zehen nahe dran gewesen waren, sich in Frostbeulen zu verwandeln, er hatte mir den Stiefel auch angezogen, als ich ohnmächtig geworden war, und er hatte mich zu Großtante Ida befördert. Sogar das war seine Idee gewesen. Was hatte ich für ihn getan, außer vielleicht seine Erwartungen zu enttäuschen?

Ich hoffte nur, dass ich mich wenigstens bei ihm entschuldigt hatte.

Ich schickte eine SMS an den Schuft von einem Wüstenspringmausmörder Edgar Thibaud.

Wo finde ich Dash?

stalkst du ihn etwa?

Vielleicht.

geil. die wohnung seiner mutter ist ecke e 9th & university.

Welches Gebäude?

ein guter stalker weiß so was selbst.

Ich hätte Edgar am liebsten gefragt: Haben wir uns gestern geküsst? Ich leckte mir über die Lippen. Sie fühlten sich prall und morgenfrisch an, unberührt und ungeküsst, außer von Pancakes und Ahornsirup.

willst du heute abend wieder party machen?

Nicht mit Edgar Thibaud.

Plötzlich erinnerte ich mich daran, wie ich Edgar mit Aryn beobachtet hatte, während Dash mein total abgestürztes Ich aus der Kneipe hinausbefördert hatte.

1. Nein. Die Party ist für mich vorbei. 2. Und mit dir sowieso. Hochachtungsvoll, Lily

Der Schnee knirschte unter meinen Stiefeln, als ich mich am Nachmittag von Großtante Ida auf den Weg nach Hause machte. Ecke East 9th Street/University Place lag halbwegs auf der Strecke zwischen Gramercy Park und East Village, zumindest nicht völlig weitab. Außerdem gefiel es mir, durch den Schnee zu stapfen.

Ich liebe Schnee aus demselben Grund, aus dem ich Weihnachten liebe: Er bringt die Menschen zusammen und lässt die Zeit stillstehen. Aneinandergekuschelte Paare schlenderten gemächlich durch die Straßen, Kinder zogen Schlitten hinter sich her, Hunde jagten nach Schneebällen. Keiner schien in Eile oder irgendwohin unterwegs zu sein. Nur die verschneite Pracht zählte, die man gemeinsam erlebte, wann auch immer und wo auch immer ein solcher Tag sich ereignete.

An der Kreuzung East 9th und University befand sich an jeder Ecke ein großes Apartmentgebäude. Ich betrat das erste und fragte den Portier: »Wohnt hier Dash?«

»Warum? Wer will das denn wissen?«

»Ich wüsste das gerne, bitte.«

»Soweit ich weiß, wohnt hier kein Dash.«

»Warum haben Sie dann gefragt, wer das wissen will?«

»Warum fragst du nach Dash, wenn du nicht weißt, wo er wohnt?«

Ich zog ein Reservetütchen mit Lebkuchengewürzplätzchen aus meiner Umhängetasche und reichte es dem Portier. »Ich glaube, Sie können ein paar davon gebrauchen«, sagte ich. »Einen fröhlichen 28. Dezember noch.«

Ich ging weiter zum nächsten Gebäude. Dort gab es keinen uniformierten Portier, aber einen Mann, der hinter einer Theke in der Lobby saß. Im Korridor dahinter waren ein paar ältere Menschen mit Rollator unterwegs.

»Hallo!«, begrüßte ich ihn. »Ich hab mich gerade gefragt, ob hier wohl Dash wohnt?«

»Handelt es sich bei Dash um einen achtzigjährigen ehemaligen Cabaretsänger?«

»Ganz sicher nicht.«

»Dann gibt es hier keinen Dash für dich, Mädchen. Das ist ein Seniorenheim für Pflegebedürftige.«

»Wohnen hier auch blinde Menschen?«, fragte ich.

»Warum?«

Ich reichte ihm meine Karte. »Weil ich ihnen gern vorlesen würde. So was brauche ich noch für meine College-Bewerbung. Außerdem mag ich alte Leute.«

»Wie großzügig von dir. Ich heb sie auf, falls mir was zu Ohren kommt.« Er schielte auf meine Karte. »War nett, dich kennenzulernen, Lily Dogwalker.«

»Ganz meinerseits!«

Ich überquerte die Straße und steuerte auf das dritte Gebäude zu. Ein Portier war draußen mit Schneeschaufeln beschäftigt.

»Hi! Kann ich Ihnen vielleicht helfen?«, fragte ich.

»Nein.« Er beäugte mich misstrauisch. »Vorschrift der Gewerkschaft. Wir dürfen keine Hilfe annehmen.«

Ich gab ihm die Starbucks-Gratiskarte, die mir einer meiner Hundesitter-Kunden vor Weihnachten geschenkt hatte. »Aber einen Kaffee in der Pause, den darf ich Ihnen doch spendieren?«

»Danke! Und was willst du?«

»Wohnt hier Dash?«

»Dash. Dash und noch?«

»Seinen Nachnamen weiß ich nicht. Junge ungefähr in meinem Alter, ziemlich groß, verträumte blaue Augen? Cabanjacke? Ist häufig in der Buchhandlung *Strand,* ganz in der Nähe, könnte sein, dass er häufig Plastiktüten von dort mit sich herumträgt?«

»Kommt mir nicht bekannt vor.«

»Wirkt irgendwie … schnöselig?«

»Ach so, *der* Junge. Klar. Der wohnt da drüben.«

Der Portier deutete auf das Gebäude an der vierten Ecke.

Ich ging hinüber.

»Hi«, sagte ich zu dem Portier, der den *New Yorker* las. »Hier wohnt Dash, oder?«

Der Portier blickte von seiner Zeitschrift hoch. »16E? Mutter Seelenklempnerin?«

»Ja«, sagte ich. Klar, warum nicht?

Der Portier ließ den *New Yorker* in einer Schublade verschwinden. »Der ist vor ungefähr einer Stunde weggegangen. Willst du eine Nachricht für ihn hinterlassen?«

Ich holte ein Päckchen aus meiner Tasche. »Könnte ich bitte das hier für ihn abgeben?«

»Sicher.«

»Danke«, sagte ich.

Ich überreichte dem Portier auch noch meine Visitenkarte. Er warf einen Blick darauf. »Haustiere sind hier im Gebäude verboten«, sagte er.

»Das ist tragisch«, sagte ich.

Kein Wunder, dass Dash so schnöselig war.

Das Päckchen, das ich für Dash abgegeben hatte, enthielt einen Geschenkkarton mit English Breakfast Tea und das rote Notizbuch.

Lieber Dash,

dich durch dieses Notizbuch kennenzulernen hat mir viel bedeutet. Ganz besonders an diesem Weihnachten.

Aber ich weiß, dass der Zauber jetzt futsch ist, und es ist total meine Schuld.

Es tut mir so leid.
Es tut mir nicht so sehr leid, dass ich so blödsinnig angezwitschert war, als du mich gefunden hast. Obwohl mir das natürlich auch leidtut. Aber viel, viel mehr tut es mir leid, dass meine Blödheit uns eine große Chance vermasselt hat. Es geht gar nicht darum, dass ich mir ausmale, du hättest mich vielleicht gesehen und dich unsterblich in mich verliebt. Trotzdem denke ich, wenn du mich in einem anderen, günstigeren Augenblick erwischt hättest, wäre es zwischen uns besser gelaufen.
Wir hätten Freunde werden können.
Das Spiel ist aus. Ist mir schon klar.
Falls du dich aber jemals mit der (nicht beschwipsten) anderen Lily treffen und vielleicht anfreunden möchtest, dann lass es mich wissen.
Ich habe das Gefühl, dass du ein wirklich netter und ungewöhnlicher Mensch bist. Und ich würde gerne mehr ungewöhnliche und nette Menschen kennenlernen. Vor allem wenn es Jungs in meinem Alter sind.
Danke, dass du ein echter Held warst und mich gerettet hast!
Im Garten hinter dem Haus meiner Großtante wartet ein Schneemann, der dich gern kennenlernen würde, wenn du noch magst.

Herzlich
Lily

P.S. Ich werde es nicht gegen dich verwenden, dass du mit Edgar Thibaud verkehrst, und hoffe, dass du mir gegenüber dieselbe Großzügigkeit walten lässt.

Hinter das Blatt hatte ich meine Lily-Dogwalker-Visitenkarte geheftet. Ich wagte nicht wirklich zu hoffen, dass Dash auf mein Angebot mit dem Schneemann eingehen oder mich jemals anrufen würde. Aber ich dachte mir, falls er doch noch einmal direkt mit mir in Kontakt treten wollte, dann wäre das Mindeste, was ich dafür tun konnte, ihn nicht wieder einen Umweg über einen meiner Verwandten nehmen zu lassen.

Unter meinen letzten Eintrag in das Notizbuch hatte ich den Ausschnitt einer kopierten Seite aus *Zeitgenössische amerikanische Lyrik* geklebt, der Anthologie aus Großtante Idas Bibliothek.

Strand, Mark

{Blablabla von biografischen Informationen, mit einem dicken Filzstift durchgestrichen}

Wir lesen die Geschichte unseres Lebens,
als wären wir mitten in ihr,
als hätten wir sie geschrieben.

fünfzehn

– Dash –

28. Dezember

Ich wachte neben Sofia auf. Irgendwann in der Nacht hatte sie sich auf die andere Seite gedreht, aber eine Hand hatte sie mir gelassen, sacht über meine gelegt. Sonnenlicht säumte den Vorhang des Hotelzimmers, es musste bereits Vormittag sein. Ich spürte ihre Hand, spürte unser gemeinsames Atmen. Ich fühlte mich glücklich, dankbar. Von der Straße waren Verkehrsgeräusche zu hören, vermischt mit Gesprächsfetzen. Ich betrachtete Sofias Nacken, strich ihre Haare zurück, um ihn zu küssen. Sie bewegte sich. Ich dachte nach.

Unsere Kleidung hatten wir die ganze Zeit angelassen. Wir hatten uns aneinandergeschmiegt, nicht auf der Suche nach Sex, sondern nach Trost. Und dann waren wir gemeinsam in den Schlaf hinübergeglitten, und nie hätte ich mir ausgemalt, dass sich das so leicht und richtig anfühlen würde.

Klopf. Klopf. Klopf.

KLOPF. KLOPF. KLOPF.

Die Tür. Jemand hatte an die Tür geklopft.

Eine Männerstimme. »Sofia? *¿Estás lista?*«

Ihre Hand griff nach meiner. Drückte sie.

»*Un minuto, Papa!*«, rief sie.

Zum Glück machten die Zimmermädchen des Belvedere ihre Arbeit hervorragend, denn als ich mich unter dem Bett versteckte, wurde ich dort weder von Ratten noch von Staubmäusen begrüßt. Die einzige Bedrohung stellte ein rachsüchtiger Vater dar, der gleich ins Zimmer stürmen würde.

Stärkeres Klopfen. Sofia eilte zur Tür.

Zu spät fiel mir auf, dass meine Schuhe immer noch auf dem Teppich vor dem Bett herumlungerten, ungefähr eine Armlänge von mir entfernt. Als Sofias Vater hereinpolterte – er war ein stattlicher Mann, ungefähr von der Größe eines Schulbusses –, streckte ich verzweifelt meine Hand danach aus, aber Sofia kickte sie blitzschnell barfuß zurück. Unmittelbar darauf folgten meine Schuhe, die mich mitten ins Gesicht trafen. Ich stieß unwillkürlich einen kleinen Schmerzensschrei aus, den Sofia übertönte, indem sie ihrem Vater mit lauter Stimme mitteilte, sie sei fast fertig.

Falls ihr Vater bemerkt hatte, dass sie immer noch ihre Kleider vom Vorabend anhatte, sagte er jedenfalls nichts. Stattdessen kam er näher und näher ans Bett, und bevor ich mich noch weiter verdrücken konnte, ließ er sich mit seinem ganzen Gewicht auf die Matratze fallen, sodass ich mich plötzlich Wange an Wange mit seinem tief eingesunkenen mächtigen Hintern befand.

»*¿Dónde está Mamá?*«, fragte Sofia. Als sie sich herunterbeugte, um nach ihren Schuhen zu fischen, warf sie mir einen strengen *Bleib-wo-du-bist*-Blick zu. Als ob ich eine andere Wahl gehabt hätte. Ich war unter dem Bett richtig festgenagelt. Meine Stirn blutete von der Attacke durch meine eigenen Schuhe.

»En el vestíbulo, esperando.«

»¿Por qué no vas a esperar con ella? Bajo en un segundo.«

Ich konnte diesem Wortwechsel nicht wirklich folgen und hoffte nur, dass er sich nicht zu sehr in die Länge ziehen würde. Dann verlagerte sich das Gewicht über mir, die Matratze hob sich, und Sofias Vater stand mit beiden Beinen wieder fest auf dem Boden. Auf einmal schien unter dem Bett so viel Platz wie in einem großzügigen Downtownloft zu sein. Ich wäre am liebsten herumgekugelt, einfach nur so.

Sobald ihr Vater fort war, schlüpfte Sofia zu mir unters Bett.

»Das war mal ein spaßiger Weckdienst, würdest du das nicht auch so sagen?«, fragte sie. Dann schob sie mir die Haare aus der Stirn und begutachtete meine Wunde. »Mein Gott, du bist ja verletzt. Wie ist das denn passiert?«

»Hab mir kräftig die Hörner gestoßen«, antwortete ich. »Das kommt davon, wenn man die Nacht mit seiner Exfreundin verbringt.«

»Hat es sich wenigstens gelohnt?«

»Absolut.« Ich wollte sie küssen – und stieß mir wieder den Kopf an.

»Komm«, sagte Sofia und schob sich unter dem Bett hervor. »Wir bringen dich an einen sichereren Ort.«

Ich robbte hinter ihr her und ging dann ins Badezimmer, um mich halbwegs passabel zu machen. In der Zwischenzeit zog Sofia sich um. Ich hatte die Tür offen gelassen und warf ein paar verstohlene Blicke in den Spiegel.

»Ich kann dich genauso sehen wie du mich«, sagte Sofia.

»Macht es dir was aus?«, fragte ich.

»Wenn du's wirklich wissen willst …« Sofia zog sich gerade ihr Unterhemd über den Kopf. »Nein.«

Ich musste mir klipp und klar sagen, dass ihr Vater bestimmt schon ungeduldig auf sie wartete. Jetzt war einfach nicht der rechte Zeitpunkt, um rumzuschmusen, egal wie stark der Impuls dazu vielleicht war.

Ein frisches Unterhemd wurde übergezogen, danach kam Sofia zu mir. Sie hielt ihr Gesicht neben meines, wir schauten uns beide im Badezimmerspiegel an.

»Hallo«, sagte sie.

»Hallo«, sagte ich.

»Als wir noch richtig zusammen waren, hat es nie so viel Spaß gemacht, würdest du das nicht auch so sagen?«, fragte sie.

»Das würde ich auch so sagen«, antwortete ich. »Es hat noch nie so viel Spaß gemacht.«

Ich wusste, dass sie abreisen würde. Ich wusste, dass wir keine Fernbeziehung haben würden. Ich wusste, dass wir damals als Pärchen nicht in der Lage gewesen waren, so viel Spaß miteinander zu haben, deshalb hatte es jetzt keinen Sinn, zu bedauern, was zwischen uns alles nicht passiert war. Ich nahm an, dass alles, was sich in Hotelzimmern ereignete, selten darüber hinaus andauerte. Ich nahm an, dass etwas, das zugleich ein Anfang und ein Ende war, nur im Augenblick existieren konnte.

Und trotzdem. Ich wollte mehr davon.

»Lass uns Pläne machen«, schlug ich vor.

Woraufhin Sofia lächelte und sagte: »Nein, lass es uns dem Zufall überlassen.«

Draußen schneite es und die Luft war wie von einem stillen Wunder erfüllt. Alle, die auf der Straße unterwegs waren, hatten daran Anteil. Als ich zur Wohnung meiner Mutter zurückstiefelte, befand ich mich in einem Gefühlswirrwarr von ausgelassenem Glücksübermut und kribbelndem, prickelndem Thrill im Bauch – ich wollte mit Sofia nichts dem Zufall überlassen, und gleichzeitig machte mich diese Unsicherheit total an.

Auf dem Weg ins Badezimmer summte ich vor mich hin, ich untersuchte sorgfältig meine Schuhwunde an der Stirn und ging dann in die Küche, wo ich feststellte, dass kein Joghurt mehr im Kühlschrank war. Schnell staffierte ich mich mit einer gestreiften Mütze, einem gestreiften Schal und gestreiften Handschuhen aus – kaum hat es geschneit, entwickelt man eine merkwürdige Vorliebe, sich wieder wie im Kindergarten anzuziehen – und stapfte dann die University entlang und quer durch den Washington Square Park zum Morton Williams.

Auf die Horde Lausbuben stieß ich erst auf dem Rückweg. Ich habe keine Ahnung, wie ich es angestellt habe, dass sie sich durch mich provoziert fühlten. Tatsächlich glaube ich, dass da überhaupt keine Provokation meinerseits im Spiel war – dass ich zur Zielscheibe ihrer Aggression wurde, war genauso willkürlich wie andererseits klar war, dass sie nach einem Opfer suchten.

»Der Feind!«, brüllte einer von ihnen. Ich hatte noch nicht mal Zeit, meine Tüte mit Joghurts zu schützen, bevor ich auch schon mit Schneebällen bombardiert wurde.

Wie Hunde und Löwen spüren auch kleine Kinder, wenn man Angst hat. Das geringste Zurückweichen, der leichteste Unmut, und sie springen dich an und verschlingen dich. Schnee prasselte auf meinen Oberkörper, meine Beine, meine Einkaufstüte. Ich kannte keines der Kinder, es waren vielleicht neun oder zehn, vielleicht neun oder zehn Jahre alt.

»Attacke!«, schrien sie. »Da ist er!«, riefen sie, obwohl ich keinen Versuch gemacht hatte, mich zu verstecken. »Auf ihn!«

Na gut, dachte ich, wenn ihr wollt, und bückte mich selber nach etwas Schnee, auch wenn ich damit meinen Rücken ihren Angriffen darbot.

Es ist nicht ganz einfach, einen Schneeball zu werfen, wenn man eine Tüte mit Lebensmitteln in der Hand hat, deshalb waren meinen ersten Versuche etwas kläglich, und ich verfehlte mein Ziel ein ums andere Mal. Die neun oder zehn Neun- oder Zehnjährigen trieben ihren Spaß mit mir – sobald ich mich zu einem von ihnen umdrehte und auf ihn zielte, nahmen mich die anderen in die Zange und beschossen mich von der Seite und von hinten. Ich begab mich sehenden Auges in die Gefahr, wie man so schön sagt, und während ein überheblicherer Teenager einfach weitergegangen wäre und ein aggressiverer Teenager die Einkaufstüte hätte fallen lassen und diesen Lümmeln mit einem Tritt in den Hintern mal richtig gezeigt hätte, wer hier das Sagen hatte, bekämpfte ich Schneeball mit Schneeball und freute mich und lachte, als würden Boomer und ich auf dem Pausenhof miteinander herumtollen. In winterlicher Selbstvergessenheit warf ich Kugel um Kugel und wünschte mir, Sofia wäre bei mir …

Bis ich ein Kind am Auge traf.

Das hatte ich natürlich nicht gewollt. Ich hatte einfach nur einen Schneeball nach ihm geworfen und – plumps! – fiel er hin. Die anderen Jungs ließen ihre Schneebälle fallen und rannten zu ihm; ich ging auch hin und fragte, ob alles in Ordnung sei. Der Junge machte nicht den Eindruck, als hätte er eine schwere Gehirnerschütterung, und sein Auge schien auch unverletzt zu sein. Aber jetzt war auf den Gesichtern der Neun-/Zehnjährigen nur noch ein Gedanke zu lesen – RACHE! – und es war nicht mehr die Rache in Form einer harmlosen kleinen Rauferei.

Ein paar zogen ihre Handys heraus, um Fotos zu machen und ihre Mütter anzurufen. Andere fingen an, wieder Schneebälle zu formen, nur dass sie diesmal mit Vorsatz Stellen wählten, wo der Schnee mit Kies vermischt war.

Ich sprintete davon, rannte die Fifth Avenue entlang, schlitterte um die Ecke in die 8th Street und versteckte mich in einer Bäckerei, bis die Horde wilder Grundschüler vorbeigestürmt war. Als ich zurück ins Apartmentgebäude meiner Mutter kam, übergab mir der Portier ein Päckchen. Ich bedankte mich bei ihm, beschloss aber zu warten, bis ich in der Wohnung war, bevor ich es öffnete. Unser Portier war dafür bekannt, dass er sich von den Bewohnern heimlich »den Zehnten« zahlen ließ, indem er jede zehnte Zeitschrift klaute, und ich wollte mit ihm nicht womöglich irgendwelche Kekse oder Süßigkeiten teilen müssen.

Als ich gerade zur Wohnung hereinkam, läutete das Telefon. Boomer.

»Hi«, sagte er. »Sag mal, haben wir heute was zusammen vor?«

»Glaub nicht.«

»Sollten wir aber!«

»Könnte sein. Was machst du gerade?«

»Mich deinem neuen Promistatus widmen. Ich schick dir mal 'nen Link.«

Ich zog hastig Stiefel und Handschuhe aus, wickelte mich aus dem Schal, riss mir die Mütze vom Kopf und stürzte zu meinem Laptop, wo ich Boomers E-Mail anklickte.

»WashingtonSquareMommies?«, fragte ich, nachdem ich wieder nach dem Hörer gegriffen hatte.

»Ja – geh mal drauf!«

Die Website war ein Mütter-Blog und auf der ersten Seite prangte eine dicke, fette Überschrift:

Alarmstufe purpurrot!
Angreifer im Park
Gepostet um 11:28, am 28. Dezember
von elizabethbennettlives

Ein junger Mann – höchstens zwanzig – hat vor zehn Minuten im Park ein Kind angegriffen! Bitte seht euch die Fotos genau an, und wenn euch jemand auffällt, der ihm ähnlich sieht, ruft sofort die Polizei! Wir wissen, dass er bei Morton Williams einkauft (siehe Tüte). Zuletzt wurde er in der 8th Street gesehen. **Er wird nicht zögern, sich gegenüber unseren Kindern erneut gewalttätig zu verhalten. Deshalb seid wachsam!!!**

maclarenpusher fügt hinzu:
Solche Leute sollte man erschießen.

zacephron fügt hinzu:
Perverser

christwearsarmani fügt hinzu:
Könnt ihr mir noch mal sagen, was der Unterschied zwischen dem Purpur- und dem Fuchsia-Alarm ist? Ich kann das nie so recht auseinanderhalten.

Auf den angehängten Fotos war viel von meiner Mütze und meinem Schal zu sehen, sonst konnte man fast nichts erkennen.

»Wie bist du draufgekommen, dass das ich bin?«, fragte ich Boomer.

»Es war die Kombination aus deinen Klamotten, deiner Joghurtmarke und deiner miesen Trefferquote – na ja, aber dem einen Racker da hast du wenigstens mal richtig eine verpasst.«

»Und was treibst du auf WashingtonSquareMommies, wenn ich mal fragen darf?«

»Ich mag einfach, wie sie immer so schön fies zueinander sind«, sagte Boomer. »Ich hab sie gebookmarkt.«

»Okay, wenn du nichts dagegen hast, mit dem Verursacher eines Purpuralarms abzuhängen, dann komm rüber.«

»Dagegen hab ich gar nichts. Im Gegenteil, ich find es richtig aufregend!«

Sobald wir beide aufgelegt hatten, wickelte ich das Päckchen aus (braunes Packpapier, mit einem Bindfaden verschnürt) und stellte fest, dass das rote Notizbuch zu mir zurückgekehrt war.

Ich wusste, dass Boomer nicht lange bis zu mir brauchen würde, deshalb begann ich sofort zu lesen.

Tut mir leid, dass ich dir unser Notizbuch nicht zurückgegeben habe.

Das schien schon so lange her zu sein.

Du fühlst dich für mich nicht mehr wie ein Fremder an.

Ich wollte sie am liebsten fragen: Wie fühlt sich denn ein Fremder an? Nicht weil ich bissig oder sarkastisch sein wollte. Sondern weil ich wirklich wissen wollte, ob es da einen Unterschied gab, ob es einen Weg gab, einander wirklich zu kennen, oder ob man nicht doch immer ein Fremder blieb, selbst für Leute, denen man gar nicht fremd war.

Sie hätte den anderen Schuh immer tragen sollen, dann hätte der Prinz sie leichter finden können. Und außerdem hab ich mir beim Lesen immer gewünscht, dass sie nach dem Happy End, wenn sie in der prächtigen Kutsche davonfährt, zu ihrem Prinzen gesagt hätte: »Könntest du mich bitte da vorne an der Weggabelung rauslassen? Ich möchte nämlich erst mal was von der Welt sehen, jetzt wo ich endlich meine grässliche Stiefmutter und meine bösen Stiefschwestern los bin.«

Vielleicht wäre der Prinz ja erleichtert gewesen. Vielleicht hatte er ja genug davon, dauernd gefragt zu werden, wen er denn heiraten würde. Vielleicht wollte er am liebsten in seiner Bibliothek sitzen und Hunderte von Büchern lesen und nicht immer wieder von allen möglichen Leuten gestört werden, die ihm erklärten, es sei nicht gut für ihn, so viel allein zu sein.

Aber ich hätte mit dir gern ein Tänzchen aufs Parkett gelegt, wenn ich mir diese Bemerkung gestatten darf.

Ich dachte:

Aber ist das nicht ein Tanz? Ist das nicht alles ein Tanz? Was wir da mit den Wörtern machen, ist das nicht auch ein Tanz? Ist es nicht ein Tanz, wenn wir miteinander reden, wenn wir uns streiten, wenn wir gemeinsam Pläne schmieden oder alles dem Zufall überlassen? Manches davon folgt einer Choreografie. Manche Schrittfolgen gibt es schon seit Jahrhunderten. Und der Rest – der Rest ist improvisiert.

Der Rest muss spontan entschieden werden, aus dem Augenblick heraus, bevor die Musik aufhört.

Ich will mich in Gefahr begeben …

Von mir droht keine Gefahr. Ich bin nicht gefährlich. Nur die Geschichten sind gefährlich. Nur die Fiktionen, die wir über uns erschaffen, vor allem wenn sie zu Erwartungen werden.

Ich glaube, es ist für mich an der Zeit, mich ins Leben außerhalb des Notizbuchs zu stürzen.

Aber merkst du denn nicht – das tun wir doch.

Es tut mir so leid.

Du brauchst dich nicht zu entschuldigen. Kein Grund *Das Spiel ist aus* zu schreiben. Deine Enttäuschung macht mich ganz traurig.

Und dann Mark Strand:

> Wir lesen die Geschichte unseres Lebens,
> als wären wir mitten in ihr,
> als hätten wir sie geschrieben.

Mark Strand, von dem die drei berühmtesten Verse lauten:

> In dem, was ist,
> bin ich das,
> was nicht ist.

Ich zog meine vierte Postkarte heraus und schrieb:

Postkarte 4: Times Square an Silvester

In dem, was ist, bin ich das, was nicht ist. In einer Menge bin ich nicht Teil der Menge. In einem Traum bin ich die Abwesenheit des Traums. Aber ich möchte mein Leben nicht als Abwesenheit leben. Ich bewege mich, um den Zusammenhang der Dinge zu erfahren. Manchmal bin ich ganz trunken von der Welt. Manchmal erfüllt mich ein großes Staunen angesichts des Gewirrs von Worten und Lebensläufen und ich will Teil dieses Gewirrs sein. »Das Spiel ist aus«, schreibst du, und ich weiß nicht, was mich mehr stört - dass du sagst, es sei vorbei, oder dass du sagst, es sei ein Spiel. Es ist erst dann vorbei, wenn einer von uns das Notizbuch endgültig für sich behält. Und ein Spiel wäre es nur dann, wenn ihm jede tiefere Bedeutung fehlte. Dafür sind wir aber schon zu weit gegangen.

Nur noch zwei Postkarten waren jetzt übrig.

Postkarte 5: Das Empire State Building bei Sonnenaufgang

Wir SIND die Geschichte unseres Lebens. Und das rote Notizbuch ist dafür da, um diese Geschichte zu schreiben. Die Geschichte eines Lebens zu erzählen bedeutet, die Wahrheit zu erzählen. Oder zumindest zu versuchen, ihr so nahe wie möglich zu kommen. Ich will nicht, dass das Notizbuch oder unsere Freundschaft nur deswegen endet, weil wir eine missglückte Begegnung hatten. Lass uns diesen unwichtigen Zwischenfall vergessen und weitermachen. Ich glaube, wir sollten nicht mehr versuchen, uns zu treffen; das birgt so viel Freiheit. Aber in/mit unseren Worten sollten wir einander weiter begegnen (siehe nächste Postkarte).

Die letzte Postkarte hatte ich mir für die nächsten Anweisungen aufgehoben. Es klingelte – Boomer –, und ich kritzelte hastig ein paar Sätze auf die Rückseite.

»Bist du da drinnen?«, brüllte Boomer.

»Nein!«, brüllte ich zurück. Ich klebte mit Tesafilm jede Postkarte auf eine Seite des Notizbuchs.

»Jetzt ehrlich, bist du da?«, rief Boomer und klopfte an die Tür.

Ich hatte das nicht als Hintergedanken im Kopf gehabt, als ich zu Boomer gesagt hatte, er solle doch rüberkommen. Aber jetzt wusste ich, dass ich ihn mit einer neuen Aufgabe losschicken würde. Ich war zwar total neugierig auf Lilys Schneemann, aber ich wusste, wenn ich wieder anfangen würde, mich mit ihrer Großtante zu unterhalten, oder wenn ich auch nur einen Schritt in dieses Haus tat, würde ich mich dort sehr lange aufhalten. Was der Sache mit dem Notizbuch alles andere als guttun würde.

»Boomer, mein Freund«, sagte ich. »Wärst du bereit, mein Hermes zu sein?«

»Was?«, lautete Boomers Antwort.

»Mein Bote, mein Kurier, mein Abgesandter.«

»Ich hab nichts dagegen, dein Bote zu sein. Hat es mit Lily zu tun?«

»Ja, das hat es.«

Boomer lächelte. »Cool. Ich mag sie.«

Nach dem Zwischenfall mit Thibaud gestern Abend war es erfrischend, wenigstens einen Freund zu haben, der vor Nettigkeit geradezu strahlte.

»Weißt du was, Boomer?«

»Was denn, Dash?«

»Du gibst mir meinen Glauben an die Menschheit zurück. Und ich komme immer mehr zu der Überzeugung, dass man wahrlich viel Schlimmeres tun kann, als sich mit Leuten zu umgeben, die einem den Glauben an die Menschheit zurückgeben.«

»Wie ich.«

»Wie du. Und Sofia. Und Yohnny. Und Dov. Und Lily.«

»Lily!«

»Ja, Lily.«

Ich würde versuchen, die Geschichte meines Lebens zu schreiben. In der es nicht sehr viel Handlung geben würde. Dafür aber interessante Charaktere.

sechzehn

(Lily)

29. Dezember

Männliche Wesen können schon sehr seltsam sein. Man versteht sie einfach nicht.

Mystery Boy machte seinem Namen alle Ehre: Er kreuzte nämlich nicht auf, um sich seinen Schneemann anzugucken. Ich wäre sofort gekommen, wenn jemand extra für mich einen Schneemann gebaut hätte. Aber ich bin ja auch eine Frau. Ich kann logisch denken.

Mrs Basil E. rief mich an, um mir zu sagen, dass der Schneemann allmählich wegschmolz. Ich dachte: *Muss ätzend sein, wenn man du ist, Dash. Ein Mädchen hat für dich einen Schneemann gebaut, mit Lebkuchengewürzplätzchen als Augen, Nase und Mund, nur für dich. Du weißt noch nicht mal, was du verpasst hast.* Laut Großtante Ida sollte ich mir deswegen aber keine Sorgen machen, nicht wegen einem dahinscheidenden Schneemann. »Wenn der Schneemann geschmolzen ist, dann baust du eben einen neuen«, sagte sie. Natürlich. Sie ist ja auch eine Frau, die logisch denken kann.

Mein Bruder dagegen: männlich und unlogisch. Kaum war Langston mit seiner Grippe über den Berg, hat er

Schluss mit Benny gemacht, weil der für zwei Wochen nach Puerto Rico gefahren ist, um seine Oma zu besuchen. Langston und Benny fanden, dass ihre Beziehung noch zu frisch und zu zerbrechlich sei, um eine zweiwöchige Trennung zu verkraften, deshalb haben sie beschlossen, lieber ganz miteinander Schluss zu machen. Und zwar mit dem Versprechen, möglicherweise wieder zusammenzukommen, wenn Benny wieder da war. Falls einer von ihnen aber in diesem zweiwöchigen Zeitfenster jemand anders kennenlernen sollte, hätte er grünes Licht. Was für mich alles überhaupt keinen Sinn ergibt. Mit dieser Logik haben sich wirklich die beiden Richtigen gefunden – um sich gleich wieder zu verlieren, weil es der Zufall so will. Jungs sind total verrückt – ein unendliches Liebesdrama.

Der schlimmste männliche Übeltäter? Opa. Er fährt vor Weihnachten runter nach Florida, um Mabel einen Heiratsantrag zu machen; Mabel weist ihn ab, deshalb fährt er am Weihnachtsfeiertag total beleidigt zurück nach New York und erklärt ihre Beziehung für beendet. Nur um sich vier Tage später, am 29. Dezember, wieder nach Florida aufzumachen, nach einem kompletten Sinneswandel.

»Ich muss das mit Mabel noch mal klären«, verkündete Opa beim Frühstück. »In ein paar Stunden fahre ich los.« Auch wenn mich die Vorstellung von Opa in einer dauerhafteren Verbindung mit Mabel nicht gerade begeistert, könnte ich mich doch vermutlich dran gewöhnen, wenn es den alten Knaben glücklich macht. Und dann musste ich es ja auch noch von einem praktischen Standpunkt aus sehen. Wenn Opa hier aus dem Verkehr gezogen war, hatte das für mich den Vorteil, dass er nicht dauernd fragen konnte, was ich trieb und wohin ich ging; gerade jetzt, wo es in meinem Lilyversum endlich mal interessant wurde.

»In welcher Richtung willst du denn die Dinge mit ihr klären?«, fragte Langston. Er war immer noch ganz blass, seine Stimme war heiser, und seine Nase lief. Aber er aß gerade seine zweite Portion Rührei und hatte bereits einen ganzen Stapel Toast mit Marmelade vertilgt, klares Zeichen, dass es ihm besser ging.

»Wisst ihr, ich frage mich, was ich mir mit dieser ganzen Wir-müssen-unbedingt-heiraten-Kiste gedacht habe«, sagte Opa. »So was ist doch völlig überholt. Ich werde Mabel einfach vorschlagen, dass wir eine exklusive Partnerschaft leben. Keinen Ring, keine Hochzeit ... einfach nur Lebensgefährten. Sie wird mein Mädchen sein und ich ihr Kerl.«

»Opa, rate mal, wer auch einen Freund hat!«, sagte Langston lauernd. »Lily!«

»Hab ich nicht!«, antwortete ich, aber ruhig, nicht im Schrilly-Tonfall.

Opa wandte sich zu mir. »Ich verbiete dir hiermit für die nächsten zwanzig Jahre, dich mit irgendwelchen Jungs zu treffen, Lily-Bär. Auch deiner Mutter habe ich es, soweit ich mich erinnern kann, bis jetzt noch nicht erlaubt. Aber irgendwie ist sie wohl meiner Kontrolle entglitten.«

Als er Mom erwähnte, merkte ich plötzlich, wie sehr ich mich nach ihr sehnte. Übermächtig. Ich war die ganze Woche über so mit dem Notizbuch und anderen zufälligen Abenteuern beschäftigt gewesen, dass ich ganz vergessen hatte, meine Eltern zu vermissen. Aber plötzlich wollte ich sie hier zu Hause bei mir haben. Und zwar sofort. Ich wollte, dass sie mir erklärten, warum sie einen Umzug auf die Fidschi-Inseln für eine gute Idee hielten; ich wollte ihre Gesichter mit der im New Yorker Winter störenden Sommerbräune vor mir sehen, und ich wollte, dass wir zusammensaßen und uns Geschichten erzählten und miteinander lachten. Ich wollte ENDLICH MEINE WEIHNACHTS-GESCHENKE AUFMACHEN.

Ich war mir sicher, dass sie mich genauso vermissten. Ich war mir sicher, dass sie ein schrecklich schlechtes Gewissen plagte, weil sie mich an Weihnachten allein gelassen hatten und weil sie mich womöglich zwingen würden, mit ihnen in den hintersten Winkel der Welt zu ziehen. Wo ich doch völlig damit zufrieden war, weiter hier zu leben, in der Mitte der Welt, auf dieser Insel namens Manhattan.

(Aber vielleicht wäre es ja auch interessant, mal einen neuen Ort auszuprobieren. Vielleicht.)

Etwas schien mir sonnenklar zu sein: Die Chancen, aus dieser Situation einen kleinen Hund für mich herauszuschlagen, waren riesig. So viel schlechtes Gewissen auf Elternseite und ein so tiefer Wunsch von Lily, endlich einen Hund haben zu dürfen. Und ich war fest davon überzeugt, dass ich ihnen glaubhaft machen konnte, mich als Mensch seit der Grundschule entwickelt zu haben. Ich hatte jetzt das Format, Hundebesitzerin und nicht nur Gassigehmädchen zu sein. Ich würde der Aufgabe gewachsen sein, ein Haustier zu besitzen.

Kurz: Ich würde mich unter keinen Umständen mit einem Kaninchen zufriedengeben.

Frohe Weihnachten, Lily.

Ich hatte noch gar nicht richtig Zeit gehabt, nach Tierheim-Websites mit süßen Welpen auf den Fidschis zu suchen, als ich eine SMS von meinem Cousin Mark erhielt.

Lily-Bärchen, mein Kollege Marc muss nach Hause fahren und sich um seine Mutter kümmern, die mit einer Eierpunschvergiftung im Bett liegt. Hättest du Zeit für seinen Hund Boris oder bist du voll ausgebucht? Man muss ihn füttern und zweimal am Tag mit ihm rausgehen. Nur für ein, zwei Tage.

Na klar, schrieb ich zurück. Ehrlich gesagt hatte etwas in mir gehofft, dass Mark mir vielleicht was zu Dash schreiben würde, dass er ihn gesehen hatte oder so, aber ein neuer Hundejob war auch eine nette Abwechslung.

Kannst du gleich im Laden vorbeikommen und dir die Schlüssel abholen?

Bin in ein paar Minuten da.

Bei *Strand* herrschte die übliche Mischung aus eiligen Schnelleinkäufern und solchen, die in aller Ruhe stöberten und lasen.

Mark war nicht am Informationsschalter, als ich kam, deshalb beschloss ich, etwas herumzustreunen. Zuerst ging ich in die Tierabteilung, aber ich hatte dort schon fast alle Bücher gelesen und ertrug es einfach nicht mehr, die Fotos von kleinen Welpen nur anzuschauen, anstatt einen von ihnen verzückt zu streicheln.

Ich schlenderte umher und landete schließlich im Keller, wo ein Schild ganz weit hinten in der hintersten Ecke verkündete: *Sex & Sexualität beginnt im Regal links.* Das Schild ließ mich unwillkürlich an *The Joy of Gay Sex* (dritte Auflage) denken, wobei ich natürlich rot wurde. Danach musste ich auch an J.D. Salinger denken. Ich ging die Treppe wieder hoch zu Belletristik und entdeckte dort ein verdächtiges Individuum, das ein mir vertrautes rotes Notizbuch gerade zwischen *Franny und Zooey* und *Hebt den Dachbalken hoch, Zimmerleute und Seymour wird vorgestellt* schob.

»Boomer?«, sagte ich.

Überrumpelt und mit einem schuldbewussten Ausdruck im Gesicht, als sei er beim Ladendiebstahl erwischt worden, grabschte Boomer nach dem Notizbuch und zog es hastig wieder heraus – was er so ungeschickt machte, dass mehrere Hardcover-Ausgaben von *Neun Erzählungen* mit viel Lärm auf den Boden polterten. Boomer presste das rote Notizbuch an seine Brust, als wäre es die Bibel.

»Lily! Ich hab nicht gedacht, dass du hier bist! Also, ich hab es natürlich gehofft, aber ich hab mir gesagt, das ist sie bestimmt nicht, und daran hab ich dann auch geglaubt, aber jetzt bist du plötzlich doch da, wo ich gerade gedacht habe, dass ich dich bestimmt nicht sehe und ...«

Ich streckte die Hände aus. »Ist das Notizbuch für mich?« Am liebsten hätte ich Boomer das Buch entrissen und auf der Stelle gelesen, was darin stand; gleichzeitig versuchte ich, ganz beiläufig zu klingen, als würde ich sagen *Ach, das alte Ding. Kannst du mir ruhig geben, ich werd dann mal gucken, was da wieder drinsteht. Kann aber eine Weile dauern. Ich bin total beschäftigt und hab echt gerade gar keine Zeit, an Dash oder das Notizbuch oder so was zu denken.*

»Ja!«, sagte Boomer. Aber er machte keinerlei Anstalten, es mir zu geben.

»Kann ich es haben?«, fragte ich.

»Nein!«

»Warum nicht?«

»Darum! Du musst es selber im Regal entdecken! Wenn ich nicht da bin!«

Mir war bisher nicht bewusst gewesen, dass es ein Regelwerk für den Austausch des Notizbuchs gab. »Wenn ich jetzt weggehe und du stellst das Notizbuch wieder ins Regal und gehst dann auch weg, und ich komme dann zurück und hol es mir, ist das dann in Ordnung?«

»Okay!«

Ich drehte mich um, damit wir den Plan gleich ausführen konnten, da rief Boomer mir hinterher:

»Lily!«

»Ja?«

»Max Brenner ist fast gegenüber! Wollte ich nur noch sagen!«

Boomer meinte ein Café-Restaurant, das nur eine Straßenecke weiter lag, ein abgedrehter Laden wie aus *Charlie und die Schokoladenfabrik,* wo es die absurdesten Schokoladengerichte gab – eine Touristenfalle, aber eine von der guten Sorte, genauso wie Madame Tussauds.

»Willst du dir mit mir eine Schokoladenpizza teilen?«, fragte ich Boomer.

»Ja!«

»Wir treffen uns da in zehn Minuten«, sagte ich, schon im Gehen.

»Vergiss nicht, zurückzukommen und das Notizbuch zu holen, wenn ich nicht hinschaue!«, sagte Boomer. Es war mir ein Rätsel und machte mich gleichzeitig neugierig, wie jemand, der so ernst und zurückhaltend wirkte wie Dash, mit jemandem befreundet sein konnte, der so übersprudelnd war wie Boomer, diesem wandelnden Ausrufezeichen. Ich fand, dass es für Dash sprach, wenn er jemand wie Boomer wertschätzen konnte.

»Werd ich!«, rief ich zurück.

Ich brachte meinen Cousin Mark dazu, mit mir ins Max Brenner zu gehen. Wenn nämlich ein Erwachsener dabei war, bedeutete das, dass wir nicht selber zahlen mussten (und

Mark würde sich das Geld wahrscheinlich von Opa wiederholen).

Boomer und ich bestellten eine Schokoladenpizza – heißer, dünner, süßer Teig in Form einer Pizza, darauf als »Soße« flüssige Vollmilch- und Bitterschokolade, garniert mit geschmolzenen Marshmallows und kandierten gehackten Haselnüssen, das Ganze in Dreiecke geschnitten wie eine richtige Pizza. Mark bestellte sich eine Schokoladenspritze, die genau das ist, wonach es sich anhört – eine Plastikspritze, gefüllt mit Schokolade, die man sich direkt in den Mund schießt.

»Aber wir hätten unsere Pizza auch mit dir geteilt!«, sagte Boomer, nachdem Mark bestellt hatte. »Es macht viel mehr Spaß, wenn man gemeinsam von zu viel Zucker high ist!«

»Danke, Kinder, aber ich versuche gerade, meine Kalorien zu reduzieren«, sagte Mark. »Ich nehme nur den reinen Stoff zu mir, nur Schokolade, nichts sonst. Was ich auf den Hüften habe, ist mehr als ausreichend.«

Die Kellnerin verschwand und Mark wandte sich an Boomer. »So, und jetzt erzähl uns mal alles, was du über deinen kleinen Punkfreund Dash weißt«, sagte er ernst.

»Er ist kein Punk! Er ist ganz normal!«

»Kein Vorstrafenregister?«, fragte Mark.

»Nein, außer man zählt den Purpuralarm dazu!«

»Den was?«, fragten Mark und ich gleichzeitig.

Boomer zog sein Handy heraus und rief eine Website auf, die sich WashingtonSquareMommies nannte.

Mark und ich lasen die Einträge zu der Attacke im Park und sahen uns die Beweisfotos an.

»Er isst *Joghurt?«,* fragte Mark. »Was ist das denn für ein Typ?«

»Laktosetolerant!«, sagte Boomer. »Dash liebt Joghurt und alles mit Sahne und ganz besonders spanischen Käse!«

Mark wandte sich besorgt an mich. »Lily, Schätzchen. Dir ist klar, dass dieser Dash wahrscheinlich nicht hetero ist?«

»Und ob Dash hetero ist!«, verkündete Boomer. »Er hat eine superhübsche Exfreundin namens Sofia, die er meiner Meinung nach immer noch total toll findet, und außerdem haben wir in der siebten Klasse Flaschendrehen gespielt, und ich war dran und die Flasche hat auf Dash gezeigt, aber er wollte mich einfach nicht küssen.«

»Beweist gar nichts«, murmelte Mark.

Sofia? *Sofia?*

Ich musste mich unbedingt mal aufs Klo zurückziehen.

Ich glaube, wir sollten nicht mehr versuchen, uns zu treffen; das birgt so viel Freiheit.

Wollte Dash sich ganz zum Schluss auch noch so richtig über mich lustig machen?

Postkarte 6: Diana im Metropolitan Museum of Art treffen

1. jmdn., etw. erreichen u. mit mehr od. weniger großer Wucht berühren (...) 2. jmdm. Bekanntem zufällig begegnen (...) b) mit jmdm. aufgrund einer Verabredung zusammenkommen (...) 3. a) jmdm. unvermutet begegnen, auf jmdn. stoßen (...) 5. herausfinden, erkennen, erraten ...

»Alles in Ordnung, Lily?«, fragte jemand neben mir, als ich mich, auf den Waschbeckenrand gestützt, durch Dashs unverständliche letzte Botschaft las (*Sinn, der (...) etw. ergibt keinen Sinn → siehe: JUNGS*).

Ich klappte das rote Notizbuch zu und blickte hoch. Im Spiegel sah ich Alice Gramble, ein Mädchen aus meiner Schule, die auch in der Fußballmannschaft war.

»Oh, hallo, Alice«, sagte ich. »Was machst du denn hier?« Halb erwartete ich, dass sie sich umdrehen und mich stehen lassen würde, weil ich nicht zur »coolen Clique« an der Schule gehörte. Tat sie aber nicht, vielleicht weil Ferien waren.

»Ich wohne hier um die Ecke«, sagte Alice. »Meine beiden jüngeren Zwillingsschwestern sind schokoladensüchtig, deshalb muss ich immer mit hierher, wenn unsere Großeltern uns besuchen.«

»Man kann Jungs einfach nicht verstehen«, sagte ich.

»Das kannst du laut sagen!«, sagte Alice und wirkte ganz glücklich, dass ich ein Thema ansprach, das interessanter war als jüngere Geschwister und Großeltern. Sie schielte neugierig auf das rote Notizbuch. »Meinst du einen bestimmten Jungen oder allgemein?«

»Keine Ahnung.« Und die hatte ich wirklich nicht. Dashs letzter Nachricht konnte ich nicht entnehmen, ob er jetzt wollte, dass wir uns wieder trafen, oder ob er wollte, dass wir nur durch das Notizbuch kommunizierten. Und ich verstand auch nicht, warum mich das überhaupt noch so beschäftigte.

Wo ich doch jetzt wusste, dass es dieses andere Mädchen namens Sofia immer noch gab.

»Hast du vielleicht Lust, morgen mit mir einen Kaffee trinken zu gehen oder so was und das alles mal ausführlich zu analysieren und durchzusprechen?«, fragte Alice.

»Sind deine Großeltern so schlimm?« Ich konnte mir

nicht vorstellen, dass Alice ausgerechnet mit mir solche Mädchensachen machen wollte, wie in einem netten Café endlos über Jungs reden und all so was. Außer sie war wirklich verzweifelt.

Alice sagte: »Meine Großeltern sind ziemlich cool. Aber wir haben nur eine kleine Wohnung und die ist in den Weihnachtsferien immer mit Besuch vollgestopft. Ich muss einfach mal raus. Und ich würde mich echt freuen, dich besser kennenzulernen.«

»Wirklich?«, fragte ich. Hatten vielleicht die ganze Zeit schon solche Einladungen auf mich gewartet, und ich hatte es nur nicht bemerkt, weil ich so in meine Schrilly-Ängste verstrickt gewesen war?

»Wirklich!«, sagte Alice.

»Ich mich auch!«, sagte ich.

Wir verabredeten uns für den nächsten Tag auf einen Kaffee.

Wer brauchte schon Dash?

Ich ganz bestimmt nicht.

Als ich an unseren Tisch zurückkam, schoss sich Mark gerade die Schokolade in den Mund. »Fantastisch!«, rief er schmatzend.

»Wahrscheinlich ist das hier aber keine Fair-Trade-Schokolade!«, gab Boomer zu bedenken.

»Hab ich dich um deine Meinung gefragt?«, fragte Mark.

»Nein!«, sagte Boomer. »Macht aber nichts!«

Es gab etwas, das ich von Boomer unbedingt wissen wollte. »Hat Dash eigentlich die Puppe gefallen, die ich für ihn gebastelt habe?«

»Nicht wirklich! Er hat gesagt, der Muppet sähe aus wie die Ausgeburt einer Liebesnacht von Miss Piggy und Tier.«

»Volltreffer!«, rief Mark. Nein, er hatte sich nicht aus Versehen Schokolade ins Auge gespritzt. »Was für eine eklige Vorstellung. Ihr Teenager habt aber auch perverse Ideen.« Er legte die Schokoladenspritze auf den Tisch. »Mir ist der Appetit vergangen, Boomer.«

»Mom sagt das auch die ganze Zeit zu mir!«, sagte Boomer. Er drehte sich zu mir. »Deine Familie muss wie meine sein!«

»Da hab ich stark meine Zweifel«, meinte Mark.

Mein armer Mystery Muppet. Ich schwor insgeheim, meinen kleinen Filzliebling zu retten und ihm das liebevolle Zuhause zu bieten, das Dash ihm verweigerte.

»Dieser Dash«, fuhr Mark fort, »also, tut mir leid, Lily. Ich mag ihn einfach nicht.«

»Kennst du ihn denn überhaupt?«, fragte Boomer.

»Ich weiß genug über ihn, um mir ein Urteil erlauben zu können«, sagte Mark.

»Dash ist ein sehr netter Kerl, ehrlich«, sagte Boomer. »Ich glaube, seine Mutter nennt ihn immer *diffizil,* was auch nicht ganz falsch ist. Aber glaubt mir, er ist wirklich ein netter Kerl. Der netteste überhaupt! Vor allem wenn man bedenkt, dass seine Eltern sich auf eine echt scheußliche Art getrennt haben, als er noch klein war, und seither *überhaupt nicht mehr* miteinander reden. Wie bescheuert ist das denn? Er würde es wahrscheinlich nicht gut finden, dass ich euch das alles erzähle. Aber es gab eine fürchterliche Schlacht um das Sorgerecht, und Dash musste diese ganzen Gespräche mit Anwälten und Richtern und Jugendamtsleuten über sich ergehen lassen, dabei wollte sein Dad das alleinige Sorgerecht für ihn nur deswegen haben, um es Dashs Mom heimzuzahlen. Es war der *reine Horror.* Wenn man das alles durchmachen musste, wie soll man danach ein superfreundlicher Mensch sein? Dash ist einer von denen, die im Leben alles immer mit sich selber ausmachen mussten. Aber wisst ihr, was so cool an ihm ist? Er schafft es auch immer! Und er ist der treueste Freund, den man sich überhaupt denken kann. Braucht echt lang, bis man sich sein Vertrauen erarbeitet hat, aber wenn man so weit ist, dann würde er wirklich alles für dich tun. Es gibt nichts, worum du ihn nicht bitten kannst. Okay, vielleicht verhält er sich manchmal etwas seltsam, aber das heißt nicht, dass er so ein verkapselter Typ ist, aus dem irgendwann mal ein Amokläufer wird. Er braucht nur nicht dauernd jemand um sich herum. Er ist manchmal einfach gern allein. Und ich finde, das ist doch nicht schlimm, oder?«

Boomers Verteidigungsrede, die ihm aus vollem Herzen kam, rührte mich zutiefst, auch wenn ich auf Dash immer noch sauer war. Aber Mark zuckte nur mit den Schultern und machte: »Pffff.«

Ich fragte ihn: »Magst du Dash nicht, weil du glaubst, dass er ein unsympathischer Mensch ist, oder weil in dir auch was von Opa steckt, der nicht will, dass ich mich mit Jungs näher anfreunde?«

»Ich bin ein Junge«, warf Boomer ein, »und hab mich mit Lily angefreundet. Mich magst du doch, Mark, oder?«

»Pffff«, wiederholte Mark. Die Antwort war eindeutig: Mark konnte Dash leiden, solange Dash niemand war, in den ich mich möglicherweise verliebte. Und das galt auch für Boomer.

Boris der Hund stellte sich als ein Riesenviech heraus, mit dem man nicht nur Gassi gehen musste, sondern der wie ein Pony richtigen Auslauf brauchte. Er war ein Bullmastiff, der mir bis zur Hüfte reichte, ein junger Kerl mit Tonnen von Energie, der mich durch den Washington Square Park hinter sich herzerrte. Ich kam kaum dazu, das von mir entworfene Plakat an einen Baumstamm zu kleben. Darauf war das Purpuralarm-Foto von Dash abgebildet und darunter hatte ich folgenden Text geschrieben: *WANTED – dieser Junge, kein Perverser, kein Rowdy, nur ein Jugendlicher, der gern Joghurt isst. WANTED – der Junge soll bitte erklären, was er wirklich will.*

Aber ich hätte das Plakat gar nicht anbringen müssen.

Denn fünf Minuten später – während ich gerade den größten Haufen Hundescheiße aufklaubte, den ich jemals gesehen hatte –, bellte Boris lautstark einen Jungen an, der auf mich zusteuerte.

»Lily?«

Ich blickte von meinem Plastikbeutel mit der gigantischen Portion Hundekacke hoch.

Natürlich.

Es war Dash.

Wer sonst hätte mich genau in diesem Augenblick erwischen sollen? Beim ersten Mal betrunken, beim zweiten Mal damit beschäftigt, die Scheiße eines bellenden Kalbs aufzusammeln, das gleich über ihn herfallen würde.

Perfekt.

Kein Wunder, dass ich noch nie einen Freund hatte.

»Hallo«, sagte ich und bemühte mich, superbeiläufig zu klingen.

Aber ich hörte selbst, dass meine Stimme einen unangenehm hohen, fast schrilly-artigen Tonfall angenommen hatte.

»Was machst *du* denn hier?«, fragte Dash, während er ein paar Schritte vor mir und Boris zurückwich. »Und warum hast du so viele Schlüssel?« Er deutete auf den riesigen Schlüsselbund an meiner Tasche, an dem sämtliche Hausschlüssel meiner Dog-Walking-Kunden baumelten. »Bist du so was wie ein Hausmeister?«

»ICH GEHE MIT HUNDEN GASSI!«, schrie ich über das Bellen von Boris hinweg.

»DAS SEHE ICH!«, schrie Dash zurück. »Aber es wirkt eher so, als würde der Hund mit dir Gassi gehen!«

Boris verfiel wieder in Aktion und zerrte mich hinter sich her. Und Dash rannte mit – allerdings mit ziemlichem Abstand, als wäre er sich nicht ganz sicher, ob er sich an diesem Schauspiel wirklich beteiligen wollte.

»Und was machst *du* hier?«, fragte ich Dash.

»Ich hatte keinen Joghurt mehr im Kühlschrank«, sagte Dash. »Bin raus, um welchen zu kaufen.«

»Und um deinen Ruf zu verteidigen?«

»Oh Mann. Hast du etwa auch schon davon gehört? Alarmstufe purpurrot?«

»Wer nicht?«, sagte ich.

Mein Plakat schien er noch nicht gesehen zu haben. Schaffte ich es vielleicht, es wieder abzumachen, bevor er an dem Baum vorbeikam?

Ich zog an Boris' Leine, um ihn in die entgegengesetzte Richtung zu dirigieren, weg vom Triumphbogen. Besser, wir gingen jetzt downtown. Aus irgendeinem mir unbekannten Grund beruhigte dieser Richtungswechsel Boris und er schaltete vom wilden Galopp runter in ein gemächliches Traben.

Nach allem, was ich von Jungs im Allgemeinen und Dash im Besonderen wusste, wäre jetzt die erwartbare Reaktion gewesen, dass Dash sich hier verabschiedet und verzogen hätte.

Stattdessen fragte er: »Wohin gehst du?«

»Weiß ich nicht.«

»Kann ich mitkommen?«

Im Ernst?

Ich sagte: »Das wäre total schön. Wo sollen wir hin?«

»Lass uns einfach ein bisschen rumlaufen und sehen, was passiert«, sagte Dash.

siebzehn

– Dash –

29. Dezember

Die Situation war etwas peinlich, weil wir beide zwischen Alles und Nichts schwankten.

»Also – welchen Weg sollen wir nehmen, rechts oder links?«, fragte Lily.

»Ich weiß nicht, was ist dir denn lieber?«

»Egal.«

»Sicher?«

Nicht beschwipst war sie deutlich attraktiver, was ja für die meisten Menschen gilt. Sie hatte jetzt etwas Bezauberndes – aber auf klug bezaubernde, nicht geistlos bezaubernde Weise.

»Wir könnten zur High Lane gehen«, schlug ich vor.

»Nicht mit Boris.«

Ach ja, Boris. Er schien allmählich die Geduld mit uns zu verlieren.

»Hast du eine bestimmte Route, die du mit deinen Hunden immer gehst?«, fragte ich.

»Ja. Aber die müssen wir nicht nehmen.«

Stillstand. Absoluter Stillstand. Sie schielt heimlich zu

mir. Ich schiele heimlich zu ihr. Zögern, schwanken, zögern, schwanken.

Schließlich ergriff einer von uns die Initiative.

Und es handelte sich dabei weder um mich noch um Lily.

Man hätte glauben können, ein Hundepfeifenorchester hätte auf einmal die *Ouvertüre 1812* angestimmt. Oder eine Eichhörnchenparade sei auf der anderen Seite in den Washington Square Park einmarschiert und die Tiere hätten angefangen, sich mit stark riechenden Ölen einzureiben. Was auch immer ihn so erregt haben mochte, Boris schoss jedenfalls wie der Blitz davon. Lily verlor das Gleichgewicht, rutschte auf einer vereisten Stelle aus und stürzte. Der Plastikbeutel mit der Hundescheiße flog durch die Luft. Und zu meiner großen Freude stieß Lily, noch während sie fiel, ein heiseres »VERFLAMMT!« hervor – einen Fluch, den ich bisher noch nie gehört hatte.

Sie landete äußerst unelegant, aber ohne sich zu verletzen. Der Beutel mit der Scheiße hätte sie allerdings beinahe an der Schläfe getroffen. Die Leine von Boris hatte sie im Eifer des Gefechts losgelassen und dummerweise hatte ich danach gegriffen. Jetzt war ich derjenige, der die Erfahrung machte, wie es sich anfühlt, auf festem Boden Wasserski zu fahren.

»Stopp ihn!«, kreischte Lily, als gäbe es irgendeinen Knopf, den ich drücken könnte, und dann würde der Hund stehen bleiben. Ich war für ihn nur sinnloser Ballast, während er durch den Park jagte.

Inzwischen war klar geworden, dass er ein Ziel hatte: Er stürmte auf eine Gruppe von Müttern mit Kinderwagen und Kindern zu. Und zu meinem großen Entsetzen stellte ich fest, dass er sich offensichtlich die unglückseligste Beute überhaupt ausgesucht hatte – einen neun- oder zehnjährigen Jungen mit einer Augenklappe, der gerade an einem Müsliriegel kaute.

»Nein, Boris! Nein!«, brüllte ich.

Aber Boris machte, was er wollte, ob es mir nun gefiel oder nicht. Der Junge sah ihn kommen und stieß einen Schrei aus, der, ehrlich gesagt, besser zu einem halb so alten Mädchen gepasst hätte. Bevor seine Mutter ihn aus der Schusslinie reißen konnte, war Boris schon – mit mir an der Leine – gegen ihn gerumpelt und hatte ihn umgeschmissen.

»Entschuldigung«, sagte ich, während ich Boris festzuhalten versuchte. »Tut mir leid.« Es war, als würde man Tauziehen mit einem Sumoringer machen.

»Er ist es!«, kiekste der Junge. »DER ANGREIFER!«

»Bist du sicher?«, fragte seine Mutter.

Der Junge schob seine Augenklappe hoch, unter der ein vollkommen unverletztes Auge zum Vorschein kam.

»Er ist es. Das schwöre ich«, sagte er.

Eine andere Frau kam mit etwas an, das wie ein Steckbrief mit meinem Gesicht darauf aussah.

»ALARMSTUFE PURPURROT!«, schrie sie. »WIR ERHÖHEN VON MANGO WIEDER AUF PURPUR!«

Eine weitere Mutter, die gerade dabei war, ihr Baby aus dem Kinderwagen zu nehmen, legte es wieder zurück, um in eine Trillerpfeife zu stoßen – vier kurze Pfiffe, von denen ich annahm, dass sie Purpuralarm bedeuteten.

Das mit der Trillerpfeife war keine gute Idee. Denn als Boris die Pfiffe hörte, drehte er sich um und setzte zu einem gewaltigen Satz an.

Die Frau sprang zur Seite. Der Kinderwagen konnte das nicht. Ich ließ mich fallen und machte mich so schwer ich konnte, um Boris aufzuhalten. Der aber, durch die Pfiffe völlig verstört, schoss geradewegs in den Kinderwagen hinein und stieß ihn um, sodass das Baby herausgeschleudert wurde. Ich sah es wie in Zeitlupe in hohem Bogen durch die Luft fliegen, ein erschrockener Ausdruck auf dem sanften Gesicht.

Am liebsten hätte ich die Augen geschlossen. Niemals würde ich rechtzeitig zur Stelle sein, um es aufzufangen. Alle waren wie gelähmt. Sogar Boris hielt inne, um nach oben zu schauen.

In meinem Augenwinkel: Bewegung. Ein Schrei. Dann ein überwältigender Anblick: Lily, die durch die Luft fliegt. Mit wehendem Haar, die Arme ausgestreckt. Ohne Bewusstsein ihrer selbst, nur dem Moment und der Tat hingegeben. Ein Flugsprung. Ehrlich, ein Sprung, als würde jemand fliegen. Auf ihrem Gesicht war keine Panik zu sehen. Nur Entschlossenheit. Sie schaffte es unter das Baby und fing es auf. Sobald das Baby in ihren Armen gelandet war, begann es zu schreien.

»Oh mein Gott«, murmelte ich. Ich hatte noch nie etwas so Schönes und Wunderbares gesehen.

Ich dachte, die Menge aus Müttern und Kindern würde jetzt in Applaus ausbrechen. Da machte Lily, nachdem sie aufgekommen war, noch ein paar Schritte, woraufhin eine Mutter hinter mir brüllte: »Kindsraub! Haltet sie fest!«

Die Mütter und andere Spaziergänger zogen blitzschnell ihre Handys heraus. Eine kurze Debatte, wer den Purpuralarm aktivieren und wer die Polizei rufen sollte. Lily war immer noch ganz in ihren Moment versunken, ohne die Aufregung um sie herum zu bemerken. Sie hielt das Baby im Arm und versuchte es nach seinem traumatischen Flugerlebnis zu beruhigen.

Ich wollte mich gerade vom Boden hochrappeln, als ich ein beträchtliches Gewicht auf mir spürte.

»Du gehst nirgendwohin«, sagte eine Mutter. »Das ist eine Festnahme durch engagierte Bürgerinnen.« Sie hatte sich auf mich gesetzt.

Zwei weitere Mütter und der Junge mit der Augenklappe setzten sich auch noch dazu. Fast hätte ich die Leine losgelassen. Zum Glück hatte Boris für den Tag schon genug Aufregung gehabt und bellte einigermaßen friedlich in die Runde.

»Die Polizei ist unterwegs!«, rief jemand.

Die Mutter des Babys rannte zu Lily, die keine Ahnung hatte, dass es sich dabei um die Mutter handelte. Ich hörte, wie Lily »Gleich« sagte und das Baby tröstete, damit es zu weinen aufhörte. Ich glaube, die Mutter bedankte sich bei ihr – aber dann kamen weitere Mütter hinzu und kreisten Lily ein.

»Ich hab das auf Crime TV gesehen«, sagte eine von ihnen. »Die veranstalten ein großes Durcheinander, damit alle abgelenkt sind, und dann klauen sie das Baby. Bei hellstem Tageslicht!«

»So ein Unsinn!«, brüllte ich. Der Junge fing an, auf meinem Steißbein auf und ab zu hüpfen.

Zwei Polizisten trafen ein und wurden sofort mit unterschiedlichen Versionen der Geschichte belagert. Die Wahrheit ging dabei so ziemlich flöten. Lily wirkte verwirrt, als sie der Frau das Baby reichte – hatte sie etwa nicht das Richtige getan? Die Polizisten fragten sie, ob sie mich kannte, und sie antwortete, natürlich würde sie mich kennen.

»Hab ich's doch gesagt!«, rief eine der Mütter. »Komplizen!«

Im Schneematsch auf dem Boden war es nass und kalt und das Gewicht der Mütter begann mir allmählich lebenswichtige Organe abzudrücken. Ich hätte ein Verbrechen gestanden, das ich gar nicht begangen hatte, nur um freizukommen.

Es schien nicht ganz klar zu sein, ob wir nun verhaftet waren oder nicht.

»Ich glaube, ihr zwei solltet besser mitkommen«, sagte einer der beiden Polizisten zu uns. Mich überkam das starke Gefühl, dass *Ach, passt mir eigentlich nicht so recht* als Antwort wahrscheinlich nicht so gut gekommen wäre.

Sie legten uns keine Handschellen an, aber wir mussten zum Streifenwagen mitmarschieren, wo wir uns dann zusammen mit Boris auf den Rücksitz quetschten. Erst als wir dort nebeneinandersaßen – umringt von Mamis, die Rache forderten, während die Mutter des Babys sich vergewisserte, dass ihm nichts fehlte –, hatte ich endlich Gelegenheit, etwas zu Lily zu sagen.

»Gut gefangen«, sagte ich.

»Danke«, sagte Lily, die offensichtlich unter Schock stand und aus dem Fenster starrte.

»Es war wunderschön. Wirklich. Das Schönste, was ich jemals gesehen habe.«

Sie blickte zu mir, und es fühlte sich an, als sähe sie mich zum ersten Mal. Wir schauten einander ein paar Herzschläge lang in die Augen. Der Streifenwagen fuhr los, ohne dass sich die Polizisten die Mühe machten, die Sirene einzuschalten.

»Scheint mir, als würden wir da auf was zusteuern«, sagte sie.

»Das Schicksal geht manchmal seltsame Wege«, antwortete ich.

Lily hatte zwar über ganz New York verstreut irgendwelche Verwandten sitzen, aber leider war keiner davon bei der Polizei.

Sie nannte mir einige davon, damit wir gemeinsam überlegen konnten, wer von ihnen am besten geeignet wäre, uns aus diesem Schlamassel herauszuholen.

»Onkel Murray ist schon mal angezeigt worden, was so ziemlich das Gegenteil von dem ist, was wir brauchen. Großtante Ida hatte eine Zeit lang einen sehr guten Bekannten im Büro des Distrikt-Staatsanwalts … aber ich glaube, sie haben sich im Bösen getrennt. Einer meiner Cousins ist zur CIA gegangen, ich darf aber nicht sagen, welcher. Mann, das ist alles so frustrierend!«

Man hatte uns dankenswerterweise nicht in eine Zelle gesteckt. Stattdessen waren wir in einen Vernehmungsraum geführt worden, obwohl bisher niemand Anstalten machte, uns zu vernehmen. Vielleicht beobachteten sie uns ja durch die verspiegelte Scheibe, um erst mal rauszufinden, ob wir uns gegenseitig irgendwas gestehen würden.

Ich war überrascht, wie gut Lily unsere Festnahme wegsteckte. Sie verhielt sich ganz und gar nicht wie ein verschrecktes Reh – wenn, dann war ich derjenige, dessen Nerven flatterten, als wir unsere Freiheit einbüßten. Keinen der Polizisten schien es weiter zu stören, dass niemand von unseren Eltern erreichbar war. Lily benachrichtigte schließlich ihren Bruder. Und ich rief Boomer an, der zufällig gerade mit Yohnny und Dov zusammensteckte.

»Es kommt überall in den Nachrichten!«, erzählte er mir sofort. »Manche sagen, ihr wärt Helden, und andere behaupten, dass ihr Kriminelle seid. Und im Internet kann man die Videos gucken. Könnte sein, dass ihr es sogar in die Sechs-Uhr-Nachrichten schafft.«

So hatte ich mir den Tag nicht vorgestellt.

Lily und ich waren noch nicht über unsere Rechte belehrt worden, und es war uns auch noch nicht angeboten worden, mit einem Rechtsanwalt zu sprechen. Deshalb vermutete ich, dass gegen uns noch keine Anklage erhoben war.

Boris hatte allmählich Hunger.

»Ich weiß, ich weiß«, antwortete Lily auf sein Jaulen. »Hoffentlich gibt es dort, wo dein Herrchen ist, keinen Internetanschluss.«

Ich überlegte krampfhaft, was ich Lily fragen konnte, um ein bisschen Konversation zu machen. Vielleicht ob sie nach der Blume benannt worden war oder wie lang sie schon das mit dem Gassigehen machte? Ob sie auch so erleichtert war wie ich, dass die Polizisten keine Schlagstöcke gegen uns eingesetzt hatten?

»Du bist so schweigsam«, sagte sie, setzte sich an den Vernehmungstisch und zog das rote Notizbuch aus ihrer Jackentasche. »Das ist total untypisch für dich. Willst du vielleicht lieber was aufschreiben und dann zu mir rüberschieben?«

»Hast du auch einen Stift?«, fragte ich.

Sie schüttelte den Kopf. »Der ist in meiner Umhängetasche. Und die haben sie mir abgenommen.«

»Dann müssen wir wohl alles ausplaudern«, sagte ich.

»Oder die Aussage verweigern«, antwortete sie.

»Ist es dein erstes Mal im Gefängnis?«, fragte ich.

Lily nickte. »Und bei dir?«

»Meine Mom musste mal meinen Dad von der Polizeiwache abholen, und weil ich dann allein zu Hause gewesen wäre, hat sie mich einfach mitgenommen. Ich muss sieben oder acht gewesen sein. Zuerst hat sie mir gesagt, es hätte da einen kleinen Zwischenfall gegeben, deswegen hab ich geglaubt, er hätte sich irgendwie in die Hose gepinkelt oder so was. Später hat man mir erzählt, er sei wegen ›unsittlichem Verhalten‹ festgenommen worden – es kam nie zu einer Gerichtsverhandlung, deshalb lassen sich dazu auch keine schriftlichen Dokumente finden.«

»Wie grässlich«, sagte Lily.

»Vermutlich. Damals hab ich das einfach so hingenommen. Als ganz normal. Meine Eltern haben sich dann bald scheiden lassen.«

Boris fing an zu bellen.

»Ich glaube, er mag keine Scheidungen«, bemerkte ich.

»Die Hundekekse für ihn sind auch in meiner Umhängetasche«, seufzte Lily.

Ein, zwei Minuten lang schloss sie die Augen. Saß nur da und ließ alles von sich abgleiten, es schien auf einmal alles um sie herum unwichtig zu werden. Es machte mir nichts aus, dass auch ich in diesem Moment für sie nicht mehr da war. Sie schien dringend eine Pause zu brauchen und die schenkte ich ihr gern.

»Komm her, Boris«, sagte ich in dem Versuch, freundlich zu ihm zu sein. Er blickte mich traurig an und begann dann, den Boden abzulecken.

»Ich glaub, ich bin etwas nervös«, sagte Lily nach einer langen Weile, die Augen immer noch geschlossen. »Weil wir uns jetzt getroffen haben.«

»Gleichfalls«, versicherte ich ihr. »Ich kann nämlich nur selten mit meinen Worten mithalten. Und weil du mich ja eigentlich nur durch meine Worte kennst, hab ich Angst, dich jetzt durch meine Person zu enttäuschen.«

Sie schlug die Augen auf. »Aber das ist es nicht. Oder nicht nur. Sondern weil ich das letzte Mal, als du mich …«

»… aber das warst du doch nicht wirklich. Glaubst du, ich weiß das nicht?«

»Schon. Aber könnte es nicht auch sein, dass das doch *ich*

war? Vielleicht bin ich im Innersten so, nur dass ich es selten zeige?«

»Ich glaube, ich mag die Hunde liebende, Babys fangende und die Wahrheit aussprechende Lily lieber«, sagte ich. »Was auch immer das bedeuten mag.«

Das war die große Frage, oder? Was bedeutete das alles?

»Aber diese Lily hat uns beide jetzt ins Gefängnis gebracht«, sagte Lily.

»Hast du nicht geschrieben, dass du die Gefahr suchst? Na also. Außerdem hat Boris uns ins Gefängnis gebracht. Oder das rote Notizbuch hat uns ins Gefängnis gebracht. War übrigens eine großartige Idee, das mit dem Notizbuch.«

»Stammte von meinem Bruder«, erklärte Lily. »Sorry.«

»Aber du hast das dann doch durchgezogen, oder?«

Lily nickte. »Was auch immer das bedeuten mag.«

Ich zog meinen Stuhl auf die andere Seite, sodass wir jetzt nebeneinander am Tisch saßen.

»Es bedeutet jedenfalls etwas«, sagte ich. »Und zwar sehr viel. Wir kennen uns beide noch gar nicht, oder? Und ich gebe gern zu, dass ich … also ich hab kurz gedacht, dass es vielleicht am besten wäre, wenn wir uns nur schreiben und das Notizbuch hin und her tauschen, bis wir neunzig sind. Aber das Schicksal wollte es anders. Und wer bin ich, mich gegen das Schicksal stemmen zu wollen?«

Lily errötete. »›Und wie war euer erstes Date, Lily? Was habt ihr denn da gemacht?‹ – ›Ach, wir sind aufs Polizeirevier gegangen und haben da aus Styroporbechern Wasser getrunken.‹ – ›Hört sich sehr romantisch an.‹ – ›Oh ja, das war es.‹«

»›Und was habt ihr bei eurer zweiten Verabredung gemacht?‹«, fuhr ich fort. »›Ach, da haben wir Pläne geschmiedet, wie wir eine Bank ausrauben können. Nur hat sich dann herausgestellt, dass es eine Samenbank war, und im Wartezimmer sind die ganzen Möchtegernmütter wütend über uns hergefallen und wir sind gleich wieder im Gefängnis gelandet.‹ – ›Klingt total aufregend.‹ – ›Oh ja, das war es. Und so ist es dann immer weitergegangen. Falls ich mich mal nicht mehr an unsere ersten Verabredungen erinnern kann, brauch ich nur einen Blick in unser Vorstrafenregister zu werfen.‹«

»›Und was hat dich damals zu ihr hingezogen?‹«, fragte sie.

»Hmm, wenn ich ehrlich bin«, antwortete ich dem fiktiven Interviewer, »war es die Art und Weise, wie sie Babys fangen kann. Das hat wirklich Stil. Ganz große Klasse. – Und du? Was hat dich denken lassen, wow, den Kerl darf ich mir nicht entgehen lassen?«

»Ich mag einfach einen Mann, der eine Leine auch dann nicht loslässt, wenn es ihn ins Verderben führt.«

»Gute Antwort«, sagte ich. »Sehr gute Antwort.«

Ich dachte, dass Lily sich über mein Kompliment freuen würde. Stattdessen seufzte sie und rutschte auf ihrem Stuhl tiefer.

»Was denn?«, fragte ich.

»Und was ist mit Sofia?«, sagte sie.

»Sofia?«

»Ja. Boomer hat eine Sofia erwähnt.«

»Ach so, Boomer.«

»Liebst du sie?«

Ich schüttelte den Kopf. »Ich kann sie nicht lieben. Sie lebt in Spanien.«

Lily lachte auf. »Für deine Aufrichtigkeit bekommst du Extrapunkte.«

»Nein, im Ernst«, sagte ich. »Ich finde sie tatsächlich toll. Und ich mag sie jetzt zwanzigmal mehr als zu der Zeit, als wir noch zusammen waren. Aber Liebe braucht eine Zukunft. Und das mit Sofia und mir hat keine Zukunft. Wir hatten ein paar schöne Augenblicke in der Gegenwart miteinander, das ist alles.«

»Glaubst du wirklich, dass Liebe eine Zukunft braucht?«

»Absolut.«

»Gut«, sagte Lily. »Ich nämlich auch.«

»Gut«, sprach ich ihr nach und beugte mich zu ihr. »Ich nämlich auch.«

»Sprich mir nicht nach, was ich gesagt habe«, sagte sie und gab mir einen Klaps auf den Arm.

»Sprich mir nicht nach, was ich gesagt habe«, murmelte ich lächelnd.

»Sei nicht albern«, sagte sie, mit einer fröhlich rumalbernden Stimme.

»Sei du nicht albern«, sagte ich.

»Lily ist das tollste Mädchen, das ich kenne.«

Ich kam noch näher. »Lily ist das tollste Mädchen, das ich kenne.«

Einen Augenblick lang vergaßen wir beide, wo wir waren.

Dann kehrten die beiden Polizisten zurück und erinnerten uns wieder daran.

»Okay«, sagte Officer White, der ein Schwarzer war, »vielleicht freut es euch ja zu hören, dass die Videos von euren Heldentaten heute Nachmittag auf YouTube bereits zweihunderttausendmal aufgerufen wurden. Und ihr seid aus jedem nur denkbaren Blickwinkel aufgenommen worden – es ist schon fast ein Wunder, dass nicht auch noch die Statue von George Washington ein iPhone herausgezogen und Fotos an Freunde verschickt hat.«

»Wir haben uns das Material sehr genau angesehen«, sagte

Officer Black, der ein Weißer war, »und sind zu der Schlussfolgerung gelangt, dass von euch hier im Raum nur einer schuld an der ganzen Sache ist.«

»Ich weiß, Sir«, unterbrach ich ihn. »Es war einzig und allein meine Schuld. Sie hatte wirklich überhaupt nichts damit zu tun.«

»Nein, nein, nein«, mischte Lily sich ein. »Ich war es. Ich habe das Plakat an den Baum geklebt. Das sollte nur ein Witz sein. Aber die Mütter sind daraufhin irgendwie durchgedreht.«

»Jetzt mal im Ernst«, sagte ich, zu Lily gewandt. »Du hast nichts anderes gemacht, als das Baby zu retten. Sie waren allein hinter mir her.«

»Nein. Das ist alles wegen mir passiert. Sie haben gedacht, dass ich das Baby klauen will. Dabei will ich wirklich keines.«

»Keiner von euch beiden ist schuld«, verkündete Officer White.

Officer Black deutete mit dem Finger auf Boris. »Wenn jemand verantwortlich für dieses Durcheinander ist, dann der Vierbeiner da.«

Boris tapste schuldbewusst ein paar Schritte zurück.

Officer White schaute mich an. »Was den kleinen einäugigen Piraten betrifft, so konnten wir bei ihm keine Verletzungen feststellen. Selbst wenn er also in der Hitze einer Schneeballschlacht am Auge getroffen wurde – und ich behaupte weder, dass dem so war, noch dass dem nicht so war –, gilt deshalb: Wo kein Opfer, da kein Täter.«

»Heißt das, dass wir frei sind?«, fragte Lily.

Officer Black nickte. »Ihr werdet schon sehnlichst erwartet, und wie mir scheint, von einer ganzen Menge von Leuten.«

Officer Black hatte nicht übertrieben. Boomer war da, nicht nur mit Yohnny und Dov, sondern er hatte auch noch Sofia und Priya mitgebracht. Und es hatte den Anschein, als hätte sich Lilys gesamte Familie in den Fluren der Polizeiwache versammelt, angeführt von Großtante Ida.

»Sieh dir das mal an!«, sagte Boomer und hielt mir zwei Ausdrucke unter die Nase, einen von der Website der *New York Post,* den anderen von den *Daily News.*

Beide zeigten dasselbe Wahnsinnsfoto von Lily, wie sie gerade das Baby in ihren Armen auffängt.

UNSERE HELDIN!, verkündete die *Daily News.*

KINDSRÄUBERIN!, brüllte die *Post.*

»Draußen warten Reporter auf euch«, informierte uns Großtante Ida. »Die meisten von ihnen ziemlich aufdringlich.«

Officer Black wandte sich an uns. »Das müsst ihr jetzt entscheiden – wollt ihr berühmt werden oder nicht?«

Lily und ich schauten uns an.

Die Antwort war klar.

»Nein«, sagte ich.

»Ganz bestimmt nicht«, ergänzte Lily.

»Dann hätten wir da noch die Hintertür«, sagte Officer Black. »Folgt mir!«

Inmitten all der Verwandten und Freunde, die gekommen waren, um uns abzuholen, verloren Lily und ich uns etwas aus den Augen. Sofia fragte mich, ob alles in Ordnung sei; Boomer war ganz aus dem Häuschen, und alle wollten alles wissen.

Wir hatten noch nicht einmal Gelegenheit, uns voneinander zu verabschieden. Die Türflügel öffneten sich, und die Polizisten ermahnten uns, uns zu beeilen, weil die Reporter von unserer Flucht schnell Wind bekommen würden.

Lily ging mit ihren Verwandten davon und ich mit meinen Freunden.

Da spürte ich etwas in meiner Tasche.

Schlaues Mädchen, sie hatte mir das Notizbuch zugesteckt.

achtzehn

(Lily)

30. Dezember

Die neuesten Nachrichten verbreiteten sich schnell und überallhin. Sogar bis auf die Fidschis.

Meine Eltern merkten es nicht, aber ich stellte meinen Computerlautsprecher zwischenzeitlich immer wieder auf stumm, während sie per Skype mit mir schimpften. Nur ab und zu klickte ich den Lautsprecher wieder auf laut. Was ich dann von der Tirade mitbekam, reichte mir schnell wieder.

»Wie sollen wir dich denn allein lassen können, Lily, wenn wir nicht darauf vertrauen können, dass …«

Stumm.

Ihre Hände fuchtelten wild am anderen Ende der Welt, während meine Hände sich auf mein neuestes Strickprojekt konzentrierten.

»Wer ist überhaupt dieser Dash? Weiß Opa denn …«

Stumm.

Ich beobachtete, wie Mom und Dad wütend die Koffer zu packen versuchten, während sie gleichzeitig den Computer anschrien.

»Wir müssen jetzt unbedingt zum Flughafen! Wir können

von Glück reden, wenn wir unseren Flug noch erwischen. Hast du eine Ahnung, wie oft wir schon versucht haben …«

Stumm.

Dad rief im Hintergrund irgendetwas in sein Handy, weil es schon wieder geklingelt hatte. Moms Gesicht näherte sich dem Kameraauge.

»Und warum hat sich Langston nicht um dich gekümmert? Auch wenn er krank war, hätte er …«

Stumm.

Ich strickte an meiner neuesten Kreation weiter: einem gestreiften Pulli für Boris im Gefängniskluft-Stil. Als ich das nächste Mal hochblickte, sah ich, dass Mom mit ihrem Zeigefinger auf mich einstach.

Ton laut.

»Und noch etwas, Lily!« Moms Gesicht wurde auf dem Computerbildschirm bedrohlich groß. Es war mir vorher noch nie aufgefallen, aber sie hatte wirklich immer noch eine wunderschöne Haut, was mich für meinen eigenen Alterungsprozess das Beste hoffen ließ.

»Ja, Mami?«, fragte ich, während Dad hinter ihr auf dem Hotelbett saß, mit den Armen wedelte und offensichtlich verzweifelt jemandem etwas zu erklären versuchte.

»Das war großartig von dir, Liebling, wie du das Baby aufgefangen hast.«

Opa fuhr gerade durch Delaware (die Hauptstadt der Autobahngebühren, wie er immer sagt), als Mr Borschtsch ihn anrief, um ihm die Schlagzeilen vorzulesen, dicht gefolgt von den aufgeregten Anrufen der Herren Curry und Cannoli. Zuerst erlitt Opa am Steuer beinahe einen Herzinfarkt. Dann fuhr er am nächsten McDonald's raus, um sich mit einem Big Mac zu beruhigen. Danach rief er Langston an und schrie ihn wütend an, wie es hatte passieren können, dass ich wenige Stunden nach seiner Abreise nach Florida nicht nur im Knast gelandet war, sondern es auch noch zu internationaler Berühmtheit gebracht hatte – und das alles, wo er doch Langston damit beauftragt hatte, in seiner Abwesenheit auf mich aufzupassen.

Dann kehrte Opa um und fuhr nach Manhattan zurück, wo er gerade rechtzeitig zu Hause ankam, um mich in Empfang zu nehmen, als ich mit Langston und Mrs. Basil E. eintraf.

»Du hast Hausarrest, bis deine Eltern wieder da sind und sich selbst um dieses ganze Chaos kümmern können!«, raunzte Opa mich statt einer Begrüßung an. Er deutete auf den armen kleinen Boris. »Und halte dieses Monstervieh von meiner Katze fern!« Boris bellte laut und schien Opa gleich umrempeln zu wollen.

»Sitz, Boris«, sagte ich zu dem Monstervieh.

Boris ließ sich auf den Boden plumpsen und legte seinen Kopf über meine Füße. Er gab ein leises Knurren in Opas Richtung von sich.

»Ich glaube nicht, dass Boris und ich damit einverstanden sind, Hausarrest zu bekommen«, erklärte ich Opa.

»Das ist Unsinn, Arthur«, mischte sich Großtante Ida ein. »Lily hat überhaupt nichts angestellt. Ganz im Gegenteil. Das war alles ein großes Missverständnis. Sie hat ein Baby gerettet! Es wäre was anderes, wenn sie ein Auto gestohlen und damit eine Spritztour gemacht hätte!«

»Jeder weiß, dass nichts Gutes dabei herauskommt, wenn ein junges Mädchen auf der Titelseite der *New York Post* zu sehen ist!«, belferte Opa und zeigte auf mich. »Du hast Hausarrest!«

»Geh in dein Zimmer, Lily-Bär«, flüsterte Großtante Ida

mir ins Ohr. »Ich kümmere mich darum. Und nimm das Pony mit.«

»Bitte erzähl Opa nichts von Dash«, flüsterte ich zurück.

»Da werde ich allerdings nichts mehr machen können«, sagte sie laut.

Das Ende all der elterlichen und großelterlichen Hysterie war, dass ich zwar keinen Hausarrest bekam, mir aber sehr eindringlich nahegelegt wurde, kein öffentliches Aufsehen mehr zu erregen, bis Mom und Dad an Neujahr von den Fidschi-Inseln zurückkamen. Man sprach eine sehr deutliche Empfehlung aus, dass ich zu Hause bleiben und mich den Rest der Zeit erholen sollte.

Nicht dass ich das nicht sowieso gewollt hätte, aber ich bekam strenge Anweisungen, nicht mit der Presse zu sprechen; alles, was ich wegschmiss, durch den Schredder zu jagen; keine Gedanken darauf zu verschwenden, wie ich mich wohl auf dem Cover des *People*-Magazins machen würde (sie wollten ein Exklusiv-Interview, das auf einen Schlag genug Geld einbringen würde, um damit meine gesamte College-Ausbildung zu bezahlen); und falls das Fernsehen anrief, sollten sie zuerst mit meiner Mutter sprechen und nicht mit mir. Um ehrlich zu sein, hoffte inzwischen die ganze Familie, dass so bald wie möglich irgendein Promi starb oder in einen schmutzigen Skandal verwickelt wurde, damit die Klatschblätter sich auf jemand anders stürzten und Lily Dogwalker schnell vergaßen.

Für den Erhalt meines seelischen Gleichgewichts hatte man mir stark geraten, mich nicht selbst zu googeln.

Laut meiner weitläufigen Verwandtschaft gibt es kaum einen Menschen außerhalb der Familie, dem man trauen kann. Am besten flüchtet man deshalb an ihren Busen, bis sich ein solcher Sturm gelegt hat. Aber was ich ganz sicher weiß, ist eins: Einem Hund kann man immer trauen.

Boris mag Dash.

Man erfährt viel über Menschen, wenn man beobachtet, wie sie sich gegenüber Tieren verhalten. Dash hatte keine Sekunde gezögert, nach der Leine von Boris zu greifen, als Gefahr drohte und sich die Krise zuspitzte. Er ist geistesgegenwärtig und ein aufrechter Kerl (außer es sitzt ihm eine WashingtonSquareParkMommy im Kreuz).

Boomer, der auch ein bisschen wie ein Hund ist, mag Dash auch.

Hunde haben mit ihren Instinkten immer recht.

Man muss Dash also einfach mögen.

Die Welt ist voller Möglichkeiten, das hab ich jetzt herausgefunden. Dash. Boris. Ich muss offen bleiben für das, was passieren kann, und darf nicht denken, dass alles hoffnungslos ist, wenn nicht gleich geschieht, was ich mir wünsche. Denn es kann ja stattdessen etwas anderes Großartiges geschehen.

Was Boris betrifft, ist die Sache klar: Er ist eindeutig einer, der bei mir bleiben wird.

Das Herrchen von Boris – Marc, der Kollege meines Cousins Mark von *Strand* – hat Boris nämlich illegal in seinem Ein-Zimmer-Apartment beherbergt, in einem Haus, in dem keine Haustiere erlaubt sind. Bisher war er damit durchgekommen, weil das Gebäude von einer Hausverwaltung betreut wird und kein einziger Eigentümer dort wohnt. Seit aber Boris so berühmt ist (laut einer Umfrage von *New York Post Online* glauben 64 Prozent, dass Boris eine Bedrohung für die Allgemeinheit darstellt, 31 Prozent glauben, dass er ein Opfer seiner eigenen Kraft und Stärke ist, und 5 Prozent finden, dass er auf nicht näher benannte

Weise dorthin zurückgehen soll, wo er hergekommen ist), kann Marc Boris unmöglich unauffällig in seine Wohnung schmuggeln.

Was ich völlig in Ordnung finde, denn ich habe mit sofortiger Wirkung beschlossen, dass mein Zuhause jetzt auch Boris' Zuhause ist. In den weniger als vierundzwanzig Stunden, die er sich in meiner Obhut befindet, hat er bereits »Sitz!«, »Bei Fuß!«, »Nicht betteln!« (wenn wir am Tisch sitzen) und »Nein! Fallen lassen!« (Opas Pantoffeln, die er schon fast bis zur Unkenntlichkeit zerkaut hat) gelernt. Das Problem war bisher ganz klar, dass sein Herrchen ihm weder die nötige Zuwendung geschenkt noch die richtigen Werte vermittelt hat, um sich vielversprechend zu entwickeln und ein anständiges Mitglied der Gesellschaft zu werden. Marc war außerdem (laut Internet) ein unzuverlässiger Haufenaufklauber und benutzte Boris nur als Vorwand, um im Park Mädchen kennenzulernen. Was mich aber wirklich stutzig machte, waren die SMS, in denen Marc immer wieder beteuerte, ich solle Boris ruhig so lang behalten, wie ich wollte. Ein Bullmastiff ist ein Hund, der viel Zuwendung braucht. Marc hat Boris einfach nicht verdient.

Boris und ich hatten eine Nacht zusammen im Gefängnis verbracht. Wir waren für alle Ewigkeit ein eingeschworenes Team. Na gut, es waren nur ein paar Stunden in einem Vernehmungsraum auf dem Polizeirevier gewesen, gemeinsam mit einem extrem netten, süßen Jungen. Aber das hat uns einander sehr nahegebracht. Boris hat jetzt eine neue Heimat bei mir gefunden und Mom und Dad und alle anderen werden sich damit abfinden müssen. Um Familienmitglieder kümmert man sich einfach und Boris gehört jetzt zur Familie.

Mein wahres Krisenmanagement-Team aber sollte aus Alice Gramble sowie Heather Wong und Nikesha Johnson bestehen, zwei anderen Mädchen aus meiner Fußballmannschaft.

Als wir alle zusammen in meinem Zimmer saßen, sagte Alice: »Also, Lily. Obwohl wir uns jetzt schon so lange kennen, haben wir dich ja nie, also du weißt schon, nie *richtig* kennengelernt. Und als uns jetzt dein Opa angerufen und uns zu einer Pyjamaparty bei dir eingeladen hat, damit du nicht aus dem Haus gehst, haben wir uns gedacht …«

»Die Pyjamaparty war meine Idee«, protestierte ich. »Opa hatte nur mein Handy versteckt, deshalb konnte ich euch nicht selber anrufen.«

»Hast du es wiedergefunden?«, fragte Alice.

»Na klar. In der Keksdose. Wo sonst. Er hat sich noch nicht mal richtig Mühe gegeben.«

Alice grinste. »Also, die Mädels und ich, wir haben uns für dich was Hübsches ausgedacht.« Sie beugte sich über mein Laptop und rief einen Videoclip auf YouTube auf. »Weil du dich in den Medien nicht selbst verteidigen darfst, haben wir beschlossen, das auf andere Weise zu lösen. Nämlich durch Fußball.«

»Hä?«, machte ich.

Nikesha sagte: »Du bist so eine verdammt gute Torfrau! Und wer anders als eine verdammt gute Torfrau hätte das Baby so auffangen können? Eine Torfrau fängt Babys einfach instinktiv. Nicht um sie zu stehlen! Sondern um sie zu retten.«

Heather sagte: »Schau's dir an« und startete das Video.

Und da war es. Zur Musik von *Stop* von den Spice Girls hatten meine Mannschaftskameradinnen eine Reihe von Fotos und Clips zusammengestellt, die mich ganz in meinem Element als Torfrau zeigten – rennend, hechtend, springend, fliegend und vor allen Dingen fangend.

Ich hatte ja keine Ahnung gehabt.

Ich hatte keine Ahnung gehabt, dass meine Mitspielerinnen gemerkt hatten, was für eine gute Torfrau ich war.

Vielleicht hatte ich aber auch vorher nie wirklich gespürt, dass wir alle ein Team waren. Vielleicht war ich mir immer selber im Weg gestanden und hatte deshalb nie Freundschaften geschlossen.

Als der Videoclip zu Ende war, umarmten mich die drei Mädchen alle gleichzeitig – die Art Siegerinnenumarmung, die wir bisher auf dem Fußballplatz noch nie gemacht hatten. Ich konnte einfach nicht mehr anders. Mir liefen die Tränen übers Gesicht – kein peinliches Schluchzen, aber ein paar aufrichtige, alberne Tränen der Freude und Dankbarkeit.

»Wow. Danke.« Mehr brachte ich nicht heraus.

»Wir haben *Stop* ausgesucht, weil du das ja dauernd machst – das andere Team davon abhalten, ein Tor zu schießen und zu gewinnen«, sagte Heather. »Und genauso hast du auch das Baby aufgefangen.«

Nikesha sagte: »Und außerdem ist das auch als Hommage an Beckham gedacht.«

»Na klar«, machten Alice und ich gleichzeitig.

Heather sagte: »Und wenn du erst mal die Kommentare liest – na ja, das sind inzwischen 845, also lass es vielleicht besser. Aber ich hab sie anfangs mal überflogen und da waren gleich schon fünf Heiratsanträge dabei. Stell dir vor, der Clip ist schon 95223-mal angeklickt worden – nein, jetzt in der Sekunde sind es schon 95225 Klicks. Na ja, und wie gesagt, lauter Heiratsanträge und andere unsittliche Angebote. Aber ich hab dazwischen auch noch die Mails von ein paar College-Trainern gelesen, die wollen, dass du bei ihnen mal vorbeischaust.«

Boris ließ dazu ein zustimmendes Bellen von seinem Hundekissen in der Zimmerecke aus vernehmen.

31. Dezember

»Benny und ich sind wieder zusammen«, verkündete Langston beim Mittagessen. Die Übernachtungsmädels waren alle gegangen, um sich ihren Silvestervorbereitungen zu widmen, und Opa telefonierte oben in seiner Wohnung mit Mabel. Er wollte sie dazu überreden, ihr geliebtes Miami für ein paar Tage zu verlassen und ihn in New York zu besuchen – im *Januar!* –, damit er nicht noch mal nach Florida fahren musste und dann wieder zurück nach New York, dann wieder nach Florida und wieder zurück nach New York, und das alles innerhalb weniger Tage.

Männer können sich einfach nicht entscheiden, was sie wollen.

»Wie? Ich hab gedacht, ein paar Tage Trennung wären einfach zu viel für dich und Benny?«, fragte ich.

»Ja, schon«, sagte Langston. »Aber dann haben wir uns überlegt, also, du weißt schon, wir haben für dich ja die Sache mit dem roten Notizbuch angefangen, und das bedeutet, dass wir ein gemeinsames Kismet haben.«

»Und ihr habt euch gegenseitig vermisst! Und habt beschlossen, euch das einzugestehen, und wollt jetzt ein richtiges Paar sein?«

»So weit würde ich dann doch nicht gehen«, sagte Langston. »Sagen wir einfach mal, Benny und ich haben uns heute um Mitternacht zu einem Skype-Date verabredet, während er noch in Puerto Rico ist. Exklusiv und hinter verschlossenen Türen. Kein Babysitten bei dir und deinesgleichen.«

»Is ja doll! Außerdem warst du nicht mein Babysitter.«

»Ich weiß. Und das kannst du mir glauben, dafür werde ich mir für den Rest meines Lebens von der ganzen Familie Vorwürfe anhören müssen.«

»Danke, Bruder, dass du nicht auf mich aufgepasst hast. Ich hatte ein paar tolle Tage.« Aber etwas an der Geschichte mit dem roten Notizbuch beunruhigte mich immer noch. »Langston?«, fragte ich.

»Ja, mein Lily-Bärchen? Mein Gold-Promi-Bärchen?«

Das Letzte ignorierte ich. »Was wenn er in Wirklichkeit *dich* mag?«

»Wer mich mag? Was meinst du?«

»Dash. Das mit dem roten Notizbuch. Es war deine Idee. Ich hab die ersten Einträge zwar selbst geschrieben, aber die Ideen und die Formulierungen stammten alle von dir. Vielleicht ist die Person, in die sich Dash möglicherweise verliebt hat, nur ein Produkt seiner Fantasie, das du erschaffen hast?«

»Na, und wenn schon? Du hast mit dem Notizbuch weitergemacht. Du hast dich in dieses Abenteuer gestürzt! Und jetzt schau, was draus geworden ist! Ich hab mir in meinem Zimmer die Seele aus dem Leib gehustet und mit meinem Freund Schluss gemacht, was ein Fehler war. Du dagegen bist raus in die Welt und hast das Heft selbst in die Hand genommen!«

Er kapierte es nicht.

»Aber Langston. Wenn ... wenn Dash nicht wirklich *mich* mag? Mich, wie ich bin, nicht sein Idealbild von mir?«

»Ja, und was dann?«

Ich hatte erwartet, dass mein Bruder sich auf meine Seite schlagen und mir erklären würde, er sei sich ganz sicher, dass Dash wirklich *mich* mochte. »Wie?«, fragte ich beleidigt.

»Ich meine, was wäre so schlimm, wenn Dash dich nicht mehr mag, sobald er dich besser kennengelernt hat?«

»Ich weiß nicht, ob ich dieses Risiko wirklich eingehen möchte.« Verletzt zu werden. Abgewiesen zu werden. Wie das Langston passiert war.

»Wer nicht wagt, der nicht gewinnt. Du kannst dich nicht für immer hinter Opas breiten Schultern verstecken. Ich hab das Gefühl, dass du da schon seit einiger Zeit rausgewachsen bist. Dass Mom und Dad weg waren und die Sache mit dem Notizbuch – das hat da nur etwas nachgeholfen. Jetzt musst du selber rausfinden, ob das mit Dash für dich passt oder nicht. Und ob du für ihn die Richtige bist. Das Risiko musst du eingehen.«

Ich wollte so gern daran glauben, aber meine Furcht war so groß und niederschmetternd, genauso überwältigend wie meine Sehnsucht. »Und wenn das alles nur ein Traum war? Wenn wir uns miteinander bloß langweilen?«

»Wie kannst du das wissen, wenn du es nicht ausprobierst?« Und dann zitierte Langston aus einem Gedicht des Poeten, nach dem er benannt war, Langston Hughes. »Ein aufgeschobener Traum ist ein aufgegebener Traum.«

»Bist du über ihn hinweg?«, fragte ich.

Wir wussten beide, dass ich damit nicht Benny meinte, sondern den Jungen, der ihm so schlimm das Herz gebrochen hatte. Seine erste große Liebe.

»In gewisser Weise werde ich nie über ihn hinweg sein«, sagte Langston.

»Aber das ist so eine unbefriedigende Antwort.«

»Weil du sie falsch interpretierst. Ich meine das nicht wehmütig oder pathetisch. Ich will damit sagen, dass die Liebe, die ich für ihn empfunden habe, groß und wirklich war, und ja, er hat mir damals sehr wehgetan, aber die Liebe zu ihm hat mich für immer verändert, genauso wie die Tatsache, dass ich dein Bruder bin, mich immer wieder verändert und diese Veränderungen mich auch immer wieder zu einem anderen Bruder werden lassen; was umgekehrt ja auch alles für dich gilt. Die wichtigen Menschen in unserem Leben hinterlassen Spuren. Rein körperlich mögen sie kommen oder gehen, aber sie sind für immer in unserem Herzen, denn sie haben dazu beigetragen, dieses Herz zu formen. Daran ist nicht zu rütteln.«

Mein Herz trieb mich zu Dash, das war einfach so. Um in seine Arme zu fallen und/oder damit er über mich hinwegtrampelte. Ich musste das Wagnis eingehen, um herauszufinden, ob und was ich dann gewinnen würde.

Unter dem Tisch leckte Boris mir die Knöchel. Ich sagte: »Boris wird bei mir bleiben. Er hat eine Spur in meinem Herzen hinterlassen. Mom und Dad werden sich einfach damit abfinden müssen.«

»Wie das Schicksal so spielt. Soll ich dir was verraten? Dein großes Weihnachtsgeschenk an Neujahr wird sein, dass Mom und Dad dir endlich erlauben, ein Haustier zu haben.«

»Echt? Und was wenn wir dann auf die Fidschis ziehen?«

»Das wird sich schon alles klären. Wenn sie wirklich wegziehen, werden sie die Wohnung hier trotzdem behalten, und ich werde hier wohnen, solange ich an der NYU studiere. Ich glaube nicht, dass Mom und Dad vorhaben, das ganze Jahr auf den Fidschis zu leben – nur während der Schulhalbjahre. Ich kann mich also um Boris kümmern, falls du wirklich mit ihnen dorthin umziehen solltest und Boris womöglich nicht durch den Fidschi-Zoll kommt. Na, wär das nicht ein schönes Weihnachtsgeschenk von deinem Bruder?«

»Du warst wohl zu sehr mit Benny beschäftigt, um mir was Richtiges zu besorgen?«

»Jep. Und wie wäre es, wenn du im Gegenzug – statt dem Pullover, den du mir bestimmt gestrickt hast, und statt den vielen Plätzchen, die du mir bestimmt für unser Weihnachtsfest an Neujahr gebacken hast – einfach Opa erzählst, dass ich nichts für dein ganzes Chaos konnte, und ihn ein bisschen von mir ablenkst?«

»Okay«, sagte ich. »Lasst das Mädchen mal für sich selbst verantwortlich sein. Höchste Zeit dafür.«

»Apropos … Was machst du eigentlich heute Abend, Lily? Allmählich darfst du doch auch wieder raus, oder? Wird Monsieur Dashiell dich zu Silvester in unserer schönen Stadt ausführen?«

Ich seufzte und schüttelte den Kopf. Es hatte keinen Zweck, ich musste es offen bekennen: »Seit unserem Nachmittag auf dem Polizeirevier hat er mich weder angerufen noch mir eine Mail geschrieben oder das Notizbuch zurückgeschickt.«

Ich stand abrupt auf, um in mein Zimmer zu gehen, mich schrecklich zu bemitleiden und heimlich viel zu viel Schokolade zu futtern.

Natürlich hätte ich Dash eine SMS oder eine E-Mail schreiben (oder ihn sogar anrufen?!?!?!) können, aber da wäre ich mir irgendwie zu aufdringlich vorgekommen. Dash war ein Junge, der seinen Rückzug brauchte und das Alleinsein liebte.

Es war an ihm, mit mir Kontakt aufzunehmen. Er war dran.

Oder?

Was sagte es über mich aus, dass er das bisher nicht getan hatte?

Wahrscheinlich mochte er mich einfach nicht so sehr, wie ich ihn mittlerweile mochte. Wahrscheinlich war ich einfach nicht so hübsch und interessant wie diese Sofia. Wohingegen mir das hübsche Gesicht von Dash dauernd vor den Augen herumschwebte und ich ständig an ihn denken musste.

Unerwidert.

Es war irgendwie nicht fair, dass ich ihn vermisste. Nicht so sehr seine Gegenwart – so oft hatten wir uns ja gar nicht gesehen –, aber unsere Verbundenheit durch das rote Notizbuch. Zu wissen, dass er irgendwo in der Welt etwas dachte oder tat, was er mir auf die eine oder andere Weise mitteilen würde.

Ich lag auf dem Bett, in Tagträumereien über Dash versunken, und langte nach unten, um mir von Boris tröstend den Handrücken lecken zu lassen, aber Boris war nicht da.

Das laute Summen der Klingel ließ mich hochfahren. Ich sprang auf und lief in den Flur, um aufzumachen. »Hallo?«, rief ich durch die geschlossene Tür.

»Ich bin's, deine Lieblingsgroßtante. Ich hab den Schlüssel drinnen vergessen, als ich gekommen bin, um Boris zum Gassigehen abzuholen.«

Boris!!!

Zwanzig Minuten war er fort gewesen. Wahrscheinlich war ich deswegen so trübsinnig geworden. Boris hatte mich noch kein einziges Mal so hängen lassen wie Dash.

Ich machte auf, um Mrs Basil E. und Boris hereinzulassen.

Boris stupste mich auffordernd an und ich sah zu ihm hinunter.

Was er im Maul trug, war kein Hundeknochen oder die zerfetzte Jacke eines Briefträgers. Was er mir da leicht sabbernd entgegenhielt, war, mit einer großen roten Schleife umwickelt – das rote Notizbuch.

neunzehn

– Dash –

30. Dezember

Nach meiner Entlassung aus dem Knast zogen wir uns in die Wohnung meiner Mutter zurück. Die Überdosis Adrenalin in unseren Körpern hatte bemerkenswerte Auswirkungen – einen andauernden Wechsel zwischen Schweben und Hüpfen, als hätte die Aufregung über meine wiedererlangte Freiheit die Welt in ein riesiges Trampolin verwandelt.

Kaum waren wir drinnen, stürmten Yohnny und Dov in die Küche, um den Kühlschrank zu plündern. Mit der Ausbeute waren sie ganz und gar nicht zufrieden.

»Süßer Nudelauflauf?«, fragte Yohnny.

»Ja, hat meine Mom gemacht«, erklärte ich. »Heb ich mir immer bis ganz zum Schluss auf.«

Während Priya aufs Klo ging und Boomer auf dem Handy seine Mails checkte, marschierte Sofia in mein Zimmer. Nicht mit irgendwelchen zweideutigen Absichten – nur um mal zu gucken, wie es dort inzwischen aussah.

Sie überflog die Zitate, die ich an die Wand gepinnt hatte. »Hat sich nicht groß was verändert hier drin«, bemerkte sie.

»Kleine Dinge haben sich schon verändert«, sagte ich. »An

der Wand hängen ein paar neue Zitate. Im Regal stehen ein paar neue Bücher. Bei ein paar von den Bleistiften fehlt inzwischen der Radiergummi. Die Bettwäsche wird jede Woche gewechselt.«

»Obwohl es also wirkt, als hätte sich nichts verändert …«

»… verändert sich alles die ganze Zeit, meistens in kleinen Schritten. Ich glaub, genau so geht es im Leben eben.«

Sofia nickte. »Komisch, wie wir sagen, so *geht* es. Geht das Leben denn?«

»Ich weiß es nicht. Aber *Wie es im Leben eben kommt* klingt irgendwie so sperrig.«

»Dabei sieht man manchmal sogar, wie etwas Neues im Leben auf einen zukommt, oder? Da kann plötzlich so ein Mädchen kommen und hält ein Baby im Arm.«

Ich schaute sie an und suchte in ihrem Gesicht nach einer Spur von Sarkasmus oder Gemeinheit. Und Trauer – ich suchte auch nach Trauer oder Bedauern. Aber nichts davon; alles was ich fand, war ein heiteres Lächeln.

Ich setzte mich aufs Bett und stützte den Kopf in die Hände. Doch dann fand ich das viel zu dramatisch und sah zu Sofia hoch.

»Ich verstehe überhaupt gar nichts mehr«, gestand ich ihr.

Sie sah zu mir herab.

»Und ich kann dir leider nicht helfen«, sagte sie, »so gern ich das täte.«

So stand das also um uns beide. Es war einmal vor langer, langer Zeit, in der Bilderbuchphase unserer Beziehung, da hatte ich mir und ihr vorgemacht, ich könnte sie lieben, obwohl ich sie nur ganz gern mochte. Und jetzt hatte ich keine Lust, mir noch irgendwelche Illusionen zu machen, dass wir jemals ein Liebespaar sein würden – aber ich mochte sie wie verrückt.

»Meinst du, es könnte uns gelingen, auf sehr lange Sicht reif und erwachsen miteinander umzugehen?«, fragte ich.

Sie lachte. »Du meinst, ob wir den Mist, den wir beide gebaut haben, zusammentragen sollen, um daraus vielleicht ein bisschen klüger zu werden?«

»Ja«, sagte ich. »Das wäre fein.«

Ich hatte das Gefühl, dass wir unseren neuen Pakt besiegeln mussten. Küssen kam nicht infrage. Eine Umarmung wäre mir zu trotzig vorgekommen. Deshalb streckte ich ihr meine Hand hin. Sofia schüttelte sie. Und dann standen wir auf, um zu den anderen zu gehen.

Ich konnte nicht aufhören, an Lily zu denken und mich zu fragen, was sie wohl gerade machte. Wie es ihr ging. Was sie fühlte. Das war für mich alles sehr verwirrend; aber nicht so, dass es mich verstört hätte. Ich wollte sie wiedersehen, wie ich noch nie jemand hatte wiedersehen wollen.

Das Notizbuch war bei mir. Ich brauchte nur etwas Zeit, um herauszufinden, wie ich es ihr sagen wollte.

Meine Mutter rief an, um zu hören, wie bei mir denn alles so lief. Sie hatte in ihrem Spa keinen Internetzugang und war nicht der Typ, der im Urlaub den Fernseher anstellte. Deshalb musste ich ihr nichts erklären. Ich erzählte ihr nur, dass gerade ein paar Leute bei mir seien und wir uns alle anständig benehmen würden.

Von meinem Vater wusste ich, dass er normalerweise alle fünf Minuten per Handy die neuesten Nachrichten überflog. Wahrscheinlich hatte er sogar die Überschrift auf der Website der *New York Post* gesehen und auch die Fotos. Er erkannte seinen Sohn nur nicht.

Später am Abend, nach einem John-Hughes-Film-Marathon, bat ich Boomer, Sofia, Priya, Yohnny und Dov, noch auf der Couch im Wohnzimmer sitzen zu bleiben, und schleppte aus dem Arbeitszimmer meiner Mutter ein Whiteboard herein.

»Bevor ihr geht«, sagte ich, »möchte ich mit euch noch ein kurzes Symposium über die Liebe abhalten.«

Ich nahm einen roten Filzstift – also, ich meine, warum nicht? – und schrieb das Wort *Liebe* auf die Tafel.

»Hier hätten wir sie also«, sagte ich, »die Liebe«, und malte ein Herz darum. Keines von der medizinischen Sorte. Eines von der stilisierten Sorte.

»So sieht sie in einem frühen Stadium aus, voller Ideale. Aber dann … kommen die Worte.«

Ich schrieb das Wort *Worte* überall auf die Tafel, auch quer über das Wort *Liebe.*

»Und Gefühle.«

Ich schrieb *Gefühle* auf die Tafel, wieder kreuz und quer über alles, was ich bereits geschrieben hatte.

»Und Erwartungen. Und eine gemeinsame Geschichte. Und Gedanken. Kannst du mir mit dem Schreiben helfen, Boomer?«

Jeder von uns schrieb jedes der drei Wörter mindestens zwanzigmal auf die Tafel.

Das Ergebnis?

Totale Unleserlichkeit. Nicht nur die *Liebe* war verschwunden, man konnte auch sonst nichts mehr entziffern.

»Das«, sagte ich und hielt die Tafel hoch, »ist, womit wir es zu tun haben.«

Priya sah verwirrt aus – mehr durch mich als durch das, was ich sagte. Sofia wirkte immer noch belustigt. Yohnny und Dov kuschelten sich noch enger aneinander. Boomer, immer noch mit dem Stift in der Hand, schien über irgendetwas zu brüten.

Er hob die Hand.

»Ja, Boomer?«, fragte ich.

»Du behauptest, dass man entweder in jemand verliebt ist oder nicht in jemand verliebt ist, richtig? Und wenn man verliebt ist, dann kommt irgendwann so was raus?«

»Ja, so ungefähr.«

»Aber was ist, wenn es sich dabei um gar keine Ja-Nein-Entscheidung handelt?«

»Ich verstehe nicht, was du meinst.«

»Ich meine, dass Liebe vielleicht gar keine Frage von Ja oder Nein ist. Es ist doch nicht so, dass man entweder verliebt oder nicht verliebt ist. Gibt es da nicht total viele Abstufungen? Und vielleicht legt sich ja dieses ganze andere, die Worte und Erwartungen und was auch immer, gar nicht über die Liebe. Vielleicht ist es mehr wie eine Landkarte, auf der alles seinen eigenen Platz hat, und wenn man das dann vom Himmel aus sieht, also ich meine – *boah*.«

Ich blickte zur Tafel. »Ich glaube, deine Landkarte ist aufgeräumter als meine«, sagte ich. »Aber kommt nicht immer so was heraus, wenn die zwei richtigen Menschen im richtigen Augenblick aufeinandertreffen? Ich meine, ergibt das nicht immer Chaos?«

Sofia kicherte.

»Was denn?«, fragte ich.

»Die richtige Person und der richtige Augenblick – das ist das falsche Konzept, Dash«, sagte sie.

»Total«, stimmte Boomer ihr zu.

»Was meint sie damit?«, fragte ich ihn.

»Was ich meine«, sagte Sofia, »ist, dass es normalerweise eine faule Ausrede ist, wenn die Leute sagen *richtige Person, falscher Zeitpunkt* oder *falsche Person, richtiger Zeitpunkt.* Sie tun dann nämlich einfach so, als würde ihnen das Schicksal übel mitspielen. Sie tun so, als wären wir alle nur Marionetten in einer gigantischen Liebeskomödie, bei der Gott die Strippen zieht und sich dabei höllisch amüsiert. Aber nicht das Universum entscheidet darüber, was richtig oder falsch ist. Sondern du. Ja, man kann darüber nachgrübeln, bis man blau im Gesicht ist, ob eine Geschichte zu einem anderen Zeitpunkt oder mit einem anderen Menschen anders hätte ausgehen können. Aber weißt du, was du davon nur wirst?«

»Blau im Gesicht?«, fragte ich.

»Ganz genau.«

»Du hast doch das Notizbuch, oder?«, mischte sich Dov ein.

»Das hast du doch hoffentlich nicht verloren?«, fügte Yohnny hinzu.

»Ja«, sagte ich. »Ich meine, nein.«

»Worauf wartest du dann noch?«, fragte Sofia.

»Dass ihr alle geht?«, sagte ich.

»Gut«, sagte sie. »Du weißt jetzt, was deine Hausaufgabe ist. Es liegt ganz bei dir, nicht in der Hand des Schicksals.«

Ich wusste immer noch nicht, was ich schreiben sollte. Das Notizbuch lag neben mir auf dem Kopfkissen, beide starrten wir an die Decke. Irgendwann schlief ich ein.

31. Dezember

Am nächsten Morgen, beim Frühstück, kam mir eine geniale Idee. Ich rief sofort Boomer an.

»Du musst mir einen Gefallen tun«, sagte ich.

»Wer ist dran?«, fragte er.

»Ist deine Tante in der Stadt?«

»Meine Tante.«

Ich erklärte ihm meine Idee.

»Du willst dich mit meiner Tante treffen?«, fragte er.

Ich erklärte es ihm noch einmal.

»Ach so!«, sagte er. »Das dürfte kein Problem sein.«

Ich wollte nicht zu viel verraten. Ich schrieb diesmal nur den Zeitpunkt und den Ort auf, an dem wir uns treffen sollten. Sobald mir die angemessene Stunde für einen Besuch gekommen zu sein schien, machte ich mich zu Großtante Ida auf. Ich traf sie unterwegs auf der Straße an.

»Deine Eltern lassen dich einfach so herumlaufen?«, forschte sie mich aus.

»Sozusagen«, antwortete ich.

Ich überreichte ihr das Notizbuch.

»Falls Lily für das nächste Abenteuer bereit ist«, sagte ich.

»Du weißt, dass Routine das Salz des Lebens ist«, merkte sie an, »deshalb brauchen wir immer wieder andere Gewürze.«

Sie wollte nach dem Notizbuch greifen, aber Boris kam ihr zuvor.

»Böses Mädchen!«, tadelte sie ihn.

»Ich bin mir ziemlich sicher, dass Boris ein Junge ist«, sagte ich.

»Ja, ja, weiß ich doch«, versicherte mir Großtante Ida. »Aber ich verwirre ihn gern ein wenig.«

Dann spazierten sie und Boris mit meiner Zukunft davon.

Als Lily um fünf Uhr eintraf, spürte ich, dass sie etwas enttäuscht war.

»Oh«, sagte sie, als sie auf die Eislaufbahn am Rockefeller Center blickte. »Schlittschuhläufer. Millionen davon. Mit Sweatshirts aus allen fünfzig Bundesstaaten.«

Meine Nerven fuhren Achterbahn, als sie jetzt so vor mir stand. Es würde unser erster Versuch werden, ein halbwegs normales Gespräch miteinander zu führen, es sei denn, uns kämen erneut Hunde oder Mütter dazwischen. Und ich war in halbwegs normalen Gesprächen lange nicht so gut wie im schriftlichen Ausdruck – oder wenn mir in einem surrealen Augenblick das Adrenalin durch die Adern schoss. Ich wollte sie unbedingt mögen, und ich wollte unbedingt, dass sie mich mochte, und das waren mehr Wünsche auf einmal als seit einer Ewigkeit.

Es liegt ganz bei dir, nicht in der Hand des Schicksals.

Wahr gesprochen. Aber es lag auch bei Lily.

Das war der komplizierteste Teil.

Ich gab vor, von ihrer wenig begeisterten Reaktion auf meinen Allerweltstreffpunkt verletzt zu sein. »Hast du keine Lust auf Eislaufen?«, sagte ich schmollend. »Ich dachte, das wäre so *romantisch.* Wie in einem Film. Mit Prometheus, der über uns wacht. Denn ehrlich, was passt besser als Prometheus, der über eine *Eislaufbahn* wacht? Ich bin sicher, dass er genau deshalb für uns Menschen das Feuer geraubt hat – damit wir irgendwann imstande sind, Eislaufbahnen zu bauen. Und danach, wenn wir in diesem Verkehrsstau von Schlittschuhläufern ein paar Runden gedreht haben, könnten wir zum Times Square gehen, eingezwängt zwischen zwei Millionen Menschen, ohne Klo, sieben Stunden lang, bis Mitternacht. Hey, sag schon Ja. Du weißt, dass du das möchtest.«

Es war irgendwie süß. Sie hatte nicht gewusst, für welchen Anlass sie sich anziehen sollte, deshalb hatte sie es offenbar irgendwann aufgegeben und einfach angezogen, worauf sie selbst gerade Lust hatte. Das gefiel mir. Genauso wie mir gefiel, dass sie ihren Unwillen nicht verbergen konnte, mit mir in einer solchen Menge ganz-und-gar-nicht-allein zu sein.

»Oder …«, sagte ich. »Es gäbe da auch noch Plan B.«

»Plan B«, sagte sie sofort.

»Willst du dich überraschen lassen oder es lieber schon vorher wissen?«

»Oh«, sagte sie. »Natürlich lieber überraschen lassen.«

Wir kehrten Prometheus in seinem goldenen Ring den Rücken und gingen los. Nach ungefähr drei Schritten blieb Lily stehen.

»Weißt du was«, sagte sie. »Das war gelogen. Ich möchte es doch lieber vorher wissen.«

Also sagte ich es ihr.

Sie gab mir einen Klaps auf den Arm.

»Ja, klar«, sagte sie.

»Ja«, sagte ich. »Klar.«

»Ich glaub dir kein Wort von dem, was du sagst … aber sag's noch mal.«

Deshalb sagte ich es noch mal. Und diesmal zog ich einen Schlüssel aus der Tasche und ließ ihn ihr vor der Nase baumeln.

Boomers Tante ist berühmt. Ich werde jetzt keinen Namen nennen, aber es ist einer, den jeder kennt. Sie gibt mehrere

Zeitschriften heraus. Sie hat praktisch ihren eigenen Fernsehsender. Die Haushaltswarenlinie einer großen Kaufhauskette trägt ihren Namen. Ihr Koch-und-Back-Studio ist weltberühmt. Und ich hatte den Schlüssel dazu in der Hand.

Ich knipste alle Lichter an, und da waren wir: mitten in der prächtigsten Backstube von ganz New York City, einem wahren Backpalast.

»Okay, worauf hast du Lust?«, fragte ich Lily.

»Du machst wohl Witze«, sagte sie. »Dürfen wir hier wirklich was anfassen?«

»Wir sind hier nicht auf einer Besuchertour«, sagte ich. »Schau dich um. Alles da. Du bist eine 1a-Bäckerin, du hast 1a-Material und 1a-Zutaten verdient.«

Es gab Kupfergeschirr und Backformen in allen Größen und sämtliche süßen und/oder salzigen und/oder sauren Zutaten, deren Einfuhr der Zoll erlaubte.

Lily konnte sich kaum beherrschen. Nach einer weiteren, zögerlichen Minisekunde fing sie an, die Schubladen aufzuziehen und das Angebot zu prüfen.

»Da drüben ist der Geheimschrank«, sagte ich und zeigte auf eine leicht abseits gelegene Tür.

Lily ging hin und öffnete sie.

»Boah!«, schrie sie.

Für Boomer und mich war es der magischste Ort unserer Kindheit gewesen. Jetzt fühlte ich mich wieder, als sei ich acht, und auch Lily war wieder acht Jahre alt. Wir standen beide da und bestaunten ehrfürchtig die Schätze, die sich uns darboten.

»Ich glaub, ich hab noch nie so viele Schachteln Reiskrispies gesehen«, sagte Lily.

»Und vergiss nicht die Marshmallows und die anderen Mix-Zutaten. Hier gibt es alle Sorten von Marshmallows, die du dir nur vorstellen kannst, und alle nur möglichen anderen Zutaten.«

Trotz all der Blumenarrangements, die Boomers Tante immer perfekt hinbekam, und all der Weinproben, die von ihr perfekt organisiert wurden, war es ihr großes Ziel im Leben, das Rezept für die perfekten Krispies zu vervollkommnen. Ich erklärte Lily das alles.

»Na, dann lass uns mal loslegen«, sagte sie.

Die Herstellung von Krispies ist eigentlich eine ordentliche, saubere Angelegenheit – man braucht dazu kein Mehl, kein Durchsieben, kein Backen.

Lily und ich veranstalteten trotzdem ein Riesenchaos.

Das lag zum Teil daran, dass wir wie wild Zutaten mixten – von Toffifees über getrocknete Kirschen bis hin zu einem mutigen, aber misslungenen Vorstoß mit Kartoffelchips. Ich überließ Lily die Führung und sie ließ ihren inneren Backfreak heraus. Bevor wir uns versahen, schmolzen und klebten überall Marshmallows, Behälter mit Zutaten kippten um, und Krispies aller Variationen fanden den Weg in unsere Haare, unsere Schuhe und – ganz bestimmt – auch in unsere Unterwäsche.

Aber das machte nichts.

Ich hatte geglaubt, dass Lily methodisch vorgehen würde – sozusagen Backen nach Checkliste. Aber ich stellte überrascht – und erfreut – fest, dass sie überhaupt nicht so war. Sie handelte impulsiv, instinktiv und kombinierte die Zutaten nach Lust und Laune. In ihrem Eifer lag zwar immer noch Ernst – sie wollte ihre Sache gut machen –, aber es war auch etwas Spielerisches dabei. Denn ihr war klar, dass das alles ein Spiel war.

»Schnapp!«, sagte Lily und fütterte mich mit einem Oreo-Krispie.

»Knusper!«, gurrte ich und fütterte sie mit einem Bananencreme-Krispie.

»Haps!«, riefen wir beide und fütterten uns gegenseitig mit Pflaumen-und-Brie-Krispies, die schaurig schmeckten.

Sie merkte, wie ich sie ansah.

»Was denn?«, fragte sie.

»Deine Leichtigkeit«, antwortete ich, ohne so recht zu wissen, was ich da sagte, »ist so entwaffnend.«

»Weißt du was?«, sagte sie. »Ich hab noch einen richtigen Leckerbissen für dich.«

Ich ließ meinen Blick über die vielen Bleche voller Krispies schweifen.

»Ich würde mal sagen, wir haben genug Leckerbissen für jedes einzelne Mitglied deiner weitläufigen Verwandtschaft«, sagte ich. »Und das will wirklich was heißen.«

Sie schüttelte den Kopf. »Nein. Etwas anderes. Du bist nämlich nicht der Einzige, der geheime Pläne schmieden kann.«

»Was denn?«, fragte ich.

»Willst du dich überraschen lassen oder es lieber schon vorher wissen?«

»Lieber schon vorher wissen«, sagte ich. Aber als sie den Mund öffnete, um es mir zu erzählen, rief ich hastig: »Nein, nein, nein – ich möchte mich doch lieber überraschen lassen.«

»Na gut«, meinte sie und lächelte beinahe teuflisch. »Lass uns das alles einpacken, die Küche aufräumen, und dann raus hier mit uns.«

»Irgendwo da draußen gibt es Babys aufzufangen«, sagte ich.

»Und Wörter zu finden«, fügte sie lächelnd hinzu. Aber mehr sagte sie nicht.

zwanzig

(Lily)

31. Dezember

Man muss sich das ungefähr so vorstellen:

Durchaus möglich, dass du keinen Freund namens Boomer hast, der den Schlüssel zum berühmten Back-und-Koch-Studio seiner Tante besorgen kann.

Aber du bist überaus erfreut, Nutznießerin der Schätze zu sein, zu denen dieser Schlüssel dir den Zugang ermöglicht.

Schnapp. Knusper. Dashiziös köstlich.

Weiter könnte es sein, dass du stattdessen die Möglichkeit hast, eine Großtante namens Ida/Mrs Basil E. anzurufen und sie zu bitten, mit einem Cousin namens Mark zu telefonieren und ihn zu bearbeiten, dass er dir den Schlüssel zu einem ganz anders gearteten Reich überlässt.

Was tust du also?

Die Antwort ist sonnenklar.

Du kriegst den Schlüssel.

»Billige Nummer, Lily«, sagte mein Cousin Mark, der am Eingang von *Strand* wartete. »Frag mich das nächste Mal doch einfach selbst.«

»Du hättest Nein gesagt, wenn ich dich einfach selbst gefragt hätte.«

»Stimmt. Deshalb hast du es schamlos ausgenutzt, dass ich wie Wachs in den Händen von Großtante Ida bin, das war schon echt ein Ding.« Mark warf Dash einen finsteren Blick zu und deutete dann argwöhnisch mit dem Finger auf ihn: »Und du! Dass du mir heute da drinnen keine komischen Sachen treibst, kapiert?«

Dash sagte: »Ich kann versichern, dass ich keinesfalls im Sinn habe, dort drinnen irgendwelche sogenannten komischen Sachen zu treiben, weil ich nämlich gar nicht weiß, warum ich überhaupt hier bin.«

Mark spöttelte. »Du kleiner perverser Bücherwurm.«

»Danke, mein Herr!«, sagte Dash hocherfreut.

Mark steckte den Schlüssel ins Schloss der Eingangstür und öffnete den Laden für uns. Es war elf Uhr abends an Silvester. Partygänger strömten den Broadway entlang; ein paar Blocks weiter, am Union Square, konnte man das laute Lärmen der versammelten Silvester-Feiergemeinde hören.

Die stille Buchhandlung, unser Ziel in dieser Nacht, hatte schon vor Stunden geschlossen.

Für uns, und nur für uns ganz allein, öffnete sie am Silvesterabend noch einmal.

Es zahlt sich eben aus, wenn man Leute kennt.

Oder es zahlt sich aus, Leute zu kennen, die gewisse Cousins anrufen und sie daran erinnern, wer vor vielen Jahren für sie Geld in einem Treuhandfonds angelegt hat, damit davon ihr College bezahlt werden konnte, und die nun als einzige Gegenleistung darum bitten, dass einem Lily-Bärchen dieser kleine Gefallen getan wird.

Dash und ich betraten *Strand,* dann machte Mark die Tür hinter uns zu und sperrte von innen wieder ab. Er sagte: »Die Geschäftsführung hat darum gebeten, dass ihr zwei euch im Gegenzug für dieses Privileg für ein Fotoshooting zur Verfügung stellt, in *Strand*-T-Shirts und mit *Strand*-Taschen. Wir würden gern von eurem Ruhm profitieren, bevor die Klatschblätter euch wieder vergessen haben.«

»Nein«, sagten Dash und ich gleichzeitig.

Mark verdrehte die Augen. »Die Jugend von heute. Glaubt, dass alles im Leben kostenlos ist.«

Er wartete, als hoffte er, dass wir unsere Meinung noch änderten.

Er wartete noch ein paar Sekunden. Dann hob er resignierend die Hände.

Zu mir sagte er: »Okay, Lily, schließ hinter dir ab, wenn ihr geht.« Zu Dash sagte er: »Wenn du mit unserem Nesthäkchen irgendwas anstellst, dann bekommst du …«

»HÖR AUF, MICH SO ZU BEMUTTERN!«, brüllte Schrilly ihn an.

Ups.

Ruhig fügte ich hinzu: »Bei uns ist alles okay, Mark. Danke. Bitte geh jetzt. Gutes neues Jahr.«

»Und ihr werdet eure Meinung über das Fotoshooting wirklich nicht ändern?«

»Nein«, verkündeten Dash und ich noch einmal gleichzeitig.

»Kindsräuber«, murmelte Mark.

»Du kommst doch morgen Abend zu unserem Weihnachten-an-Neujahr-Festessen, oder?«, fragte ich Mark. »Mom und Dad sind dann ja wieder zurück.«

»Na klar«, sagte Mark und beugte sich vor, um mir ein Küsschen auf die Wange zu geben. »Ich mag dich, Kleines.«

Ich gab ihm auch ein Küsschen auf die Wange. »Ich dich

auch. Pass auf, dass aus dir nicht so ein brummiger alter Mann wie Opa wird.«

»Hätte ich nichts dagegen«, sagte Mark.

Dann schloss er die Eingangstür von *Strand* wieder auf und trat in die Nacht hinaus.

Dash und ich blieben allein zurück. Wir schauten uns an.

Da standen wir beide nun, in den geheiligsten Hallen des Büchernarrentums, die unsere Stadt bereithält. Es war Silvester, knapp eine Stunde vor Mitternacht, und die Luft war voller Erwartung und Vorfreude.

»Was jetzt?«, fragte Dash lächelnd. »Noch ein Tänzchen?«

In der U-Bahn, auf der Fahrt zwischen Kochstudio und *Strand,* hatte in unserem Wagen eine mexikanische Mariachi-Gruppe gespielt. In voller Besetzung, fünf Musiker in traditioneller mexikanischer Tracht, mit einem attraktiven schnurrbärtigen Sänger, der einen Sombrero trug und ein wunderschönes Liebeslied sang. Ich glaube zumindest, dass es ein Liebeslied war; er hat Spanisch gesungen, deswegen bin ich mir da nicht ganz sicher (Notiz im Kopf: Spanisch lernen!). Aber zwei Pärchen, die in der Nähe saßen, fingen auf einmal an, sich zu küssen, als der Kerl so betörend sang, und ich *will* einfach glauben, dass es deswegen war, weil das Lied einen so romantischen Text hatte, und nicht weil die Paare keine Lust hatten, etwas *dinero* herauszurücken, als die Musikanten einen Hut herumgehen ließen.

Dash warf einen Dollar in den Hut.

Ich ging auf volles Risiko und erhöhte den Einsatz. »*Cinco* Dollar, wenn du mit mir hier tanzt«, sagte ich. Dash hatte mich gefragt, ob ich Silvester mit ihm verbringen wollte. Das Mindeste, was ich im Gegenzug tun konnte, war, ihn um einen Tanz zu bitten. Es war Zeit für den nächsten Schritt.

»Hier?«, fragte Dash entsetzt.

»Hier!«, sagte ich. »Ich fordere dich hiermit zum Tanz auf.«

Dash schüttelte den Kopf und lief dunkelrot an.

Ein Penner, der auf einem der Sitze lungerte, rief: »Jetzt schenk dem Mädchen schon ihren Tanz, du Penner!«

Dash sah mich an. Zuckte mit den Schultern. »Erst die Penunze, Mädchen«, sagte er.

Ich ließ eine Fünf-Dollar-Note in den Hut des Musikanten fallen. Die Band spielte mit frischem Elan weiter. Die Erwartung bei den Silvesterpartygästen im Zug stieg. Jemand murmelte: »Ist das nicht die Kindsräuberin?«

»Kinds*fängerin*!«, verteidigte Dash mich und reichte mir die Hand.

Ich hatte mir nie erträumt, dass er meiner Aufforderung zum Tanz tatsächlich nachkommen würde. »Ich kann gar nicht tanzen«, flüsterte ich ihm ins Ohr.

»Ich auch nicht«, flüsterte er zurück.

»Jetzt tanzt endlich!«, forderte der Penner.

Die Partygänger klatschten und feuerten uns an. Die Band spielte furioser und lauter.

Die U-Bahn fuhr in den Bahnhof 14th Street Union Square ein.

Die Türen öffneten sich.

Ich legte meine Hände auf Dashs Schultern. Er legte seine Hände um meine Taille.

Wir tanzten eine Polka aus dem Wagen hinaus.

Die Türen schlossen sich.

Unsere Hände kehrten an die Seiten ihrer jeweiligen Besitzer zurück.

Wir standen vor der Tür eines ganz besonderen Lagerraums im Keller von *Strand*.

»Willst du wissen, was hier drin ist?«, fragte ich Dash.

»Ich glaube, das hab ich schon herausgefunden. Da drinnen befindet sich der Nachschub an roten Notizbüchern, und du willst jetzt, dass wir sie mit Stichworten zu, sagen wir mal, Nicholas Sparks füllen.«

»Zu wem?«, fragte ich. Bitte nicht noch mehr vergrübelte Dichter! Ich konnte da allmählich nicht mehr mithalten.

»Du weißt nicht, wer Nicholas Sparks ist?«, fragte Dash.

Ich schüttelte den Kopf.

»Finde es bitte nie heraus«, sagte er.

Ich nahm den Schlüssel zum Lagerraum vom Haken neben der Tür.

»Mach die Augen zu«, sagte ich.

Ich hätte Dash nicht darum bitten müssen, die Augen zu schließen. Im Keller war es auch so schon dunkel und kalt und abweisend genug, abgesehen von dem schönen staubigen Büchergeruch überall. Aber ich fand, dass ein gewisses Überraschungselement dabei sein musste. Außerdem wollte ich unauffällig ein paar Krispies entfernen, die sich in meinem BH eingenistet hatten.

Dash schloss die Augen.

Ich drehte den Schlüssel und öffnete die Tür.

»Lass sie noch ein bisschen länger zu«, sagte ich.

Ich entfernte ein weiteres Krispie, das zusammen mit einem Marshmallow an meinem Busen klebte, zog dann eine Kerze aus meiner Umhängetasche und zündete sie an.

Der kalte, staubige Raum leuchtete auf.

Ich nahm Dash an der Hand und führte ihn hinein.

Während er die Augen noch immer geschlossen hatte,

nahm ich meine Brille ab, damit ich … ich weiß nicht, im Schein der Kerze irgendwie sexier aussah als sonst.

Ich ließ die Tür hinter uns zufallen.

»Du kannst die Augen jetzt aufmachen. Das ist kein Geschenk für immer. Nur besuchsweise.«

Dash öffnete die Augen.

Er bemerkte meinen neuen brillenlosen Look nicht (vielleicht war ich aber auch zu blind, um seine Reaktion zu bemerken).

»Das ist nicht wahr!«, rief Dash. Obwohl man im Kerzenlicht kaum etwas sah, brauchte er keine große Erklärung, um sofort zu verstehen, was es mit den Stapeln dicker gebundener Bücher auf sich hatte. Er lief hin, um mit dem Finger über die Bände zu streichen. »Die komplette Ausgabe des *Oxford English Dictionary*! Das ist Wahnsinn. Wahnsinn! WAHNSINN!«, jubelte Dash so schwärmerisch verzückt wie Homer Simpson, wenn er glückselig »Mmmmm … Donuts« jubelt.

Schönes neues Jahr!

Ich muss es jetzt einfach sagen, auch wenn andere mich vielleicht für naiv halten und finden, dass das doch eigentlich sowieso klar ist. Aber Dash war einfach so unglaublich … *dashig.* Das hatte nichts mit dem Fedora zu tun, den er aufhatte. Und auch nicht damit, wie gut sein blaues Hemd zu seinen wunderschönen tiefblauen Augen passte. Es war mehr der Ausdruck seines Gesichts, so süß und nett und klug und schalkhaft und … und einfach so, dass man ihn liebhaben musste.

Ich wollte möglichst cool und lässig wirken, als würde ich so etwas jeden Tag erleben, aber das konnte ich einfach nicht. »Freust du dich? Freust du dich?«, rief ich so aufgeregt wie eine Fünfjährige, die vom besten Kuchen der Welt nascht.

»Ich freu mich wie blöd«, sagte Dash. »Hätte nie gedacht, dass jetzt so was kommt.« Er lüftete den Hut und machte eine kleine Verbeugung.

Hatte er mir so was vielleicht nicht zugetraut?

Ich beschloss, darüber jetzt nicht weiter nachzudenken.

Wir setzten uns auf den Boden und suchten uns jeder einen Band heraus.

»Ich finde die Herkunft der Wörter immer spannend«, sagte ich. »Ich stell mir gerne vor, wie es wohl war, als ein Wort erfunden wurde.«

Das rote Notizbuch lugte aus meiner Umhängetasche heraus. Dash griff danach. Dann schlug er ein Wort in Band R nach und schrieb es in das Notizbuch.

»Wie wär's damit?«, fragte er.

Er hatte *Rausch* hineingeschrieben. Ich nahm den Band aus seinem Schoß und las nach, was dort zu dem Wort stand.

»Hmm«, machte ich. »›Rausch, 1) das Rauschen, die Rauschende Bewegung, von Blättern, von Tönen, auch ein Ding in rauschender Bewegung, ein Flackerfeuer im Ofen (…) 2) ungestüme Bewegung, ungestüm beim Angriff, Anstürmen, Anlauf 3) Übertragung des Wortes in den heutigen Sinn als Betrunkenheit (…) 4) Taumel, die seelische Trunkenheit, das Entzücken des Innern bis zum Selbstvergessen (…)‹. Passt zu Silvester, finde ich.«

Dann schrieb ich hinter *Rausch* aus dem Wörterbuch in das Notizbuch: *»wie den Bezauberten von Rausch und Wahn der Gottheit Nähe leicht und willig heilt«*.

Dash lächelte und sagte: »Jetzt bist du dran. Such dir ein Wort aus.«

Ich schlug Band A auf und wählte aufs Geratewohl ein Wort:

Archegonium

Erst nachdem ich das Wort hingeschrieben hatte, las ich durch, was es eigentlich bedeutete.

> »*Archegonium:* Das weibliche Fortpflanzungsorgan der Landpflanzen (Moose, Nacktsamenpflanzen …)«

Oh Gott, ging es noch zweideutiger?

Dash würde jetzt bestimmt glauben, dass ich eine kokette Kokotte sei.

Ich hätte das Wort *Kokotte* aussuchen sollen.

Das Handy von Dash klingelte.

Ich glaube, wir waren beide erleichtert.

»Hallo, Dad«, sagte Dash und sein ganzer Dash-Zauber schien mit einem Mal zu verlöschen. Seine Schultern sackten nach unten, seine Stimme wurde monoton, und er verhielt sich … nachsichtig; das war das einzige Wort, mit dem ich den Ton beschreiben konnte, in dem Dash mit seinem Vater sprach. »Ach, nichts Besonderes. Schnaps und Weiber, wie immer an Silvester.« Pause. »Ach so, du hast davon gehört? Ja, lustige Geschichte …« Pause. »Nein, ich will nicht mit deinem Rechtsanwalt sprechen.« Pause. »Ja, ich weiß, dass du morgen Abend wieder da bist.« Pause. »Ja, großartig. Ein Vater-Sohn-Gespräch über die wichtigen Dinge im Leben.«

Ich weiß nicht, woher ich plötzlich den Mut nahm, aber die ernste Entschlossenheit in Dashs Stimme brach mir fast das Herz. Mein kleiner Finger wanderte zu ihm hinüber und schmiegte sich tröstend an seinen. Wie Magneten zogen sich unsere beiden kleinen Finger an und verhakten sich ineinander.

Ich mag Magneten.

»Okay«, sagte Dash, nachdem er aufgelegt hatte. »Zurück zu deinem Wort. *Archegonium.*«

Ich sprang auf, um im Lagerraum nach einem Wörterbuch mit weniger verfänglichen Wörtern zu suchen, und erwischte einen Band, der sich *Wörterbuch der Szenesprachen* nannte. Hastig schlug ich irgendeine Seite auf.

»Rumschnecken«, sagte ich laut. »Wenn man zu spät kommt, weil man noch allen möglichen Schnickschnack erledigen musste. Auch: Nach hübschen Mädchen suchen.«

Dash schrieb etwas in das rote Notizbuch.

Tut mir leid, dass ich deine Bar Mitzwah verpasst habe, ich hab unterwegs zu lange rumgeschneckt.

Ich nahm den Stift und fügte hinzu Komm pünktlich, es gibt frische Rumschnecken zum Rumschmecken!

Dash sah auf die Uhr. »Fast Mitternacht.«

Mir wurde auf einmal etwas bange. Würde Dash womöglich glauben, dass ich ihn in den Lagerraum gelockt hatte, damit wir für das schreckliche (wunderbare?) Ritual des Neujahrskusses ganz allein waren?

Wenn wir noch länger hierblieben, dann würde Dash herausfinden, wie wenig Erfahrung ich in diesen Sachen hatte, in denen ich doch so gerne Erfahrung sammeln würde. Mit ihm.

»Es gibt etwas, das ich dir unbedingt sagen muss«, sagte ich. *Ich stehe völlig neben mir. Bitte lach mich nicht aus. Wenn ich eine einzige Katastrophe bin, sei nett zu mir und lass mich sanft auf dem Boden der Tatsachen landen.*

»Was denn?«

Ich wollte es ihm sagen, wirklich, das wollte ich. Aber was aus meinem Mund kam, war: »Man hat mir erzählt, dass Mystery Muppet zu meinem Onkel Carmine gebracht worden ist. Er hat darum gebeten, hier in diesem Lagerraum leben zu dürfen, umringt von Nachschlagewerken. Er zieht alte staubige Bücher einem riesengroßen Nussknacker im Garten vor.«

»Kluger Junge, dieser Muppet.«

»Versprichst du, dass du ihn einmal besuchen kommst?«

»So ein Versprechen kann ich nicht geben. Das ist lächerlich.«

»Solltest du aber.«

Dash seufzte. »Ich verspreche, dass ich es versuchen werde. Falls dein griesgrämiger Cousin Mark mich jemals wieder in den Laden lässt.«

Ich blickte zur Wanduhr hinter Dash hoch.

Mitternacht war vorüber.

Puuh.

1. Januar

»Das ist eine einzigartige Gelegenheit, Lily. Ganz allein bei *Strand.* Ich finde, wir sollten das voll ausnutzen.«

»Wie denn?« Ich glaube, mein Herz klopfte noch stärker, als meine Hände zitterten.

»Wir sollten oben durch die Gänge tanzen. Uns durch Bücher über die Commedia dell'Arte und Schiffswracks wühlen. Kochbücher nach dem ultimativen Rezept für Krispies durchsuchen. Ach ja, und dann müssen wir natürlich unbedingt die vierte Auflage von *The Joy of …*«

»Okay!«, rief ich. »Lass uns nach oben gehen! Ich liebe Bücher über Narren.« *Weil ich selber eine Büchernärrin bin. Und du ja auch ein Büchernarr. Lass uns zusammen Narren sein!*

Wir gingen zur Tür des Lagers.

Dash beugte sich mit rätselhaftem Gesichtsausdruck zu mir. Irgendwie flirtend. Er sah mich an und verkündete: »Die Nacht ist noch jung. Wir haben noch unendlich viele Bände vor uns, die wir später weiter erforschen können.«

Ich griff nach dem Türknauf.

Nichts rührte sich.

Dann bemerkte ich einen handgeschriebenen Zettel neben dem Lichtschalter (den ich nicht betätigt hatte, als wir hereingekommen waren, weil ich unbedingt romantisches Kerzengeflacker haben wollte). Darauf stand:

ACHTUNG!
Falls du das riesengroße Warnschild draußen
vor der Tür nicht gelesen haben solltest,
dann nimm bitte das hier zur Kenntnis:
DU IDIOT!
Wie oft musst du eigentlich noch daran erinnert
werden?
Der Türknauf des Lagerraums lässt sich nur VON
AUSSEN drehen! Deshalb musst du unbedingt den
Schlüssel dabeihaben,
um von innen öffnen zu können.
Sonst kommst du hier nicht mehr raus!

Nein.

Nein nein nein nein nein nein.

NEIIIIIIIIIIN!!!!!!!!

Ich wandte mich zu Dash.

»Ähm, Dash?«

»Ähm, ja?«

»Ich hab uns hier eingesperrt.«

Mir blieb nichts anderes übrig, als Mark anzurufen.

»Du hast mich aufgeweckt, Lily Dogwalker«, bellte er in den Hörer. »Du weißt, dass ich an Silvester immer schon lange im Bett bin, bevor dieser blöde Ball am Times Square runterkommt.«

Ich schilderte ihm unsere Notlage.

»So, so«, meinte Mark. »Da kann dir Großtante Ida jetzt auch nicht helfen, oder?«

»Aber du kannst es, Mark!«

»Wenn ich aber nicht will?«

»So gemein bist du nicht.«

»Und wenn doch? Als kleine Rache für die moralische Erpressung, die dazu geführt hat, dass du und dein Punkfreund überhaupt in eine solche Lage geraten konnten?«

Das konnte ich sogar nachvollziehen.

Ich sagte: »Wenn du nicht kommst, um uns zu helfen, ruf ich die Polizei, dann befreien die uns eben.«

»Wenn du das tust, dann kriegen das sämtliche Klatschreporter über den Polizeifunk spitz. Dann bist du ein zweites Mal in den Schlagzeilen. Genau rechtzeitig, wenn deine Eltern am JFK ankommen. Ich vermute mal, dass sie und Opa glauben, du würdest Silvester bei einer Freundin feiern. Und nicht mit irgendeinem Kerl, gedeckt von deinen Komplizen Langston und Großtante Ida. Wenn das rauskommt – und auch noch durch die Medien geht –, dann lassen dich deine Eltern nie mehr allein auf die Straße. Ganz zu schweigen davon, dass ich meinen Job los wäre. Und weißt du, was noch, Lily? Was das Schlimmste wäre? Kein Jugendlicher dieser Welt würde je wieder Zugang zu dem Geheimlager im Keller von *Strand* bekommen. Und das nur deswegen, weil du es dir mit deinem kleinen perversen Bücherwurm in den Kopf gesetzt hast, dort an Silvester die Wörterbücher für deine Privatzwecke zu missbrauchen. Könntest du damit wirklich weiterleben, Lily? Mit einer solchen Schandtat?«

Ich schwieg eine Weile, bevor ich antwortete. Dash, der ganz dicht neben mir stand und das Gespräch mitgehört hatte, lachte. Das erleichterte mich.

»Ich hatte keine Ahnung, dass du so böse sein kannst, Mark.«

»Doch, du hast es immer schon geahnt. Und jetzt lass Markischätzchen weiterschlafen. Weil er ein so netter Kerl ist, wird er morgen früh um sieben aufstehen und euch beide aus eurer kleinen Notlage befreien. Aber erst muss die Sonne aufgehen.«

Ich versuchte es ein letztes Mal, diesmal mit einer anderen Taktik. »Dash wird allmählich ein bisschen zudringlich, Mark.« Was ich eigentlich sagen wollte, war: *Ich wünschte, Dash würde allmählich ein bisschen zudringlich werden.*

Dash sah mich mit hochgezogener Augenbraue an.

»Tut er nicht«, sagte Mark.

»Woher willst du das wissen?«

»Wenn es so wäre, würdest du mich jetzt nicht anrufen, Lily-Bärchen. Du wolltest diesen Jungen kennenlernen. Jetzt hast du die Gelegenheit dazu. Die Nacht gehört euch. Also, mein letztes Angebot: Ich komme morgen früh nach meinem wohlverdienten Schlaf und hol euch raus. In der Ecke ganz hinten ist ein Kabuff mit einem Klo, falls ihr es nicht mehr aushalten solltet. Ist wahrscheinlich nicht sehr sauber. Kein Klopapier und so.«

»Ich hasse dich, Mark.«

»Du kannst dich morgen früh bei mir bedanken, Lily-Bärchen.«

Wir setzten uns nebeneinander auf den kalten Betonboden und spielten auf den leeren Seiten des roten Notizbuchs Galgenmännchen.

S-C-H-N-Ö-S-E-L-I-G

U-N-T-Ä-T-I-G

Wir redeten. Wir lachten.

Er unternahm keine Annäherungsversuche.

Ich versuchte, mir vorzustellen, wie mein Leben wohl verlaufen und was für Menschen – vor allem Jungs – ich in all den Jahren kennenlernen würde. Ob ich jemals wissen würde, wann der richtige Augenblick gekommen war, in dem Erwartung und Hoffnung sich glücklich trafen – und daraus eine innige Verbindung entstand?

»Lily?«, sagte Dash um zwei Uhr morgens. »Hast du was dagegen, wenn wir jetzt schlafen? Und weißt du was? Ich hasse deinen Cousin.«

»Weil er dich hier mit mir gefangen hält?«

»Nein, weil er mich hier ohne einen einzigen Joghurt gefangen hält.«

Essen!

Ich hatte ganz vergessen, dass ich in meiner Umhängetasche noch ein paar Lebkuchengewürzplätzchen dabeihatte, zusammen mit einer Unmenge an Krispies. Ich konnte kein Krispie mehr essen, ohne mich in ein Schnapp-Knusper-Mjamjam-Monster zu verwandeln, deshalb fischte ich in der Tasche nach der Plastiktüte mit den Plätzchen.

Während ich in meiner Tasche wühlte, blickte ich kurz hoch und sah, wie Dash mich *anschaute.* Auf eine ganz bestimmte Weise, die etwas ganz Bestimmtes bedeuten musste.

»Du backst wirklich gute Plätzchen«, sagte er mit seiner *Mmmm … Donuts*-Stimme.

Sollte ich warten, dass er die Initiative ergriff, oder wollte ich es tun?

Als würde er sich dasselbe fragen, beugte er sich zu mir. Und dann geschah es. Unsere Lippen trafen sich – und es tat einen Schlag, weil unsere Köpfe alles andere als romantisch aneinanderstießen.

Wir fuhren beide zurück.

»Aua«, sagten wir wie aus einem Mund.

Stille.

Dann fragte Dash: »Vielleicht noch ein Versuch?«

Es wäre mir nie in den Sinn gekommen, dass die Sache mit dem Küssen vorher irgendwelche Absprachen benötigen könnte. Dieses Lippenmanöver war komplizierter, als ich gedacht hatte.

»Ja bitte!«

Ich schloss die Augen und wartete. Und dann spürte ich Dash. Sein Mund fand meinen Mund, seine Lippen streiften weich und spielerisch meine. Weil ich nicht so recht wusste, was ich tun sollte, machte ich seine Bewegungen einfach nach und erforschte seine Lippen sacht und zärtlich mit meinen. So küssten wir uns ungefähr eine Minute lang.

Ich glaube, es gibt kein einziges anderes Wort im ganzen Wörterbuch, das meine Empfindungen in diesem Moment besser beschreibt als *umwerfend.*

»Mehr bitte?«, sagte ich, als wir uns voneinander lösten, um Atem zu holen. Seine Stirn lehnte an meiner.

»Darf ich ehrlich sein, Lily?«

Jetzt würde es gleich kommen. Alle meine Ängste würden wahr werden. Eine Abfuhr. Weil ich schlecht küsste. Bevor es richtig begonnen hatte, war alles schon wieder vorbei.

Dash sagte: »Ehrlich gesagt, ich bin so müde, dass ich gleich tot umfalle. Könnten wir bitte jetzt schlafen und dann morgen weitermachen?«

»Aber weitermachen?«

»Ja bitte.«

Gut, ich würde mich mit einem Kracher von Kuss und einer umwerfend aufregenden Minute zufrieden geben. Für den Augenblick.

Ich legte meinen Kopf auf seine Schulter und er legte seinen Kopf über meinen.

Und dann schliefen wir ein.

Wie angedroht, kam mein Cousin Mark am nächsten Morgen, um uns zu retten. Mein Kopf schmiegte sich immer noch an Dashs Schulter, als ich Schritte die Treppe herunterkommen hörte. Unter der Tür war ein Streifen Licht zu sehen.

Ich musste Dash aufwecken. Erst dann würde ich glauben, dass das alles kein Traum war.

Ich blickte auf das rote Notizbuch, das in seinem Schoß lag. Er musste irgendwann in der Nacht aufgewacht sein und etwas hineingeschrieben haben. Den Stift hatte er noch in der Hand. Eine neue Seite war aufgeschlagen. Ich konnte seine Schrift und eine krakelige Zeichnung erkennen.

Er hatte einen Teil des Wörterbucheintrags zu *Hoffnung* abgeschrieben Adjektiv: HOFFNUNGSFROH. Darunter hatte er zwei Figuren gekritzelt, die wie Comic-Actionhelden aussahen. Zwei Superman-Teenager mit Umhängen; ein Junge mit Fedora und ein Mädchen mit schwarzer Brille und Majorettestiefeln, die gemeinsam ein Notizbuch hielten. Die Unterschrift lautete: DIE HOFFNUNGSFROHEN.

Ich lächelte, und dieses Lächeln lag auch noch auf meinem Gesicht, als ich mich daranmachte, ihn zu wecken. Ich wollte, dass das Erste, was er sah, wenn er die Augen aufschlug, ein lächelndes Gesicht war. Das Lächeln eines Mädchens, das ihn sehr gern mochte. Ein neuer Tag brach an, ein neues Jahr, und ich war bereit, diesem neuen Menschen in meinem Leben alle Liebe und Achtung zu schenken, zu der ich fähig war. Das hatte ich mir fest vorgenommen. Ich stupste ihn an.

Ich sagte:

»Wach auf, Dash.«

Autoren

RACHEL COHN und DAVID LEVITHAN sind beide renommierte Jugendbuchautoren und seit Langem miteinander befreundet. Sie lebt in New York City, er auf der anderen Seite des Hudson River in Hoboken/New Jersey. Ihre Bestseller-Reihe »Dash & Lily« wird als Netflix-Serie verfilmt.

Von Rachel Cohn und David Levithan sind bei cbj erschienen:
Dash & Lily – Neuer Winter, neues Glück (31158)
Nick & Norah – Soundtrack einer Nacht (14939)
Sam & Ilsa – Ein legendärer Abend (31328)

Willst du wissen, wie es mit Dash und Lily weitergeht?

ISBN 978-3-570-31158-5

eins

DASH

Twelve Days of Christmas –
und eine Birne in einem Wachtelbaum!

Samstag, der 13. Dezember

Ich bin mit Lily jetzt schon fast ein Jahr zusammen und egal, was ich gemacht habe oder wie sehr ich mich angestrengt habe, ich konnte ihren Bruder nicht dazu bringen, dass er mich mochte, mir vertraute oder ihm vielleicht auch nur im Entferntesten der Gedanke kam, dass ich irgendwie gut genug für seine Schwester sein könnte. Deshalb war es ein echter Schock für mich, als er mir mitteilte, dass er mich gern zum Mittagessen treffen wollte, nur wir beide.

Sicher, dass du dich nicht in der Adresse getäuscht hast?, habe ich ihm zurückgeschrieben.

Stell dich nicht so an. Komm einfach, lautete seine Antwort.

Das Unheimliche an der Sache war, auch wenn ich versuchte, es vor mir selbst zu verleugnen: Ich wusste, warum er mich treffen und worüber er mit mir reden wollte.

Mit seiner Meinung über mich hatte er natürlich nicht recht. Aber er hatte recht damit, dass es ein Problem gab.

Es war ein hartes Jahr gewesen.

Nicht am Anfang. Das nicht. Der Anfang war so gewesen, dass ich fast in so banausenhafte und banale Ausrufe wie *großartig!* und *super!* ausgebrochen wäre. Denn Weihnachten und das neue Jahr hatten für mich damals etwas anderes als die übliche Konsumrausch- und Post-Konsumrausch-Depression mit sich gebracht. Es war mir Lily geschenkt worden. Die strahlende, an das Gute glaubende Lily. Und das reichte, um ganz vieles zu verändern. Sie bewirkte, dass ich wieder große runde Augen bekam und an einen gutmütigen, dicken Mann mit Rauschebart in einem roten Gewand glaubte, der auf einem Turboschlitten dahersauste. Sie bewirkte, dass ich seit Langem wieder jubilierte und frohlockte, als das gute alte Väterchen Frost einem Neugeborenen die Schlüssel zu seinem Gefährt überreichte*: Hier, jetzt bist du dran, mach weiter.* Sie bewirkte, dass ich meinen eigenen Zynismus plötzlich eher zynisch betrachtete. Das neue Jahr fing für uns damit an, dass wir im Raum für wertvolle antiquarische Bücher in unserer Lieblingsbuchhandlung *Strand* miteinander rumknutschten. Mir schien das ein gutes Vorzeichen zu sein. Es würden sich in diesem Jahr noch viele gute Dinge ereignen.

Und so war es auch. Jedenfalls eine Zeit lang.

Sie hat meine Freunde kennengelernt. Es funktionierte erstaunlich gut.

Ich habe zahlreiche Mitglieder ihrer allem Anschein nach unendlich großen Familie kennengelernt. Es funktionierte so halbwegs.

Sie hat meine Eltern und Stiefeltern kennengelernt. Die waren alle sehr erstaunt, dass es ihr düsterer Novembernebel von Sohn fertiggebracht hatte, einen solchen Sonnenschein einzufangen. Aber sie beschwerten sich nicht darüber. Es erfüllte sie sogar mit etwas Ehrfurcht. In einem Maß, wie dies bei New Yorkern sonst allenfalls bei einem perfekten Bagel der Fall ist oder bei einer Taxifahrt über fünfzig Kreuzungen ohne eine einzige rote Ampel. Oder wie sie sie dem Einen-von-fünf-Woody-Allen-Filmen entgegenbringen, der alle wieder entzückt.

Ich habe Lilys heißgeliebten Grandpa kennengelernt. Er mochte meinen Händedruck und sagte, das sei alles, was er von mir zu wissen brauchte, um die Wahl seiner Enkelin zu befürworten. Wir fanden auch noch mehr, was uns verband, denn er war ein Mann, dessen Augen funkelten, wenn er von einem Baseballmatch erzählte, das vor über fünfzig Jahren stattgefunden hatte.

Bei Langston, Lilys Bruder, gestaltete sich meine Überzeugungsarbeit schwieriger. Im Prinzip hat er uns in Ruhe gelassen. Was mich nicht störte. Ich war ja nicht mit Lily zusammen, um mit ihrem Bruder zusammen zu sein. Ich war mit Lily zusammen, um mit Lily zusammen zu sein.

Und ich *war* mit Lily zusammen. Wir gingen nicht in dieselbe Schule und wohnten auch nicht im selben Viertel, deshalb machten wir Manhattan zu unserer Spielwiese, tollten durch die frosterstarrten Parks, fanden Zuflucht in Think-Coffee-Cafés und vor sämtlichen Kinoleinwänden des IFC Center. Ich zeigte ihr meine Lieblingswinkel in der New York Public Library. Sie zeigte mir, welche süßen Verführungen aus der Levain Bakery sie am meisten liebte ... und zwar eigentlich alle.

Manhattan hatte gegen unsere Streifzüge nicht das Geringste einzuwenden.

Aus Januar wurde Februar. Die Kälte begann tief in die Gebeine der Stadt einzusickern. Es wurde schwerer, ein Lächeln geschenkt zu bekommen. Der Schnee, dessen Flocken beim Herabfallen vom Himmel zuerst so verzückten, war immer weniger und weniger willkommen, wenn er dann auch liegen blieb. Wir wanderten dick eingemümmelt umher, unfähig irgendetwas direkt zu fühlen.

Aber Lily … Lily störte das alles nicht. Lily begeisterte sich für Wollfäustlinge und heißen Kakao und Schnee-engel, die sich vom Boden erhoben und in der Luft tanzten. Sie sagte, dass sie den Winter liebte, und ich fragte mich irgendwann, ob es überhaupt eine Jahreszeit gab, die sie nicht liebte. Für mich bedeutete es ein hartes Stück Arbeit, ihre Begeisterung zu teilen. Zu begreifen, dass ihr Enthusiasmus aufrichtig und ehrlich war. Mein mentaler Heizkessel war eher auf Selbstverbrennung als auf Wärme angelegt. Ich verstand nicht, wie sie so glücklich sein konnte. Aber meine Verliebtheit war so groß, dass ich beschloss, das alles nicht infrage zu stellen, mich in sie einzuhüllen und in ihr zu leben.

Aber dann.

Zwei Tage vor Lilys Geburtstag, der im Mai ist, war ich schon drauf und dran, meinen besten Freund Boomer um Hilfe zu bitten, weil ich Lily nämlich einen roten Pullover stricken wollte. Und egal, wie viele YouTube-Videos ich mir anschaute, es wurde mir leider bald sonnenklar, dass man einen roten Pulli eigentlich nicht an einem einzigen Nachmittag stricken kann. Mein Handy klingelte und ich hörte es nicht. Dann klingelte das Handy wieder, aber meine Hände waren zu beschäftigt. Erst zwei Stunden danach entdeckte ich, wie viele Nachrichten auf meiner Mailbox eingegangen waren.

Als ich sie abhörte, erfuhr ich, dass ihr geliebter Grandpa einen Herzinfarkt erlitten hatte. Nur einen leichten. Aber dummerweise mit einem besonders schlechten Timing, denn er wurde davon erwischt, als er gerade die Treppe zu ihrer Wohnung hochging. Er stürzte die Treppe hinunter und lag mindestens eine halbe Stunde auf dem Treppenabsatz, halb bewusstlos, bis Lily nach Hause kam und ihn dort fand. Der Krankenwagen brauchte eine gefühlte Ewigkeit. Lily war bei ihm, als ihr Grandpa einen Herzstillstand hatte. Lily war bei ihm, als die Wiederbelebungsmaßnahmen durch die Rettungssanitäter erfolgten. Lily wartete im Krankenhaus, nicht mehr länger bei ihm, als ihr Grandpa zwischen Leben und Tod schwebte. Bis er es schließlich so grade noch mal zurück auf die Seite des Lebens schaffte.

Ihre Eltern waren im Ausland. Langston hatte eine Vorlesung und es war dort strengstens verboten, aufs Handy zu schauen. Und ich war so beschäftigt damit, ihre Geburtstagsüberraschung zu stricken, dass ich nicht aufs Handy blickte. Lily saß allein im Wartezimmer des New York Presbyterian Hospital und war auf einmal dabei, etwas zu verlieren, wovon sie bisher nicht einmal ansatzweise in Betracht gezogen hatte, dass sie es eines Tages verlieren würde.

Ihr Grandpa lebte. Aber es dauerte lange, bis er wieder der Alte war. Er lebte. Aber die Schritte zurück in die Normalität waren schmerzhaft. Er lebte, weil Lily ihm dabei half, wieder zu leben, und diese Hilfe verlangte ihr sehr viel ab. Sein Tod wäre ein unerträglicher Schmerz gewesen, aber ihn ständig leiden zu sehen, seine ständigen Frustrationen mitzuerleben, war fast genauso schlimm.

Lilys Eltern kehrten zurück. Langston bot an, sich für eine Weile vom College befreien zu lassen. Ich versuchte, so viel wie möglich für sie da zu sein. Aber das hier war *ihre* Sache. Ihr Grandpa fiel in *ihre* Verantwortung. So wollte sie es und es durfte nicht anders sein. Und er selbst hatte gar nicht die Kraft, ihr das womöglich auszureden. Ich konnte ihm da auch gar keine Vorwürfe machen – von allen Menschen, die ich kenne, würde ich auch am liebsten mit Lilys Hilfe wieder das Gehen erlernen. Ich würde am liebsten von ihr wieder ins Leben zurückgeführt werden. Selbst wenn das Leben nicht mehr denselben Glanz hätte wie früher. Für Lily schien es sich jedenfalls so anzufühlen. Das Leben hatte nicht mehr denselben Glanz.

Wer immer voller Glauben und Zuversicht war, den trifft es am härtesten, wenn irgendwann ein Unglück hereinbricht. Die Verletzlichkeit ist dann so groß. Lily wollte nicht darüber reden und ich fand nicht die richtigen Worte, um ihr zu einer anderen Sicht auf die Dinge zu verhelfen. Sie wollte, dass ich für sie die Gegenwelt war, ihr Fluchtort, so hat sie es jedenfalls gesagt, und das hat mir geschmeichelt. Ich habe sie unterstützt, wie ich konnte. Aber es war die passive Stütze eines Stuhls oder Pfeilers, nicht die aktive Unterstützung durch einen Menschen, der einem anderen Menschen dabei hilft, seinen eigenen Weg zu gehen. Während ihr Großvater immer wieder ins Krankenhaus musste, weil immer noch eine Operation folgte oder weil auf eine der Operationen Komplikationen folgten, während er immer wieder in physiotherapeutische Behandlung musste, verbrachten Lily und ich immer weniger Zeit miteinander. Wir wanderten nicht mehr so oft gemeinsam durch die Stadt, wir spazierten nicht mehr so selbstverständlich durch die Gedanken des anderen. Die Prüfungszeit war im Nu vorüber – dann kam der Sommer. Lily meldete sich zu Freiwilligenarbeit in der Reha-Tagesklinik, in die ihr Grandpa musste, einfach um mehr Zeit mit ihm verbringen zu können und um sich um andere Menschen zu kümmern, die genauso dringend Hilfe brauchten wie er. Ich hatte ein fürchterlich schlechtes Gewissen, weil ich in derselben Zeit so eine Art Urlaubspendeln zwischen meinen Eltern machte. Mit meiner Mutter war ich in Montreal, was mein Vater natürlich übertrumpfen musste, indem er mich zu einem missglückten Kurztrip nach Paris mitnahm. Ich hätte ihn am liebsten angebrüllt, was ich denn mit ihm in Paris sollte. Dann wurde mir klar, wie unglaublich verzogen sich das angehört hätte. Meinen Vater anzubrüllen, weil er mich zu einer

Reise nach Paris einlud. Paris konnte ja nichts dafür. Ich wollte nur einfach nicht mit ihm verreisen und wollte lieber bei Lily bleiben.

Mit dem neuen Schuljahr wurde es etwas besser. Lilys Grandpa war wieder halbwegs auf den Beinen und scheuchte sie zu ihrem eigenen Besten von sich fort. Eigentlich hätte sie da erleichtert sein müssen. Sie tat auch so, als wäre sie erleichtert, aber ich spürte ganz genau, dass sie tief in ihrem Innern weiter verunsichert und ängstlich war. Doch statt mich zu fragen, was eigentlich mit ihr und mit uns los war, habe ich es einfach hingenommen und geglaubt, wenn wir so tun würden, als wäre alles gut, dann käme irgendwann der Moment, wo dieser Zustand sich von einer halben Lüge zu einer mehr als nur halben Wahrheit entwickeln würde – und irgendwann wäre es dann ganz wahr.

Daran zu glauben, alles sei wieder ganz normal, war leicht. Die Schule hielt uns ganz schön auf Trab. Unsere Freunde auch. Wir erlebten viele schöne Momente miteinander, spazierten durch die Stadt und vergaßen gleichzeitig, wo wir waren. Es gab Orte in Lily, zu denen mir der Zugang verwehrt blieb. Aber es gab auch vieles, das sie mir von sich zeigte. Orte in ihr, die ich mit ihr bewohnen durfte. Ihr Lachen, weil Hundebesitzer manchmal genauso wie die Hunde aussehen. Ihre Tränen, wenn in der TV-Serie *Restaurant: Impossible* ein

Lokal und seine Besitzer gerettet wurden. Und in ihrem Zimmer hatte sie immer eine Tüte mit veganen Marshmallows, nur weil ich ihr einmal gesagt hatte, wie gern ich die mochte.

Erst als Weihnachten näher rückte, wurden die Risse sichtbar.

Früher sorgte die Weihnachtszeit regelmäßig dafür, dass mein Herz auf die Größe und nichtssagende Leere eines Geschenkgutscheins zusammenschrumpfte. Ich hasste es, wie die Touristen die Straßen verstopften und wie der normale Rhythmus der Stadt von einem sentimentalen Glöckchengeklingel übertönt wurde. Die meisten Menschen zählten die Tage bis Weihnachten, weil sie noch ihre Weihnachtseinkäufe über die Bühne bringen mussten. Ich zählte sie, weil ich Weihnachten selbst so schnell wie möglich hinter mich bringen wollte. Damit der trostlose richtige Winter beginnen konnte.

In meinem Zinnsoldatenherz war kein Platz für Lily vorgesehen gewesen. Sie hatte es trotzdem im Sturm erobert. Und mit ihr öffnete es sich auch für Weihnachten.

Versteht mich bitte nicht falsch, es kommt mir immer noch verlogen vor, am Ende des Jahres mit Lippenbekenntnissen zu allgemein größerer Menschlichkeit und zu Edelmut aufzuwarten, nur um wieder in dieselbe Mitmenschlichkeits-Amnesie wie sonst auch immer zu verfallen, sobald sich das Blatt gewendet hat und das neue Jahr beginnt. Wenn Lily diese Weihnachtsbegeisterung gut stand, dann deshalb, weil sie das ganze Jahr über offenherzig und freundlich und gut zu den Menschen um sie herum war. Und seit ich sie kannte, entdeckte ich diese Eigenschaften auf einmal auch bei anderen – während ich jetzt im Le Pain Quotidien auf Langston wartete, zum Beispiel, in der Art und Weise, wie manche Pärchen sich da anschauten, mit so einer immerwährenden Glückseligkeit. Und auch die meisten Eltern (selbst in ihren verzweifelten Momenten) schauen ihre Kinder so an. Ich entdeckte jetzt überall Stücke von Lily. Nur in Lily selbst entdeckte ich sie in letzter Zeit immer weniger.

Da schien ich aber nicht der Einzige zu sein, denn kaum hatte sich Langston hingesetzt, sagte er: »Okay, ich kann mir wahrlich was Schöneres vorstellen, als jetzt hier mit dir das Brot zu brechen, aber wir müssen etwas unternehmen, und zwar sofort.«

»Was ist passiert?«, fragte ich.

»Heute mitgezählt sind es nur noch zwölf Tage bis Weihnachten, richtig?«

Ich zählte nach und nickte. Ja, wir hatten den 13. Dezember.

»Na ja, wenn dem so ist und es nur noch zwölf Tage bis Weihnachten sind, dann haben wir jetzt in unserer Wohnung ein großes gähnendes Loch. Und weißt du, warum?«

»Termiten?«

»Ach, halt die Klappe. Der Grund, weshalb in unserer Wohnung ein großes Loch klafft, ist: Wir haben keinen Weihnachtsbaum. Lily kann es normalerweise kaum erwarten, bis die Überbleibsel von Thanksgiving weggeräumt sind, und läuft dann gleich los, um einen Weihnachtsbaum zu kaufen. Sie ist davon überzeugt, dass die guten Bäume hier alle ganz früh weggehen, und je länger man wartet, desto größer ist die Wahrscheinlichkeit, einen Baum zu bekommen, der weihnachtsunwürdig ist. Deshalb ist der Baum bei uns meistens schon vor dem 1. Dezember aufgestellt und Lily verbringt dann die nächsten zwei Wochen damit, ihn zu schmücken. Am 14. Dezember feiert unsere Familie dann das große Kerzenanzünden am Weihnachtsbaum. Lily tut immer so, als wäre das eine uralte Familientradition. Aber in Wirklichkeit hat sie sie erfunden, als sie sieben war, und jetzt fühlt es sich für uns alle nur so an, als wäre es eine uralte Familientradition. Bloß in diesem Jahr – auf einmal nichts. Kein Baum. Alle Christbaumkugeln sind noch in ihren Schachteln verstaut. Dabei soll morgen die Lichterfeier stattfinden. Mrs Basil E. hat dafür schon das Catering bestellt – und ich habe keine Ahnung, wie ich ihr beibringen soll, dass es diesmal gar keinen Baum gibt, an dem die Kerzen angezündet werden können.«

Ich konnte seine Ängste verstehen. In dem Augenblick, in dem Langstons und Lilys Großtante – von uns allen Mrs Basil E. genannt – durch die Tür in die Wohnung trat, würde sie sofort riechen, dass es da keinen Baum gab – und würde ihren Unmut über diesen Traditionsbruch keineswegs verbergen.

»Und warum besorgt ihr dann nicht einfach einen Baum?«, fragte ich.

Langston schlug sich verzweifelt an die Stirn, weil ich so schwer von Begriff war. »Weil das Lilys Job ist! Das gehört zu den Dingen, die sie unglaublich gern macht! Und wenn wir ihn ohne sie kaufen, dann ist das so, als würden wir sie mit der Nase darauf stoßen, dass sie es nicht getan hat, und das würde alles nur noch schlimmer machen.«

»Wie wahr, wie wahr«, sagte ich.

Eine Bedienung kam an unseren Tisch und wir bestellten beide ein Pain au chocolat – wohl weil wir beide wussten, dass uns für ein richtiges Mittagessen der Gesprächsstoff fehlte.

Als die Bedienung fort war, fuhr ich fort: »Hast du sie denn deswegen gefragt? Also, ich meine, wegen dem Baum?«

»Ich hab's versucht«, antwortete Langston. »Ganz direkt. ›Hey, sag mal, warum ziehen wir nicht los und kaufen einen Baum?‹ Und weißt du, was sie darauf geantwortet hat? ›Mir ist im Moment nicht danach.‹«

»Das klingt ganz und gar nicht nach Lily.«

»Genau! Deshalb hab ich dir ja auch die Mail geschickt. Besondere Zeiten verlangen nach besonderen Maßnahmen.«

»Aber wie kann ich euch da helfen?«

»Hat sie denn mit dir überhaupt darüber geredet?«

Selbst im Zustand unserer gegenwärtigen beiderseitigen Gesprächsbereitschaft wollte ich nicht, dass Langston die ganze Wahrheit erfuhr – dass Lily und ich in den Wochen seit Thanksgiving nicht besonders viel miteinander geredet hatten. Ab und zu waren wir zusammen ins Museum oder irgendwohin was Kleines essen gegangen. Ab und zu hatten wir uns geküsst oder miteinander rumgeknutscht – doch nichts, das auf CBS irgendjemanden vom Hocker werfen würde. Ja, wir waren immer noch zusammen. Aber es fühlte sich nicht so an, wie es sich anfühlen sollte.

Das erzählte ich Langston allerdings nicht, denn es war mir peinlich, dass ich es zwischen Lily und mir so weit hatte kommen lassen. Und ich erzählte es Langston auch deshalb nicht, weil ich Angst hatte, dass es ihn alarmieren würde. Dabei hätten meine eigenen Alarmglocken schon lange läuten müssen.

Statt das Thema anzuschneiden, sagte ich deshalb nur: »Nein, wir haben nicht über den Baum geredet.«

»Und sie hat dich auch nicht zur Lichterzeremonie eingeladen?«

Ich schüttelte den Kopf. »Davon höre ich jetzt das erste Mal.«

»Dacht ich's mir doch. Ich glaub, die Einzigen, die kommen werden, sind die Mitglieder unserer Sippe, die jedes Jahr kommen. Normalerweise verteilt Lily an alle möglichen Leute Einladungen. Aber vermutlich war ihr danach dieses Jahr auch nicht.«

»Klarer Fall. Wir müssen etwas tun.«

»Ja, aber was? Für mich ist es wirklich so, als würde ich einen Verrat begehen, wenn ich jetzt losziehen und einen Baum kaufen würde.«

Ich dachte einen Moment nach, dann fiel mir etwas ein. »Könnte sein, dass ich ein Schlupfloch weiß«, sagte ich.

Langston neigte den Kopf und schaute mich an. »Ich höre.«

»Was, wenn ich ihr den Baum besorge? Als Überraschung. Ein Teil meines Weihnachtsgeschenks. Sie hat keine Ahnung, dass ich über eure Familientradition Bescheid weiß. Ich kann einfach bluffen und damit bei euch reinplatzen.«

Langston wollte nicht, dass die Idee ihm gefiel. Weil das bedeutet hätte, mich zu mögen, und sei es auch nur eine Sekunde. Aber wie um seine Skepsis zu widerlegen, leuchteten seine Augen eine Sekunde auf.

»Wir könnten ihr erzählen, dass du ihn ihr zum zwölften Tag vor Weihnachten schenken willst«, sagte er. »Sozusagen als Kick-off der ganzen Weihnachtsfeiern.«

»Aber kommen die zwölf Tage oder genauer die zwölf Nächte nicht nach Weihnachten?«

Langston bürstete den Einwand weg. »Technische Details.«

Ich war mir nicht sicher, dass das so simpel sein würde. Aber einen Versuch war das mit den zwölf Tagen wert.

»Okay«, sagte ich. »Ich werde den Baum mitbringen. Du tust so, als wärst du überrascht. Dieses Gespräch hat nie stattgefunden. Richtig?«

»Richtig.« Unsere Pains au chocolat kamen und wir bissen hinein. Ungefähr siebzig Sekunden später waren wir damit fertig. Langston griff nach seinem Geldbeutel. Ich dachte, er wollte die Rechnung bezahlen. Aber dann schob er ein paar Zwanzig-Dollar-Scheine zu mir rüber.

»Ich will deinen schnöden Mammon nicht!«, rief ich. Vermutlich zu laut für ein Café mit so vornehmem französischem Flair.

»Entschuldigung?«

»Lass das mal meine Sache sein!«, übersetzte ich und schob ihm das Geld zurück.

»Aber damit wir uns recht verstehen – es muss ein besonders schöner Baum sein. Der schönste, den es gibt.«

»Keine Sorge«, versicherte ich ihm. Und gebrauchte dann einen Satz, der seit Anbeginn der Zeiten in New York gängige Münze und Währung ist: »Ich kenne da jemanden.«

Für einen New Yorker war es so gut wie unmöglich, zu einem Baum zu kommen, deshalb kamen im Dezember jeden Jahres die Bäume zu den New Yorkern. Kleine Läden, die den Eingang normalerweise mit Schnittblumenkübeln garnierten, erlebten plötzlich eine Invasion an Tannenbäumen. Ganze Haine lehnten sich an die Häuser. Parkplätze wurden mit wurzellosen Bäumen bepflanzt, manche Etablissements waren sogar bis in die frühen Morgenstunden geöffnet, falls jemand um zwei Uhr früh das dringende Bedürfnis verspürte, auf der Stelle seinen Wunsch nach einem Weihnachten mit »Oh, Tannenbaum« zu befriedigen.

Manche dieser Pop-up-Wäldchen wurden von Typen verhökert, die aussahen, als hätten sie sich mal eine Auszeit vom Drogendealen genommen, um eine andere Art des Geschäfts mit Nadeln und Sp(r)itzen auszuprobieren. Andere waren mit Kerlen in Holzfällerhemden bemannt, die den Eindruck erweckten, das allererste Mal in ihrem Leben über die Wälder von New Jersey hinausgekommen zu sein, und, *wow!,* war echt riesig hier in der Großstadt! Für die Kommunikation mit den Städtern standen ihnen dabei oft Schüler oder Studenten zur Seite, die dankbar für einen dieser regelmäßig wiederkehrenden Gelegenheitsjobs waren. Dieses Jahr war einer dieser Schüler mein bester Freund Boomer.

Natürlich hatte er einiges dazulernen müssen, nachdem er seine Stelle als Aushilfsverkäufer angetreten hatte. Aber die Kurve zeigte nach oben. Weil er als Kind viel zu oft *Die Peanuts – Fröhliche Weihnachten* geguckt hatte, war er dem Irrglauben verfallen, dass die dürrsten und eigenwilligsten Gerippe unter den Weihnachtsbäumen auch die begehrtesten waren. Denn einem solchen Baum Obdach zu bieten, entsprach ja viel mehr der Weihnachtsbotschaft, als eine auftrumpfende, stolze Tanne zu beherbergen. Außerdem glaubte er fest daran, dass Christbäume nach Weihnachten wieder draußen im Wald eingepflanzt werden konnten. Es war ein schwieriges Gespräch, das wir da miteinander zu führen hatten.

Zum Glück machte Boomer durch seine Begeisterung und seinen Eifer wett, was ihm an Geschäftssinn fehlte. Weshalb der Stand in der 22nd Street, an dem er arbeitete, durch Mundpropaganda äußerst beliebt geworden war. Boomer war sozusagen der *rising star* unter den Weihnachtsbaumengeln. Eine Anerkennung, die ihn so freute, dass er es schon allein deswegen nicht bereute, sein exklusives Internat hingeschmissen zu haben, nur um in Manhattan bleiben zu können. Und das im wichtigen Schuljahr vor dem Highschool-Abschluss. Er hatte mir bereits geholfen, den richtigen Baum für die Wohnung meiner Mutter und die Wohnung meines Vaters zu finden. (Wobei meine Mutter natürlich den viel schöneren Baum gekriegt hatte.) Ich war mir sicher, dass er sich auch gern der Herausforderung stellen würde, den passenden Baum für Lily herauszusuchen. Trotzdem wurden meine Schritte immer zögerlicher, je näher ich kam. Nicht wegen Boomer … sondern wegen Sofia.

Außer der Tatsache, dass Boomer es satt hatte, sich noch länger in seinem Internat internieren zu lassen, hatte das neue Schuljahr auch noch ein paar andere Überraschungen mit sich gebracht. Wozu auch zählte, dass die Familie meiner Ex-Freundin Sofia wieder nach New York zurückgezogen war. Obwohl sie Stein und Bein geschworen hatten, Barcelona nie mehr verlassen zu wollen. Keineswegs überraschend dabei war, dass dies zu keinerlei Oh-meine-Exfreundin-ist-zurück-und-das-wird-schwierig-werden-Gefühlen bei mir führte, Sofia und ich hatten nämlich unser Verhältnis bei ihrem letzten New-York-Besuch hinreichend geklärt. Ja, ich freute mich sogar, sie wiederzusehen. Aber es war eine RIESENÜBERRASCHUNG, als sie anfing, mit Boomer herumzuhängen … und dann immer mehr und mehr mit ihm herumzuhängen … und dann noch mehr mit ihm herumzuhängen. Sodass die beiden schließlich eine Einheit bildeten, noch bevor ich mich überhaupt an die Möglichkeit eines solchen Gedankens gewöhnt hatte. Für mein Empfinden war das mit ihnen so, als würde man den teuersten, exquisitesten Käse der Welt nehmen und ihn dann auf einem Burger zerschmelzen lassen. Ich hatte sie beide sehr gern, aber auf ganz unterschiedliche Weise, und dass sie jetzt ein Paar waren, kriegte ich im Kopf nicht zusammen. Das bereitete mir echt Kopfschmerzen.

Weshalb ich auch überhaupt keine Lust darauf hatte, mich umständlich zu Boomers Arbeitsplatz aufzumachen, nur um dann dort womöglich feststellen zu müssen, dass Sofia dieselbe Idee gehabt hatte. Nur weil die beiden ihre Verliebtheitsvibrations unbedingt auch in entlegenere Stadtviertel von New York hinaussenden mussten. Boomer und Sofia waren in ihrer Honeymoon-Phase und das machte es für all diejenigen etwas schwierig, die den Honeymoon bereits hinter sich gelassen hatten und in die Phase ihrer Beziehung eingetreten waren, in der der Mond mal zunahm und mal wieder abnahm.

Darum war ich echt erleichtert, als ich feststellte, dass Boomer gerade nicht mit Sofia beschäftigt war, sondern mit einer sieben-, acht- oder neunköpfigen Familie. Wie viele Kinder es waren, ließ sich schwer sagen, weil sie alle so schnell kreuz und quer herumrannten.

»Das ist der Baum, der für Sie wie geschaffen ist«, erzählte Boomer den Eltern gerade, als wäre er ein wundersamer Bäumeflüsterer und der Tannenbaum hätte ihm gerade verraten, dass das Esszimmer der Familie der Ort war, wohin er immer schon wollte.

»Er ist etwas groß«, sagte die Mutter, die wahrscheinlich bereits überall in ihrer Wohnung Tannennadeln auf dem Boden verstreut liegen sah.

»Ja, er ist ein Baum mit einem großen, weiten Herzen«, antwortete Boomer. »Deswegen ist ja auch diese Verbindung zwischen Ihnen und ihm spürbar.«

»Das ist merkwürdig«, sagte der Vater, »weil ich da nämlich wirklich so was spüre.«

Der Kauf wurde abgeschlossen. Als Boomer mit der Kreditkarte des Vaters herumhantierte, entdeckte er mich und winkte mir zu. Ich wartete, bis die Familie mit dem Baum abgezogen war, vor allem weil ich Angst hatte, aus Versehen auf eines der Kinder zu treten.

»Gut Holz, Alter!«, sagte ich, als ich vor ihm stand. »Die hattest du ja ganz schön im Griff.«

Boomer schaute mich verwirrt an. »Wie meinst du das? Der Baum hat wirklich zu ihnen gepasst.«

Das hat mich echt verblüfft. Dass Boomer eine so naive, verträumte Seite hatte, die ich bisher gar nicht bei ihm vermutete. Was mich umso mehr darüber rätseln ließ, wie die direkte, unverblümte Sofia und er wirklich zusammenpassen wollten.

»Ich brauche einen Baum für Lily. Einen ganz besonderen Baum.«

»Du besorgst für Lily einen Weihnachtsbaum?«

»Ja. Als Vorweihnachtsgeschenk.«

»Wow! Find ich toll! Wo willst du ihn denn besorgen?«

»Ähm, na ja, ich dachte bei dir?«

»Oh ja! Na klar! Gute Idee!«

Er sah sich suchend um und murmelte dabei etwas vor sich hin, das eindeutig wie *Oscar Oscar Oscar* klang.

»Ist Oscar einer der Mitarbeiter hier?«, fragte ich.

»Weiß nicht, ob man das Arbeit nennen kann, was die Bäume hier so machen. Wahrscheinlich schon. Auf alle Fälle sind wir hier den ganzen Tag beisammen … und führen interessante Gespräche miteinander …«

»Oscar ist einer von den Bäumen?«

»Er ist der perfekte Baum für Lily.«

»Haben alle Bäume hier einen Namen?«

»Nur die natürlich, die ihn mir mitteilen. Du kannst sie ja nicht einfach so danach fragen. Das wäre viel zu aufdringlich.«

Boomer schaufelte mindestens ein Dutzend Bäume

beiseite, bis er endlich Oscar ausgegraben hatte. Als er ihn herauszog, sah er – der Baum – für mich wie jeder andere aus.

»Das soll er sein?«, fragte ich.

»Warte einen Moment, warte …«

Boomer zerrte die Tanne von ihren Brüdern und Schwestern fort. Zum Rand des Gehsteigs. Sie war ein paar Kopf größer als Boomer, aber er trug sie in der Hand, als wäre sie nicht schwerer als ein Zauberstab. Mit anrührender Zärtlichkeit stellte er sie in einen Christbaumständer, und sobald der Baum sich darin befand, geschah etwas ganz Merkwürdiges – Oscar breitete im Licht der Straßenlaterne seine Arme aus und winkte mir zu.

Boomer hatte recht. Das war der Baum.

»Ich nehme ihn«, sagte ich.

»Cool«, antwortete Boomer. »Willst du, dass ich ihn einpacke? Weil er ja ein Geschenk ist?«

Ich versicherte ihm, eine rote Schleife wäre genug.

In New York als männlicher Teenager ein Taxi zu bekommen, ist schon schwer genug. Mit einem Weihnachtsbaum im Schlepptau ein Taxi zu bekommen, vollkommen unmöglich. Deshalb habe ich noch ein paar Einkäufe erledigt, bis Boomers Schicht zu Ende war, und danach rollten wir Oscar auf einem Wägelchen gemeinsam zu Lilys Wohnung im East Village.

Dort war ich im vergangenen Jahr nicht allzu oft gewesen. Lily sagte immer, es sei wegen Grandpa, damit er sich nicht gestört fühlte. Aber ich hatte eher das Gefühl, sie wollte nicht, dass ich noch mehr zum Chaos beitrug. Ihre Eltern hielten sich so viel zu Hause und in New York auf wie schon lange nicht mehr – das hätte Lily eigentlich entlasten müssen. Stattdessen wirkte es auf mich so, als gäbe es da jetzt noch zwei Menschen, um die sie sich kümmern musste.

Langston machte auf, und als er Boomer und mich mit dem Baum sah, rief er laut »Oah! Oah! OAAH!«. So laut, dass ich überzeugt war, Lily wäre zu Hause und würde bei diesem Lärm gleich hinter ihm an der Wohnungstür auftauchen. Aber dann teilte Langston mir mit, dass sie Grandpa gerade für einen Check-up zum Arzt begleitete. Die Eltern waren auch nicht zu Hause – welchen Grund hätte es für Menschen mit einem ausgeprägten Sozialleben geben sollen, an einem Samstag zu Hause zu sein? Deshalb waren wir allein in der Wohnung. Nur wir drei … und Oscar.

Während wir Oscar im Wohnzimmer aufstellten, versuchte ich auszublenden, wie trist und glanzlos ringsum alles wirkte. So als hätten die Räume in den vergangenen Monaten ihre Farbigkeit eingebüßt und eine dicke Staubschicht hätte sich über alles gelegt. Ich wusste inzwischen, wie die Rollen innerhalb der Familie verteilt waren, und deshalb war es für mich ein eindeutiges Anzeichen dafür, dass Grandpa aus dem Verkehr gezogen war und Lily andere Dinge im Kopf hatte. Die beiden waren nämlich bisher die wahren und eigentlichen Hüter des Herdfeuers gewesen.

Als Oscar sich zu voller Pracht entfaltet hatte, holte ich meinen Rucksack und zog die i-Tüpfelchen des Ganzen heraus. Meine Glanztat, die hoffentlich bei meiner Liebsten großen Anklang finden würde.

»Was machst du denn da?«, fragte Langston, als ich lauter Sächelchen auf Oscars Zweigen verteilte.

»Sind das winzige Truthähne?«, mischte Boomer sich ein. »Oder wird das so was Ähnliches wie der Baum, den wir in Plymouth Rock gesehen haben, mit lauter Hühnern drauf, die auch so heißen wie der Ort?«

»Das sind Wachteln«, sagte ich und hielt ein Exemplar der kleinen geschnitzten Vögel mit dem großen Loch in der Mitte hoch. »Genauer gesagt, hölzerne Wachtel-Serviettenringe. Etwas anderes mit Wachteln gab es in dem Laden mit dem unsäglichen Namen nicht.« (Das Geschäft hieß Wichtelweihnacht, was in mir den heftigen Wunsch weckte, bei den Wichteln da drinnen mal so richtig die Glöckchen klingeln zu lassen. Diese Weihnachtswichser. Trotzdem war ich dann reingegangen und hatte mich friedlich verhalten.) »Wenn wir hier schon die zwölf Tage bis Weihnachten feiern, dann richtig. *A pear in a partridge tree*. Lily kann ihn danach weiterschmücken, wie sie will. Aber die Wachteln im Baum müssen sein. Ein Weihnachtswachtelbaum. Und ganz oben auf die Spitze als Krönung … eine Birne!«

Ich zog die besagte Frucht aus meinem Rucksack und

hoffte, dafür Bewunderung zu ernten. Aber die Reaktionen darauf fielen eher in die Kategorie: Eine Birne macht noch keinen Sommer.

»Du kannst doch keine Birne oben auf den Baum setzen«, sagte Langston. »Wie bescheuert schaut das denn aus. Und außerdem ist sie in ein paar Tagen total verfault.«

»Aber es ist eine Birne! In einem Wachtelbaum!«, rief ich.

»Hab's kapiert«, sagte Langston. Währenddessen brach Boomer in wieherndes Gelächter aus. Er hatte es offensichtlich noch nicht kapiert gehabt.

»Hast du eine bessere Idee?«, fragte ich.

Langston dachte einen Moment nach und sagte dann: »Eine zusätzliche.« Er machte ein paar Schritte und nahm eine Fotografie von der Wand, die dort eingerahmt hing. »Das hier.«

Er hielt mir das Foto vor die Nase. Obwohl es mindestens ein Jahrhundert alt war, erkannte ich darauf sofort Grandpa.

»Ist das neben ihm eure Großmutter?«

»Ja. Die Liebe seines Lebens. Die beiden waren zwei echte Turteltäubchen.« Eine Birne. Zwei Turteltäubchen. Perfekt. Die Birne konnte dann meinetwegen morgen auch wieder verschwinden.

Wir brauchten eine Weile, bis wir alles richtig platziert hatten – Langston und ich probierten für die Birne und die Turteltäubchen verschiedene Zweige aus.

Boomer kümmerte sich darum, dass Oscar dabei schön still stand. Schließlich brachten wir die Turteltäubchen knapp unter der Spitze des Tannenbaums an. Die Wachteln waren hübsch über die Zweige verstreut und die Birne hing als schwere Frucht ganz unten.

Fünf Minuten, nachdem wir fertig waren, ging die Wohnungstür auf und Lily kehrte mit Grandpa zurück. Obwohl ich ihn vor seinem Treppensturz nur ein paar Monate gekannt hatte, war ich jedes Mal wieder überrascht, wie klein und schmal Lilys Großvater geworden war – so als hätten die vielen Aufenthalte in Krankenhäusern und Rehakliniken bei ihm ähnlich gewirkt wie ein zu heißer Waschgang in der Waschmaschine. Jedes Mal, wenn ich ihn sah, kam er mir noch geschrumpfter vor.

Aber der Händedruck, der blieb. Kaum hatte er mich gesehen, da streckte er auch schon die Hand aus und fragte: »Na, Dash? Was macht das Leben denn so?« Und als er meine Hand danach schüttelte, schüttelte er sie kräftig.

Lily fragte mich nicht, was ich hier bei ihr eigentlich wollte, aber die Frage war ihren müden Augen deutlich abzulesen.

»Wie war's beim Arzt?«, fragte Langston.

»Seine Gesellschaft ist immer noch besser als der Leichenbestatter!«, antwortete Grandpa. Es war nicht das erste Mal, dass ich ihn diesen Witz machen hörte. Was bedeutete, dass Lily ihn bestimmt schon das zweihundertste Mal über sich ergehen lassen musste.

»Warum? Hat der Leichenbestatter Mundgeruch?« Das kam von Boomer, der jetzt ebenfalls aus dem Wohnzimmer kam.

»Boomer!«, rief Lily. Jetzt war sie endgültig verwirrt. »Was machst du denn hier?«

Langston mischte sich ein. »Zu meiner großen Überraschung hat dein Romeo uns allen ein etwas verfrühtes Weihnachtsgeschenk vorbeigebracht.«

»Komm mit«, sagte ich und nahm sie bei der Hand. »Schließ die Augen. Ich zeig es dir.«

Lilys Händedruck war nicht wie der ihres Großvaters. Früher waren unsere Hände wie elektrisiert, wenn sie sich berührten. Jetzt war es eher eine statische Angelegenheit. Angenehm, aber unaufdringlich.

Lily schloss die Augen. Und als wir ins Wohnzimmer kamen und ich zu ihr sagte, sie solle sie jetzt aufmachen, da tat sie es.

»Darf ich dir Oscar vorstellen«, sagte ich. »Er ist mein Geschenk für dich zum ersten Weihnachtstag.«

»Es ist eine Birne im Wachtelbaum«, platzte Boomer heraus. »Und zwei Turteltäubchen.«

Lily ließ den Anblick stumm auf sich wirken. Sie wirkte überrascht. Vielleicht war ihre Reaktion auch nur ein weiteres Zeichen ihrer Erschöpfung. Dann regte sich in ihr etwas und sie lächelte.

»Das musstest du wirklich nicht«, fing sie an.

»Wollte ich aber!«, sagte ich hastig. »Wollte ich unbedingt.«

»Die Birne hab ich schon entdeckt«, sagte Grandpa. »Aber wo sind die Turteltäubchen?« Dann entdeckte er die Fotografie. Seine Augen wurden feucht. »Oh. Da. Das sind ja wir.«

Lily entdeckte die Fotografie auch. Falls ihr Tränen in die Augen schossen, dann flossen sie nach innen. Ich hätte beim besten Willen nicht sagen können, was gerade in ihrem Kopf vorging. Ich warf Langston einen fragenden Blick zu, der sie genauso aufmerksam studierte wie ich. Und auch er schien aus ihr nicht schlau zu werden.

»Frohen ersten Weihnachtstag«, sagte ich.

Sie schüttelte den Kopf. »Der erste Weihnachtstag ist aber doch erst an Weihnachten«, flüsterte sie.

»Nicht dieses Jahr«, sagte ich. »Nicht für uns.«

Langston sagte, dass es an der Zeit sei, den übrigen Christbaumschmuck zu holen und den Baum weiterzuschmücken. Boomer bot sich gleich an, dabei zu helfen, und Grandpa stand sofort auf, um die Schachteln zu holen. Das brachte Lily mit einem Mal wieder in die Wirklichkeit zurück – sie bugsierte ihn hinüber zur Couch und verkündete, er solle lieber von dort aus zuschauen, wie wir den Baum dekorierten. Grandpa mochte es nicht, dass sie ihn so behandelte, das war deutlich zu spüren. Aber auch, dass er wusste, es würde nur Lilys Gefühle verletzen, wenn er jetzt einen Streit mit ihr anfing. Deshalb setzte er sich auf die Couch. Ihr zuliebe.

Als dann die Schachteln hereingetragen wurden, wusste ich, dass es für mich an der Zeit war zu gehen.

Gemeinsam den Baum zu schmücken war eine Sache, die man mit der Familie machte. Und wenn ich blieb und so tat, als würde ich zur Familie gehören, würde ich das So-zu-tun-als-ob genauso auf mir lasten fühlen, wie ich auf Lily das Gewicht lasten spürte, so zu tun, als wäre sie glücklich. So zu tun, als hätte sie unheimliche Lust, das zu tun, wozu wir sie gerade ermuntern wollten. Sie tat es für Langston und ihren Grandpa und ihre Eltern, sobald sie zurückkamen. Wenn ich blieb, würde sie es auch für mich tun. Aber ich wollte, dass sie es für sich selbst tun wollte. Ich wollte, dass sie dasselbe Weihnachtswunder in sich spürte wie letztes Jahr um diese Zeit. Dafür war mehr notwendig als ein perfekter Tannenbaum. Dafür war ein echtes Wunder notwendig.

Zwölf Tage.

Wir hatten diese zwölf Tage.

Ich hatte um Weihnachten und das ganze Drumherum mein ganzes Leben lang einen großen Bogen gemacht. Aber dieses Jahr war das anders. Dieses Jahr hatte ich nur einen einzigen Wunsch. Ich wollte, dass Lily wieder glücklich war.